JN314436

Nicolas Bouvier

ニコラ・ブーヴィエ 世界の使い方 ティエリ・ヴェルネ・絵　山田浩之・訳

L'usage du monde

series
on the move

L'usage du monde

by

Nicolas Bouvier

1963

Copyright © Thierry VERNET/L'ADOP: FS-TV pour les illustrations
"Le Pont du Bosphore": Bibliothèque de Genève, Fonds N. Bouvier
著作権代理：(株)フランス著作権事務所

Originally self-published in Geneva, Switzerland, in 1963
as
L'usage du monde

旅立って生き長らえるか、
とどまって死ぬか。
——シェイクスピア

世界の使い方　目次

カスピ海
エルズルム
マークー
タブリーズ
ミヤーンドアーブ
ミヤーネ
マハーバード
カズヴィーン
テヘラン
イラン
ゴム
イスファハン
ヤズド
アナール
アバデ
ケルマーン
ペルセポリス
シーラーズ
バム
ノスラターバード
ザーヘダーン
ミールジャーヴェ
アフガニスタン
ジャラーラーバード
ポレ・ホムリー
チャーリーカール
カイバル峠
カブール
モコル
カンダハル
チャマン
クエッタ
パキスタン
アラビア半島
アラビア海

世界の使い方

1953年6月、ジュネーブ～ 1954年12月、カイバル峠

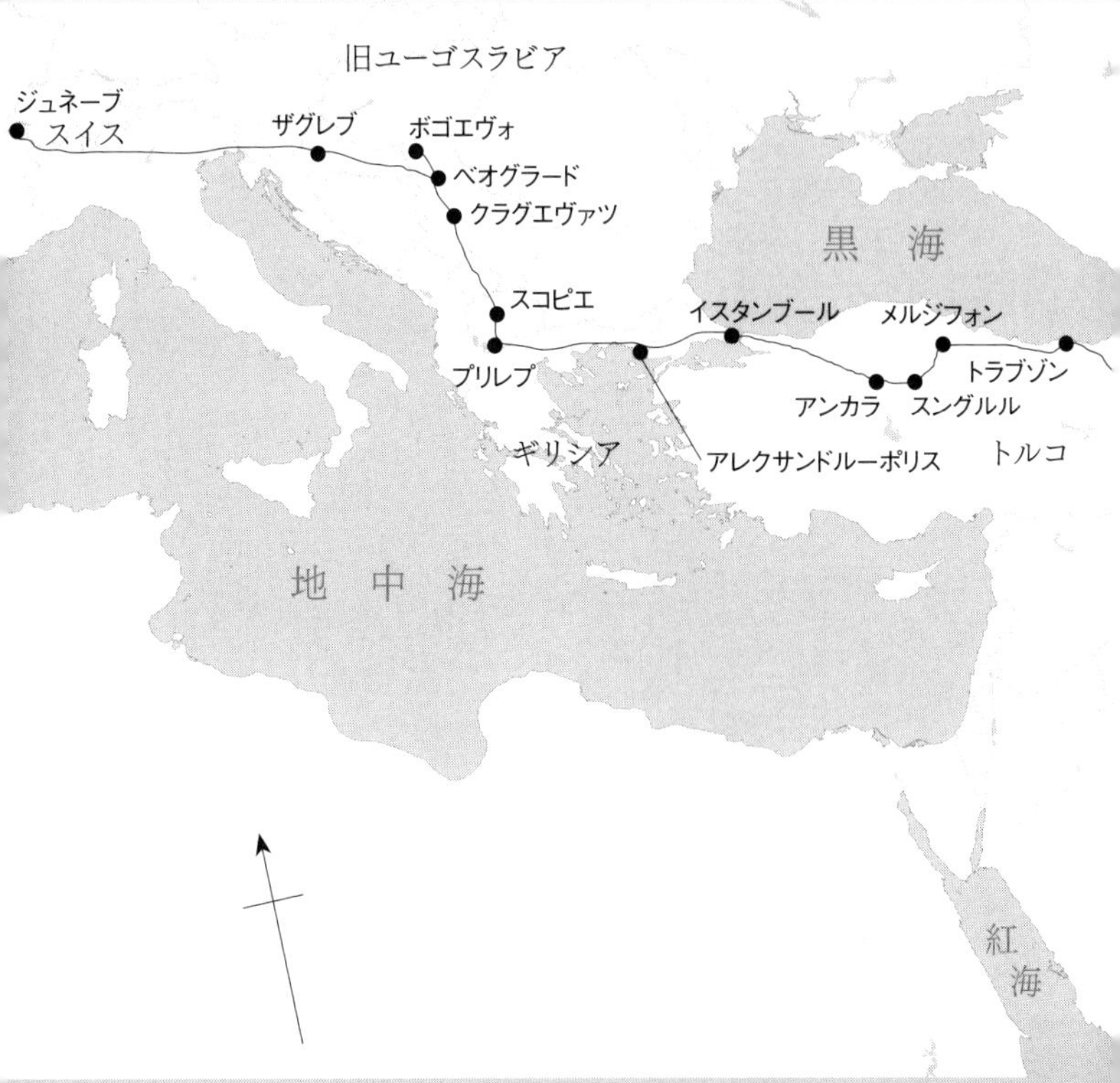

世界の使い方

序文

一九五三年六月、ジュネーブ——一九五四年十二月、カイバル峠

ジュネーブを発って三日が過ぎ、ようやくザグレブにたどり着くと、ティエリの手紙が郵便局に届いていた。

七月四日、ボスニア、トラヴニクにて。

今朝は日差しが強く、かなり暑い。高台に登ってスケッチをしてきた。マーガレット、野生の麦、静かな木陰。戻ってくる途中、小馬に乗った農夫に出会った。農夫は馬を下りると、目の前で煙草を巻いて僕にくれたので、二人で道ばたにしゃがんで吸った。僕の頼りないセルビア語でどうにか理解できたのは、パンを買い求めに来た彼が、太い腕と大きなおっぱいの娘と会うために千ディナールを使ってしまったことと、去年は落雷で七人も死んだから用心しろということだ。

帰ってから市場へ出かけた。今日は市が立つ日だ。雌山羊一頭分を使った革袋、ライ麦畑を何ヘクタールでも刈りたくなるような半月鎌、狐の毛皮、パプリカ、笛、靴、チーズ、ブリキのアクセサリー、まだ青々とした藺草《いぐさ》の篩《ふるい》を念入りに仕上げている口髭の男たち。仕切っているのは足が一本だったり、腕が片方なかったり、トラコーマ患者だったり、松葉杖をついたりしている男たちだ。

夜はアカシアの木の下で一杯飲みながら、ともかくすばらしいジプシーの音楽を聴いた。帰り道に大きなアーモンドペーストを買ったよ。脂ぎった桃色で、いかにもオリエントって代物だ！

僕は地図を眺めた。ティエリが滞在しているのは、ボスニア地方の山間の窪地にある小さな村だ。そこから北へ向かい、ベオグラードを目指す。セルビア画家協会の招聘で、ベオグラードで個展を開催することになっている。僕のほうはポンコツを修理したフィアットに荷物を積んで、七月の末にティエリとベオグラードで合流し、それから車でトルコ、イラン、インドへ向かう。さらに遠くまで行けるといいのだが……。僕らの旅の手持ちは、これから二年という月日と、四か月分の現金だ。漠然とした計画だが、こんなときには、とりあえず出発するだけだ。

十二、三年物の絨毯の上にじっと腹ばいになって世界地図を見つめていると、具体的な計画なんてどうでもよくなってくる。思いうかべてほしい、バナトやカスピ海沿岸、カシミールといった地方で鳴り響く音楽、重なる視線、刺激的な思想……。欲求が常識を凌駕するとき、人はその理由を探そうとする。だが、きちんとした理由など見つかるはずがない。何かをしたいという強烈な衝動に、正しい名前をつけることなどできない。自分の中で何かがふくれあがると、舫い綱をほどき、自分の決断に自信をもてなくても、思いきって旅立つことになる。

旅に理由はいらない。すぐにわかるはずだ。旅は旅であるというだけで十分なのだから。自分が旅を組み立てるのだと思ってはいても、気がつけば自分のほうが旅に組み立てられては、分解されるようになっている。

……封筒の裏に、こう書き添えてあった。「僕のアコーディオン、僕のアコーディオン、僕のアコーディオン！」

いいスタートだ。こっちも悪くない。僕はザグレブ郊外のカフェでのんびりとしていた。目の前には発泡性の白ワイン。そのまま日が暮れ、工場が空っぽになり、葬儀の列が通り過ぎていく。裸足と黒衣と真鍮の十字架。二羽のカケスが菩提樹の葉叢《はむら》で争っている。埃まみれの僕は半分かじった唐辛子を右手につかんだまま、自分の奥深くで一日が崖から飛び下りるように陽気に崩れ去っていくのを聞いていた。伸びをし、胸いっぱいに空気を吸いこむ。猫には九つの生命があるという。僕は自分が二つめの人生を歩みだしたのだと感じていた。

メロンの香り

ベオグラード

僕がカフェ・マジェスティックの前に車を止めたのは、真夜中を過ぎたころだった。熱気の残る通りは愛想のいい静寂につつまれていた。カフェのカーテンの向こうにティエリが座っていた。テーブルクロスに実物大のカボチャと、いくつものごく小さな種の絵を描いている。トラヴニクでは床屋に行く機会があまりなかったのだろう。耳の上の髪が翼か鰭《ひれ》の先端のようになり、小さな青い瞳のせいで、まるではしゃぎ疲れた若いサメだ。

しばらくガラス越しに店内を眺めてから、ティエリのテーブル席に合流した。二人でグラスを合わせて乾杯。僕としては昔からの計画が具体的になりつつあることが嬉しかったし、ティエリのほうは自分の仲間ができたことを喜んでいた。新しい生活への切り替えには苦労したようだ。慣らしもせずにいきなり長距離を歩き、憔悴しきっているのだ。足は傷だらけ、額は汗まみれ、まともなやりとりもできない農夫たちが暮らす地方を旅するうちに、ティエリはすべてを考え直したほうがいいと思いはじめている。こんな計画、そもそもむりだったんだ。くだらないロマンってやつだ。スロヴェニアでは、彼のやつれた顔と重たい荷物を目にした宿屋の主人から、「私の頭はまともですよ、お客さん、心配はいりませんよ」とドイツ語で愛想よく声をかけられたが、なんの役にも立たなかった。

それから一か月ほどボスニアでスケッチ三昧に費やすと、ようやく気分も上向きになった。デッサンの束をたずさえてボスニアにやってきたティエリは、セルビア画家協会のメンバーたちから兄弟のように迎えられ、僕ら二人で寝泊まりできる郊外の空きアトリエを斡旋してもらっていた。

郊外だというので、二人であらためて車に乗りこんだ。サヴァ川の橋を渡り、羊飼いたちが通った二本の轍《わだち》をなぞるように走っていくと、小さな地所が見えてきた。アザミに埋もれるように、荒れ果てた家屋がいくつか建っていた。ティエリの指示で、いちばん大きな建物の前に車を止めた。僕らは口を閉ざしたまま、暗がりにつつまれた階段で荷物を運びあげた。松脂の匂いと埃で喉がつまりそうだ。息苦しいほど暑かった。半開きのドアが派手に軋み、その音が踊り場に鳴り響いていた。がらんどうの巨大な一室の中央で、ティエリが浮浪者さながらに手際よく汚れを掃き清めた板を敷き、割れ落ちた窓ガラスで怪我をしないようにと、板の上に生活の場を調えていた。錆のにじみ出たマットレス、画材、石油ランプ。そしてカエデの葉に載せた携帯焜炉《こんろ》のすぐ横に、メロンと山羊のチーズ。部屋に張ったロープには洗濯物が干してあった。つましい暮らしぶりだが、とても自然で、何年も前からティエリが僕を待っていたように思えてしまう。

僕は床の上で鞄を開き、服を着たまま身を横たえた。毒ニンジンとセリが夏の夜空に向かって、あけはなたれた窓枠のあたりまで伸びていた。星々がきらきらと輝いていた。

新世界でのらくらと過ごすことほど人を夢中にさせるものはない。

サヴァ川の大橋からドナウ川との合流点にかけて広がる郊外の一帯が、まばゆい夏の光を受けてきらきらと輝いている。この一帯がサイミシュテ（見本市）と呼ばれているのは、かつて農業展示会場があったからだ。だが、それもナチスによって強制収容所へと変えられた。四年間でユダヤ人、レジスタンス、ロマの人々がこの地で数百人単位で死んでいった。平和が戻ると、この暗鬱な「狂気」の地は手っ取り早く壁の色だけ塗り替えられ、国から奨学金を与えられた芸術家たちに託されることになった。
僕らのいる建物――閉まらない扉、割れた窓、壊れた水道――は、文字どおりの貧困者から気ままなボヘミアンまでが暮らす五つのアトリエからなっていた。毎朝、二階のアトリエから貧しい間借り人たちが髭剃りクリームのブラシを手に、階段の踊り場にある洗面台の前で顔をつきあわせる。そのタイミングにあわせて管理人――戦争で片方の手を失った男で、いつもハンチング帽をかぶっている――も登場した。残った片手で慎重に剃刀を肌に当てているあいだ、顎のところを誰かにつまみあげてもらわなくてはならない。病弱そうで、カワウソなみに用心深い男だった。年頃の娘が身を誤らないよう監視するか、さもなければ便所あさりで――外の便所は、使用前にポケットの中身を出してからしゃがむトルコ式だ――ハンカチ、ライター、万年筆など、落としたことさえ忘れてしまうような品々を拾い集めるくらいしか能がない。一階のアトリエは文芸評論家のミロヴァン、陶芸家のアナスタシェ、風景画家のヴラダが使っていた。あの連中はいつでも僕らに手を貸し、通訳を買って出ようとしてくれたし、タイプライターだろうが、鏡だろうが、塩だろうが、必要に応じて貸してくれた。彼らの水彩画や作品が売れたときには建物の住人を残らず招いて、にぎやかな――白ワイン、唐辛子、チーズでの――宴を催し、いつしか床に雑魚寝で、昼の日差しを浴びて目を覚ますのだ。とはいえ、日頃はみんな爪に火を灯すように暮らしていた。占領と市街戦という陰鬱な数年間を過ごすうちに、人々は安らぎにどれほどの価値があるのか思い知ったのだ。サイミシュテは快適さとは無縁の場所だったが、サイミシュテならではの善良さにつつまれていた。ケシ、矢車菊、ぼうぼうの雑草。それが荒廃した建物を飲みこもうとしていた。周囲に目を向ければ、みすぼらしい掘っ立て小屋とテントが緑の静寂に雑草のように埋もれている。隣りの建物には彫刻家が住みついていた。顎を不精髭で黒ずませ、ハンマーを拳銃のように腰に吊り、仕上げに入った彫刻の足下に藁布団を広げて眠っている。上半身をあらわにしてマシンガンを構えたパルチザンの彫像。この彫刻家がいちばんの金持ちだった。時期がよかったのだ。慰霊碑、花崗岩の星、時速二百キロの風の中で踏んばっているゲリラの姿を刻んだレリーフ。少なくとも四年分の注文

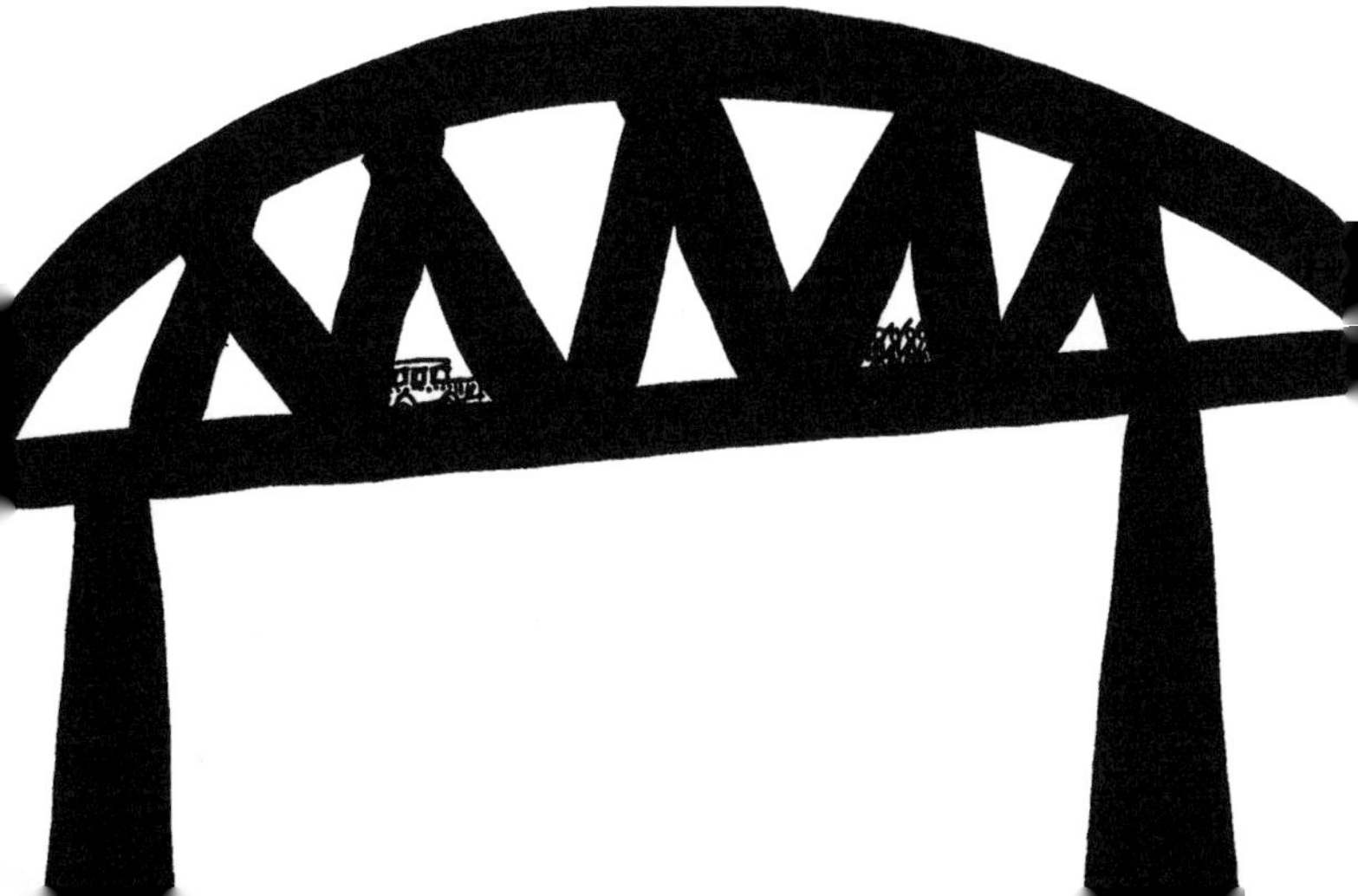

が殺到していた。自然のなりゆきだ。秘密委員会の手を経てから勃発、さらに長期化した革命も、石化してあっという間に彫刻家の作品テーマとなってしまった。セルビアのように絶え間なく蜂起と戦いに明け暮れてきた国では、英雄伝説のレパートリー――いきり立った馬、きらめくサーベル、民族解放義勇軍兵士たち――に事欠かず、題材もよりどりみどりだ。だが今回はそう簡単にはいかない。解放者たちがスタイルを変更したのだ。彼らはもう馬には乗らずに自分の足で歩き、髪は短く刈り、どこか不安そうな険しい顔つきをしている。僕らが彫刻家を訪ねると、彼はセルビアの風習にしたがってジャムを掬《すく》ったスプーンを差し出しながら、昔ほど好戦的ではなくなった温和な世界観を披露してくれるのだ。

空き地の反対側の端には酒場を併設した氷室があり、郵便受けの役目をはたすとともに、空と茂みのあいだで雌鳥や鍋と暮らしている人々に出会いの場を提供していた。氷室から出てくるのは土のついた大きな氷塊や、山羊のミルクのシャーベットだ。このシャーベットの酸味が夕方まで口に残った。酒場にはテーブルが二つしかなく、暑さが厳しい時間になると、くず物屋たち――赤い目をぎょろぎょろと動かす老人たちで、いつもごみの匂いを一緒に嗅いでいるせいで、同じ袋の中で成長したフェレットと同じ表情をしている――がテーブルを囲んで腰を落ちつけ、居眠りでもするか、あるいは収穫物を選り分けていた。

氷室から先はウクライナ人の古道具屋の領域だ。この古道具屋はこぎれいな蜂の巣のような場所に住み、宝物の山に囲まれていた。つばつきの帽子で耳まで覆った大物然とした人物で、使い古した靴の山や、熔けたり割れたりした電球の山の持ち主でもあり、大がかりな仕事が好きらしい。さらに穴のあいた缶や焼け焦げたタイヤのチューブの山が、彼の商売の元手だった。不驚いたのは、「商品」を抱えて彼の資材置き場から帰って行く客がいくらでもいることだ。不足も度を越せば、売り買いできるものすらなくなる。サイミシュテでは、靴の片方――たとえ穴があいていても――だけでもりっぱな商品であり、この古道具屋の山々に裸足でよじ登っては、目を輝かせて探しまわる者も少なくなかったのだ。

西のゼムン街道沿いには、衛星都市となるはずのノヴィ・ベオグラードがアザミの海に建設されていた。この衛星都市の建設は政府の意向によるものだが、地質学者は土壌が悪いことを理由に反対していた。もっとも、その政府――どれほど威厳があろうと――もスポンジのような土壌には勝てず、ノヴィ・ベオグラードは大地に芽を出すどころか、いつまでたっても深く沈みこんだままだ。二年前から放置され、田園地帯とベオグラードのあいだで窓とねじ曲がった骨組を無意味にさらし、ミミズクの寝ぐらとなっているのだ。ある種の境界ともいえるだろう。

午前五時、八月の太陽にまぶたを貫かれ、僕らはサイミシュテ橋を渡ってサヴァ川の対岸へ水浴びに行った。足下の砂が心地よく、土手には数頭の牛がいて、三角の肩掛けをはおった女の子がガチョウの雛を見守り、大砲であいた穴には物乞いが新聞紙をかけて眠っている。

すっかり日が上がると、船頭や地区の人々が洗濯をしに来る。僕らもつられて、泥まじりの水の中にしゃがみこんでシャツを洗った。眠りについた町の正面で、土手に沿って洗濯物が並び、ブラシの音が響き、ささやくような歌声とともに、無数の巨大な泡の固まりが川の水にのってブルガリアへと流れていった。

夏のベオグラードは朝の町だ。六時になると市の散水車が野菜を運ぶ荷馬車の馬糞を取り払い、商店の木製のシャッターが音をたてる。七時にはどの食堂も満員になる。展示会場は八時に開いた。二日に一度は僕が店番をし、そのあいだティエリは買い手のところへ行って交渉するか、町でデッサンをしていた。入場料は手持ちがあれば二十ディナール。レジには小銭がほんの少しあるだけで、それも前回の展示「ヴァレリーのヴァリエテV」の出品者が忘れていったものだ。その気どったスタイルがこの町ではエキゾチックに見え、読む楽しみをさらに深めたのだろう。書見台の下には、半分に切ったスイカと藁で包んだワインボトルがあり、セルビア画家協会のメンバーを待っていた。彼らは夕方ちかくに来ては、サヴァ川でのダイビングや夕刊の批評欄の翻訳を薦めてきた。

「……ヴェールネーット（ティエリ）さん……あなたはここの田園風景をよくご覧になっているし、楽しそうなデッサンですが……どうも辛辣で、その……少しばかり欠けているものがあります……ええと、なんと言ったかな」そこで通訳が指を鳴らした。「……そうだ、まじめさです」

実のところ、人民民主主義の国々で好まれているのが、このまじめさだ。早朝に取材に来る共産党系の新聞社の記者たちは、まじめさの固まりのような者ばかりだった。靴を高らかに鳴らす若い委員だ。大半はチトー派のレジスタンスの出身で、自分たちが権威を手に入れたことが正しいことだと満足していたし、そのためにやや尊大で曖昧な性格にもなっていた。彼らは額に皺を寄せ、苛酷な検閲官のような目つきでデッサンを次から次へと観察していたが、どこか当惑しているようでもあった。アイロニーというものが反動的なものなのか進歩的なものなのか、区別がつかなかったのだ。

十一時から正午まではドアのポスター――青地に黄色い太陽――が、学校のそばのテラジエ通りの子どもたちを呼び集めた。パンにバターを塗って展示しても、これほどうまくはいかなかっただろう。歯も生えそろわない女の子たちが展示用の壁に沿って飛びはねる。埃まみれのロマの子どもたちがしかめっ面で中に入ると、金切り声をあげながら部屋から部屋へと走りまわり、ワックスをかけた床に小さな裸足の足跡を残していった。

五時から六時、閑散となるこの時間に、僕らは高級住宅街の客を連れてきた。哀れで穏やかな「元貴族」たちは多少ともフランス語が話せ、思いやりを感じさせる控えめな態度を見せるので、ブルジョワの出身であることがすぐにわかった。口髭をふるわせた老人たちは大きな籠を手にし、テニスシューズを履いた中年の女たちは農婦のように日に焼けていた。彼らはレジまで椅子を引き、かさかさの手を僕らに差し出して、用心深く何かを探っていた。鬱蒼とした心の内に繰り返される思いが木霊となって戻ってくるのを見いだそうとしているのだ。彼らの多くは一九五一年十月の特赦によってこの国へ戻り、もとの家よりもはるかに狭い家に移され、思いも寄らない状況におかれることになった。音楽好きだった弁護士の老人はジャズオーケストラのために楽譜をコピーし、かつてのサロンのミューズは夜明けとともに遠く離れた兵舎へ自転車を走らせてソルフェージュや英語を教えることになった。彼らはぼんやりと壁を見つめるだけだった。あまりにも孤独なのですぐには出て行くこともできず、あまりにも高潔なので心中を口に出すこともできず、誰に聞かせるでもなく――会場が閉まるまでいられるように――疲れきった声で彼らの王アレクサンダルの墓や、廃止された修道院について語った。僕らには理解できるのだから、なんとしても見るべきだ、とも。そして、彼らはここに留まり、せかすように、うんざりしたように、何かを打ち明けるように、繰り返し助言を与えようとする。だが、心はもう残ってはいなかった。勇気のために力をふりしぼることはあっても、熱意のために力をふりしぼることはないのだ。

日が落ちると、通り中の人々が展示会場に立ち寄った。ベオグラードには娯楽となるものが少なすぎるので、どんなものでも見逃したりはしないのだ。誰もがぎりぎりの生活をし、あらゆるものに飢え、その欲求がさまざまな発見をもたらすことになる。神学者がオートバイレースを追いかけ、農民が――マルシャラ・チタ通りでの買物三昧のあと――ここへ来て水彩画を発見する。肥料の袋や新品の首輪、刃にまだ油のついている鎌をドアの前に置き、鋭い目で切符の束をにらみ、ベルトや帽子の中から金を取り出す。そして、背中で手を組みながら早足にデッサンを見てまわると、手持ちのディナールでどれか買おうと決意し、落ちついて眺める。『モスタル新聞』や『ツェティニェの声』の記事にある写真でしか絵画を見たことがないので、容易には線画を見きわめることができない。よく見慣れた部分――七面鳥やミナレット、自転車のハンドル――から描かれたモチーフを解読し、急に笑いだす。あるいはひとり言をもらし、それから絵をのぞきこんで、見知った駅や背中の曲がった人物や川のようすを見つける。だらしのない服装の人物が目に入ると、慌てて自分のファスナーを確認する。目にしたものを自分の身に置き換え、ものごとをじっくりと観察し、仕事を評価する。そんな態度が僕には好ましく思えた。彼らはたいてい最後の絵まで見ていった。自分たちのゆったりとしたズボンや田舎の香りを感じて満足し、それから礼儀正しくレジまで来て、作者の手を握るか、紙をたっぷりとなめて煙草を巻いてくれたりした。七時になるとセルビア画家協会のマネージャーのプルヴァンがようすを聞きに来る。残念ながら、彼の大切な客である政府の買い手は、まだ足を運ぶべきか決めかねているようだった。

「それならば、明日には耳に入るようにしておくよ」彼はそう口にすると、母親のつくるホウレンソウのタルトを僕らにも勧めるのだった。

客がいなければ、友人たちが足下に生えてきた。セルビアでは個人同士であればやたらと気前がよくなる。何もかも不足しているのが信じられないくらいだ。フランスが――セルビア人がよく聞かせてくれた冗談だ――ヨーロッパの頭脳だとすれば、バルカン半島は間違いなく心臓だろう。もっとも、その心臓が酷使されることはけっしてないのだが。

僕らは薄暗いキッチンや、狭くごちゃごちゃとしたサロンに招かれた。茄子や串焼きがこれでもかと出され、すぐ目の前で、ポケットナイフを使ってメロンが切り分けられる。姪や足腰の弱った祖父母――なにしろ、少なくとも三世代が狭い家に同居しているのだ――がテーブルの支度をすませていた。自己紹介、大げさなお辞儀、古風で魅力的なフランス語での歓迎の言葉、文学に熱中したブルジョワの老人たちとの会話。バルザックやゾラを読みなおして時間をつぶしている老人たちにとっては、ドレフュス事件の「私は弾劾する」は依然としてパリの文学界における最新のスキャンダルだ。スパの温泉や植民地博覧会……老人たちが記憶の一端にたどり着くと、しばらく沈黙が訪れる。それから画家の友人が食器の山を片づけてヴラマンクやマティスの本を探しに行く。僕らがその本を見ているあいだ、家族は沈黙を守りつづける。まるで自分たちには関係のない礼拝が始まり、静かに見守っているとでもいった具合だった。

この厳粛さが印象的だった。学生時代の僕は、鉢植え栽培《カルチャー》や知識の庭いじり、分析、注釈、挿し木をまじめにしていた。いくつかの傑作の殻を剥きながらも、そのモデルを追いはらうことに価値を見いだせずにいた。僕らの国では人生という織物が型どおりに裁断され、配られ、習慣と制度によって縫いあわされているために、余分な場所がなくなり、創意は装飾の一機能として留まり、快適さばかりが追求されてしまうのだ。つまり、どんなものでもかまわない、ということだ。ここでは違った方向へ進んでいる。必需品に不自由しているために、よりいっそう本質的なものへの欲求が高まる。貧しさから抜けられない暮らしを続けていれば、具体的な形がなんとしても必要となり、芸術家が仲介者か接骨医のように尊敬されることになるのだ。

ティエリの絵はまだ一枚も売れていなかった。僕もまだ一行も書いていなかった。いくら生活費がかからないとはいえ、手持ちのディナールが急速に減っていく。僕は仕事を見つけようと新聞社をまわった。サイミシュテの隣人たちのおかげもあって、わずかながらも仕事にありつくことができた。編集部からもらえる金額は微々たるものだが、心のこもった対応をしてもらえた。すぐに居心地のよさを覚えたのは、どこの編集部でも絶好の配置でグランドピアノと軽食堂が用意されていたからだ。ピアノは非常時に備えて――生理的欲求と同じくらい音楽的な欲求が抑えがたいとでもいうように――天板が大きく開かれていたし、軽食堂ではトルココーヒーのさっぱりとした香りの中で自由に会話することができた。事前に検閲を受けることはなく、どれほど異端的な言説でも原則としては発表することができる……のだが、後日、懲罰を受けることになる。そういうわけで編集長が組版から異端じみた記事をすべて抜き出し、原稿の半分以上は不採用となった。ときには僕らによい印象を与えようと、幹部たちが無意識のうちに自分たちに残された自由を強調することもあった。――「あなたの国では女性に選挙権はありません。そのあたりのことを書いてください。あなたの思っていることです。はっきりとお願いします」僕には確固とした意見があるわけではなかったが、とくに悪いことでもないと書いた。ユーゴスラビアで数週間を過ごすうちに、女性にはあまり活動しすぎず、もう少し人目を気にするようになってもらいたい、そう願うようになっていたからかもしれない。「気品とは、美そのものよりもさらに美しいものだ」と、ラ・フォンテーヌに救いを求めもした。あの女性たちは――女性誌の話だ――たしかに満足しているのだろう。誰もが美人というわけではないにしても、誰にでも気品があった。だが、必要とされているのは文学ではないのだ。「とても楽しい記事です」女性の編集長が当惑した顔で言った。「ですが、本誌に載せるには少しばかり……そうですね……軽すぎる気がします。あとで問題になるかもしれません」

僕は短い物語を書こうかと提案した。

「おもしろそうですね。王子さまの出てこない話であれば」

「悪魔はどうですか？」

「どうしてもというのであれば……ですが、聖人は避けてください。いまの仕事を失いたくありませんので」

編集長は黒い髪を揺すりながら、やさしそうに笑った。

ベオグラードは田舎くさい魅力を糧にしている。町自体に田舎くさいところはないが、それでも、どこか田舎らしい影響力が町を突き抜け、町に秘密の力を与えている。金持ちの家畜商や、着古した上着をつけたソムリエを目にすれば、誰もが悪魔の姿を思いうかべる。悪魔はひたすら陰謀をたくらみ、罠を張るが、ユーゴスラビアの驚くべき純真さを前にして、ことごとく退けられることになる。夕方まで僕はサヴァ川のほとりをひたすら歩きつづけ、このテーマに沿った物語を見つけようとしたが、うまくいかなかった。あまり時間がないので、夜が更ける前、悪魔が無意味な存在になるという短い寓話をタイプで書きあげ、すぐに編集長に届けようと亀裂の入ったビルの七階に上がった。遅い時間だったが、編集長は僕らを通してくれた。何を話したかはすっかり忘れてしまったが、何よりも衝撃的だったのは、彼女がヒールつきのミュールを履き、赤いドレッシングガウンを着ていたことだった。ベオグラードではそういったものはやたらと目を引くのだ。彼女が着飾っていたことに僕は感謝していた。さまざまな物資の不足がもたらす悪影響の中でもとくに痛ましいのは、女性が醜く見えてしまうことではないだろうか。まるで義足のように重苦しい安物靴、罅《ひび》だらけの手、色が落ちて模様もはっきりしない花柄の生地。そういった環境にあれば、ドレッシングガウンはまさに勝利そのものだ。彼女は旗を振って僕らの心に熱を与えてくれたのだ。彼女を讃え、着飾った衣装に乾杯したくなった。もっともそこまではっきりと態度に出しはしなかった。帰り際に惜しげもない感謝の言葉を告げると、編集長は少し驚いているようだった。

四千ディナール。町から出ていくまでには、この十倍は必要になるところだが、ともかくこれで数日早くマケドニアまで退却することができる。ともかく働いて、ベオグラードから逃げ出したかった。そろそろベオグラードが僕らの手に負えなくなってきたのだ。

サヴァ川に沿った通りの石畳、控えめな工場街。商店のショーウインドーに額をつけて、新品の鋸《のこ》をいつまでも見つめている農夫。共産党の赤い星を頂く山の手の白いビル街、玉葱の形をした鐘楼。夕方の虚ろな目をした労働者たちを詰めこんだ路面電車のオイルの強烈な匂い。食堂の奥から流れてくる歌声……スボゴム・ミラ・ドディエ・ブレメ（さようなら、愛しい人よ、時は過ぎ去っていく）。ぼんやりとしているうちに、僕らもまた埃まみれのベオグラードの一部となっていた。

歴史にせかされすぎたあまり、粗末に扱われるようになった町は少なくない。城塞都市だった大きな町がいきなりユーゴスラビアの首都となり、まるごと路地まで拡張されたのだが、その行政は当時としても現代的なものではなく、また、伝統的なものでもないようだった。総合庁舎、国会、アカシア並木の大通り、初代の代議士たちの屋敷がワインを吸って成長した住宅街。何もかもが先を急ぎすぎたため、ベオグラードは都会の生活に繊細さを生み出すさまざまな美点を引き受けることができなくなってしまったのだ。通りは人が住んでいるというよりも人に占領されたように見えるし、些細な事件、話題、出会いをつなぐ糸は未発達だ。本来の町であれば、愛や瞑想のために用意されてしかるべき薄暗くデリケートな片隅といった場所がどこにもない。手の込んだ品はブルジョワ層の顧客とともに姿を消してしまった。ショーウインドーに並ぶ商品はろくに仕上げもされていないものばかりだ。薪のように反り返った靴、カリ石鹸のようなパン、キロ売りの釘、肥料用の袋に入った白粉《おしろい》。

ときには展示会場に寄った外交官が僕らを夕食に誘い、町に欠けている時代の名残を教えてくれることもあった。七時ごろ、僕らはサヴァ川で一日の埃を落とし、踊り場の鏡の前で手早く髭を剃り、色あせたスーツを着こんでにやにやとしながら高級住宅街へ流れ着く。クロムメッキの蛇口、熱い湯。化粧石鹸でここぞとばかりに——口実をもうけて席をはずし——大量のハンカチと靴下を洗う。洗い物を終えてようやく戻ると、額に汗を浮かべた顔を見とがめられ、女主人に母親のような口調で言われる。「具合が悪いのではありませんか？　あら、セルビアの料理のせいでしょう……しかたがないですわね。私たちもそうでしたが、最近は……」

「私もです」外交官が両手を上げて言った。

僕らは会話の半分ほどしか聞いていなかったが、話題になっていたのは整備されていない街道や無能なお役所仕事、つまりは怠慢や欠乏といった僕らがまったく気にしていないことがらで、まろやかなコニャックと、テーブルクロスのダマスク織りの生地の目と、外交官の妻の香水にすっかり心を奪われていた。

旅人は社会的にも移動することで、客観的な視野を容易に手にする。郊外よりもはるか遠くまで旅したことで、僕らもまたこの社会について冷静に判断することができるようになった。距離をおくことで輪郭を見分けることもできるようになったのだろう。口癖、奇癖、ユーモア、穏やかさ、それに――手の内をさらしたときの――どんな地にも咲く貴重な花のような性格。眠りもそうだ。それに、好奇心が欠如しているのは、より貪欲で創意に富む古人たちによって、すでに人生が隅々にいたるまで満たされているからだろう。趣味のいい世界、多くは熱意もあるが、本質的に消費するだけの世界であり、精神的な美徳が消えてしまったわけではないが、特別な日でもなければ取り出すこともない家庭の銀食器のような存在と化しているのだ。

アトリエへ戻ると昼の太陽に熱せられたバラックがふたたび僕らの目の前に姿を見せた。ドアを開けて中へ入る。静寂とがらんどうのような空間、そういったものに僕ら二人は心を引かれていた。旅のすばらしいところは、生活に必要なものを用意する前に、余計なものを一掃できることなのだ。

新しい隣人。セルビア系フランス人のアナスタシェは、モンパルナスでの厳しい生活に耐えかねて故郷へ戻ることを選んだ。まだ移ってきたばかりで、一緒についてきたパリ育ちの優しそうな妻は、周囲がひそかに期待していたような尻軽女ではなかった。アナスタシェはセルビア語が片言しか話せなかった。サイミシュテでの生活と習慣に馴染むのにもかなり苦労している。強いパリ訛りと、臆病そうに冷笑するさまが足枷になっていたのだ。ブルジョワと思われないように、彼はパリのならず者のような服を着ていたし、妻は飾り気のないカットの粗末な生地のワンピースを身につけ、ここの多くの者たちを驚かせていた。だが、その服もそれほど長く着ていることはできなかった。一週間もすると、熱病を媒介するパパダチという蚊に刺されて寝こみ、みるみるうちに痩せ細り、無愛想だが面倒見のいい近所の女たちに囲まれて、さめざめと泣き暮らすことになったのだ。

ようするに、アナスタシェは幻滅から驚愕へ移動しただけだった。女たちにもすっかりまいらされた。フランス人らしく多少は大目に見てもらえると思いこみ、シャワー室で管理人の娘を口説き、管理人に半殺しにされた。「しかたがないさ」アナスタシェは悔しそうにつぶやい

った。

「手が勝手に動いたんだ」そして、評論家のミロヴァンにさんざんからかわれる破目になった。「慌てるとろくなことがないぞ、アナスタシェ。それにしても、かわいそうな娘だ……。フランス人、フランス人と口にしていたのに……きっといいことばかり期待していたんだろう。軽い気持ちで言い寄って優しい言葉でもつぶやけば、罠のできあがりさ。で、あんたはみごとに罠に落ちて、すぐに手を出してしまう。みんなと同じさ」

最初の数週間、アナスタシェは足下の地面が消え失せたような気分だったろう。それまでとは何もかもが違いすぎた。政治まで違うのだ。初めのころは、自分の立場を証明し、好意を態度で示そうと、彼はヴァチカンに対する批判を繰り返した。だが、まったく手応えがなかった。なぜヴァチカンを批判するのか、と彼に説明を求める者などいなかった。サイミシュテではそのようなことには誰も興味を示さなかったのだ。ベオグラードの極左の新聞社にでも行けば、金をもらってその手の話題ばかり口にする記者がいくらでもいる。彼らのかわりに無償でそんな真似をする必要がどこにあるというのか。話し相手から不思議なものでも見るような目で見返され、言葉を失ってしまう。そして、落ちついて一杯飲んではどうか、と勧められることになるのだ。混乱し、孤独にさいなまれていることは、周囲のセルビア人たちの目には明らかだった。彼らはすぐに集まってきた。そして彼はワインのボトルとしなびた洋梨と落ちつきを受け取ることになる。
アナスタシェも僕らと同じように才能に恵まれていた。ミロヴァンやヴラダ、セルビア画家協会の面々は彼の頭が水面下に沈みこまないよう、やさしく手を差し伸べていた。自分を取りまく状況をようやく理解すると、彼は激しい感謝の念を覚えながら、その中へ飛びこんだ。いまではことあるごとにフランスから持ってきたコーヒーを配ろうとする。湯気を上げるトレーを持って廊下をよく歩いていた。愛されるためだ。今度ばかりはタイミングもよかった。コーヒーは貴重品だったし、アナスタシェはコーヒーをいれるのがうまかった。彼は愛されるようになった。実に簡単なことだった。

金曜日には郵便局の裏にある東方正教会の小さな教会でミサがある。古びた柵の前に並ぶヒマワリ、聖具室の壁にかかる藁を詰めた兎の毛皮の列。教会の中では、埃まみれのサンダルを履いた十二人ほどの年寄りの女たちが、仕切りの裏で典礼曲を歌っていた。砂桶に立てた二本の蝋燭が弱々しく祭壇を照らしている。穏やかだが、古くさい。暗がりと弱々しく単調な声のせいで、不快ともいえるほどにまでミサには非現実感がただよっている。まるで頭の悪い演出家がその場しのぎで編成した舞台のような印象を受ける。この教会は死に瀕しているようだった。適応することができず、ひたすら苦しみつづけることしかできなかったのだ。セルビア王国の再編の中で重要な役割をはたし、レジスタンスに救いの手を差し伸べたことで、教会はかろうじて迫害を免れていた。共産党は教会を根絶しようとまではしなかったが、それ以上に、再建に手を貸そうともしなかった。いくら信者が熱心に活動しようとも、教会が進歩の道をたどることはまずないことは、誰もが知るところだった。

少なくとも死者の世界では、教会が死者を損なうおそれはないといえるかもしれない。ベオグラードの墓地では、遺族が赤い星を頂くパルチザンの墓に紫の玉の十字架を置いたり、日曜日に小さな蝋燭を灯すこともあった。蝋燭の火は揺れても消えはしない。シンボル同士の戦いはこんなところでも続いていた。共産党のシンボルはどこまでも広がっていた。柵の錆止め塗料、商店の入口、菓子パンの押し型、はてはボスニアの僻村にいたるまで。ボスニアでも、近隣の支部からモスクの正面に「協力者の凱旋門」を建てに来たほどだ。紙と木で造った粗悪なまがいもので、ペンキが乾いたとたん、皮膚病に劣らずぼろぼろの状態になってしまう代物だ。一週間もすると農民たちが馬車を柱につなぎ、割れた窓ガラスをふさぐ材料にしようとアーチを切り取っていく。そして、厳しい日差しの下でニスが光り、接ぎ木が根づかずに枯れるように、重たげなトーテムポールだけがたよりない姿をさらすことになるのだ。

なんとも理解しがたいのは、人民を知ることを標榜する革命が人民の繊細さを軽視し、革命のプロパガンダのために無数のスローガンや、体制への順応的な態度の象徴に頼ることだ。体制に順応すること自体、革命によって倒されるべき対象よりもさらに愚かしいことだというのに。『百科全書』で最高の知性によって書きあげられた言葉によれば、フランス革命はまたたく間に共和制ローマのできの悪いパロディーへと落ちぶれてしまった。「雨月《ブリュヴィオーズ》」だの、「第十日《デカディ》」だの、「理性の女神［シャン・ド・マルスでの儀式で、理性の化身を務めるべく選ばれた娼婦のこと］」だの、と。ミロヴァンの熱烈で思慮深い社会主義が共産党という機械に変化したことは、墜落といってもいいだろう。拡声器、ミリタリーベルト、売春宿の主人たちを山ほど乗せて穴のあいた石畳を走り抜けるベンツ――機械そのものが異様なほど時代遅れになっていた。その横暴さは、終局で天や死せる神々や、騙し絵の雲を下ろす重厚な舞台装置そのものだった。

サイミシュテでは誰も過去を語ろうとはしなかった。あちこちで問題があったことは容易に想像できる。膝に傷があっても、この地区の人々は忘れっぽい馬のように、過去を忘却することで生きつづける勇気を汲み出していた。

ベオグラードでそれなりの地位にある人々は、自分の過去については口を閉ざしている。まるで自分が過去に起こした事件のせいで、多くの人々が巻き添えになってしまうのではないかと恐れている老人のようだ。それでも過去といえば、セルビアの輝かしい歴史やクロアチアやモンテネグロの年代記、マケドニアの武勲詩といったものならばあった。とくにマケドニアには、狡猾な大司教の領主や陰謀家、あちこちに刻み目の入ったラッパ銃を抱えたコミタジ(ブルガリア系民族解放義勇軍兵士)などの逸話が豊富だ。登場するのは驚くべき人物ばかりだが、微妙な問題も抱えており、気安く受け入れられるものではない――苦みを抜くのに長く煮こまなければならない肉のようなものだ。それというのも彼らが停戦を破って、敵のトルコ人やオーストリア人を倒したからだ。

「封印」されたままの過去の遺産が明らかにされるまで、公式な歴史はナチスの侵攻とともに始まるとされていた。そして、二万人の死者を出したベオグラードの空襲、レジスタンス活動、チトー派の台頭、内戦、革命、コミンフォルムとの不和、独自の国家主義の制定、そういったものがわずか八年のあいだに続発する。短期間の荒々しい一連の出来事がすべての模範とされ、国民感情に必要とされた言葉や神話の源泉となった。たしかにこの八年は真の英雄や殉国者を輩出した時代だった。全国の通りの名前を変えるほどの大人数だが、一人として同じようなパルチザンはいなかった。それでもレジスタンスにばかり出典を求めていると嫌気も差してくる。セルビアには一九四一年以前にも、十分に僕らを引きつけるだけの魅力があったのだからなおさらのことだ。

この不完全な過去を知らなかった僕らにとっては、持参した『フランス語セルビア語会話辞典』を開きさえすれば、矢のようにまっすぐに過ぎ去った世界へ踏みこむことができた。

ちょうどいい機会なので、この旅行者向けのガイドブックの悪口を言わせてもらおう。今回の旅では同様の辞典を何冊も持ってきた。どれもこれも役に立たないものばかりだったが、一九〇七年にジェノヴァで発行されたマニャスコ教授による『フランス語セルビア語会話辞典』は飛び抜けていた。時代錯誤が甚だしく、著者が想像する会話はあまりにも突飛なものばかりなのだ。おそらくホテルのレストランで一生を過ごすつもりだったのだろう。女物のショートブーツ、わずかなチップ、フロックコート、むだな話題ばかりだ。初めてこの本が必要になったとき――サヴァ川の床屋で、短髪頭とオーバーオールを着た工員に囲まれたときだ――に見つけた例文に、このようなものがあった。

「イマム、リ・ヴァム・ナボシュチチ・ブルク（口髭にワックスをかけましょうか）？」この質問にはすぐにこう答えたほうがいい。

「ザ・ヴォリュー・ボジュ・ネモイテ・プシュタム・ツ・モドゥ・キコシマ（遠慮しておきます。その手のおしゃれは伊達男にまかせましょう）」

これだけでもかなりのものだが、どうせ古いものを探すのなら、ベオグラード博物館のみごとな古美術品の数々をあたったほうがいい。メシュトロヴィチの彫刻作品の展示室をひとめぐりする楽しみは捨てがたい。題材も勇壮そのものだ。苦悩、希望、激発。ミケランジェロのような肉づきは、二倍の脂肪とキャベツの食事療法でさらに強調され、こめかみにいたるまで全身を緊張させた姿は、まるで考えごとを妨害する小さな核を追いはらおうとしているようだ。

だが、さらに目をみはるものがある。ハドリアヌス帝時代の胸像――執政官、モエシアやイリュリアの総督――が並ぶ、まさに夢のような光景だ。レトリックと冷淡さを備えた伝統的な彫像がこれほどまで荒れ狂う姿を見たことはいちどもなかった。類似性と生命の探求という点で、ローマ人の小うるさい正確性、辛辣さ、臆面のなさがすばらしい効果をあげていた。蜜のような光を浴びながら、十人あまりの狡猾で雄猫のように激烈な高官たちが無言のままにらみあっている。頑固そうな顔つき、目尻の小皺、好色そうな下唇、幻想にとらわれたように恥を忘れて悪癖や策略、強欲さを爆発させる。独特な丘の国に来たことで、心を偽るという重荷から永遠に解放されたかのようだ。ドナウ川の国境でいくつも傷を受けてはいたが、胸像の顔にあるのは穏やかな表情だけだった。彼らの姿には、人生にまわり道をした人間の平穏さが感じられた。彼らは人生に執着したはずだ。セルビア南部で発見されたミトラ神の祭壇が如実に物語っている。自分の人生が超自然的な存在とは無縁になるよう、何ひとつおろそかにしなかったのだ。

それから僕らは日差しに照らされた通りへ戻った。スイカの香り、馬が子どもの名前で呼ばれる市場、二つの大河にはさまれ無秩序に並ぶ家々。この古代の宿営地が今日ではベオグラードと呼ばれている。

日が暮れると、一人になる大切な時間を失わないようにするために、僕はしばらく歩きまわった。ノートを抱え、川を渡り、暗く人けのないネマニャ通りをモスタルまで歩く。モスタルは落ちついた食堂だ。大型客船のように明かりが灯され、ボスニアのすべての「国」が集まり、それぞれのみごとなアコーディオン音楽に耳を傾けていた。僕はあまり席には座らなかったが、店の主人が紫のインク壺と錆色のペンを持ってきてくれた。ときおり僕の肩越しにのぞきこんでは、仕事の進み具合を見ていた。一気に一ページを書きあげるというのは、彼にはよほど驚くべきことなのだろう。僕にとってもそうだ。人生が楽しいと思えるようになってからというもの、僕は意識を集中するのが大の苦手になっていた。いくつか覚書きをし、記憶をたどり、周囲を見わたす。

玉葱の籠を両脇に抱えながら長椅子の上でいびきをかいている、やたらと存在感のあるイスラム教徒の農婦たち、あばた面のトラック運転手たち、姿勢よく座り、爪楊枝でグラスをかきまわしたり、煙草の火を貸して話を始めようと駆け寄る軍人たち。それに毎夜、四人の若い売春婦たちがドアの横のテーブルでスイカの種をかじりながら、アコーディオン奏者が新品の燃えるような色をした楽器をなでながら凄まじいアルペジオを奏でるのを聴いていた。この四人はよく日に焼けたなめらかな膝をしているが、近くの土手でひと仕事すませたあとには少し

メロンの香り

ばかり土がついていた。肉づきのいい頬には、太鼓のように血が脈打っていた。そのまま居眠りをしていることも多いが、ひと眠りすると驚くほど瑞々しい表情を取り戻していた。紫や黄緑の木綿の生地が張りついた脇腹が呼吸に合わせて盛り上がる。四人は上品とはいえないが、それでも美しいと思えたし、魅力さえ感じたが、それも四人が身体を震わせ、薄汚く咳払いをして、おがくずに唾を吐くまでのことだ。

帰り道では橋の歩哨に言いがかりをつけられることがあった。その歩哨は僕らのことをよく知っているくせに、のんきそうに歩いているのが気に入らないのか、自分にできる唯一のいやがらせをする。人の時間を奪うのだ。ニンニクとアニス酒の匂いをただよわせ、髪を短く刈った頭を重たげに振っては、必要もないのに許可証を見せろと言ってくる。外国人である僕はパスポートを出せば難なく通り抜けられるし、何も気にする必要はなかったが、それで歩哨の機嫌がよくなるわけでもなく、ほろ酔い気分で僕らの少しあとに橋を渡ろうとしたヴラダが、そのとばっちりを食うことになる。自分がいまの自分でなかったら、別の場所で成長していたら、それこそどれほどすばらしい絵が描けただろうか、などと子どものような夢想に耽りながら橋を一気に渡ろうとすると、突然、歩哨に呼び止められ、現実に引き戻されるのだ。ヴラダも歩哨も虫の居所が悪くなり、二人の言い争う声がアトリエまで響きわたった。

「五百ディナールの罰金だ」歩哨が怒鳴りたてると、ヴラダが負けずに辛辣な言葉で言い返す。

世界はなんとも厳しいものだ。歩哨が黙って見逃すはずがなかった。歩哨の声が聞こえた。五千ディナールだ。ヴラダはあまりの金額に声を詰まらせると、すっかり酔いの覚めた足どりで生け垣を越えて家に戻り、僕らのアトリエのドアを叩きに来る。ヴラダは自分のふるまいを悔やんでいた。彼の月の稼ぎでは、とても払いきれない額の罰金だったのだ。明日になったら橋の歩哨のところへ行って、ばかなことをしたと謝り、農夫のようにずる賢くふるまい、ポケットに忍ばせたプラム酒でとりなすしかない。

僕らはなんとか彼を励ましたが、それから数日というもの、日が暮れるたびに町が僕らに襲いかかってきた。郊外にあるみすぼらしい小屋、義勇軍兵士の臭い息、ある人々は悲惨な境遇にあり、またある人々は不安になるほどの緩慢さにとらわれていた。いっそひと思いにすべてを薙ぎ払いたくなってしまう。いまの僕らには幸せに満ちた目が、きれいな爪が、都会らしい洗練さが、薄地の服が必要だった。ティエリがステンシルを使ってブリキのコップに王冠を二つ描き、そのコップで僕らは乾杯した。僕らにできる蜂起はせいぜいこのくらいだ。それに、王様は僕らなのだ。

展示会は終了した。北部へ旅立つ資金も貯まった。セルビア画家協会の若い画家ミレタが、自分が通訳をするから早く出発しよう、と言って僕らを急きたてた。ロマの音楽を録音したいのなら、北の地方を調べるべきだという。

現在、ユーゴスラビアの地方には十万人ほどのロマがいる。以前よりも減っている。ロマの多くは戦争中に生命を失い、ドイツ軍に虐殺され、収容所へ送られた。生き残った者は馬や熊を連れ、鍋を持ち、ニシュやスボティツァ郊外の貧困地区へ移り、都市の住民となった。それでも、ハンガリーとの国境沿いの各地方の奥地には、わずかではあるがいまもなおロマの隠れ村があった。粘土と藁でできたそういった村が、魔法のように現われたり消えたりを繰り返しているのだ。ある日、その村の住民がその場所に飽きるとそのまま村を捨て、別の人里離れた場所を選んで新たに村をつくる。だが、その村がどこにあるのか、ベオグラードでは誰も知らなかった。

八月のある日の午後、ベオグラードからブダペストへ通じる街道でミレタが料理を担当している食堂の主人が、幻の村の名前の一つを僕らに教えてくれた。ハンガリー国境の南、バチュカ地方のボゴエヴォだ。僕らが白ワインをちびちびと飲んでいる酒場から数百キロほど先になる。僕らはグラスのワインを飲み干すと、そのバチュカのボゴエヴォへ向かった。夏は秋へ向かって静かに歩きはじめ、最後に残ったコウノトリの群れが草原の上空を旋回していた。

バチュカ街道を通るのはフェレットやガチョウ猟師、埃まみれの馬車くらいで、バルカン半島でも群を抜く悪路だ。もっともバチュカ地方にとってはしめたもので、車の轍が見あたらないために戦争ともほぼ無縁でいられたし、それほど急いではいない僕らも、おかげでたっぷりと景色を眺める時間ができた。すぐに馬のいる平原に出た。ところどころにクルミの木や井戸の釣瓶の竿が伸びる緑の牧草地が地平線まで広がっていた。この地域の言語はハンガリー語だ。女は美しく、日曜日にはメランコリックで豪勢な衣装を身にまとっている。男は背が低く、おしゃべりで気がよく、ふたのついた細いパイプを吸い、銀のバックルのついた靴を履いている。陽気な雰囲気は気まぐれで悲しげだ。日が暮れるまで、誰でもとりこになってしまう。

夜も更けるころ、ボゴエヴォへ着いた。きらびやかで静かなその村は、白く塗装されたばかりの重厚な教会のまわりに家が密集していた。どの家も暗かったが、宿屋には明かりが灯り、その日最後のビリヤードの勝負に沸くくぐもった音が聞こえてくる。中へ入ると、黒いスーツを着た三人の農夫が無言のまま、腕も巧みに次々と玉を撞いていた。白い壁に大きく映る彼らの影は、まるで踊っているようだった。十字架像の前のカウンターには古いレーニンのポスター

——蝶ネクタイをしたレーニンだ——が吊るされていた。一つしかないテーブル席で、毛皮のコートを着た羊飼いがスープにパンを浸していた。かなり奇妙な光景だが、ロマの気配はない。どうやら別のボゴエヴォのようだ。実はボゴエヴォという名の村は二つあったのだ。農夫の村ボゴエヴォとロマの村ボゴエヴォだ。あまり仲がよかったとも思えないラミュとストラヴィンスキーの組み合わせと同じようなものだろう。ドアの前でビリヤードをしていた三人に訊くと、彼らは曖昧な身ぶりで、鉄砲の弾の届きそうな距離にあるドナウ川の湾曲部を指し示した。僕らの勘違いによほど驚いていたのだろう。僕らは宿に一つしかない部屋をとりあえず押さえると、すぐに出発した。

ロマのボゴエヴォは川の土手の陰ですでに眠りについていたが、村のすぐ手前や、落ちた橋の脇、昼顔の蔓に覆われた小屋には、夜中まで飲んでは歌う人々の姿があった。石油ランプに照らされたキッチンから、にぎやかな音楽が聞こえてくる。近づいて窓からのぞくと、ランプのそばで漁師が鰻《うなぎ》の腸《わた》を取り、兵士の腕の中で田舎っぽい女の子が裸足でくるくると回っていた。テーブルに並ぶワインの大瓶はほとんど空になり、そのボトルの奥には四十代のロマが五人座っていた。薄汚いぼろをまとい、ずる賢そうな目をし、どこか品のあるこの五人が、つぎはぎだらけの楽器をかき鳴らして歌っていた。みな頬骨の突き出した顔をしている。首までまっすぐに伸びた長く黒い髪。アジア系の顔ではあるが、ヨーロッパの面影がいたるところに

メロンの香り

見られ、穴のあいたフェルト帽の奥には、クラブのエースや自由奔放な生きかたが隠れているようだった。自分の住みかにいるロマを目にする機会はそうそうない。今回、僕らには文句のつけようがなかった。ここは彼らの隠れ里そのものだったのだ。

ドアを開けると、音楽がぴたりと止まった。五人が楽器を置き、驚きと疑いに満ちた目で僕らを見つめている。何も起こらない田舎に突然現われた人間だ。僕らとしては敵ではないことを説明しなければならなかった。同じテーブルにつくと、ワインや魚の燻製、煙草が運ばれてきた。女の子とともに兵士が姿を消すころには、五人は僕らが旅人であることを理解して安心し、ずいぶんと気どった手つきで皿を片づけはじめた。演奏の合間に僕らは話をした。僕らがフランス語でミレタに話し、ミレタが小屋の主人にセルビア語で話し、主人がハンガリー語でロマたちに話す。返事は逆方向だ。穏やかな雰囲気が戻ってきた。僕がレコーダーを用意すると、ふたたび演奏が始まった。

一般的に、ロマは自分たちのいる地方に伝わる民族音楽を演奏するものだ。ハンガリーであればチャールダーシュであり、マケドニアではオロス、セルビアではコロとなる。彼らはほかのいろいろなものを借りるように、音楽も借りている。彼らが借りたあとできちんと返すものがあるとすれば、たぶん音楽だけだろう。ロマ独自のレパートリーもあることにはあるが、あまり表に出すことはなく、耳にする機会はほとんどない。だが、その夜の彼らは自分たちの住みかで、自分たちの手で修理した楽器で、自分たちの音楽を演奏してくれた。町に住む仲間たちがはるか昔に忘れてしまった古い哀歌だ。粗野で、感情をかきたて、わめくような歌が、日々の暮らしに生じるさまざまな事件をロマ語で語りかける。盗み、思わぬ幸運、冬の月、飢餓……。

――ジド・ヘルク・ペル・ロシュ
フレ・ラッカ・シク・コシュ
ジド・ヘルク・ペル・クレチュ
フレ・ラッカ・デンクチェツ
ヤノ・ウレ！　ヤノ・ウレ！
スピレチュ・プピ・ショレ……

――赤毛のぼさぼさ頭のユダヤ人が
赤い雄鳥と鴨を盗み
赤い巻き毛のユダヤ人が
こっそり鴨を盗み出した。

おまえは足の羽をむしった
母親にそいつを食べさせるために
赤みのある桃色の心臓よりも柔らかいから
なあ、ヤノーシュ！　なあおい……

僕らは耳を傾けていた。ヤノーシュが羽をむしった鶏と鴨を抱えて姿をくらまし、子どもたちが逃げるヤノーシュを囃したてる、そんな光景をロマたちが安物のバイオリンをかき鳴らして描き出していると、影に隠れていた古い世界が姿を見せはじめる。夜と田舎の世界。赤と青の世界。味わい深く、聡明な動物たちがあふれる世界。ウマゴヤシや雪の世界。いまにも崩れそうな掘っ立て小屋の世界。その小さな世界の中で、毛皮の裏地のついた丈の長いコートを着たラビやぼろをまとったロマ、顎髭が二股に分かれた正教の司祭がサモワールを囲んでそれぞれの話を繰り広げる。いくつもの世界を語る視点が容赦なく移り変わり、物乞いの陽気さが唐突に、弓のかき鳴らす悲痛な音に変わっていく。

トテ・ルメ・ジシ・ミエ、シミウ・ファテ・デ・デムコンシエ（それでも、みんなに言われた。隣りの娘を嫁にしろ、と）……。

新婦が別の男と逃げたのか？　処女だと口にしたのは嘘だったのか？　細かい事情などど

うでもいい。突然、もの悲しくなるところが持ち味で、とくにきまったテーマがあるわけでもない。煙草を何本か吸っているあいだに、弦を悲しげに鳴らして、心をかき乱すという単純な楽しみをつくりだそうとしているのだ。

一時的なその場だけの憂鬱だ。次の瞬間には、興奮しすぎた二人を別の三人の後ろに丁重に押し戻す——録音の都合で——破目になったが、その二人はまさに疾走していた。もとのにぎやかなスタイルに戻るのが恐ろしいほどだが、それは僕らが出ていくときのことだった。漁師も小屋の主人もおかまいなしだ。主人は隅で両目を拳でこすりながら欠伸をしていた。

歌ミサを告げる鐘の音が勢いよく鳴り響いたのは、朝もかなり遅くなってからのことだった。宿の中庭で鳩が餌をあさり、日もすでに高く昇っていた。金縁の白い大きな碗でカフェオレを飲みながら、旗を立てた教会へ向かう女たちの姿を眺める。パンプス、白糸のストッキング、レースのペチコートで花のように膨らんだ刺繍入りのスカート、紐で結んだブラウスを身につけ、結った髪にのせた小さな帽子にはリボンがたっぷりと飾られていた。同じ鋳型から取り出したように、誰もが美しくすらりとしていた。

「みんな胴を締めすぎなんですよ」宿の主人が嘆くように言った。「日曜日はいつものことですが、聖体奉挙までもたずに倒れてしまうのが二、三人はいますよ」

彼は礼儀正しく声をひそめていた。田舎の文明は花のようなものの中にあるべきで、それでこそ謎に満ちた口調で女たちのことを聞かせてもらえる。日焼けした娘たち、糊のきいた布地、牧草地の馬、ロマの近隣、そういったものがパン生地の種のようなものとなり、農民のボゴエヴォにいくつもの娯楽を提供していた。

正午ちかくに橋のそばの小屋へ行くと、昨夜楽器を弾いていた五人のうちの二人が、寝ぐらへ案内しようと僕らを待っていた。二人は鯉のように涼しげな顔をしてテーブルについた。テーブルにはハンガリー人の老農夫が同席していた。その老人を相手に馬を一頭売りつけているところだったのだ。彼らに昨日の録音を聞かせた。ともかくすばらしかった。初めは遠慮がちだった声がいつしか牛の鳴き声のような粗野で、陽気さのはじける声に変わっていく。彼らは嬉しそうに目を閉じ、ナイフの刃のような笑みを浮かべていた。老人もテーブルの端で嬉しそうにしていた。レコーダーがあり、さらに僕らがいるので、聞き慣れたはずの音楽が新鮮に聞こえるのだろう。最後まで聞くと老人が立ち上がり、軽やかに自己紹介した。彼もハンガリーの歌を披露したくなったらしい。手袋をはずし、歌いだす気でいる。余っているテープがなかったが、そんなことはどうでもいい。歌いたいから歌うのだ。襟もとをゆるめ、両手を帽子の上にのせると、老人は大声で歌いだした。メロディーの流れがまったく予想がつかないが、いちど聞いてしまうと、そうなるのが当然のように感じてしまう。最初のメロディーでは、戦争から戻ってきた兵士が「彼のシャツのように白い」ガレットをこねてもらうという筋で、二番めのメロディーでこう語られる。

——雄鳥が鳴き、夜明けが訪れる
どうしても教会に入りたかった
蝋燭はずっとまえから燃えている
でも、母も姉もここにはいない
結婚指輪は盗まれてしまった……

老人は歌に合わせて悲痛な表情を浮かべ、そのあいだロマたちはにやにやと笑いながら身体を揺らしている。まるで消えた指輪のことを何か知っているかのようだった。

ロマのボゴエヴォは土手の下、小川の流れる青々とした草原の中にあった。村のまわりでは、柳の木立やヒマワリの植込みにつながれた小さな馬が草を食んでいた。藁葺きの家が二列に並び、そのあいだに砂埃だらけの広い道ができ、数頭の黒い子豚が走りまわっては、腹を見せて転がっていた。どの家の前でも、石鍋に入れた大量の青い臓物が湯気をたてていた。村は静寂につつまれていたが、僕らのために、無人の通りの中央に傾いたテーブルと椅子が三つ用意されていた。テーブルに敷かれた赤いハンカチが、まるで四角い鮮血のようだった。レコーダーを出して顔を上げると、百対ほどの目と視線がまじわった。部族の全員が足音もたてずに僕らのまわりに集まっていたのだ。泥まみれの顔、裸の子どもたち、パイプを吸引する女たち、薄汚れた黄金色のぼろ布を身につけ、ガラス玉を帯にした娘たち。

夫や兄弟の声や「頭領」のバイオリンの音が聞こえると周囲がどよめき、そして、誇らしげな叫び声がいくつかあがったが、年寄り女たちの繰り出す平手打ちの音とともに、その叫び声はすぐに収まった。ボゴエヴォでは機械から音楽が流れ出ることは、それまでいちどもなかったのだ。誰もが心から聞き入っていた。村の楽士たちはまさに栄誉の時間を心の底から味わっていた。当然のように村にいる全員の写真を撮ることになった。とくに娘たちの写真だ。自分だけの写真を撮れと言ってきかないのだ。娘たちは押しあい、つかみあっていた。すぐに乱闘――引っ掻き、罵り、平手打ちをし、唇が裂ける――が始まったが、それも笑いの渦と流血とともに収まった。

バイオリン弾きの「頭領」と補佐役の細く尖った顔の若い男が土手まで僕らを送ってくれた。二人ともダリアの花を耳に差してゆっくりと歩いていた。びっくりコンサートの余韻に心底ひたっているのだ。二人は僕らにセルビア語で、また来てくれ、と言った。

農民のボゴエヴォの住民たちは飲んで騒いでいるか、青い鎧戸の内側で眠っているかのどちらかだった。広場に人影はなく、赤い砂埃の竜巻がまっすぐに背を伸ばして踊り、やがて教会の正面に突きあたって消えた。時速十五キロで道を進み、バチュカとパランカを結ぶ渡し船に乗る。静寂の国が重たげな、晩夏の香りのする光の中で眠りについていた。いつの日か、もういちど訪れるつもりだ。必要とあらば、箒《ほうき》に乗ってでも。

バチュカ・パランカ

ドナウ川の対岸にある渡し船の桟橋を出ると、ふたたび山国が始まる。川岸に沿ってどこまでも続くトウモロコシ畑の穂のあいだから、突然人影が現われ、僕らの前に立ちふさがった。青白い顔に、がっしりとした体格の男がクロアチア語で何か叫んでいる。僕らは彼に車に乗るように身ぶりで伝えた。男は前のシートと後ろのシートのあいだに強引に乗りこみ、手に触れたもの――バッグ、毛布、雨具、レインコート――で身体を覆い隠した。

「警察まで乗せていってほしいそうだ」ミレタが通訳してくれた。「すでに妻がいるのに、ある娘の処女を奪ってしまい、かれこれ二週間ほど追われている。追っているのはモンテネグロ人たちだ。このあたりには政府から土地をもらったモンテネグロ人が多く住んでいるんだ。彼は夜明けからずっと走りっぱなしだそうだ」

村に近づくと、ごわごわの褐色の口髭をした一団とすれ違った。銃を肩にかけ、自転車をこぎながら畑の中を目で探している。僕らは礼儀正しく挨拶をかわしたが、車に隠れている男は震えていた。やがて警察署の前に着くと、男はミレタを押しのけて車から飛び出し、駆けこんでいった。男が安全な場所へ逃げ切ると、僕はモンテネグロ人たちに同情を覚えはじめた。叔父や従兄弟といった一族が連帯し、大地を耕し、よそよそしくはあっても礼儀正しい挨拶をしようと努力しているのだ。僕はすぐにでも南へ戻りたくなった。

サイミシュテへの帰路、夜の大半を地図を見ることに費やしてしまった。ニシュの南西、鉤型に曲がったよく日のあたる畑に沿った道はコソヴォとマケドニアへ通じている。僕らはその方角へ向かっていた。

ベオグラードへ戻る

山の手からサヴァ川沿いの通りまで、丘の中腹に道が伸びている。丘は木造の家屋と穴だらけの塀、ナナカマド、リラの茂みに覆われていた。静かでひなびた地区で、首輪につながれた山羊や七面鳥、子どもたちがあちこちにいる。子どもたちは声も出さずに石蹴り遊びをしたり敷石に落書きをしているが、炭で描いてあるのでただでさえ見づらく、それもまるで老人が描いたように線がよれよれとしているのだ。この場所には来たことが何度かあった。頭を空にして陽気になり、トウモロコシの芯を蹴り、まるで明日の死が避けられないかのように町の匂いを胸いっぱいに吸いこみ、魚座生まれには致命的ともなりかねない逃走の力に身をまかせるのだ。丘の麓には、川沿いにテーブルを三つ並べただけの小さな食堂があった。香りをつけたプラム酒が出され、荷馬車が通りかかるたびにグラスの中で揺れる。サヴァ川は日が暮れるのを待っている客たちの目の前で褐色の波を静かに送り出していく。対岸には砂埃に覆われた灌木の茂みとサイミシュテの小屋の並びが見え、北風が吹くとティエリのアコーディオンの音まで聞こえた。あの曲は『元気だ《サ・ガーズ》』か『じゃじゃ馬《ランスミーズ》』だろう。別世界のような雰囲気があり、もの悲しさが軽薄なので、ここでは少し場違いに聞こえてしまう。

最後の日の夕方にもそこへ行った。川岸で二人の男が、硫黄とワインの澱《おり》の匂いのする巨大な樽を洗っていた。ベオグラードにただよう匂いはもちろんメロンの香りだけではない。ほかにも気になる香りがいくらでもある。重油やカリ石鹸、キャベツ、糞。そういったものがいやでもただよってくる。町そのものが悪臭を放つ傷口のようなもので、膿を出してみずからを治療する。その強靭な血にはどのような傷口もふさいでしまうだけの力があるのだ。これまでに町が与えることができたものの数は、いまもなお町に欠けているものの数よりも多かった。これについて、僕にはたいしたことも書けない。自分が幸福であるために、僕の時間が奪われてしまったからだ。それに失われた時間について判断するのは、僕らの仕事ではないのだ。

マケドニア街道

マケドニア街道の経由地、シュマディア地方のクラグエヴァツでは、僕らの友人であるアコーディオン奏者のコスタが両親の家で僕らを待っていた。シュマディア地方はセルビアの宝と呼ばれている。トウモロコシとアブラナを植えた丘陵地帯が海のように続く土地だ。小麦もあれば果樹園もあり、燃えるような色をしたプラムが、乾いた草地に輪を描くように落ちてくる。この地方の農民は豊かで頑固で金づかいが荒く、自分の荷馬車の後部に金文字でスボゴム（さようなら）と書きこみ、国いちばんのプラムで酒を醸している。村は高く枝を伸ばしたクルミの木々を囲むように広がり、牧歌的な雰囲気が色濃くただよっている。この地方の中心地であるクラグエヴァツの高校へ通うブルジョワの子息も、その影響を強く受けていた。コスタもまた田舎の強情さの持ち主で、頭や肩の動かしかたにも田舎の人間らしさが強く現われている。口数が少ないのもそうだ。彼の家族について、僕らは詳しいことは知らなかった。父親は地区の病院の医師――おしゃべりだ、とコスタは口を閉じる前に言っていた――で、母親は太っていて、陽気で、ほとんど目が見えなかった。

クラグエヴァツでは逆に、僕らがどこに到着するのかまで広く知られているようだった。子どもの大群が車の上に乗りこんで、僕らをドアの前まで案内してくれたのだ。あちこちで歓迎の声があがり、手が差し伸べられ、青い瞳で見つめられ、少々の唾も飛んできたが、僕らは広々としたぼろアパートの一室へ迎えられた。プラッシュ、黒いピアノ、プーシキンの肖像画、みごとに使いこまれ、日差しを浴びる場所に置かれたテーブル、よぼよぼになった祖母。彼女は僕らの手を万力のように力づよく握りしめた。次の瞬間、医師が急ぎ足で駆けつけてきた。熱意と情熱そのもののような人物で、勿忘草《わすれなぐさ》のような目と、真っ白な口髭をしている。その医師はジュネーブを訪れたことがあり、古代ギリシアの勇士のような声でフランス語を話し、まるで僕らが生み出したかのように、ジャン＝ジャック・ルソーの存在に感謝していた。

食欲を高めるビール、サラミソーセージ、酸味のきいたクリームでつつんだチーズケーキ。かれこれ一時間はテーブルに近づくこともできなかった。ちょうどコスタがアコーディオンのストラップを肩にかけ、医師がバイオリンで音を合わせてからのことだ。小皿を積んだ食器台の横で家政婦が踊りだしていた。最初は上半身が不動のままで、見るからにぎこちなかったが、しだいに動きが素早くなってきた。コスタがゆっくりとテーブルのまわりを歩き、角張った指が鍵盤を叩く。彼は首を少し傾け、泉の音に耳をすますようにアコーディオンの音を聞い

ていた。歩くのをやめると、今度は左足がリズムをとり、その穏やかな顔にはリズムの面影もなくなる。この節度こそが真のダンサーを生み出すのだ。踊りを知らない僕らの顔に音楽が上りつめるが、そのままなんの役にも立たず四散してしまう。医師はバイオリンにむりやり音を吐き出させていた。弓が弦を二センチは動かし、そのあいだに彼は息をつき、汗をかき、雨後の茸《きのこ》のように膨らんでいく。ろくに身体の動かないコスタの祖母までが片手をうなじにあて、もう一方の手を伸ばして——ダンスの姿勢だ——歯茎に笑みを浮かべながら、リズムに合わせて身体を揺らしていた。

ロースカツ、挽肉のパイ包み揚げ、白ワイン。

コロと呼ばれる輪舞はハンガリー国境に近いマケドニアからユーゴスラビア全土に広がっている。地方ごとにスタイルもテーマもさまざまで、街道から横道に入るだけで、コロを踊る人々が見つかるはずだ。兵隊にとられる息子のため、駅のホームの鶏や玉葱の籠のあいだで即興で踊る悲しげなコロ。山ほど写真を撮るために、華やかな衣装でハシバミの下で踊るコロ。チトー主義のプロパガンダのため、国を代表する踊りとして僻地にまで「専門家」の役人を派遣し、四分の九拍子や二分の七拍子といった軽いシンコペーションに慣れた農民の変拍子を際だせることもある。もちろん音楽家はこの伝統音楽の宣揚政策のおこぼれにあずかり、いまではフルートやアコーディオンに合わせたスタイルが主流となっていた。

ベーコン、ジャム・クレープ、プラムの蒸留酒。

四時、僕らはまだテーブルにいた。医師はバイオリンを下ろして叫ぶような声で歌っては、飲み物を注いでまわっていた。親切だがやたらと騒々しく、自分のまき散らす音に酔いしれ、次から次へと被害者を出すタイプだ。もうほとんど目の見えないコスタの母親は、指先で僕らの顔に触れて目の前に僕らがいることを確認しては、舞い上がりそうな勢いで笑っていた。まるで彼女のほうが客のようだ。歌が途切れるたびに、廊下の先からボトルとスイカを冷やしている浴槽に水のしたたる音が聞こえてきた。小用に立ったときに数えてみると、ゆうに一週間分の給料が消える分量だ。

セルビア人はやたらと気前がいいだけでなく、古代の饗宴の感覚をいまもなお失わずにいた。楽しむだけでなく、いやなことを追いはらおうとしてさらに楽しむ。人生が軽すぎるのなら饗宴にしよう。では、人生が重すぎるのならば？　また別の饗宴を催すまでだ。聖書にあるように「老いた者から掠《かす》め取る」どころか、なみなみと注いだ酒で励まし、温かく彼を囲み、すばらしい音楽を満喫させるのだ。

チーズとタルトがすみ、これで苦労も終わりだと油断していると、黄昏に染まって赤くなった医師が、僕らの皿に素早く巨大なスイカの切れ端をすべりこませていた。

「水みたいなものですよ」医師はそう言って僕らを励ました。

断わることができなかったのは、そんなことをすれば彼が不運にとりつかれるのではないかと不安になったからだ。靄《もや》のようなものを通して、コスタの母親のささやく声が聞こえた。スロボドゥノ……スロボドゥノ（どうぞ、たっぷり食べてください）！　そして僕は椅子にまっすぐに座りながら眠りこんでいた。

六時、僕らはニシュへ向かって出発した。深夜になる前に到着したかったのだ。外はすっかり涼しくなっていた。僕らは季節労働者のように季節の過ぎたセルビアを出た。ポケットには現金が詰まり、頭にはまだ新しい友情の数々が詰まっていた。

九週間は暮らせる額だ。大金というほどではないが、九週間は長い。贅沢はできないが、それでもひとつだけ贅沢をしよう。急がずにのんびりすることだ。サンルーフを開き、ハンドアクセルを少しだけ引き、シートの背もたれに腰を下ろし、ハンドルに片足をかけ、すぐには変わることもない景色の中を時速二十キロで進み、満月の夜の驚異を味わう。蛍、スリッパ姿の工事現場の作業員、三本のポプラの木の下で簡素に繰り広げられるダンスパーティー、渡し守が起きていない川、自分のクラクションにびっくりしてしまうほど完璧な静寂。そして日が昇り、時間の流れが遅くなる。煙草を吸いすぎたし、腹も減っている。鍵のかかったままの食料品店の前を何度も通り過ぎる。トランクの奥に埋もれた工具箱の中に見つけたパンの欠けらを、飲みこまずにひたすら噛みつづけるしかない。八時ごろになると日差しが耐えがたいほどになり、集落を通過するときに目をあけているのがつらくなった。日差しで目がきかないのか、略帽をかぶった老人たちが車のすぐ前をよろよろと横切っていくのだからたまらない。正午ちかくにもなると、ブレーキと頭とエンジンが熱を帯びてくる。風景がどれほど荒涼としていても、かならずどこかしらに柳の木立があった。両手を頭の後ろに組んで居眠りをするのに最適の場所だ。

食堂や宿が見つかることもある。壁がゆがみ、カーテンが裂けてはいるが、部屋は地下室のように涼しく、玉葱の強烈な匂いとともに蠅の羽音が響きわたるような場所だ。そこには一日の中心があった。テーブルに肘をのせてリストをつくり、まるで誰もが自分の隣にいたかのように朝の出来事を語りあう。数ヘクタールの畑に散らばっていた朝の機嫌が、飲みはじめのワインや落書きをした紙ナプキン、口をつく言葉のうちに戻ってくる。感受性豊かに唾液が分泌されて食欲が増進し、旅の暮らしでは肉体の糧と精神の糧が深く結びついていることを証明してくれる。さまざまな計画と羊のロースト、トルコ・カフェと無数の思い出。

一日の終わりはひっそりと訪れる。昼食では言いたい放題だった。エンジンの歌声と流れる景色によってもたらされた旅の流れが身体の中を貫き、頭をはっきりとさせる。意味もなく宿した思いが心から去っていく。そのかわりに別の思いが身を寄せ、急流の底に沈んだ石のように心に馴染んでいく。手だしは無用だ。道は味方だ。インドの先端どころか、さらに遠く死の世界までめんどうを見てくれるというのなら、道がこのように続いていくのを誰もが望むだろう。

旅から戻ると、旅に出ることのなかった人々からよくこう言われた。酔狂と集中力がもう少しあれば、自分も同じように旅をしていた、と。そのとおりなのだろう。きっと強い人間なのだ。僕はそうじゃない。僕には場所の移動という具体的な手助けが、どうしても必要なのだ。世界が弱者の上に手を広げて支えているというのは幸運なことだ。マケドニア街道で過ごした数々の夕刻のように、左手に見える月、右手に見える銀色の波を湛えたモラヴァ川、地平線の向こう側にある村、そういったものを見つけては三週間ほど暮らすのだと思いうかべ、その思いそのものが世界のすべてとなるとき、自分にはこの世界なしに生きることはできないのだと理解し、満足を覚えるのだ。

プリレプ、マケドニア

プリレプにはホテルが二つしかなかった。共産党関係者向けのジャドランと、めったに来ない旅行者向けのマケドニア・ホテルで、僕らはとりあえず最初の晩は宿代を安くすませようとマケドニア・ホテルに泊まることにした。急ぎでなければこういった方法も悪くない。固定料金の宿ほど強欲ではないし、想像力もかきたてられるものだ。それに、あれこれと説明することも大切になってくる。互いに要求があり、うんざりするほどその要求を突きあわせて結論を導き出すのだ。マケドニア・ホテルにはほとんど客がいなかったこともあり、それも難しいことではなかった。とはいえ土曜日の夕方なので、支配人は不安になっていた。屋外レストランには色つきの電球が吊るされ、枯葉のあいだにスモーキング姿の手品師が現われるが、観客と呼べるのは、疲れきってぼんやりした数人の農民だけなのだ。夕方の風が吹き、奇術師の唇の端に浮かぶ口上も途切れがちになり、シルクハットから飛び出す鳩も観客の笑みを引き出すことはできなかった。まるでお粗末な奇跡には誰も関心がないようにすら見えてしまう。手品が終わるのを待って、部屋に荷物を上げた。鉄パイプのベッドが二つ、花柄の壁紙、小さなテーブルが一つ、青い琺瑯《ほうろう》の洗面器が一つ。開いた窓からは、黒い山々に向かって背筋を伸ばす岩の匂い。ここで秋を待つ。それも悪くない。

この町には職人が多いので、車につける荷台を作ってもらうのも難しいことではないはずだ。だが、それは思いこみにすぎなかった。まずはセルビア語が通じない鍵屋に話を理解させなければならない。絵も必要になる。それなのに僕は鉛筆を忘れていた。鍵屋の手もとにもなく、早くも車のまわりに集まっていた野次馬たちも自分のポケットの中に手を入れてくれたが……それだけだった。鉛筆というのはそう軽々しく持ち歩くものではないらしい。野次馬のひとりが隣りの食堂へ探しにいってくれるあいだにも、さらに人が集まり、あれこれと話しはじめる。絵を描こうとしている……二十三歳だそうだ。濡れた手で車のフロントガラスをさわる者もいれば、ふとしたことで吹き出す者もいた。僕ができるだけ正確に見取り図を描くと、鍵屋の顔が明るく輝くが、すぐに曇ったのは溶接用のバーナーがないことを思い出したからだ。鍵屋が僕の紙にバーナーの絵を描き、そこに×印をつけ、僕を見た。群集に期待はずれのどよめきが走り、そして、ひとりの老人が前に躍り出た。昨日、ドイツからトラックで戻ってきた知りあいの若者が溶接用のバーナーを持っている、というのだ。僕はそのバーナーを借りようと、老人の案内で町の反対側へ向かうことにした。頭の禿げあがったその老人は目に落ちつきがなく、鉤鼻で、つぎはぎだらけの黒い上下を着て、裸足で歩きまわっていた。落ちぶれた

メロンの香り

修道士くずれとでもいった雰囲気だ。米語をよく話し、自分のことをマット・ジョーダンと呼んでくれと言った。彼はカリフォルニアで三十年暮らしていたという。チャーリー・チャップリンとは学校で友達だった。足を引きずって歩きながら、自分の言葉を証明するつもりなのか、汗で変色したアメリカの絵葉書を見せてくれた。それでも僕には、彼が次から次へとでまかせを口にしているだけのような気がしてしまう。それに、老人の十五メートルほど後ろに、子どもたちがにやにやと笑いながらついてくるのを目にすると、どうもろくなことにならないのではないかと思えてきた。だが、運よくバーナーの持ち主がまともなドイツ語を話せたので、通訳は不要だった。彼は戦争中に捕虜になり、バイエルンで結婚し、妻子を連れて故郷へ戻ってきたばかりだった。昨夜、帰還を祝って破目をはずしすぎたために、両手で頭を抱えこみ、ひっきりなしにうめいていた。それほど量を飲んだわけではなかったが、アーバー・エス・ハット・ゲミシュト（何種類も飲んでしまった）のだという。バーナーは新品で、彼はまるでイコンにでも触れるかのように大切に扱っていた。自分のトラックにガソリンを給油するのと引き換えならば、バーナーを貸してもいいという。話はついた。鍵屋のところへ戻ると、こちらも問題はないようだ。群集はあいかわらずで、ときおり声援も飛んでくる。やりとりがよほど楽しいのだろう。だが、料金の交渉になって、その楽しみが消え失せてしまった。鍵屋は五千ディナールだと言う。法外な料金だし、工賃がそれほどの額になるはずがない。そのことは鍵屋も承知のうえだが、ここでは鉄が貴重品で、彼の収入の半分以上が政府に取りあげられてしまうのだ。鍵屋は悲しそうな表情で自分の店へ戻り、群集も散っていく。僕は午前中をむだにしたし、彼もそうだ。彼を恨んでみてもしかたがない。何もかもが欠乏しているのだ。質素な暮らしは人生を向上させるというが、たしかにそのとおりだろう。だが、ここまで日常的に欠乏していると、人生が居眠りしてしまうだけだ。僕らは違う。荷台がなくてもどうにかなる。いっそのこと車も、旅の計画も、石柱に登って瞑想に耽ることもあきらめたっていい……だからといって、鍵屋の問題が一歩でも前進するわけでもなかった。

プリレプはマケドニアにある小さな町で、ヴァルダル川流域の西、褐色の山に囲まれた擂《す》り鉢状の土地の中心にあった。ヴェレスから続く未舗装の街道が町を縦断し、さらに南へ四十キロ進むと、昼顔に覆われた木製のバリケードによって先をさえぎられる。そこはマナスティルにあるギリシアとの国境で、戦争以来閉鎖されたままだ。プリレプの西側に伸びる何本かの悪路を経由すればアルバニアとの国境に出られるが、国境は安全とは言いがたく、完全に閉鎖されている。

耕作地帯に新たに敷石を広げたようなプリレプの町には、純白の二つのミナレットや、緑青に覆われたバルコニーがせり出す建物、木造の長い回廊があり、その回廊では八月になると世界でも最高級とされる葉煙草の乾燥作業が行われた。町の大広場の、白や黄金色の壺が並ぶ薬局と、煙草の取扱所のあいだにある「自由」と名づけられた店の前では、兵士が銃を足下に置いたまま居眠りをしている。競合する二つのホテルが向かいあい、片方のジャドランのスピーカーからは日に三回、『パルチザン讃歌』とニュースが流れてくるが、荷馬車で居眠りをしている農民たちを目覚めさせることはなかった。

外国人が一晩マケドニア・ホテルの枕に頭を預ければ――蚤のほかに――のんきな村のイメージが手に入る。ロバがあちこちを渡り歩き、しなびた煙草の葉と熟れすぎたメロンの香る村だ。一晩だけでなくそのまま留まれば、すべてが複雑にからみあっていることに気がつく。なにしろマケドニアでは千年の昔から、ことあるごとに歴史が民族と人心をかき乱しているのだ。何世代にもわたり、オスマン帝国は人々を互いに対立させながらこの地を治めようとし、重税に虐げられる村人たちを分裂させてきた。オスマン帝国が弱体化すると、列強国が引き継いだ。なんとも与しやすい国だ。手を汚さずに紛争を排除できるのだ。テロやその報復テロが支援を受け、教会の支持者やアナーキストに武器が与えられ、マケドニア人はいつまでたっても休息を手にすることができない。

プリレプにはスレイマン一世の時代から住みついているトルコ人がいる。彼らは身内で固まって暮らし、自分たちのモスクや畑を中心にした生活を営み、イズミルやイスタンブールを夢に見ている。戦争中にドイツ国防軍の兵士にされ、いまでは夢を見ることすらなくなったブルガリア人。亡命してきたアルバニア人、食堂で昼の施しを受ける社会的地位が一定しないマルコス軍のギリシア人。共産党のお偉方はジャドランの蝿取り紙の下で踏んぞりかえって酒を浴び、マケドニアの農民たちは文句も言わずに黙って従う。昔から何かあるたびに自分たちが犠牲になってきたのにはそれなりの理由があるのだろうと考えているのだ。町の入口の兵舎を加えれば、それこそバベルの塔のミニチュアだ。北から来た新兵には、地元の言葉がひと言も理解できず、人知れず婚約者の写真を見つめるか、村の親類を話し相手にするしかないのだ。

十五分ほど歩いた日のあたる斜面には、かつての市街地があった。そこはマルコヴグラードと呼ばれている。マルコヴグラードを潤していた泉が枯れると、住民はそこを見捨てていまのプリレプの町を築いた。マルコヴグラードにはいまでも洗礼堂と十四世紀と十五世紀の修道院がいくつも残っていた。そのほとんどは厳重に封鎖されるか、安価な住居に転用されて洗濯物が干されているが、プリレプでは、この点について詳しく説明してくれる人間は一人もいないのだろう。遠く過ぎ去った時代のことなのだ。

マット・ジョーダン老人と出会ってからというもの、僕らは彼につきまとわれていた。僕らが建物から出てくると、老人が物陰から現われて立ちふさがり、カフェに追いつめられることもあった。そして、気を滅入らせるような俗語で思い出話を僕らに聞かせるのだが、その話が

メロンの香り

ほんとうらしく聞こえたためしがなかった。

「ワン・デイ、アイ・ウィル・テル・ユー・マイ・ビッグ・シークレット……ノーバディー・ノーズ……しっ！」なにやら、国を揺るがしかねない政治的な秘話を聞かせてくれるといって、僕らの袖を引っぱる。まさに虚言癖のある人間特有の目つきで、誰かに聞かせることが無上の喜びなのだろう。ホテルの支配人から聞いた話では、老人は町の刑務所で憲兵に頭を剃られたということだった。体制批判をした咎《とが》で一週間ほど閉じこめられていたのだ。彼の苦しみは多くの点で理解できるが、その苦しみは、体制というよりも彼の人生そのものによるものだ。砂糖の山のような頭や軽石のような顔色、落ち窪んだ目とともに、彼は不運という名の光を周囲に放っていた。あらゆる不運をその一身に集めることで、この町で何か特別な役目をはたしているのではないかと思えてくるほどだ。とはいえ、彼自身としてはたんに日なたぼっこをして一日を過ごしているだけだ。それに、彼には小さな果樹園と家まであった。あまりにしつこく懇願されたので、僕らは根負けして家を訪れる破目になったのだ。

そこはアカシアの木に囲まれた暗い家で、歯科の無料診療所のような匂いがただよっていた。老人は玄関前の石段の上で待ち構え、僕らが戸口をくぐると、まるでその家での作法のように僕らの手を握り、僕らを抱きしめた。腰を下ろした瞬間、僕はこの家を訪れたことを後悔していた。鎧戸を閉めて石油ランプを灯した部屋は薄暗いキッチンに面し、そのキッチンからささやき声と何かを噛む音が聞こえてきた。庭から上がりこんだ近所の人間がキッチンに駆けこみ、口いっぱいに食べ物を詰めこんでは出ていく。人の出入りを目にしても、マット老人は大げさにお辞儀を繰り返すだけだった。自分の家に人々が無言で出入りしているのを、老人は喜んでいた。実は二日前に始まった老人の父親の死を偲ぶ宴が、いまもなお続いていたのだ。僕らが状況に馴染んだと見るや老人が手を叩き、すぐに暗がりからひ弱そうな二人の少年が現われ、僕らの手に口をつけた。二人は老人の息子だった。老人は二人の脇を小突いて、片言の英語を話させた。二人は見るからに老人を恐れていた。いちどとして正面から見ようとしないのだ。弟のほうがテーブルの支度をするといって逃げ出したが、兄のほうは適当な言い訳が見つからず、そのまま針の筵《むしろ》に立たされた。老人に学校へ行かせてもらえず、十三歳になるというのに毎日縫い物仕事をして一日を過ごしているという。少年はその仕事ぶりを僕らの前で披露させられた。「ラブ・ザ・キング……ラブ・ザ・カントリー」という文字がフェルトペンで書きこまれた大きなセルビア国旗だ。文字を取り囲むように、丁寧だがややぎこちない手つきで羊毛の刺繍がほどこされている。マット老人はその国旗を自慢し、息子の頭をなでまわしていたが、息子のほうは女の仕事だと恥ずかしがり、泣きべそをかきながら国旗を抱えて逃げ出してしまった。

テーブルにつく。酸っぱいキャベツ、スープとパン、ざらざらした芋。この芋はきっと呪われた帝国の土で成長したに違いない。ひとくち飲みこんだとたん、どの料理も死の香りが鼻いっぱいに広がっていく。それでも慣れるしかない。なにしろキッチンでは黒い肩掛けから髪のはみ出した六人の老婆たちが、かれこれ二時間はテーブルのまわりに陣取って煮込み料理を食べながら軽口を言いあっていたのだ。泣き女だ。遺体がまだ家の中にあるのかどうかはわからなかったが、知りたいとも思わなかった。マット老人は僕らのグラスに透明な液体を注ぐと、乾杯しようと言った。

「ホーム・メイド・ウィスキー」老人はそう言って、歯茎全体に笑みを浮かべている。凄まじく強烈な酒で、暖かさもなければ輝きもない。おまけに甘ったるい異臭で口の中に唾が湧き出してくる。魂によって本能的に不幸に分類されるべき代物だ。もはやキッチンに目を向けることすらできなくなった。箒《ほうき》に跨った老婆たちの姿を目にするのが恐ろしかった。

僕らはこの家に足を踏み入れ、彼のパンを食べて、一時間以上は引きとめられていた。ついに「極秘」文書が僕らにゆだねられる時が訪れた。それは今世紀初頭の数枚の絵葉書だった。摩天楼の下を走る緑色の路面電車、ミシガン州ベルアイルのガーデン・パーティー、オレンジの木の下のショートブーツを履いた女たち。それと、数枚の写真。きらびやかな人影を背景にした軍服姿の青年。

「ウエスト・ポイント時代のわしだ」

だが、写真をよく見てみると、階級章が救世軍のものと瓜二つだった。奇術クラブの年大会で、先の尖った帽子の男たちの中央に写っている写真もある。二列めにいる頬に影の落ちた青白い顔はチャップリンだ。

僕らのことを「もの知り」だと思うようになったのか、老人はもう真実みを強調するつもりもなくなったようだった。次々と口にする作り話は、どれも途方もない話ばかりだ。警察に日夜監視されながらも陰謀を企てている、本物のチトーはとうの昔に死んだ、証拠もある。古いビスケットの缶に隠してあるクリスマスカードだ。そこには「メリー・クリスマス、一九二二年、ミスター・アンド・ミセス・ボシュマン」と記されている——。

この不快な時間も、とある客の到来とともに中断された。メソジスト派の牧師が死者に敬意を表しに訪れたのだ。牧師は一目で状況を把握した。

「我らが友マットが、またしても気まぐれを起こしたようですな」牧師はドイツ語で話した。牧師はチューリッヒで学び、いまもなお耄碌《もうろく》とは無縁のようすだったが、寄る年波と孤独な暮らし、厳しい聖職の実践によって、きわめて臆病な性格になっていた。プリレプにはメソジスト派の家が数家族あり、さらにコソヴォの各地方に五、六家族あるという。一地方よりも広範囲にわたるという彼の担当教区のことを訊いてみたが、牧師はありきたりなソドムとゴモラの話を引用しただけだった。

魂を拾い集める分野では、彼の競合相手が彼以上に成功しているとも思えなかった。東方正教の司祭は説教を丹念に推敲しては共産党の金庫に上納金を納め、イスラム教の導師《イマーム》は夕方になると、流浪の生活で薄まっていく信仰心に肥料を与えながら戸口で信者の嗅ぎ煙草を吸い、マルクス主義の信奉者は合唱団とDDT（殺虫剤）と新しいプールを武器にして、とりたてて苦労もせずに信者を獲得している。誰もが自分なりの方法で、自分以外の者の見解に抵抗している。とはいえ誰にでも共通する感情も存在した。ボグ［セルビア＝クロアチア語で神を意味する］は町を去ったのだ、と。

「プリレプのことをよく知りたければ」牧師がさらに言った。「このような諺があります。〈誰もが疑いあっているのに、誰が悪魔なのか誰も知らない〉と」

そして、二人の老人は口にハンカチをあてながら、息も絶え絶えに笑いあっていた。

「牧師に会いに行くのはおやめなさい」ホテルの支配人が言った。「あまり賢い人じゃありませんよ」僕としては牧師の賢さではなく、彼の職業に興味があるだけだ。牧師は聖俗の聖の象徴であり、その聖――自由と同様に――を気にかけているのであれば、危機的な状況にあることを感じとる必要がある。それに、牧師は蝋燭の販売も手がけ、その蝋燭のゆらめく炎は人々のあらゆる願いとまじわりながら、暗闇と沈黙そのものである木造の教会の鍵をも握っていた。

扉を開くために牧師は鍵穴をこね回して竈《かまど》のような音をたて、人々から少しばかりの金銭を徴収し、そして、紺色と暗い黄金色と銀色の世界に人々をゆだねる。暗闇に目が慣れると、祭壇上の木彫りの雄鳥が見えてくる。雄鳥は身体を膨らませ、羽を広げ、嘴《くちばし》を開けて聖ペテロの背信を悲壮感たっぷりに歌っている。何か熱く、惨めなものを感じる。まるで神が人間の罪や人間の幼さ、人間の弱さを元手にし、そこから生まれる利益を許しによって手にしているのではないかとさえ思えてくる。

トルコ人のモスクは礼拝における穏やかさをより強く表現している。ずんぐりとした建物で、両脇にあるミナレットにはコウノトリが留まっていた。内側には漆喰が塗られ、敷石には赤い絨毯が敷きつめられ、壁いっぱいに切り紙を並べた文字で記されたコーランの章句があった。感じのよいすがすがしさがあった。厳粛さはないが、それでも崇高さが損なわれることはない。僕らの教会の内部のような、悲劇や別れを思わせるようなものは皆無で、すべては神と人間が自然な絆で結ばれていることを示していた。その絆こそが純真さの源泉であり、真摯な信者がいつまでも喜びの糧とするものだ。このモスクでしばらく休憩。裸足でざらざらとした羊毛を踏みしめていると、川で水浴びをしているような感覚になる。

プリレプにいるトルコ人はそれほど多くはないが、かなり組織化されていた。彼らの組織を僕らに紹介してくれたのは床屋のエユブだ。エユブは僕らと同じ年代で、ドイツ語を少しだけ話せた。僕らはすぐにうちとけた。自分の家族の出身地であるイズミルを好きになるべきだと彼に話したことが契機となり、無料で髭を剃るからいつでも来てくれと言われるまでになった。それで僕らは二日ごとに穴のあいた革張りの肘掛け椅子に身体を伸ばし、石鹸まみれの顔で、鏡を取り囲む石版画のイスタンブールと向かいあうことになった。いつの間にか彼らの仲間に入れられていたらしく、数日前にはエユブとその友人たちと日曜日に一緒に田舎で過ごそうと誘われることになった。ワイン、音楽、ヘーゼルナッツ……荷馬車で行こう……粉屋が密猟した山羊がいるんだ。そういったことを、エユブは身ぶりで説明してくれた。彼のドイツ語は完璧なものとはいいがたかった。

夜明けに僕らは町の出口にいた。知らない人間が山ほどいたが、向こうはみんな僕らのことを知っていた――「外国人」というのはそんなものだ。しわがれ声で口にされる挨拶《サラーム》、青い上下の服、巨大な水玉模様のネクタイ、朝の髭剃りで血まみれになった顔、食料を詰めこんだ馬車。食料のあいだにバイオリンやリュートがのぞいていた。少し離れたところで男の子が緑の自転車と紫の自転車をつかんでいた。エユブが僕らのために借りてきたのだ。全員がそろうと、それぞれが用意した鳩を一斉に放し――日曜日の習慣らしい――、僕らは彩り豊かな自転車に乗り、荷馬車を従えてグラドスコへ向かった。

このあたりではめったに自転車を見かけない。裕福な人間にしか手に入れられない贅沢品であり、自転車をめぐっては話題がつきない。カフェへ行けば、ふだんは落ちついた人物が熱い口調で自転車のメーカーやサドルの柔らかさ、クランクの頑丈さを語りあっていたりする。運よく自転車が手に入ると念入りに何色にも塗装し、何時間もかけて磨きあげ、部屋のベッドの脇に飾り、夢の中にまで登場させるのだ。

数キロ進んだところでミラベルの黄色い生け垣の切れ目を抜け、ポプラの木々に囲まれた野原に出た。野原の奥の水車小屋の前まで行くと、粉屋があぐらをかいて碾《ひ》き臼の溝を切り直していた。三百キロはあろうかという大きな臼を元の位置に戻すために、僕らの到着を待っていたのだ。六人がかりで臼を動かすと、粉屋が水車の水流を調整して麦を流しこみ、小麦粉が横木を白く染めはじめた。それから粉屋はトマトと玉葱の入った籠を囲むように草の上に革の敷物を広げ、青い琺瑯のポットにラク酒を満たした。僕らがしゃがんで食べはじめると、そのあいだにエユブがリュートを足のあいだにはさみ、首の血管が浮きあがるほど力をこめ、金切り声の嗚咽のような音で僕らの耳を楽しませてくれた。天気もよかった。ひと息入れていると、水車小屋の中から溜め息のような音が聞こえてきた。茄子のベッドに山羊を寝かせて煮こんだ鍋が、秋の空に向かって湯気を上げていたのだ。

歓声、リフレイン、アマネ［トルコ発祥の歌で、歌詞の最後がかならず「アマン・アマン」となる］。エユブの甲高い声はグラドスコにまで響きわたり、近くを歩いていた漁師たちが僕らのいる野原に集まってきた。トルコ人が輪に加わり、ピーマンを口に詰めこみ、満足したように猟銃を何度か撃った。マケドニア人は彼らほど熱烈に歓迎されたわけでもなく、少し離れた切り株に腰を下ろし、膝のあいだに銃を置き、粉屋が放った煙草を素早くつかみとると、一、二発だけ——遠慮がちだが彼らなりの共感のしるしだ——弾を撃った。ラク酒がひっきりなしに飲み干された。トルコ人に乾杯、僕らに乾杯、馬に乾杯、ギリシア人やアルバニア人やブルガリア人、義勇軍兵士、軍人、その他の無神論者の混乱に乾杯。マケドニアの丘のすそを徘徊する無数の不機嫌が、驚くほど猥雑な話題とともになだめられていく。

その日はすばらしい日曜日となった。とても陽気な粉屋は何発か弾を込めると、鶏の群れの半数を至近距離から撃って仕留め、ふらつきながら水車小屋へ羽をむしりに行き、そのあいだ、ほかの連中は選ばれた者のような笑みを口に浮かべ、銃をまわしあっては、あちこちに向けて撃ち放っていた。山羊を骨までしゃぶりつくすと、誰もがクローバーの草原に寝転び、大地の香りを背中に感じながら昼寝をした。六時ごろ、眠ったまま誰ひとり動こうとしないので、僕らはプリレプへ戻った。自転車がきらきらと輝いていた。足は重かったが頭ははっきりとしていたし、身体を動かしたくてしかたがなかった。満腹になって酔っぱらい、なんとも満ち足りた気分だったし、楽しげな光景を目にすることほど元気が出ることはないのだ。

トルコ人が日曜日と野原を活用しているのは、町でマケドニア人に苦しめられているためだ。

プリレプのマケドニア人は自分たちがベオグラードに搾取されていると嘆きながら、かつて自分たちを苦しめたイスラム世界を食いものにしていた。もちろん間違ったことだ。町にいる少数のトルコ人の家族はみな誠実で絆も強く、彼らの精神はマケドニア人よりもよほど清純だった。

トルコ人はミナレットと救いの庭のあいだに、悪夢から身を守るべくこぢんまりとした孤島をつくりあげていた。メロン、ターバン、銀紙の花、顎髭、棍棒、孝行、さんざし、エシャロット、おならの文化に、何よりも好きなプラムの果樹園だ。夜、生《な》ったばかりの青いプラムの香りに熊がつられ、盛大な下痢を残していくこともあった。

プリレプのマケドニア人たちは彼らと距離をおき、彼らの世話になるのを避け、ひそかにいやがらせをするのを好んでいるようだった。過去に苦しめられた人々が時の過ぎるのを待って相手の具合の悪い時期を見計らい、自分の安全を確認しながら復讐に出ることはよくあることだ。

ユーゴスラビアのマケドニア語には、ギリシア語やブルガリア語、セルビア語、トルコ語の語彙が含まれ、さらにマケドニア独自の言葉が加わっている。セルビア語よりも早口で、話す相手は気が短い。ようするにベオグラードで覚えた言葉はたいして役に立たないということだ。柩《ひつぎ》職人に時間を訊かれるたびに、ティエリは同じ対応を繰り返した。言葉がわからないと身ぶりで伝えてから時計の文字盤を指さすのだが、今度は職人が、時計の読みかたがわからないと身ぶりで返すのだ。どうやら、わからない、という意思表示だけは、いつでも相手に通じるものらしい。

柩職人は下地の木片に鉋《かんな》をかけながら、隣りの店の職人と話しこんでいる。隣りは偶然のめぐりあわせか、銃職人の店だ。二人の話題が死にまつわるものになるのはある意味当然なことだが、会話には笑い声もまじり、下品な言葉もよく出てくる。公衆便所に落書きされた文字や絵文字を何度も目にしているうちに、いつの間にか覚えてしまう言葉だ。肝心の柩は角材を組み合わせた上にベニヤ板を張った単純な造りだが、ベニヤ板の代わりに飾りのついた厚紙が使われることもあった。橙色、黒、青の下地に黄金色の流れるような書体や、銀色の三つ葉型の十字が描かれる。子どもが蹴飛ばしただけで壊れてしまいそうな贅沢な粗悪品だ。だが、プリレプでは木材が貴重品であり、土に埋めてしまうのに高価な木材を用いるのはむだだとされるのもしかたのないことかもしれない。

柩職人は死のために働きつづけてきたせいか、彼自身もまた、死に似てきたようだ。昼寝の時間になると、二基の架台に載せた板の上で横になり、顎を突き出し、大きな両手を胃のあたりで組む。どう見ても息をしているようには見えない。蠅も騙されるらしい。板は狭く、少しでも動けば落ちてしまいそうだ。落ちればそれこそ生命を失うことになるのだろう。

祭日になると花屋や菓子屋のように商品の柩を通りに並べる。値段もさまざま、対象となる年齢もさまざまだ。柩が並ぶと不気味ではあるが、これほど美しい色彩は町のどこにもない。ときおり黒い服を着た農婦が足を止め、しっかりと値段を交渉し、やがて小さな柩を腕に抱えて去っていく。それほど衝撃的な光景に見えないのは、ここでは生と死が毎日のように、まるで言い争う二人の女のようにいがみあっているし、誰も仲をとりもとうとしないからだ。失った時間を取り戻そうとしている苛酷な国々では、そのような気配りは無縁なものなのだ。ここでは顔に笑みがないというのは、眠っているか、苦痛にあえいでいるかのどちらかでしかない。疲労や不安にまだ割り振られていない時間があれば、すぐにでもその時間は欲望の充足に割りあてられる。はるか遠くまで鳴り響く爆竹のようなものだ。生きるのを手助けしてくれるものは何ひとつおろそかにはしない。だからこそ音楽に激しさがこもるのだ。音楽はこの国で何よりも力づよいもののひとつだ。張りつめ、不安に満ちた声が突然晴れやかになり、音楽家は危機感にとらわれて楽器と向かいあう。つまり、永遠に続く警報……戦争なのだ。そこではもう時間をむだにすることも、眠ることも許されなかった。

夜、そういったことを心ゆくまで考えながら、僕は蚤と格闘していた。かなり食われていた。町のいたるところで目にする。食料品屋がチーズを切ろうと身をかがめると……シャツから蚤が一匹飛び出し、食料品屋がじっとしていると、その蚤が顎に移り、そこから喉仏を通って下へ向かい、シャツの下に姿を消した。一瞬でも見失えば、もうあきらめるしかない。蚤は僕のところへ来ていた。夕方、シーツを開くと、赤い粉が顔まで舞い上がった。こうなるとDDTも大量の水も効果がない。部屋の反対側では、ティエリが首の後ろで手を組み、十時間たっぷりと、まったく食われもせずに眠っていた。

蚤、少しぼんやりしたくて飲んだ強烈なワイン、旅路にある幸福感、そういったもののせいで夜明け前に目が覚めてしまった。部屋は暗闇とテレビン油と絵筆の香りにすっかり覆われていた。寝袋にくるまったティエリが寝言を口にするのが聞こえた。「……僕の絵に糞をするんじゃない……まったく！　いまいましい蠅め！」それからふたたび穏やかに絵を描きはじめたようだ。なんともうらやましい――僕はあいかわらず心をかき乱された物書きを演じていた。まるで警官に捕まった子どものようにノートの前で震えているのだ。靴を手に持ち、階段を下りる。胃は空っぽで、意識ははっきりとしている。路地の冷たい砂埃を踏みしめていると、ときおり山々から届く石の芳香が砂埃を吹き払っていく。日はまだ昇っていなかったが、煙草畑には背中を曲げた灰色の人影がいくつも動きまわっていた。町の周囲にロバの鳴き声が聞こえ、道の先から雄鳥の歌声が、そしてミナレットの先端から鳩の声が聞こえてくる。太陽が山の稜線に顔を出した。九月の朝靄に町が浮かびあがり、驚くほど純真で、新たな勇気をたたえる姿をさらしていた。町にいる蚤も、無気力も、裏表のある性格も、抑圧された恐怖も、いまなら喜んで許せそうだった。それだけで、この町によりすばらしい未来が訪れるかもしれない。

中庭からホテルへ戻る途中、ホテルの便所の汲み出しを仕事にしている女に出くわした。ずんぐりとした、肌に赤みのあるたくましそうな身体つきをしており、裸足の足は幅が広く、ひとり言を口にしながら糞尿を運び、朝、すれ違うたびに、しわがれた陽気そうな声で挨拶をしてくれた。ある日、僕はうっかりドイツ語で返事をしてしまった。すると彼女が突然足を止め、中身がこぼれるのもかまわずバケツを下ろし、不揃いな歯を見せて笑みを浮かべた。どうせならもう少し離れたところにバケツを下ろしてもらいたかったが、彼女の笑みには、外見からはとても予想のつかないほどの女性らしさと愛敬がこもっていた。

「ゾー……ドゥー・ビスト・ドイッチュ（あの……ドイツの方ですか）？」彼女が目を丸くしながら言った。

「違うよ」

エプロンの上で組んでいた彼女の手には爪がなく、足の爪も醜くつぶれていた。

「私はユダヤ人のマケドニア人です」彼女はドイツ語で言った。「……でも、ドイツのことはよく知っています。三年間……」彼女は指を三本見せた。「戦争のころ、ラーフェンスブリュックの収容所で……とてもいやな場所で、仲間たちが死にました。あの、わかりますか？……でも、ドイツのことはほんとうによく知っています」彼女は満足そうな表情でそうしめくくった。

それ以来、顔を合わせるたびに、彼女は手を振るか、示しあわせたような目配せを送ってきた。二人ともドイツへ行ったことがある——状況はまったく違うが——という点だけは、少なくとも二人の共通点だった。彼女のことは一生忘れないだろう。つらい記憶とも折りあいをつけていたことが、あまりにも強く印象に残ってしまったのだ。貪欲さや貧困も度を過ぎると、ときとして人生が目を覚まし、すべての傷をふさいでしまうことがある。時が過ぎるとともに、強制収容所へ送られた経験もある種の旅だと思うようになり、ついには恐怖を勇気に変えるという記憶に備わった凄まじい能力によって、その旅の話を喜んで人にするようにもなる。どのような世界観も、いちど見直すことができれば悪くはないものだ。かつての加害者たちにとっては屈辱的な不条理だろう。ドイツにいたことが自尊心の核となり、めくるめく冒険談として、プリレプのすべての不幸な人々をうらやましがらせるほどになる。彼らはただ自分の国で苦しんでいただけなのだ。

昼食は玉葱、ピーマン、黒パン、山羊のチーズ、白ワイン一杯、どろりとしたトルココーヒー一杯。夕食はナナカマドの木の下で羊の串焼きに贅沢にもプラム酒を足し、食事代が少し高くつく。さらに地元産の高級煙草と郵便代を加えると、生活費は二人で一日七百ディナールだ。喉が渇いたときには、とりあえずスイカを口にすればいい。スイカの皮が割ける音を耳にするのも悪くない。むやみに水に飛びつくのは考えものだ。住民からしてプリレプの水を信用していない。貧しく、ありふれた味がすると誰もが言っている。僕は何も気がつかなかったが、僕らの国のような気候であれば、水の味など気にする者もいないだろう。ここではきまった言葉を聞かされる。おいしい水が飲みたければ十キロ歩いて泉へ行くといい、と。プリレプの人間はボスニアがあまり好きではないのだが、それでも、ボスニアの水は最高だし、飲むだけで元気になる、と正直に認め、そして口を閉ざして夢みるような表情になり、舌を鳴らすほどだ。

気をつけるべきことはほかにいくらでもある。蝿のたかった果物は危険だし、ある種の脂身は本能的に——相手の気分を害するかもしれないが——皿から取らないようにする。握手をしたあとに目をこするのは——トラコーマの心配がある——避けるべきだ。注意はするが、法律があるわけではない。あるのは身体のざわめきだけで、それもはるか昔に失われたものだが、少しずつ取り戻して調子を合わせる必要がある。その土地の食物にはそれぞれ解毒剤——紅茶、ニンニク、ヨーグルト、玉葱——があることを思い出すべきだ。そもそも健康とは、適度に感染を繰り返すことによってもたらされる動的なバランス状態のことだ。その感染が適度なものでなければ、傷んだハツカダイコンや汚染された水を口にした代償として、数日は猛烈な下痢に悩まされ、額に汗を浮かべてトルコ式の便所に駆けこんでは、ドアをノックする音も無視して、そのまま閉じこもることになる。赤痢はわずかな休息すら認めてくれないのだ。

そんなふうによろよろの状態になると、町全体が僕に襲いかかってくる。何もかも突然のことだ。低く垂れこめた雲とほんの少しの雨があれば、路地がぬかるみに姿を変え、黄昏は暗闇になり、つい先ほどまであれほど美しかったプリレプが安物の紙のように皺くちゃになってしまう。形がなく、吐き気を催させる危険なもの。そういったものになりうる町にあるすべてのものが、悪夢のような激しさとともに姿を現わす。ロバの傷だらけの脇腹、熱にうかされた目、つぎはぎだらけの上着、虫歯だらけの口、五世紀に及ぶ占領と陰謀のせいでとげとげしく、疑い深くなった声。肉屋の薄紫色の内臓肉まで、二度めの死を迎えるのを恐れて救いを求めているように見えてしまう。

まず最初に、当然のことだが、僕は憎しみによって身を守ろうとする。頭の中で酸と灼熱の通りを渡るのだ。それから無秩序を秩序立てようと努力する。部屋にこもり、床を掃き、皮がむけるほど身体を洗い、書いていなかった手紙を手短に書いて送り、レトリックも見てくれも要領も追いはらって、仕事を再開する。いつから始めたのかはわからないが、ささやかな儀式のようなもので、手もとにあるものだけでできることなのだ。

どうにか回復すると、窓から夕日に染まる外の景色を眺める。にわか雨の霞が残る白い家並み、洗いたての空に広がる山の稜線、穏やかに茂る葉で町を包囲する煙草の木の大軍。巨大な聖画像の中心にある安定した世界がようやく戻ってくる。町もまた元の姿に戻っている。きっと夢を見ていたのだろう。十日もいれば町を愛する気持ちが高まる。もっともそれも次の機会までだが。こうして町によって免疫が植えつけられるのだ。

旅というものは、身震いする機会ならいくらでも与えてくれるが、自由は——それまで信じていたようには——与えてくれない。それどころか制限しようとまでする。いつもの枠組みを失い、習慣をごっそりと奪い取られ、旅人は何よりもみすぼらしい状況におかれてしまう。それまで以上に好奇心や直感、突発事に心を開かれることになるのだ。

そしてある朝、僕らは無意識のうちに一頭の牝馬のあとを追っている。つい先ほど農夫が川まで洗いに行った馬だ。四肢が長く、毬《いが》の裂け目からのぞく栗の実のような目をした馬で、みごとな毛並みの下に揺れる筋肉が女王のような色気をたたえていた。ユーゴスラビアで見たなかで、いちばん女らしいものだ。通りを行けば、どの店も振り向くほどだ。砂埃を踏みしめながら僕らは黙々と馬を追った。心臓が口まで出かかった半狂乱の徘徊老人が二人いるようなものだ。僕らは文字どおり目を洗っていた。手つかずでまっさらなものが、この目に必要だったのだ。煙草の膨らみかけた新芽、柔らかくてつややかなロバの耳、幼い亀の甲羅、どれも自然の中でしか見つからないものばかりだ。

ここでは自然が強靭に生まれ変わっていくので、脇にいる人間は年齢というものをもたなくなってしまう。顔が険しくなり、たちまち変質してしまうのだ。乱闘で踏みにじられ、でこぼこになった土地の一画のようだ。日に焼け、傷がふさがり、顎髭や痘瘡、疲労、不安の跡がくっきりと残っているのだ。何よりも鋭い顔、何よりも美しい顔、それに子どもの顔ですらまるでブーツの大軍に踏みにじられたようになっている。僕らの国のようにすべすべとし、牛のような存在感のない顔は見かけることもない。そもそも健康すぎるからで、そんな顔には何ひとつ刻みこまれていないものなのだ。

老人だけは生き生きとしている。ほどほどの活気ではあるが、人生で勝ち取ったものだ。明け方、町を囲む小さな畑に、顎髭を切りそろえて、インゲン豆のあいだに広げた毛布に腰を下ろしたイスラム教徒たちの姿を見かけることがある。彼らは無言のまま大地の香りを嗅ぎ、生まれたばかりの光を味わい、瞑想と幸福で時間を閉ざしている。瞑想の幸福もイスラムと田園とによって確実に広げられるものだ。人の姿に気がつくと、彼らは呼びかけ、座らせ、半ズボンからポケットナイフを取り出してスイカを切り分けてくれる。そして、口から耳にかけてスイカのべとべとした桃色の痕跡が残ることになる。

僕らがそんな状況で出会ったモスクのムッラーは、ドイツ語が少しだけ話せた。彼は僕らのために煙草を巻き、わざわざミナレットを指さしながら自己紹介してくれた。そして僕らの仕事を訊いてきた。
「画家とジャーナリストです……」
「ガンツ・ヴィー・ジー・ヴォーレン（お好きなようにどうぞ）」ムッラーはそう丁寧に答えたが、画家もジャーナリストも、彼にとっては意味のあるものではなかったのだろう。彼はすぐに瞑想に戻った。

それとは別の日の朝、モスクの写真を撮ろうと公園でしゃがみこみ、片目をつぶり、もう一方の目でファインダーをのぞいていると、何か温かく、ざらざらとして、牛小屋のような匂いのするものが頬に押しつけられた。てっきりロバだと思い——このあたりにはロバが多く、人によくなついていて、鼻面を脇の下に押しこんできたりする——気にもせずに写真を撮りおえた。だが、触れたのはロバではなかった。年寄りの農夫が足音を忍ばせて近づき、頬を僕の頬に押しつけて、自分の仲間である七十歳から八十歳の老人たちを笑わせていたのだ。その老人は身体を二つに折って大笑いしながら去っていった。まる一日分の笑いを手に入れたのだ。

その日、僕はジャドランのカフェの窓から、暖かそうな帽子をかぶった別の老人の姿を目にしていた。その老人は顎髭に炒ったヒマワリの種を何粒かからませたまま、小さな木のプロペラの上で笑い転げていた。心のすがすがしさを求めて天へ舞い上がれということなのだろう。

悪ふざけの大好きな老人たちはこの町でもとくにひょうきんな人々だ。あちこち白くなり、ぼろぼろになるにつれて、正当性や超然たる態度を一身に引き受け、子どもたちが壁に落書きするような老人像そのものになっていく。感受性を犠牲にして精神を発達させた僕らの世界には、こういった老人像が欠けている。だが、ここでは一日に一度は、茶目っ気たっぷりで、どこまでも軽率でみずみずしい老人に出くわす。秣《まぐさ》運びやスリッパの修繕屋だということもあり、僕としてはこういった老人たちを見かけると、思わず両手を広げて泣きだしたくなってしまう。

マケドニア・ホテルで土曜の夜にあるダンス向けのアコーディオンはいい演奏だったが、蛇腹に穴があいているので冷たい風が顔にあたり、演奏者は目を閉じて弾かなければならなかった。ティエリが自分のアコーディオンを彼に貸した。死人をも叩き起こすほどの強烈な「百二十ベース」で、演奏者は山ほど弾いては山ほど飲んだので、笑い声とともに彼がアコーディオンをひけらかす前に取り戻そうと、さんざん苦労する破目になった。

セルビアと同じく、ここでも音楽は情熱そのものだった。外国人にとっては「開け、ごま！」となる。録音しようとすれば、警察を含めて誰もが手を広げ、音楽家たちを集めてくれる。

そういうわけで出発の数日前、歌の教師が朝早くに窓の下で叫んでいた。国いちばんのバグパイプ奏者を教室に確保したという。僕らの注文はささやかなものだったが、大物が釣れてしまったようだ。そのバグパイプ奏者は隻眼《せきがん》で髪がなく、目にからかうような光があった。僕らが教室へ入ったときには、彼はバグパイプを膝に抱えたまま黒板の下で居眠りをしていた。彼は「自由」という言葉と一字違いのレフテリアという名前で、結婚式や祝いの席で演奏し、三十年ものあいだマケドニア全土をまわりつづけていた。教室に閉じこめられたのがよほど気に入らないようだった。ジャドランに誘って四杯飲ませると、ようやく演奏する気になってくれた。そのあいだに町の主だった人々が集まってきた。柩職人、郵便局員、共産党の書記。三十代の男たちばかりが彼に敬意を表しているのだ。

太陽が頂点に達し、暑さも厳しくなっていた。羊の脂と生革の匂いがするバグパイプに無数の蝿がたかり、まるでレフテリアの汗で光る頭のまわりに羽音つきの後光が差しているようだった。このバグパイプには羊の全身の皮が使われ、上端に吹口が、下端に低音管と五穴の笛があり、そこに指先を合わせ、袋から押し出される臭気の流れを調節するのだ。レフテリアは婚礼の歌を演奏してくれた。新婦が新居に足を踏み入れるときに、新郎に聞かせる歌だ。

――あなたはわたしを父と兄から引き離した
あなたはわたしを母から引き離した
ああ、どうしてあなたを愛したりしたのだろうマケドニアのメロディーにはたいてい、複雑であれこれと飾りたてられた教会音楽のようなところがあった。かなり力づよいメロディーであっても、キリスト教的なメランコリーの欠けらが漂っているのだ。すべてが藪に覆われていた時代、ビザンチン帝国の修道士たちも、きっと同じようにごつごつとして身にしみる、血のにじむような声で賛美歌やネウマを歌ったのだろう。だが、バグパイプは例外だ。このバグパイプは古く、太古の時代を表現するための道具なのだ。おそらくその奏法も神話のアトレウス王の時代からあまり変わってはいないはずだ。カケスの鳴き声、にわか雨の音、追われる女の恐怖。そして、すべての中心にはパン神がいた。奏者の心臓、留気袋の毛と革、角張った吹口はどれもパン神の支配するものだ。レフテリアがしだいに抑揚を早めていく。僕らは完全にとりことなっていた。最後のダンスに入る。雌鳥の威張った鳴き声が年月の奥底から飛び出すころには、客席は黒山の人だかりとなり、カフェにいる全員の尻や足の親指が揺れていた。

その日から、おそらくラジオ・プリレプで番組を制作している人物が僕らに聞かせようとしたのだろう、広場のスピーカーからフランス音楽が少しだけ流れるようになった。熱気につつまれた通りから太陽が去り、町がその凶悪な目で人々をにらみつける時間になると、ラヴェルの弦楽四重奏曲のざわめきが流れ出し、荷馬車や屋根の上で揺れ、僕らは『赤いハイヒール』という十五分番組を堪能する。堅固なマルクス主義者からの心のこもった新年のプレゼントだ。

プリレプには闘士が数多くいた。運に恵まれれば、教理書を手にして広場に立つ銅像となるか、スコピエのマケドニア政府の要人となっている。それ以外の、ラジオでときおり名前を聞く義勇軍の顔役数名と大勢の国の子どもたちは、自分が勇敢にもレジスタンス活動に身を投じ、社会主義革命をはたしたことに戸惑いを覚えているようだった。

もっとも、それが初めてのことではなかった。プリレプはつねに反骨の町であり、町や地区といった単位では幾度となくクーデターが起きていた。少なくとも十世紀から、プリレプの人々はたいした理由もなく抵抗組織をつくりあげては山地を掌握し、山にその名を留めるようになっていたのだ。非合法な立場というのは不満を抱えた者の最後のよりどころとなったのだ。いまではそれも終わった。対独レジスタンス組織が権力の座についてからは、抵抗組織が山にこもることに意味はなくなった。もう過去の出来事であり、町の共産主義者が過去にとらわれることはなかった。

若さが彼らをがっしりとつかみ、周囲のプロパガンダが彼らを活動的にさせた。いわば合唱団のようなものだ。サッカーのチーム、日曜日の試合、暗い目をした選手たちを詰めこんだ何台ものバス、それもまた彼らの姿だ。彼らにとっては、新しくできたプールも、暑く乾いたこの国では価値あるものだ。六時になるやいなや、若者たちがプールに詰めかけた。まずは、頬まで筋肉でできたとでもいったような健康的なプールを見るのが楽しくなる。それから、憲兵と見まがうばかりの屈強な体格をした若者たちのようすが目に入る。あちこちで「機械の国家」という言葉がささやかれる。僕らはその陳腐な言葉を耳にして少しだけ落ちつく……が、すぐにその言葉が若者たちにとっては魅力的なのだと気がつく。まだ機械も国家も手にしたことがないのだ。

ギリシアへ出発する前日、僕らはトルコ人の床屋エユブの家に招かれた。彼は自慢のラジオを僕らに見せたがっていた。何年も金を貯めてテッサロニキの業者に注文したみごとなラジオで、ケースは金張りにする代わりに鏡面で覆ってあった。エユブはすぐにスイスのフランス語放送を選局した……旅に出てからほんの六週間しか過ぎていないというのに、教師のような堅苦しい声がスピーカーから流れ出たとたん、僕らはびくっとした。黒板の前から聞こえてくるような声。あまりにも僕らの国らしい声だ。自分の声を聞くのが恐くて、まともに口を開くこともできなかった。旅に出てどれほど時間を過ごし、どれほどばかなことを繰り返しても、この堅苦しくも牧歌的な口調を忘れることはできないのかもしれない。

エユブは僕らがラジオに耳を傾けているのを見て喜んでいた。彼は核心を突いていたし、ラジオはまさに彼の期待どおりの働きをした。彼の家にあるものは何もかもうまく機能していた。

コーヒーは熱く、中庭のロバにはよく櫛がかけられていた。それにエユブの話では、彼の妻も完璧らしい。よきイスラム教徒の女性は人前に姿を現わさないとのことで、これぱかりは彼の言葉を信じるしかないだろう。

「奥さんのお父さんは？」

「エア・ジッツ・ウント・ラウフト（彼は座って煙草を吸っているよ）」エユブはそう答えた。まさに理想的な家族像だ。

ホテルへ戻る。ふり返ると月が出ていた。エユブがホテルまで送ってくれたが、彼の巻き毛から髭剃りクリームの匂いが暗闇に流れ出し、ほんの少し気持ち悪くなった。地元の映画館が屋外で西部劇を上映している公園に出たちょうどそのとき、発電所のヒューズが飛び、町全体が蝋燭のように一瞬で暗くなった。映画のスクリーンも消え、観客たちが一斉に落胆の声をもらす。

「エレクトリツィテート・プリレプ……（プリレプの電気はどうも……）」エユブが嘆いている。

もちろん僕らはすぐに陽気になれる。荷物の用意はできていたし、明日には出発するのだから。

メロンの香り

アナトリアへの道

ギリシア・ユーゴスラビア国境

ユーゴスラビアを出てギリシアへ向かうと、バルカン半島の青い色がいつまでもついてくるが、ふとするとその青さが変わっている。わずかにくすんだ青が、カフェインのように神経を高ぶらせる陽気な海の青さに変わっているのだ。何よりも嬉しいのは、会話や挨拶のリズムが明らかに速くなってきたことだ。それまではひたすらゆっくり話すことにばかり慣れさせられていた。それも一度では足りず、二度繰り返さなければならないことも多く、話が通じるまで同じことを何度も口にしなければならなかった。それが国境を越えたとたんに不要となる。

話の途中で相手がうんざりしたようすになり、いや、実際にうんざりしたのだろう、話をさえぎろうとするが、それでも話しつづけるものだから、相手が怒りのこもった仕草で答えていることを見逃してしまうのだ。

ギリシア人というのは予想以上に先を読むところがある。国境の検問所では、がらにもなく自分の声に威厳をもたせようとしただけで、よほど内気な人間とでも思われたのか、うるさいことは何ひとつ言われずに通してもらえた。

最初の二日間はこの早さに面食らうことになった。返事をするのにも身振りを返すのにも、まごついてしまうが、そのうちに鋭敏な知性を取り戻し、適応し、楽しみが始まる。

アレクサンドルーポリス

テッサロニキとアレクサンドルーポリスを結ぶ灼熱の街道を抜けると、丸くなめらかな敷石の続く海沿いの小道へ入り、白いテーブルクロスの前に腰を下ろして心の底からほっとする。ほんの一瞬、皿の上の魚のフライが金塊のように輝き、そして太陽がすべての色を道連れに紫色の海の彼方へと沈んでいく。

原始的な文明世界では、夕刻のたびに光は哀愁に満ちた喧噪につつまれ、死に絶えたのだろう。そう思ったとたん、その世界の存在感が増したような気がし、僕は思わず身構える。町全体が泣き崩れる音を背中で感じようとしたのだ。

だが、何も聞こえない。そんなはずはないのに。

コンスタンティノープル

到着したその日の朝のうちに海峡のアジア側に車で移動し、めぼしい宿がないかとモダ地区をあちこち走りまわっていると、小声だがきっぱりとしたフランス語で呼び止められ、僕らは思わず振り向いていた。髪が真っ白の太った女性で、上品そうな喪服に大ぶりなアメシストのブローチをつけていた。その女性は建物の前の石段の上から、何か思い出そうとしているかのように僕らの荷物をしばらく見つめてから、何を探しているのか訊いてきた。僕らは旅の目的を説明した。

「今年はお客を泊めるのも先週で終わりにしたんだけど、まだ従業員も残っていることだしね。それに旅人が好きなんだよ。うちに泊まってきなさい」彼女はそう告げると、手にした煙草ホルダーの先で、入口の上にかけた看板を指し示した。そこには金色の文字でモダ・パラスと小さく記されていた。

僕らは無言のまま荷物を持ってビクトリア様式の食堂を抜けた。飾り戸納の上に並ぶきらびやかなクリストフルのティーポットのあいだに芥子色の猫が眠っていた。草花の枯れた庭に面した部屋に入ると、ワックスと気品のある黴《かび》の匂いがかすかに感じられた。宿には小間使いと給仕頭と女主人のワンダのほかに人影はなく、鎧戸が閉めきられているために墓場よりも恐ろしげに見えた。僕らも思わず声をひそめてしまったほどだが、僕らの旅がこのモダ・パラスを経るというのであれば、うやうやしく頭を下げるしかない。宿の片側はマルマラ海に面し、かつて権力争いに敗れた王族が流刑に処されたプリンセス（クズル）諸島を見わたすことができた。反対側にそびえる丘は、薄紫色の空の下に広がるヨーロッパ側の岸辺やペラ（ガラタ）塔、藤の花が咲きみだれ、流木のように色の落ちた建物の立ち並ぶ旧市街が望める。

「ここで何か商売をするつもりなのかい？」レコーダーとイーゼルを目にして女主人が訊いた。

「絵とか記事とか……それと、講演なんてのもいいかもしれない」

「そんなのがうまくいくのかい？」

「いまのところうまくいってるさ」

「ここじゃ、あまり望みはないね。このワンダが言うんだから間違いないよ」

女主人の声にはどこか哀れみがこもっていた。

僕らはコンスタンティノープルの町を一週間にわたって調査した。ティエリは絵を展示できる場所を探していた。僕は売り込みのために出版社やラジオ局、文化会館をまわった。落ちこぼれ生徒の家庭教師の口でもないかと、ウスキュダル地区のフランス人学校にも行ってみた。どれもだめだった。僕らは売り込みには欠かせまいと、暑苦しいのをがまんしてフランネルの背広を着こみ、厳しい日差しを肩に浴びながら一日中歩きまわった。そして夕方、むだ足を踏んだだけでへとへとに疲れきり、互いに顔を見あわせることになる。結局、トルコに合わせて奇妙な綴りに変化したフランス語をいくつか覚えただけだ。フィルミニョン……アニョ・アロベルジヌ（ラムの茄子添え）……クデフェル＆ミゼンプリ（ヘアアイロンとセット）……食堂のメニューや床屋の料金表にあれば、いやでも目にするものだ。

さらには、この町ではカフェ・コンサートが大人気だということで、僕らのささやかな企ても望みを絶たれたようだった。『クビク・ニケル・モビリアラル』という題名の歌だ……。それ自体が演目でもあった。イスタンブールの一般的な市民は、現代の絵画や外国についてのポルタージュにはあまり関心がない。むしろ日常的なものを望んでいた。ニッケルメッキされた日用品、赤毛の太った女歌手、プラタナスの木の下で白熱したまま一向に終わらない双六《すごろく》。詩情はほんのわずかしかなく、あるのはお祭り騒ぎばかりだ。アメリカ製の自動車、コーヒーの出し殻で占うような未来。芸術ならばすでにあり余っていると信じて疑わない。青色のムハンマド・アリ・モスク、煙草色のスレイマニエ・モスク、白と金に輝くオルタキョイ・モスクなど、すばらしいモスクの数々をひと目見ただけでそう確信してしまうのだ。トプカプ宮殿へ足を運び、中国の歴代の皇帝から贈られた豪華な磁器を見るだけでも、自分たちの国がかつて世界の反対側の国からも敬意を受けていたことがわかるのだ。そして、人々はようやく現実的で陽気な生活を享受すべき時が訪れたのだと感じていた。もちろん彼らにしてみれば当然のことなのだろうが、おかげで僕らの商売はあがったりだ。この町は高くつく。十日が過ぎても、僕らは一銭《クルシュ》も稼げずにいた。

もはやトウモロコシの穂でも焼いて食べるか、場末の安食堂でがまんするしかない。それこそ海峡対岸のアジア側にはそんな食堂がいくらでもあるのだが、鼻が曲がるほどの猛烈な悪臭をつきつけられることになる。まずは頭がかっと熱くなり、それから小便のような黄色いものが肝臓から両目にまで噴き出し、こらえようのない吐き気がこみ上げ、高熱に襲われる。こうなるともうどうしようもなくなる。翌日の約束をキャンセルし、どうにかベッドにたどりつくとそのまま一週間は寝こみ、それからようやく自分を苦しめた料理がどんなものだったのか思い出せるようになる。ある意味、ここで病気になったのは正解だったかもしれない。アナトリアの街道を走りはじめていたら、最低でも一か月はそれどころではなくなっていただろう。

ティエリは絵を描いている日のほかは、勇敢にも町をまわりつづけていた。調子のおかしくなった玩具のようだった。毎日、朝になると宿を出て行く。洗いたてで生乾きのシャツをひっかけ、デッサンを何枚も抱えていくが、しだいに投げやりになっていく。不毛な状況でばかり人目に出すものだから、自分のデッサンまでいやになってしまう。ついには逆上して宿に戻ってくると、流しで顔を洗いながら、腰を下ろしもせずに一日の出来事を話しはじめる。ある画廊の女主人とようやく会えるというので、いやがうえにも期待が高まるが、結局のところ、イスタンブールの画家が飢え死にする理由とその顛末を、熱のこもった口調で聞かされただけだ。作品には目もくれずに十リラほどくれようとする収集家気取りの実業家たちもいたが、ティエリがデッサンを一枚すすめると、彼らはにわかに興味を示し、眼鏡をかけてデッサンを丹念に見くらべ、これでもかというほど眺めまわし、いちばん出来がよく、高価そうな作品を選んだ。スイス人の画商の住所を突きとめて何軒か訪れたものの、こちらも成果はなかった。行商人と間違えられて事務所で待たされ、白ロシアかウクライナからの移民だという料理人の女と一緒に紅茶を飲む破目になる。その料理人はティエリの描いたスケッチを見て目を丸くしながら、ひたすらしゃべりつづけた。この手の話は時間がかかるし、そのあいだ身動きがとれなくなってしまうものだ。故郷のベルヌから千キロ、出発地はともかく、行き先が決まっているわけではないが、遠く離れた土地まで手ずから絵を売りに来た同国人がいるというのに画廊の女主人は姿を見せる気もない。結局、ティエリは小銭を握らされて帰ってくる。夕方のうちに、その小銭に紙幣を何枚かこれ見よがしに添えて僕らは返しにいったが、女主人にも料理人にも何がなんだかわからなかったに違いない。

僕らが失望しているのを見ても、とりたて驚きもしなかった人間がいる。モダのメイドだ。細身で口の悪いこのメイドは宿の女主人と同じポーランド生まれで、モントルーの豪華ホテルでもなければ見られないような格式張ったティアラを灰色の髪に載せ、いつも煙草をくわえたまま仕事をしていた。毎朝、紅茶を運んでくるとベッドの端に腰を下ろし、僕らの失敗談を根掘り葉掘り聞き出した。部屋の空気はあいかわらず暗く、ボスポラス海峡を行きかう船の汽笛が牛の鳴き声のように響いてくる。メイドは下を向いたまま耳を傾け、カップの受け皿を灰皿がわりにし、無惨な話を聞くたびに力づよくうなずいた。人の苦労話を聞き出すのは、お気に入りの歌を口ずさんで楽しむのと似たようなものなのだろう。彼女がこれまでにどのような苦労をしてきたかは知らないが、彼女にしてみれば僕らの苦労などたいした苦労ではないらしい。ときおりこちらに顔を向けては、もちろんだと言わんばかりに両手を振ってみせる。それが、僕らを励まそうとするときの彼女の仕草だった。

昼間の彼女はトルコ人の給仕頭と一緒に、事務所で金物のカップやサモワール、ティーポットをひたすら磨きつづけていた。夕方になると、この二人は女主人のワンダの給仕につくが、

ワンダは一人で夕食をとり、ひと言も声を出すことがなかった。食後の後片づけがすむと、二人はワンダのところへ戻ってトランプのホイストを始めるのだが、これが夜遅くまで続いた。僕らが戻ってきても、この三人は黄色いフードのついたランプの下で背筋を伸ばして座り、自分のカードに集中しているので、顔も上げずに指先だけを動かし、僕らのために食器台の上に蜂蜜菓子が用意してあることを教えてくれた。

僕の体調は回復したが、仕事のほうはあいかわらずだった。近眼の翻訳者のために角砂糖サイズの大文字でラップランドについて書いて何枚か写真を添えても、わずか十五リラにしかならなかった。せいぜい二食分だ。ワンダの言うとおりだった。やはりイスタンブールは殻の割れないクルミなのだ。

そして季節は進んでいった。ハンターの銃声が西風に乗って耳もとへ届く。エディルネ街道沿いに褐色に伸びる広大な荒れ地のあちこちに、猟銃や獲物の入った革袋、ヤマシギの死骸をまわりにぶら下げた鮮やかな色のタクシーが現われるようになる。まるで大地のそこかしこに色つきの小石が転がっているような光景だ。トルコ石のように輝くメカジキの群れが音もなく隘路《あいろ》を抜けては通り過ぎていく。町の裕福な者たちは甘い菓子を詰めこんだキャデラックに乗りこみ、南のブルサやイズミルの別荘へ向かった。アジア側の岸辺ではナナカマドの木の葉のあいだからムクドリたちがやさしげに笑いかけている。モダへ向から細い道沿いにある大衆食堂では、アセチレンランプの明かりの下で、荷運びの労働者やトラックの運転手たちがフレッシュチーズの前に腰を下ろし、あたり一面に響きわたる声で、とてつもなく悲しげな呪文でも唱えるように一文字ずつゆっくり新聞を読んでいる。何もかもが腐りだす黄金の秋が町を覆いつくし、僕らの心を揺さぶりはじめた。放浪になじむと季節の変化に敏感になる。季節に衝き動かされ、ついには季節そのものとなり、季節が移り変わるたびに、ようやく暮らし慣れた場所をあとにしなくてはならなくなるのだ。

その日の夜、僕は新聞社からの帰り道にハイダルパシャ駅の前で足を止め、線路の上で眠りについた列車を見つめた。客車には「バグダッド行」と表示されている。「ベイルート行」もあれば「コンヤ・アナドル（アナトリア）行」もある。イスタンブールは秋だが、バグダッドは夏だろうし、アナトリアは冬かもしれない。出発は夜のうちに決まった。

モダ・パラスでは珍しいことに従業員が全員眠りについていた。僕らは静かに荷物をまとめた。女主人の部屋にはまだ明かりが灯っていた。そのドアをわずかに開けて、別れと感謝の言葉を告げた。ワンダはすぐにはこちらに目を向けようとはしなかった。常夜灯のついた天蓋つきのベッドに座ったまま身動きもしない――メリメの本を開いていたのは覚えているが、そのときにはもうページをめくってはいなかった。ワンダがはっきりと意識を研ぎ澄ましている姿は、いちども目にしたことがなかった。いつでもどこか遠くの声に心を奪われているようだった。

彼女のことはほとんど何も知らない。彼女が怯えないように、静かに声をかけた。ワンダが振り向き、僕らが旅支度を調えたのを見てとると、口を開いた。「神さまの祝福がありますように……マリアさまのご加護も……」それからポーランド語になり、やさしさのこもった口調でいつまでも話しつづけた。だが、その悲しげなようすを見ればすぐにわかった。もう僕らを見てはいなかったし、僕らに話しかけているのでもない。故郷を遠く離れた老人たちに付き従い、人生の奥底をさまよいつづける貴重な影と向かいあっていたのだ。僕らはドアを閉めた……。
雨でも降らないかぎり、午前二時にイスタンブールを発てば、夜中までにはアンカラに到着しているはずだ。

十月

アンカラ街道。

アンカラの北西には、人の手の形をした剥き出しの台地に未舗装の道が続いていた。下を向けば耕作地が見える。耕作地があるのは急流に深くえぐられ、横に広げられた裂け目の底だった。擂《す》り鉢のような緑の窪地の底に柳や葡萄の木々があり、堆肥の山のあいだを水牛と羊の群れが歩き、木造のモスクの周囲に数軒の家が並び、一直線に伸びる煙が明るく浮かびあがる。

煙は台地の高さに達したところで風に吹き流されていた。納屋の扉に、剥いだばかりの熊の毛皮がかけてあるのが目に入ることもあった。

　何時間も運転しつづけたあとでは、この物静かなアルカディアとでもいった場所へ下りて休憩しなければ、牧歌的という言葉の意味を理解することはできまい。蜜蜂の羽音のする草むらに、仰向けに身体を伸ばして空を見上げる。それだけだ。驚異的な速度で流れていく雲のほかには、朝方、いつまでも耳もとでうなりつづけた秋の強風を思い起こさせるものはなかった。

　この窪地にある村々は豊かで、耕作地も手入れが行き届いていた。だが、クルミの実ひとつくすねる気にもなれないし、譲ってもらうこともなかった。実がいくつ生っているか、きっと数えてあるに違いない。当然かもしれない。「離れ小島」

のわずかばかりの耕作地で農業をしていれば、いやでもけちくさくなるものだ。それもしかたがないことだろう。すぐ近くにあるハットゥシャ＝ボアズキョイでは、ヒッタイト遺跡の発掘現場で発見された三千年以上前の石板に驚くほど事細かな不動産目録が刻まれていたのだ。ホップの草一本、生まれたての子豚一匹だって見逃してはくれまい。

スングルル街道

土壌のわずかな違いとトラックの轍がなければ、見わたすかぎりに広がる褐色の大地と道とを区別できそうもない。ブーツを履いた足が熱い。片手でハンドルを握りしめながら、土ばかりの広大な景色を正面から見すえ、心の中で叫ぶ。ついに世界が根底からその姿を変えた。ここからアジアの大地が始まるのだ！

ときおり丘の中腹に羊の群れのつくる明るいベージュ色の染みや、道と緑の空のあいだを雲のように群れをなして飛ぶムクドリが目に入る。たいていは何も見えない……が、聞こえてくる――アナトリアそのものというべきかもしれない――音があった。説明しにくいが、それはゆっくりとした風のうなるような音で、金切り声のような音程から始まり、四段下り、苦しげにまた上がり、さらに勢いを強める。うずくような音でもあり、革の色をした広野を渡るのにふさわしく、鳥肌が立つほど悲しげで、心を落ちつかせてくれるエンジンの音を押しのけて心の奥にまで忍びこんでくる。目を見ひらき、身体をつねるが何も変わらない。そして、はるか遠くの黒雲が目に入ると同時に、この音のようなものが堪え難いほどに高まる。しばらくすると、二頭の牛と、鼻にハンチング帽をかけて居眠りする御者の姿が目に入る。車輪が回るたびに、山積みの荷台を支える車軸が軋みをあげる。牛の引く荷車を追い越す。こんなにのんびりといつまでも走っていると、地獄に落ちた魂の呪いの歌が深夜まで頭から離れなくなってしまいそうだ。トラックが近づいてくれば、目の前をすれ違う一時間以上も前に、まずヘッドライトの光が目に入る。消えてはまた現われ、しばらくするとトラックのことなど忘れてしまう。そして突然、トラックの巨体が目の前に現われる。桃色や青林檎色に塗られ、花模様を散らしたトラックの車体が数秒のあいだライトに浮かびあがり、そして、でこぼこ道を行く巨大な花束のように車体を揺らしながら遠ざかっていくのだ。

不思議な二つの光を目にした。黄金色をしたどこかかわいらしい二つの光が輝いては消え、瞬き、目の前から遠ざかっていくようにも見えた。旅行者を乗せた小さな車が遠くから走ってくるのだろう……出くわしてみると、道ばたの橋脚の上で眠るミミズクだった。通り過ぎるときの風に驚いたのか、ミミズクは鳴きながら飛び去ってしまった。

満載の荷車はどれを見てもバビロニアの墓から発掘された荷車そのものだった。つまるところ荷車は四千年にわたって静寂なアナトリアで車軸を軋ませてきたのだろう。なんとも結構なことだが、ボアズキョイとスングルルを結ぶ未舗装路では、さらに古めかしいものに出くわした。昼もかなり過ぎたころ、僕らは雲ひとつない空の下、まったく何もない平原を突っ切っていた。空気が澄んでいるので、三十キロほど先にぽつんと生えている一本の木も見分けることができた。そこへ突如として、こつん……こつこつ……こつ……と、どこか癇にさわる乾いた音がたてつづけに鳴りはじめ、先へ進むほど音が大きくなっていく。火のついた薪や灼熱した金属がはじけるような音だ。ティエリが顔を蒼白にして車を止めた。僕も彼と同じ不安にとりつかれていた。オイルが空になり、デフのギアが焼きついてしまったにちがいない。だが、それは勘違いだった。車を止めても音が消えなかったのだ。それどころか、音はさらに大きくなっていく。音は僕らのすぐ左から聞こえてきた。見にいくと、道ばたの斜面の先に広がる平原が、亀の大群に覆いつくされて真っ黒になっていた。秋の慕情に身をゆだねたのか、亀が互いに甲羅を打ちあわせていたのだ。雄は羊のように雌の亀に突進し、自分の甲羅を使って相手を石や枯れ草の茂みのほうへ押し込み、そのまま追い詰めていく。雄は雌よりも少しだけ小さかった。交尾の瞬間になると、雄も雌も完全に直立して相手をつかまえ、首を伸ばし、真っ赤な口を開き、甲高い鳴き声をあげた。僕らはその場をあとにしたが、平原のどの方向を見ても、ゆっくりと逢い引きに出かける亀の姿ばかりが目に入った。日が暮れるころになると、もう音は聞こえなくなっていた。

スングルル

六時、まだ日は昇っていないが、農夫たちはすでに食堂で席に座り、青いエナメルの受け皿に載せたグラスから紅茶を飲んでいる。人声とぬかるみの足音の入りまじったざわめき。もっさりとした大型犬がテーブルからテーブルへとまわって鼻音をたてる。日の光がかすかに強まり、ネックレスの角や銅のトレーが乱雑に輝きはじめるが、地面も犬も人々の顔もまだ薄暗いままだ。広場では茶色いハンチング帽や濃いサフラン色のシャツ、色とりどりの服を着た数人のロマが通り過ぎていく。馬には樹皮を剥いで編んだ箍《たが》のような首飾りが耳のすぐ後ろにかけられている。荷馬車や色のはげた数台のトラックが食堂のまわりに現われる。縮れた顎髭をした老人二人がちょうど席を立ち、薄明かりの中、家のそばにいた鼠を叩きのめそうと笑いながらのろのろと歩いていく。食堂には、ソンブレロをかぶったメキシコの農夫の描かれたポスターがあり、「ラジオ・トルコを聴いて世界を知ろう」と書かれている。近くにラジオが一台あり、客たちがあれこれとさわっていたが、二十分をかけてもアンカラのラジオ放送が流れ出すことはなかった。

やがて粘土と泥濘が無数のきらめきとともに輝き、僕らとこの先の海とのあいだに続く六つもの地平線の上に、秋の太陽が昇った。町の周囲の道はどこも柳の葉に覆われ、荷車に踏みつけられた葉から芳香がただよっていた。広大な大地、飛びまわる香り、すばらしい年月が目の前に積み重なっているのだという実感、そういったものすべてが愛情にも劣らぬほど生きる喜びを強めてくれる。

メルジフォン。
運転を始めて十二時間後

午後九時に営業している食堂は軍のパイロット・クラブだけだ。町のすぐ隣りに基地があるのだ。白いテーブルクロス、鉢植えの月桂樹、赤い制服を着たボーイ。この手の罠には、遠まわりだが確実な逃げ道がある。それほど難しいことでもないのだが、その夜は少しばかり贅沢をすることにした。午前五時から走りっぱなしで、このあとも雪に降られないうちにと夜どおし走るつもりだったのだ。十人ほどのパイロットたちが調子の狂ったピアノの音に合わせて踊りあうのを眺めながら食事をとり、土まじりの氷で半分うまった大ジョッキから甘口のワインを一気に飲みこむ。どのパイロットも同じような背丈だった。密接して踊るのに邪魔になる帽子は手に持っている。彼らにはあまり娯楽がないことはすぐに察しがつく。一緒に踊ってくれる女性はさらに少ないはずだ。自然と無気力な雰囲気が全身からにじみ出てしまう。荷物からはみ出したアコーディオンとギターに気づいたのだろう、何か演奏してもらえないかと、わりと丁寧な口調で頼まれた。やがて、ワルツとジャヴァの音色に合わせて、パイロットたちは互いに組み合って腰をくねらせていた。

運転を始めて十三時間から二十時間後

午前零時ごろ、食事と休憩を終えると僕らは出発した。開いたサンルーフから見える夜空は星々であふれていた。二人で穏やかに話をしながら褐色の峠を二つ越えるが、そのうち声をかけても返事がなくなり、ティエリが眠りこんでいるのを横目で見る。夜が明けるまでゆっくりと車を走らせるが、バッテリーがあがらないようにライトは全部消したままだ。海岸の手前の未舗装の峠道は滑りやすく、エンジンが負けるほどの急斜面だった。エンジンが止まる直前にティエリを揺すると、彼は飛び起き、半分居眠りをしたまま車を押してくれた。坂が緩くなったところで車を止め、ティエリが追いつくのを待つ。下り坂になったと思ったとたん、急な登り坂が現われ、同じことを繰り返す破目になり、ティエリがはるか後方に取り残される。車を止めると疲労でふらふらになりながら足を進め、柳の木に向かって長々と小便をし、柳の枝に耳をなでられる。峠では雪に出くわすが、ここはまだ秋のはずだ。夜明けは湿り気があり、心地よい。レモン色のほのかな光が黒海を覆う空を縁どり、靄が木々のあいだをめぐっては滴となる。光り輝く草地に寝転がり、自分がこの世界にいることを喜ぶ……だが、いったいなんの世界だろう？　もっとも、疲労の極致に達すると、楽しいと思うのに理由などいらなくなるものだ。

十五分後、暗闇から抜け出したティエリが、足早に車を追い越していった。どうやら、眠りながら歩いているようだ。

オルドゥ街道。

運転を始めて二十一時間後

こんどは僕が眠る番だ。車内で眠り、ひたすら眠って人生を夢見る。車が揺れるたびに夢が流れを変え、色を変える。車が窪みにはまって身体が揺すられ、エンジンの回転数が急激に変化し、ティエリが自分も休息しようとエンジンを止めるたびに、夢が途切れる。あちこち痛む頭を窓ガラスに押しつけ、朝靄の奥の坂道や木立、浅瀬を眺める。バブーシュを履いた女がハシバミの枝を手にして水牛の群れを追い、浅瀬を渡している。水牛の熱い息が強烈に匂い、こんどばかりははっきりと目が覚める。それでも目の前の現実は夢のすべてを引きずっている。

水牛を連れた女がおそるおそる車のガラス窓に顔を近づける。赤い布で顔を覆い、首に銀貨をかけた十二、三歳の少女だ。死人さながらに不精髭の伸びた二人がよほど気になったのだろう。

その少しあと

黒い砂浜に出て魚を焼く。桃色の魚肉に煙の色が染みこむ。海水にさらされて色の抜けた流木や竹の欠けらを拾い集めて火にくべ、火のそばにうずくまって食べる。穏やかな秋の雨を浴びながら、海に揺さぶられる数隻の艀《はしけ》と、クリミア半島側の空に盛り上がる巨大な入道雲を見つめる。

アナトリアへの道

オルドゥ峠

ファスタ村からババリ村までは、手もとの地図ではほんの一センチの距離で、高低差もせいぜい五百メートルといったところだ。だが、最初の登り坂が現われたとたん、飛び下りて車を押す破目になった。狭くぬかるんだ道がハシバミとナナカマドの密生地帯に一直線に続いていた。坂がきつくなると、運転している人間も飛び下り、ドア越しにハンドアクセルを引き、ハンドルを握りながら肩で車を押した。それでもエンジンが止まってしまうと、すぐさまハンドブレーキに飛びつくなり、後輪の下に石を置くなりして、荷物を満載した車がバックして変速ギアを壊してしまわないようにするしかない。こうなるともう口笛でも吹くか、鍬を肩に担いだ農夫が一人二人通りかかるのを呼び止めるしかなかった。呼び止められたほうは、車を押してもらいたいのだと理解するやいなや顔を輝かせ、道に穴を二つ掘って足場にし、車をつかみ、登り坂の僕らを文字どおり放り上げてくれた。彼らは金銭を受け取ろうとはしなかった。車を押すのが面白いのだ。素手で格闘するのも二、三度なら楽しいのだろう。身体を動かすことで元気になるのだ。トルコ人の腕力についてはいくつか耳にしたことがあるが、事実はそれ以上だった。とはいえ、トルコ人の農夫がどこにでもいるわけではない。見つからなければ厳しい状況となるが、自分たちでどうにかするしかない。つまるところ、二十二キロの移動に六時間もかかるということだ。

峠道を登りきると、木造のぼろぼろの家が何軒かあり、三十人ほどの村人が路地のぬかるみで、やや高めの音楽に合わせて踊っていた。草木の生い茂る丘に降りしきる雨の下、つぎはぎだらけの古びた上着の肘や袖を互いにつかみあいながら、村人たちはゆっくりと回転していた。足には黄麻かぼろ切れが巻いてある。鉤鼻、青髭で覆われた頬、殺し屋のような表情。大太鼓と木笛の音には急かすような調子はないが、休符もまったくない。どこか押し上げるような感じだ。口を開く者はなく、無性に人の声が恋しくなる。険悪な言い争いであっても、最高に穏やかな営みに思えてしまうほどだ。どこか銃に口で弾を込めるような不快な印象だ。この霧につつまれたジャングルのどこかに敵対する村があるとしたら、その村は警戒を怠らないほうがいい。

音楽にしても、ここでは災厄の予告か、災厄そのものでしかなかった。使われている楽器をよく見ようと近づこうとしただけで、村人たちが肩を張り、背中をこわばらせるので、僕らは波に押しやられるように外へ追い出されてしまった。挨拶をしても返事をしてくれた者は一人もいない。僕らは完全に無視されていた。肩にかけたレコーダーも、今回は使う気にならなかった。一時間後、僕らは黒海を覆う霧に向かって峠道を下っていた。

ここで少しばかり恐怖心が頭をもたげてくる。旅に出れば、突然恐怖心にとりつかれる瞬間が訪れては、噛みしめたパンを喉に詰まらせることがある。疲れきったときや、一人で長くいすぎたとき、発作的な高揚感が去ってぼんやりとしているとき、道の角にさしかかったとき、恐怖心が氷水のシャワーのように降りかかってくる。次に来る月が恐くなり、村を徘徊し、動く者すべてに吠えかかる野良犬が恐くなり、石を拾い集めて近づいてくる放浪者が恐くなる。あるいは前日の宿泊地で借りた馬が恐くなることもあれば、狂乱したか、狂乱したふりをした乱暴者が恐くなることもある。

人間はできるかぎり自分の身を守ろうとする。それが仕事に関わる問題ともなればなおさらだ。そんなときにユーモアがあれば理想的な解毒剤になってくれるが、効果を出すには人間が二人必要だ。大きく息を吸って、唾を飲みこめばどうにかなることも多い。それでもだめなら、その道を行くのをあきらめるか、そのモスクへ入るのをあきらめるか、その写真を撮るのをあきらめるしかない。そして、次の日になるとロマンチックな気分になり、前日の自分が無性に許せなくなってしまう。そんな不安の多くは――あとになってわかることだが――重大な危険に対して本能が身構えているために生じるものだ。本能の発する警告を蔑《ないがし》ろにしてはいけない。山賊と狼の話はたしかに大げさだが、それでもアナトリアからカイバル峠にかけては、大の男たちが胸に手をあてて情熱的に歌声を張りあげ、脳天気にも喜び勇んで危険に身をさらし、そのまま消息を絶ってしまうような場所がいくつもあるのだ。山賊をもちだすまでもない。山中の人里離れた貧しげな集落でもいい。パンや鶏をめぐって誤解が生じることだってあるだろう。しだいに身振りが激しくなり、怯えが深まり、気がついたときには頭上に六本もの棍棒が迫っているかもしれない。土地の人々が敵対的なはずがないと自分に言い聞かせたところで、振り下ろされる棍棒が止まるわけではないのだ。

ギレスン

海沿いの通りの先に、琥珀色の酒やレモネードを詰めた巨大な瓶が並び、その隙間から嵐を含んだ光が差しこんでいた。藤の花びらが芳香をただよわせながら散っていく。部屋の窓から、漁師たちが話をしては小指を合わせながら、おぼつかない足どりで広場を何度も行き来しているのが見えた。たくましい身体つきをした数匹の猫が、周囲の石畳の上に魚の骨や欠けらを広げて居眠りをしていた。灰色の鼠たちは側溝に沿って走っていく。完璧な一つの世界だ。

海岸沿いの村の人々が自慢にしていることが三つある。自分たちの体力とヘーゼルナッツと、どこにでも踏みこんでくる警察だ。一般的な警官はロバ並みに頑固な若い青年で、やたらと窮屈な上着を着こんで宿屋にいるものだが、僕らが宿に入った十五分後には、ドアの前に姿を見せている。警官がごく控えめにドアをノックしても、ベッドに横になるか、道中についた泥を洗い落としているので返事もせずにいると、警官はすぐにしびれを切らして拳をドアに叩きつける。うんざりしてドアを開けてやると、警官は不器用に表情をつくろって悪人を演じ、ドルを両替しに闇市まで行かないか、ともちかけてくるが、これも迫真の演技とはいいがたい。このあたりの平穏な小村では、おとなしくしていれば何も起きることはないし、アンカラまで話が広がることもない。闇市だって? 冗談じゃない。もちろんそう答えればいい。それを聞いて安心した警官は、まじめな口調で「秘密警察の捜査です」と白状することになる。あとは適当にお世辞を言って警官を喜ばせ、ドアの外へ送り出せばいい。

ときには日が暮れたころ、その警官がじゃがいも一キロとアルバムを手にして、控えめな表情を浮かべて戻ってくることもある。雑貨屋で現像した薄暗い写真の束。バス旅行、貨物船の一部、サムスンにあるアタチュルク像、義理の兄、雨の日に自分の店の前にいる伯父の姿。僕らの目の前にいる髪を短く刈った人物を、写真の中から見つけ出さなければならないが、似たような姿をした新兵ばかり二十人も写っているから間違える。ばか笑いに空気が和む。僕らと同年代のその警官は世界のことなど何も知らない。わずかなきっかけでもあれば、町の秘密をひとつ残らず教えてくれたかもしれない。もう警官であることなどどうでもよくなってしまったのだ。

トラブゾン

ここから僕らの行く道は、黒海を離れてジガナ峠とコプ峠で山脈を二つ越え、エルズルムでアナトリア高原に入る。

郵便局へ行き、道のようすを聞いた。「エルズルムまではすぐに出られますよ。道も乾いていますからね。そこから先はどうでしょうか。電信で東部に確認することもできますが、返事が来るまで待つのも時間の無駄でしょう。それにお金もかかります。それくらいなら、高校へ行って訊いたほうがいいでしょう。あそこの寄宿舎にはトルコ中の生徒が集まっているので、向こうの天候をよく知っている者がいるはずです」

高校へ行って事情を話すと、フランス語の教師が授業を中断して生徒に訊いてくれた。ゆっくりとしたフランス語でだ。生徒は誰も答えようとはしなかった。少しばつの悪そうな表情で教師がもういちど、こんどはトルコ語で訊くと、すぐに上っ張りからしわくちゃの手紙が無数に飛び出し、爪を真っ黒にした小さな手が次から次へと上がった。……カルスではまだ雪は降っていません……ワンもカギスマンも雪はまだです……カラキョセで少しだけ降っていますが、それも根雪になるほどではありません。クラス全体の話を聞くかぎり、あと二週間は問題なく通行できそうだった。

広場へ出ると、ティエリがエンジンルーム相手に格闘していた。周囲に百人ちかく野次馬が群がっているのにもかかわらず、ティエリは脇目もふらずに作業に没頭している。イスタンブールを発ってからはよくある状況で、いまではもう二人とも慣れっこになってしまった。いつでも大群衆に囲まれるのだ。言葉もなく目を丸くする者、ああしろこうしろと口をはさむ者、感じのいい者、ポケットに手を突っこみ、ポケットナイフや布やすりといった僕らの役に立ちそうな物を差し出してくれるスリッパ履きの老人。板ばねが傷まないようにグリスを差さなければならないし、点火プラグやディストリビュータも磨かなければならない。前日のでこぼこ道を走ったときの振動で点火時期が狂っているはずなので、それも調節しなければならない。道が悪くなってからというもの、少しでも馬力を稼いで自分たちに運が向くようにと、僕らは毎日この作業を繰り返していた。アナトリア高原に出るためには、二つの峠を越えなければならず、そのことが気がかりでならなかったのだ。

それも思い過ごしだった。道はまず、それほど起伏のないエメラルドグリーンの谷地を抜け、畑に切り株の残る村々や町の裏手に広がるオリーブとヘーゼルナッツの木の天国を過ぎていく。それから丸く青々とした山々に沿って、ゆるやかな谷間の道を進む。谷間の奥まで来ると最初の峠道が始まり、ブナの大木の森を抜けて上がっていく。ブナの黄葉がまばゆく輝くようすは、まるで二十メートルの高さからファンファーレを吹き鳴らしているようだった。森の下草は野苺の赤い色に染まっていたが、坂道の途中で再発進できなくなるおそれがあり、車を止める気にはなれなかった。峠道はローギアのみで登り、二人ともステップに立っていつでも飛び下りられるように身構えていた。森を抜けるころには日が暮れようとしていた。足下に大きく広がる、草の生い茂った広大な谷間に目を向けると、羊の群れがあちこちの黒いテントのまわりを歩きまわり、鞍をはずしたラクダが遊牧民のキャンプの火と火のあいだで横になるのが見えた。

ギュミュシャネ
その日の夕方

この山の中は冬そのものだった。家は頑丈そうな石造りで、屋根は雪が積もらないように傾斜がつけられ、ラバの鼻息が白く湯気を上げ、人々は茶色いウールの背広や毛皮の帽子を身につけ、石油ランプに照らされた食料品店はどっしりとして商品が色鮮やかに輝き、店先に吊るした鳥籠の中のヤマウズラは身動きもせずにさえずっていた。

これまで車を止めることなく走りつづけてきたが、ここである少年に学校の校長のところまで案内された。トラブゾンの教師たちから僕らが来ると連絡が入っていたのだ。校長は人のよさそうな太った男で、パジャマ姿［トルコでもイランと同じように一日の仕事が終わるとすぐにパジャマに着替える習慣がある］で、林檎の籠と灼熱したストーブのあいだに腰を下ろして僕らを待っていた。校長はドイツ語も英語もフランス語もまったく話せなかった。僕らの知っているトルコ語はせいぜい二十語程度しかなく、そのうえ疲れすぎていたので身ぶりや絵で話をする気にもなれなかった。こうなるとお互いに笑顔を見せあっては、林檎を口にするしかない。それから前の週に狩ったという熊の毛皮を、さらに銀狐の毛皮を見せてもらった。僕らが感心したような顔をしていると、熊の毛皮をくれるという。毛皮を差し出す彼の手がかすかに震え、毛皮を見つめる茶色い瞳には哀願の色が浮かんでいた。僕らは力づよく断わった。校長は毛皮をはおると、僕らを宿まで案内し、最高の部屋へ案内してくれた。そして、僕らが服を脱ぎもせず、そのまぐっすりと眠りこんでいるあいだに、宿代まで払ってくれたのだ。次の日の朝、校長は小人症の男を連れてきた。肺の病気の療養のためにイスタンブールから来ていたとのことで、彼が通訳をしてくれることになった。校長は僕らを何日か学校に招くつもりらしく、僕らを引きとめようと村の美点を指折り数えあげた。空気はきれいで、どの家にも暖房があり、ビザンチン時代から掘られつづけている銀山は国内有数の鉱山であり、村では一九二一年以来、裁判所に盗難の訴えが出されたことがない。ようするに脱毛ワックスを使うときのように気合いを入れてくれるものがあるということだ。たしかにそのとおりだった。僕は校長に、自分も同じことを話そうと約束した。もう終わったことだが、僕らとしては、冬はイランで過ごしたかったのだ。

コプ峠

一人がハンドルを握り、二人で両脇から車を押して走る。そんなことをしていれば、いやでも人目を引くものだ。エルズルムから来るトラックの運転手たちがみな僕らのことを知っているのは、昨夜のうちに僕らを追い越していった運転手から話を聞いていたからだ。僕らの姿が目に入るやいなや、かなり遠くからでもクラクションを鳴らして合図を送ってくる。峠道を下っていくトラックがすれ違ったとたん、五十メートルほどタイヤをスリップさせて停止し、運転手が下りてきて林檎二つと煙草二本、ヘーゼルナッツを二つかみくれることもあった。

もてなし、律儀さ、意欲、いつでもあてにできる無邪気な愛国心、それがこの地に根づいた美徳そのものだった。素朴で、そしてすぐにそれとわかるものばかりだ。僕はそういった美徳の数々にほんとうに触れたのだろうか？　そもそもほんとうに美徳と呼べるものなのだろうか？　インドにいるときのようにそんな疑問にとらわれることはなかった。この美徳はまっしぐらに飛びこんでくるし、運悪く何も気がつかなかったとしても、かならず誰かが言ってくれるはずだ。「――まあ、親切で義理がたいとか、いろいろとあるだろ。これが我々トルコ人の美点なんだ」

コプ街道は軍隊によって整備されている極上の道だった。だが、傾斜が厳しく、三千メートルもの標高にまで達する。こうなると、ひたすら車を押して走りつづけるしかない。峠を登りきったときには心臓が破裂しかけていた。空は青く、景色のすばらしさは想像を超えていた。広大な大地のうねりが羊の毛のように波うちながら、南に向かって無限に続いているのだ。二十回以上も目をこらして見ているうちに、ようやく街道の白い線が見つかった。地平線の先にある嵐にしても、空のほんの一部しか覆ってはいない。同じことが幾重にも繰り返されて完璧な説得力が生まれる、そういった景色の一つだ。

腕木に吊るされた重たげな鐘が峠の最高地点を示していた。降雪時に道に迷った者のために鳴らす鐘だ。近づくと、鐘の上に止まっていた鷹が翼で鐘を叩きながら飛び立った。鐘が激しく震えた。鐘の響きは消え入ることもなく、羊のように黙々と群れあう山々に広がっていった。

アナトリアへの道

バイブルト

「ここにあるのが」ティエリが言った。「村だなんて、国は絶対に認めたくないらしいね」

だがそこには村があった。それはまるで大きく広がった黄色い瘡蓋《かさぶた》のようで、ほとんど大地と見分けがつかなかった。黒いハンチング帽、裸足、痩せ衰えた犬、病気で濁った目。黒ずんだ少女たちの集団が、羽音をたてて飛びまわる蠅の群れのように建物から出てくる。まるで身を隠そうとでもしているような、黒い靴下と黒い上っ張りを身につけ、髪をきっちりと三つ編みにし、セルロイドの白い襟をつけている。見苦しいし、ばかげた襟《カラー》だが、見ていると励まされる気がする。つまりは近くに学校があるということだ。どれほど貧相な学校であろうと、ともかく少女たちはそこで簡単な計算やアルファベットを学び、清潔にし、汚れた手のひらで目をこすらず、教師から与えられたキニーネを定期的に服用することを学んでいるはずだ。それだけでも十分な武器だろう。ここでもまた、狼顔のアタチュルクがりっぱな黒板の前で教鞭をふるったのではないかと感じてしまう。粗末なティールームで休憩していると、アタチュルクの肖像画の隣りに噴霧用殺虫剤が剣のように吊るしてあるのが見えた。

この村の住民にとっても、自慢できるものはエンジンと水道栓、拡声器、便所だけだった。

トルコで見せてもらえるものといえばそういったものばかりだし、むしろ僕らとしては、新しい目でそれらを見つめなおすことを覚えるべきなのだろう。みごとな木造のモスクをはるばる探しにきたのだとしても、地元の住民は誰もそのモスクを見せようなどとは考えもしない。自分に欠けているものには敏感になるが、自分が持っているものに対しては、誰でも鈍感になるものだ。ここの住民には技術が欠けている。僕らは過剰な技術に追いつめられた袋小路から抜け出したい。情報にうんざりした感覚、ぼんやりとした文化、「裏の裏」、そんな出口のない場所に僕らは追いこまれている。僕らは生き返るために彼らの解決法を頼りにし、彼らは生きるために僕らの解決法を頼りにしている。途中で人と出会っても、ときには理解しあうこともできず、旅人はいらだちを深める。だが、そのいらだちとは、多分にエゴイズムから生じたものなのだ。

エルズルム

土色をした町、地平線に低く並ぶ重厚な丸屋根の連なり、年月に浸食されたオスマン帝国時代のみごとな要塞の数々。茶色い大地がいたるところから町を囲んでいる。町には土色の兵士がひしめき、町を訪れる異邦人は一日に十回は身分証を取り出すことになる。町に色を添えるのは、ラベンダー色の古い馬車とポプラの黄色い羽根飾りだけだ。

日も傾きかけたころ、僕らはバルという踊りを見に地元の高校へ行った。これはトルコとモンゴルを起源とする兵士の演舞で、アナトリアの地区ごとにそれぞれの流儀があった。肋骨のような飾り紐のついた胴着と幅広の赤い帯、黒い飾り紐のついた白いズボンを身につけた一対の踊り手が、闘技さながらに互いに剣を突きつけあいながら回転する。バルが広く好まれているトルコ東部の地方では少年の大半が自分の衣装を持っているので、どんなときでも、すぐにバルを披露することができる。

僕らが到着した五分後には、校庭の林の下で踊りが始まった。外は寒く、すでに真っ暗になっていた。ひとつひとつの動作に力がこめられた踊りはとても美しかったが、それ以上に音楽が美しい。楽器は二つだけだ。東洋風のクラリネットであるズルナが勇壮さを奮いたたせるが、その横のダフルという巨大なティンパニも強烈だ。このダフルは古代パルティアで戦闘の開始を告げたのと同じ太鼓であり、匈奴《きょうど》が中国に贈ったものでもあった。まさに広大な草原にふさわしく、その音ははるか遠くまで響きわたる。タグボートの警笛よりも荘重で、心臓を付き従わせるゆるやかな鼓動のようでもあり、夜に舞う巨大な鳥の羽ばたきのように静寂すれすれの低音を奏でてくれる。

ひととおりの踊りが終わると、しばらくしてから低学年の子どもたちがぐるぐると回りだし

アナトリアへの道

た。教師たちが背中で手を組み、無言のうちに僕らを取り囲んでいた。ときおり、低いうなり声をあげて殴りあいを制止している。白髪まじりの髪を短く刈りこんだ年配の教師たちは、引退した警官のようにも見えた。若い教師たちは疲れきった表情をしている。フランス語の教師はときおり一人になって文章を組みたて、口の中で何度か繰り返してから僕らに話しかけてきた。話しぶりはたどたどしく、こちらの話もほとんど理解できていないようだ。彼にとっては僕らとの会話は試験を受けるよりもいやなものだったのだろう。僕らが学校でラテン語の授業を受けているときに、古代アレクサンドリアから突然二人の旅人が現われ、彼らと会話をしなければならなくなったのと同じ状況だ。孤独にさいなまれ、まともな教科書もなしに、少しばかりとはいえフランス語を学んでいたのだからたいしたものだ。

安月給で身なりも粗末な教師たち、彼らのような者たちこそが新しいアイデアや自発心、現実的な感覚といった、国民革命の高揚感のあとで必要となるものを生み出すものだ。彼らは職人的な粘りづよさとともに、無骨でためらいがちではあるが、心の底では学ぶことを強く願っているトルコ農民のために働いている。さらにいえば、もっと辺鄙な、雪や結核にうちひしがれる土地でも、より不運にあえぐ別の教師たち——なかには若い女性もいる——が土地の住民たちを汚穢《おわい》から、残酷な迷信から、貧困から救い出そうと戦っているのだ。アナトリアの未来は、稚拙ともいえる不慣れな村の教師たちの文明にかかっている。この段階を抜きにして先へ進むことはできないし、すべてが先へ進むためには、彼らの献身こそが必要だ。たぶんトルコでもこれほど報いのない職業はないだろう。だが、これほど有益な職業もない。

食物の重量感のある匂いが食堂からただよってきた。薄暗い校庭には子どもたちの叫び声や、水たまりを踏みしめるサンダルの音が響いている。馬のいない騎士が木剣を帯び、短髪頭に不気味な黒いウールのハンチング帽をかぶって通り過ぎていく。いつになっても驚かされるのは、子どもたちの聞き慣れない言葉だ。たぶんそれほど間違ってはいないと思うが、子どもたちはそれぞれ言葉を勝手につくりあげているような気がする。とはいっても、たぶん世界中の校庭に響きわたっているのと同じ金切り声だろう。「ボールを返して」で始まり、つかみあいの喧嘩になると「服を引っぱらないで」と……。

イスタンブールではこういった教育の話題を耳にすることがなかった。教育が完全に無視されずにすんだのは、驚くほどの味わい深さと荒々しさを兼ねそなえたアナトリアの伝承文学が、文芸誌に掲載されることがまれにあるからだ。アンカラの軍人とトルコの青年有志たちとともに、ケマル・アタチュルクの謹厳な精神をいまに受け継ぐものだといえるだろう。厳格な人間がその人柄について感謝されることはあまりない。時代の代表者たちは新兵のように厳しい教練に明け暮れている。国としてのトルコは彼らを称賛しつつ、トルコが二度と昔へ戻ることがないように願っていた。アタチュルクは急進的ではあるが、必要とされる一連の改革を軌道に乗せた。その改革も彼の死とともに急激に衰えていった。恐怖心によって模範的に徳行を重ねていた一部の官吏たちは、早々と気休めの「方便」と袖の下への嗜好を取り戻すことになった。地方で影響力を取り戻した聖職者は信者をそそのかして国父アタチュルクの影像を汚し、破壊させ、彼らを迷信的な医療［コーランには記されていない］に引き戻し、彼らの心に神の敵たる教師、とくに破廉恥にもベールを脱ぎ捨てた女教師への憎しみを植えつけた。もちろんすべての律法学者《ムッラー》たちがそうだったというわけではないが、良識のある聖職者が少数であるのに対して、新生トルコに関わるすべての者を叩きのめし、報復しようと願う無知で貪欲な輩は圧倒的に多数だった。彼らがすべきことはいくらでもある。窮地にあったアタチュルクを攻撃する聖戦は失敗に帰し、その後の容赦のない報復の中で、トルコ内の数多くのモスクやイスラム学院《マドラサ》が厳しい弾圧を受けたのだ。それも今日では息を吹き返し、農民の多くが彼らに従っている。古くからの習慣はたとえ抑圧的であっても心地よいものだ。一日が終わって疲れきったときには、目新しくて突飛なことよりも、身になじんだ不幸のほうが受けいれやすい。なにしろ苦労して理解する必要もないのだ。

その一方で、時代が逆戻りしないように努力し、拒絶されがちな光明を人々に広める役割を担う者こそ、赤貧にあえいで食事にも事欠き、孤独にさいなまれる教師たちなのだ。その教師たちがぬかるむ校庭で足を踏みならしているのを見ているうちに、黒海地方のとある教師が絶望とともに口にした言葉を思い出した。授業にいちばん欠けているものは何か、と訊くと、彼はこう答えたのだ。「ヴォルテールが十二ダース」

僕らは夜が更けるまでトラックの運転手二人の好意に甘えながら、エンジンの点火装置を修理していた。真夜中になってようやく修理が終わり、車はトラクターのように力づよく動きだした。いまや僕らとイランを隔てている峠は一つだけで、次の局留の郵便局までは七百キロを残すばかりとなっていた。夜は冷えこむが天候は良好、道は——誰もが請けあってくれた——十分に乾燥し、僕らの手もとにはもうトルコの現金がほとんど残っていない。軍警察へ行ってお供［エルズルムは軍事地区だ。写真撮影は禁止され、四十八時間以上の滞在は認められない。外国人が町の半径四十キロ以内を移動するには、監視者の同行が必要となる］をつけてもらい、すぐに出発することにした。凍てつく兵営の中庭で足踏みをしながら、ハサンカレまで同行することになった監視役の将校と通訳とジープの運転手が、パジャマから制服に着替えるのを待った。

道はひどかった。ティエリは同乗の将校とともに全速力で先頭を走った。僕は通訳とともにジープに乗り、どうにかあとを追った。風が頬を刺すし、やたらと揺れるので、話をするにも歯を食いしばっていないと舌を嚙み切ってしまいそうだ。とはいっても、通訳——ぶかぶかの軍服に身をつつんだ蒼白い顔の青年だった——はあまり話が好きではないらしい。叩き起こされたのが気にくわず、僕が何を訊いても眠っているふりをして答えようとしないのだ。それでも五キロ地点でようやく口を開いた。「フランス語はイスタンブールのユスキュダル高校で習いました。本当は軍人じゃなくて毛皮屋ですが……破産したので……。ギリシア人の高利貸しに騙されたんですが、軍服を着ていれば向こうも手出しはできないでしょう……。それに、ギリシア人には鉄槌が下されるべきです……」彼はそう言って目を閉じた。二十五キロ地点にさしかかるころには、耳が半分凍りついていたが、それでもかろうじて聞きとることができた。「……この国ではベッドの相手には太った女が好まれます。変に思われるかもしれませんが……抱きかかえるのならたっぷり太って色白の女がいい、というのがトルコ男の好みなんですよ……でも私としては……」そのあとは風に流れて聞こえなかった。

ハサンカレに入ったときに、エルズルムはかつてクルド族の都だったのではないかと訊いてみた。通訳は冗談を口にするときのような意地の悪そうな笑い声をあげたが、彼が口にしたのは冗談とはほど遠いものだった。「……あの連中が戻ってくるはずがありません。鉄槌が下されたんですよ……それはみごとな鉄槌でしたね……」〔クルド族が蜂起したのちの一九二一年のことだ。「少数民族対策」に関するかぎり、アタチュルクの政策の要点は少数部族を順々に根絶することにあったのではないだろうか〕通訳はさらにぶつぶつと言いながら、手のひらに拳を打ちこんでいた。僕は彼のやたらと大きな手に目を留めた。熊のようにがっしりとした手に、薪のような手首なのだ。それまで僕は彼が弱々しい青年だとばかり思っていた。軍服がぶかぶかだったからそう思いこんでしまったのだろう。この軍服にぴったり合うのは、よほど巨大な人間に違いない。

通訳がさらに言った。「毎日、仕事が終わるとグレコローマン・スタイルのレスリングに通っています……地元に強いチームがあります。まあ、日曜の試合では少しばかりずるをしますが。いちど見るといいですよ。ひねり技や絞め技とか……いつも怪我人ばかりです。どうですか？　あなた方はレスリングは得意ですか？」

同行した将校はハサンカレで車を下り、幸運を祈りますとだけ言い残してジープに乗りこみ、引き返した。僕はおそるおそる通訳の手を握りしめた。僕らは朝まで走りつづけたが、トラック一台、すれ違うことがなかった。

エルズルムから東へ向かう道は車がめったに走っていない。村と村との距離もかなりあった。何かと理由をつけ、車を止めて外で夜明けを待つことがあるかもしれない。厚いフェルトの上着にくるまり、耳まで覆う毛皮の帽子をかぶって暖かくしながら、車輪を風よけにして焜炉の湯が煮たつ音を耳にし、夜空の星々を見つめ、カフカス山脈の方角へ向かっていく大地のゆるやかな動きや、闇に光る狐の目を感じる。熱い紅茶とわずかな言葉、煙草とともに時間が過ぎ、そして夜明けが訪れて光が広がり、輝きの中にウズラとヤマウズラがさえずる……。記憶に埋もれた死体のように、この至高の瞬間を早く流し去ろうとするが、いつの日か、記憶の底に沈んだものを探しに行くことになるのだろう。伸びをし、身体の重みが消えるのを感じながら足を少し動かす。自分の身に起きたことを言い表すには、「幸福」という言葉はあまりにも粗末で風変わりに思えた。

　つまるところ、人生の骨組となるのは家族でも経歴でもなく、他人が口にしたり思いうかべたりするものでもなく、いまここで感じているような、たまにしか訪れない瞬間、愛情よりも穏やかな浮遊感に支えられた瞬間だ。それこそ自分の心の弱さに応じてわずかにしか手に入れることができないが、人生そのものがこの瞬間を僕らに与えてくれるのだ。

ライオンと太陽

イラン国境

一時間ほどゆっくりと走り、夜も更けたころ、柳の木がまばらに生えた小さな谷の中央にある、少し色あせた薔薇色の小屋の前に着いた。ヘッドライトの光芒に、欠伸をしながらドアから出てくる人影が浮かびあがる。イランの税関だ……。

アセチレンランプを手にした税関の職員が陰気な顔を上げると、眠たげな両目が輝いて見えた。襟の開いた軍服の下に、点線の縞柄が入ったネルのシャツを着ている。僕らの国の農夫と似たような恰好だ。そして車に目を向けながら、笑顔を浮かべていた。

「まことに申し訳ないが」彼はフランス語で言った。「規則で、マークーまで兵士の同行が必要です。そう遠くではありませんが……ともかく、一人、小さいのを寄こしましょう」

どこにいるのだろう？　詰所に物音はなく、とても人がいるようには見えない。税関の職員がランプを持ったまま僕らを闇の中に残して姿を消した。それからすぐに戻ってきたが、小人症のようなモンゴロイドを連れていた。足にゲートルを巻き、皺ができるほど優しそうな笑みを浮かべた男だ。

「これでいいでしょう」税関の職員はそう言って、まるでスリッパから取り出したとでもいうように男を僕らのほうへ押しやった。

この同行者にはボンネットに座ってもらった。僕はゆっくりと車を走らせた。道は狭いが、急坂はない。助手席に座ったティエリが煙草に火をつけて何度か男に渡した。ボンネットの男は目を半分閉じ、同じ歌詞を何度も繰り返して歌い、息を吐くたびに羊の匂いをまき散らした。進行方向の左手には、アララト山の山腹となる五千メートルを超す壁が夜の闇の中に続いている。山間の隘路に近づくにつれ、空気が熱を帯びてくる。雲の流れが絹の月にかかっていた。タイヤが砂を踏みしめながら、いつ終わるともなく深呼吸を続けていく。それとともに、アナトリアの険しい大地の記憶が紅茶に入れた砂糖のように溶けていった。

マークー

マークーの宿屋は仮眠をとる髭面の男たちであふれていた。宿屋の主人は客にまじって礼拝用の絨毯の上で平伏していた。主人は礼拝を中断すると、僕らの寝床にできるようにテーブルを用意してくれた。夜が明けると、テーブルから下りればすぐに朝食にありつける。ほかの客たちはもういなかった。壁に色つきの大きな絵が二枚かかっていた。一つは国王《シャー》の肖像画で、もう一つは……ガリラヤのティベリアス湖のイエスを描いたものだ。外はいい天気だった。開いたドアから、道の両側に並ぶ馬蹄形の町並みが見てとれた。この細い道がイランとアナトリア高原とを隔てていた。ところどころ削れて丸みのついた屋根を頂く土壁の家、青く塗られたドア、四角く並ぶ葡萄畑、煙よりも軽やかなポプラのカーテン。トルコのパンも、ここでは新聞紙なみに薄いガレットに変わっていた。それに牛乳とコーヒー。読みとることすらかなわない看板や里程標。ペルシア語の文字は逆方向へ進むのだ。時間もそうだ。僕らは一晩のうちに西暦二十世紀からイスラム紀元の十四世紀へ、すっかり異なる世界へ移動していたのだ。

必要があるとも思えない通行許可証「イランの国内では移動のたびにビザとは別に「ジャヴァス」と呼ばれる特別許可証が必要となる」を入手するために、警察で時間を無駄に費やしたが、ベンチで眠りこんだ背の低い兵士を起こさないようにした。膝に銃を抱えたままなのだ。継ぎをあてた軍服の左肩には、金糸の太陽を背にした緑色のライオンの刺繍が、驚くほど細やかに縫いこまれていた。

ライオンと太陽

タブリーズ――アゼルバイジャン州

乞食の豪邸とは
雲の影のことだ。

――ハーフェズ

流浪の生活というのは驚くべきものだ。わずか二週間で千五百キロを走破し、アナトリアの全土を旋風のように駆け抜けたのだ。すでに薄暗くなった町へたどり着くと、柱の並ぶバルコニーと臆病そうな数羽の七面鳥に呼び寄せられる。兵士二人と小学校の教師、ドイツ語を話す国籍不明の医師とともに飲む。欠伸をもらし、伸びをし、眠りこむ。夜更けに降りだした雪が屋根を白く覆い、人々の声をかき消し、道を閉ざす……。そして、六か月ほどアゼルバイジャン州のタブリーズで足止めを食らうのだ。

東へ向かうにはジープでもなければむりだろう。このまま留まるには許可がいる。タブリーズは軍事地区なのだからしかたがない。許可を受けるにしても保証人が必要だ。昨夜会った医師のパウルスが警察の大佐を僕らに紹介してくれた。パウルスが腫瘍を治療した元患者だ。この大佐は窮屈そうに制服を着こんだ軍人だったが、髪がかなり薄く、鷹のような横顔をして頬骨のあたりがやたらと赤いので、怪しげな容貌に見えてしまう。プロイセンで学んだことがあるからと、たどたどしくぶっきらぼうなドイツ語で長々と質問をされる破目になった。結果は午後に出ることになった。そのころには大佐の口調ががらりと変わっていた。大佐は真実を語ろうとはしなかった。

「将軍に会ったんだが、ここには好きなだけいてくれてかまわんよ」そして、髪までまっ赤に染め、不安そうな声で言った。「……二時間ほどモスクで過ごして、私たちがその……親しい友だちになれるように祈っていたんだが」

大佐は僕らの好みからは少しばかりかけ離れていた。次の週に大佐は転属になり、その後、会うことは二度となかった。詩人の言葉にもあるではないか。「――鼠の計画と人間の計画は、ときとして失敗するものだ」と。

「なあ、気がついたか?」ティエリがドアを抜けながら言った。「あの赤ら顔だが、ほかにもいくらでもいるぞ」

僕を何よりも当惑させたのは、祈りがあまりにも純真だったことだ。なんてすばらしい神だ! どんなことを願ってもいいのだ。だが、大佐は約束を守ってくれたし、僕らの滞在許可も下りた。その翌日、僕らはアルメニア人地区の路地裏で、天井の低い白い部屋を二つ借りた。僕らはタブリーズにいる。そして、しばらくここに留まることになった。

共同のキッチンで過ごす初めての夜。ミッション系の病院で看護師をしているので英語が少しだけ話せるという未亡人と彼女の老母。さらに、黒い瞳をした二人の男の子が石油ランプの下で宿題を片づけている。二人は耳の奥まできれいに洗われていた。塩をふったキュウリ、クルミの砂糖漬け、ガレット、煙くさいワイン。近くの部屋の住人たちが一瞬だけキッチンに来て腰を下ろしては、暮らしやすい世界から逃げ出してきたキリスト教徒を、もの珍しそうに見物していく。黒っぽいセーターを着た商人たちが押し殺した声で話し、どこか不安そうなむくんだ顔をしている。彼らは苦しみを知っている者特有の用心に満ちた笑みを浮かべながらも、僕らが町について訊くとひとつひとつ答えてくれた。

僕らのいる通りは、ちょうどアルメニア人地区の境界線上にあった。場末らしくトルコ人の家族が何軒か住んでいたし、中庭の閉めきったドアの隙間から、阿片の危険な香りが流れ出してくることもあった。未亡人は慎み深く目を伏せながら、あれはバッド・ピープルだと口にした。M老人のことを話したりすれば、間違いなく彼も同類にされてしまうだろう。M老人というのはトルコ人のアルバブ［複数の村を所有する大地主］で、アルメニア人たちからさんざん悪評を聞かされていた人物だ。かえって興味を引かれ、僕らはその人物に会うことになった。僕らの部屋のすぐ近くに彼の車庫があるというので、そこにしばらく車を置かせてもらおうという考えもあった。彼はすぐに会ってくれた。僕らは丁重に迎えられたが、彼は自分への「敵意」を楽しんでいるようだった。それから四輪馬車を用意させると、トルコ街道を下ってソフィアンの集落まで一緒に行かないか、と誘ってきた。ソフィアンの土地の半分は彼のものだ。馬車は染物屋街を速歩《はやあし》で駆け抜けた。平屋根の上で揺れるきらびやかな色をした巨大な綛《かせ》が、まるで蒼白い空に浮かんでいるように見えた。街道はさらに赤土の大海を突き進んでいく。道は荒れ、低い壁やカラスの巣のある枯れ木に何度も分断されていた。田舎には葉のすり潰された青臭い匂いが残り、馬車にはじき飛ばされたコオロギの大群が仰向けに転がり、轍を越え、歌声をあげ、幾千もの死を迎えている。前々日の雪はほとんど残っていなかった。

「冬はどうなるんですか?」

「まだ軽く降っただけでしてな」老人が穏やかな声で答えた。「冬になるのは一か月後か……

どの年も思っているより早く来るものです」

馬車が全速力で走るあいだも、彼はほぼ完璧なフランス語であれこれと訊いてきた。阿片の吸引者によく見られるように、彼もまた服装には無頓着だった。仕草がこれほど堂々としていなければ御者と間違われていただろう。彼は僕に親切に説明してくれた。自分と同じ世代のアラブ人にとって阿片は悪行というよりも、ごく一般的な習慣だった。阿片パイプは日に三回までと決めているし、一日吸わなくても気にならない。小作人たちが少しばかりのケシを植え［栽培と販売が禁じられたのは一九五五年のことだ］、ワインやオイルや羊毛を自分に納めるのと同じようにケシも納めているのだ。それから彼は、僕らにフランスについてありふれた質問を山ほどしてから、自分もフランスで五年ほど暮らしたことがあると告げた。僕はこのためらいがちな話しぶりに好感を覚えた。この謎めいた老人は何もかも詳しく知っているのに、それを態度に出そうとしないのだ。いずれにしても彼は自分の町のことをよく知っており、僕らに町のことをいくらでも話してくれた。彼が子どもだったころには、まだタブリーズがイラン最大の都市だった。毎週金曜日――イスラム教徒の日曜日だ――になると、町の中央広場で闘狼が催され、はるばる遠方から農民たちが見物に訪れたものだった。白ワインが樽にあふれるほどあっても、難癖をつける聖職者などいなかった。バザールはとくに有名で、一平米あたり一万五千トーマーン――金換算で約五千フランほどだ――の高級絨毯でも知られていたが、中東でも最高級の狩猟用のハヤブサが手に入ることで有名だったのだ。このタタールの猛禽はカスピ海をひとっ飛びに越えることができたが、疲れきってそのままこの地方の北東部に降りてきたのだ。当時のタブリーズは今日よりも豊かで人口も多く、ライプチヒやニジニ・ノブゴロドの見本市にまで出店する商人がいるほどだった。そして、ボルシェビキ革命が起こり、ソ連との国境が閉ざされると、町は昏睡状態に陥った。資産のある商人はベイルートやイスタンブールへ移住し、活気に満ちたバザールは消滅した。一九四一年から四五年までは州ごとソ連に占領され、まだ失うものを残していた者たちはこぞって荷造りして出ていった。占領政策は過酷だったが、規律正しいものだった。物乞いは通りに集められて強制的に働かされ、パンの大きな切れ端を一つ与えられた。ソビエト軍が町を去るとともに、アスファルト舗装された道が何本かと、最新鋭の製紙工場、共産主義の信奉者のひしめく大学、トルコ・アゼルバイジャン方言で急遽翻訳された廉価版のマルクスやレーニン、エレンブルグの本ばかり並べた屋台だけがあとに残った。もう一つ、アゼルバイジャン民主主義共和国というにわか仕立ての共和国も残していったが、その政府は身持ちが悪く、あっという間に無秩序とウォッカの底に沈んでしまった。そして、一九四七年の初頭にはイラン軍の部隊によって、一発の銃弾も発射されずに町は奪回された。

「イラン軍は奪還を記念する切手を発行したのですが……それから農村で掠奪を始めた」老人は苦々しい顔つきで言った。「……あそこには、かなりの数の羊を残していたのですが」

僕らはシャハナス・ストリートを通って町へ戻った。そこは広く寂しげな大通りで、土壁がどこまでも続き、家並が完全に隠れていた。まだ明るい空に三日月が輝いていた。外は寒く、風には雪の気配がただよっている。薪や石炭、内臓肉、カブの煮込みを売る商人たちが露店の店先にしゃがみこみ、道越しにあれこれと話していた。頭は剃りあげ、頬骨が高く突き出し、顎鬚はまばらで、ウールや毛皮の帽子をかぶっている。

「見てのとおり……この町はトルコでもなければロシアでもなく、イランでもない……そのどれでもあるともいえますが、この町の真の姿はアジアそのものだといってもいい。ここの言葉はイスタンブールの者には通じにくいトルコ語の方言で、中国領のトルキスタン〔新疆ウイグル自治区〕までの広い地域で話されている言葉です。タブリーズは中央アジアの西側の最後の砦なのです。バザールの宝石商たちが、昔はサマルカンドへ原石を求めに行ったものだと話していたら、相手がどんな顔で聞いているのか見ておくといいでしょう……中央アジアというものは」彼はさらに話しつづけた。「ビザンチン帝国が崩壊してからは、あなた方ヨーロッパの歴史家には何ひとつ理解できない世界になってしまったのですよ」

僕らは彼の家に行き、夕方まで紅茶を飲んだ。僕は窓の青い枠の内側にひろがる町の景色をじっと見ていた。黄土色の巨大な皿がバザールのあたりでアチチャーイ川〔苦い水の意〕の湾曲した流れに二分されていた。丸天井のなだらかな膨らみが、泥のような屋根の海からいくつか突き出している。東の外れにはラクダやロバを押す農夫たちや、薄暗い駐車場に止めた氷菓子のような色をした何台ものトラックが見えた。

昔のアラビア地理学では、この町は――カブール同様に――世界でもとくに気候に恵まれた土地であると見なされていた。そのあまりのすばらしさにモンゴルの軍勢も目を奪われ、町の破壊を思いとどまったほどで、チンギス・ハンの子孫であるガザン・ハンはここタブリーズにアジアでも一、二を争う華麗な宮殿を築いたという。今日ではそのような絢爛さは影も形も残っていないが、それでも雪の重みに押しつぶされた広大な城砦もあれば、バザールの迷宮もある。イスラム世界に広く知られたモスクは、ポーチの青いエナメルがいまもなお穏やかに輝いている。

すでに日が暮れ、空も曇っていた。顔を上げ、にわか雨に降られないかと窓から外をのぞいていると、穏やかに生きる術をきわめたM老人がそっと僕の袖をつかんで言った。「雨が降れば、猫は家に帰るものです」

タブリーズの養う、というか養うべき人口は約二十六万にも達し、その中にはアルメニア人と三十人ほどの外国人、さらにラザリスト宣教会のフランス人が二人いた。どうしてフランス人の神父がここにいるのか？　フランス人もいなければイスラム教からの改宗者もいない土地だ。それなのになぜ？　考えてわかるものではないが、ともかくこの二人がいることは間違いないのだが、彼らほど孤独にさいなまれる人間はいないだろう。僕がこの二人に会いに行くことにしたのは、本を何冊か借りるつもりだったからだ。ベオグラードを発ってからというもの、フランス語の本を読む機会がいちどもなかったのだ。宣教会はフランス領事館の裏にあった。正午ごろに行くと、二人の神父は両手を背中に組んで日なたの端に沿って歩いているところだった。二人とはすぐにうちとけた。上役の神父はアルザス出身の大男で、つい最近赴任してきたばかりだった。血色がよく、のんびりとした性格で、髭を生やしている。もう一人の補佐役のエルヴェ神父はタブリーズに来てすでに五年になる。ブルターニュ出身の四十代で、手足が細長く、アンズ茸のような小さな頭に興奮したような目つきをし、カンペールの訛りがあった。彼が通してくれた部屋はかなり散らかっていた。猟銃、煙草、推理小説の山、赤鉛筆で書き殴るように採点された学生たちの宿題の束。修繕中の聖職者の服の上に、散弾銃の弾がいくつも転がっていた。

「まさに悪徳のかぎりといったところですが」エルヴェ神父はそう言って疲れたような笑みを浮かべた。「これが性に合っているのですよ」

僕の煙草に火をつけてくれた彼の手は震えていた。たぶん彼はフランスで順調に学業を修め、そして、神に愛されたか、あるいは修道院の本山に愛されたかして、この地で夜な夜な大学生のお粗末な作文を添削して過ごすことになったのだろう。その学生たちにしても――これは彼らが悪いわけではないが――多くの場合、宿題の作文のテーマすらまともに理解できないのだ。彼はもうこの町に多くを期待してはいないようだった。

「ここのイスラム文化がどんなものかと？　もう終わったようなものでしょう……残っているのは狂信とヒステリー、極度の苦痛だけです。黒旗に先導されて怒鳴りちらし、そこらの商店から掠奪するか、導師《イマーム》の命日の行進で怪我をしてばかりいる……。どれをとっても、もう道徳というものが感じられない。教義については何も言うまい！　真のイスラム教徒たる人々に会ったこともあります。みな、実にすばらしい人物ばかりでしたが……彼らはみな死ぬか去るかしてしまいました。いまではもう……。見てのとおり、狂信というのは」神父はさらに続けた。「貧しい者の最後の反抗でもあるのですよ。拒むことのできないものです。日曜日にわめけば、一週間はがまんできるようになる。そうすることで、どうにかやっていける人間がこの町には大勢いるのでしょう。飢えた者が少なければ、もっともっと多くのことがよくなるはずなのですが」

もう一人の神父も無言のままうなずいていた。

「この町で私たちがしていることは、なんの役にも立ちません」エルヴェ神父がさらに言った。「昨年のクリスマスのミサでは、教会にいたのは、ほぼ私一人だけでした……信者も何人かはいるのですが、来ようともしません。もう終わりです。そもそも来てくれるはずがなかった。まったくかわいそうな人たちだ」

なんともかわいそうなエルヴェ神父。彼のために目の前でミュスカデのボトルを開け、ゴロワーズの箱をテーブルに置き、彼の故郷や、ベルナノスや聖トマスのことを彼に話してもらいたくなった。なんでもいいから話をして心を空っぽにしてもらいたかった。せっかくの知識も使い道がなく、心をいらだたせるだけなのだ。

「本のことなら」エルヴェ神父が言った。「大学の図書室へ行くといいでしょう。フランスの古書が多少はあります。どれもジュール・フェリーの時代に寄贈されたものですが、良書が見つかるはずです。推理小説のほうは」神父はやや困惑した表情でベッドの上に散らばった本を指さしながら言った。「あれはお貸しすることができません。あれはみなフランス領事の本で、彼が何度も読み返しているのですよ。しかたがありません。領事もここではすることがなく、逃げ出すこともできないのですから」

金曜日になるとエルヴェ神父は狩りに出、キリスト教徒らしく狼を相手に怒りをぶちまけていた。「明後日、一緒にどうですか？　トラックの運転手に伝えておきますよ」だが、その口調には熱意の欠けらもなかったので、僕は遠慮することにした。もう一人の神父がドアまで送ってくれた。彼は遠慮がちに僕の肩に手をかけた。まるで補佐役のエルヴェ神父の悲嘆を詫びているようだった。言葉はなかった。がまんづよい人間のようでもあり、岩のようでもあり、きっと心の動きまでゆるやかなのだろう。故郷を離れてこの町に留まらざるをえなくても、彼のような人物ならば毒されることはないのかもしれない。

僕らの寝ぐらは完璧だった。部屋が二つ、というか円い天井のついた管が二本といったほうがいいかもしれないが、石灰で白く塗られた部屋は中庭に面し、中庭ではザクロの木とマリーゴールドの茂みが初霜と戦っていた。壁には窪みがあり、そこにイコンやサモワール、石油ランプが並んでいた。二つの部屋のあいだには狭い薪置き場があり、月の色をした鼠が棲みついていた。それぞれの部屋にテーブルと椅子、ワッフルのように凹凸のついた鉄板製の小さな焜炉があった。家賃は六か月分払ってあり、二人とも備えはできていた。ティエリはキャンバスをいくつか広げた。僕はバザールで新しい紙を五百枚ほど買い、タイプライターの手入れもすんでいた。仕事にとりかかる直前ほど、仕事が魅力的に感じられることはない。ようするに仕事を投げ出して町の探検に乗り出したのだ。

土色のこの大きな町は荒れるがままで、不運に満ちた過去をいまだに引きずっていた。町中を抜ける表通りを別にすれば、褐色の土壁に縁どられた路地が編み目のように走っているだけで、その路地はプラタナスの木陰にあるロータリーに通じ、夕方になると老人たちが煙草を吸

ったり話をしに木の下に集まってくる。荒くれや無気力な者たちからなる群集が列をなしてバザールの通りを進んでいく。継ぎをあてたコート、陰鬱なハンチング帽、土色の制服を着た兵士、花柄のチャドル［イランのイスラム教徒の女性が用いるベール］で顔を覆った女たち。露店の店先で湯気を吐くサモワール。屋根のはるか上、相変わらず灰色一色の空を舞う鳶《とび》の群れ。ポプラの木から最後の葉が落ちていく。まさに刑場の風景だが、魅惑的でもあった。

町の状況を記そう。

九十キロ北にはソ連との国境がある。週に一度、四輛の列車がタブリーズを出発し、ジュルファを経由し、ソビエト連邦のアルメニアの首都エレバンに到着する。この列車に乗客がいることはほとんどない。アララト山系の支脈からカスピ海の沿岸の砂漠海岸にいたるまで、国境には延々と有刺鉄線と細かい砂地が続いている。越境しようとする者があれば、すぐに足跡が浮かびあがってしまうのだ。もっとも、厳重に封鎖されているかといえば、そうともいえない。ソ連から派遣された下級の役人などが、ひそかに国境を往復しているほどだ。厳重に見える警報装置も、彼らの前では静かなものだ。地元の格言にまさにぴったりだ。いわく、「剣は鞘を切らない」と。そういうことで、ソ連人はこの町で企てられることは完璧に把握しており、ラジオ・バクーのカフカス音楽の番組が中断し、投票の二週間前にタブリーズの選挙結果が発表されることもあるほどだ。

三百キロ西では、アララト山の氷冠が青い山々の大海を見下ろし、その山々が波となってロシア、トルコ、イランへと下っていく。この古代アルメニアの中心となる山こそ、ノアが襲いかかる怒濤にもまれながら方舟《はこぶね》を座礁させた場所であり、その方舟から僕ら全員が出てきたのだ。ノアの足跡は残り、ロシア側の斜面の最初の村はナヒチェヴァンと呼ばれている。これは古代アルメニア語で「船の人々」を意味する言葉だ。

オルーミーイェ湖の南、葦の茂みのはるか先にはクルディスタンの高い谷地と尾根筋があり、地平線を覆い隠している。雄大な地ではあるが、イラン軍によって進入が厳しく制限されており、足を踏み入れる者はごく少数だ。現地で牧畜をしている部族は悪辣で屈強な追い剥ぎや山賊ばかりだ、と町では噂されている。タブリーズの人間には嫌われているにせよ、クルド人はときおり町まで下ってくることがあり、銃弾を身につけたまま、豪快な笑みをうかべて鶏肉とウォッカの宴にひたっている。

東に目を向けると、未舗装の街道が標高三千メートルを超すシブリ峠を越え、テヘランへ向かっている。ミヤーネを過ぎ、イスラエルの虜囚が川の畔で「シオンの地を思って涙した」というキジル＝ウズム川を越えると、世界と言語が一変する。トルコ民族の過酷な大地を離れ、悠久の大地イラン高原の光に満ちた光景に出会うことになる。雪や春のぬかるみで閉ざされることの多いこの街道と、テヘランまで四日もかかることがある若草色のバスを除けば、タブリーズと外の世界を結ぶものは何ひとつ存在しない［その後、テヘラン・カズヴィン鉄道がタブリーズまで延長された］。ポプラと褐色の大地と風の揺り籠につつまれ、タブリーズは独自の道を歩んでいる。

あれこれ不便なことばかりで暇をもてあます生活でも、どうにか耐えられるものだ。安全でもなく医者もいない場所であっても、どうにかしのぐことはできる。だが、郵便局員のいない国であれば、僕には長く耐えることはできなかっただろう。雪や砂、泥を越えて行く郵便の道は、長年にわたる儀式のように定着した道だった。タブリーズの郵便局では、無事に到着した局留の郵便物は――まるで奇跡の証しでもあるかのように――金網を張ったガラスケースに陳列され、そのケースの鍵は副局長が懐中時計の鎖に下げて保管している。つまり、局留の郵便物を受け取るには、副局長に会って紅茶を何杯か一緒に飲まなければならないということだった。副局長はよれよれの服を着た気のいい老人で、やや儀式張ったところはあるが、フランス語を勉強して時間をつぶしているらしい。手もとのアルファベットの練習帳の表紙には、AとBとCから始まる単語をかたどった縁飾りがついていた。副局長は練習問題の添削を僕らにまかせた。郵便物などめったに来ないので、それだけ練習問題にうちこむことができるのだ。

添削の代償として、副局長自身が僕らの郵便物に目を配ってくれるという。おかげで僕らの手紙が消えたことはいちどもない。もっとも、ヨーロッパから届く絵葉書——とくに女性や花の描かれたもの——については責任がもてない、と無造作に言ってくれた。そういった絵葉書は届く前に人々に喜ばれてしまうものなのだ。

テヘランからのバスが街道を走れるようになり、僕らに何かが届くと、僕らはその天恵ともいうべき荷物をバザールの食堂まで大切に運んだ。食堂では山盛りの米が雪のように輝き、その米の上の籠に詰めこまれた鳥たちが、パイプの煙や紅茶の湯気でぐったりとしていた。空腹が満たされ、手も洗っていたので、僕らは別の世界から届いた手紙をゆっくりとではあるが一音節も逃さずに読みすすめることができた。僕の手紙にもう少し分量があれば、もっと心楽しく読むこともできたはずだ。ティエリは恋人のフローから分厚い手紙を受け取ることがあり、僕は空腹をごまかすついでに、その手紙に何が書いてあるのか裏側から読みとろうとむだな努力をしてしまうのだ。どうも僕が気に入る相手は筆無精な人間ばかりらしい。郵便局を出て、なぐさめられるように背中を叩かれるのは、ティエリよりも僕のほうがはるかに多かった。

十月の中旬になるころ、モハラムが行われた。モハラムとはイスラム教徒のシーア派［シーア派はアリを唯一正当なカリフとみなし、スンニー派が認めているムハンマドの後継者をカリフとは認めていない。

イラン人の大半はこのシーア派だ」が聖なる指導者フサインの命日を記念し、聖なる金曜日に催す行事だ。まる一日、町は喧噪と号泣につつまれ、死者となった過去十三世紀の暗殺者たちに対する狂信的な怒りに満たされる。ウォッカとアラキ酒が大量に流れ、群集は自分に力が備わったと感じ、ついには錯乱する。ときには暴動やアルメニア人商店の掠奪とともに一日が終わることすらあるのだ。当然ながら警察が通りに陣取り、スンニー派イスラム教徒のクルド人たちは人目につかないように気をつかい、町に住む数少ないキリスト教徒はできるだけ外出を控える。

僕らが用心しながらアルメニア人地区の周辺を歩いていると、車に乗ったM老人に呼び止められ、車に乗せられた。すでに日が傾きはじめたころのことだ。

「イランでは生きている人間よりも死んでいる人間に涙が向けられることが、よくわかるでしょう」老人はそう言って笑った。

笑えるようなことは何もなかった。すでにパーレビー通りを歩いてくる葬列の悲痛な叫び声が響きわたっていた。三角の黒旗の後ろに、苦行者の集団が三つ続いていた。最初の集団は、すすり泣きながら自分の胸を叩いているだけだ。二番めの集団は先端に鉄の小さな鎖の輪が五つついた鞭で自分の背中を引き裂いていた。手抜きは一切ない。ほんとうに肌が裂け、血まみれになっているのだ。

最後の集団は白いチュニック姿で、片刃の短剣を手にしていた。その短剣で短く刈りこんだ自分の頭に切り傷を入れるのだ。傷口が増えるごとに群集が感嘆の声をあげる。苦行者があまり深手を負わないように、まわりにいる家族や友人が苦行者の頭の上に棒を伸ばして、短剣をあまり強く振りあげられないようにしていた。それでも、毎年一人か二人は頭に大怪我をして命を失い、欺瞞に満ちたこの世界を去っていく。行進が終わると、熱狂した者たちが郵便局の建物の裏手にふたたび集まり、観衆の怒号に合わせて円舞のようなことを始める。ときおり踊り手が足を止め、絶叫しながら自分の頭を短剣で突く。日が落ちて暗くなっているため、その場面はあまりよく見えないが、二十メートルの距離からは、背中を切り刻む刃の音がはっきりと聞こえてしまう。七時ごろには熱狂の度合いがあまりにも過激になり、その場で落命しないように踊り手の短剣が取りあげられた。

近隣の村々では離乳期の子どもの死亡率がとても高く、その後も赤痢で多くの幼児が死んでいく。そのために、幼い子どもを何人もなくしたことのある母親たちは、子どもの無事はアッラーのおかげだと見なすようになる。その子どもが十六歳になると、ムッラーとなるか、シーア派のイスラム教徒としてカルバラー［フサインはイラクのカルバラーでスンニー派によって暗殺された］へ巡礼に出るか、モハラムの葬列に加わって義務から解放されるかを選ぶことになる。葬列にはM老人の小作人が何人もいたが、M老人の話では、たいていの苦行者は似たような環境にあるということだった。

その日の夜、老人の仲介で僕らは町に住む数少ない外国人の一人に出会った。ポイントIV［アメリカの技術援助組織］の技術コンサルタントをしているテキサス出身のロバーツだ。六週間前にこの町へ来たばかりだというのに、彼は早くもアゼルバイジャン語に取り組み、いくつかの単語を口にし、間違えては笑い、周囲に笑いをまき散らしていた。無料診療所と学校の建設のために近隣の主要な町を調査するのが彼の任務だった。この町では考えられないことだが、相手を信頼して疑わない陽気なアメリカ人そのもので、まだまだ期待にあふれているようすだった。

ロバーツは学校は信じるが悪魔を信じているはずがなく、無言の葬列が通過するのを見物しながら、不信心にも口笛を吹きならした。こうして、彼をかなり強引にモハラム見物に連れてきたM老人は、日が暮れるまで一瞬たりともロバーツから目を離すことができなくなった。彼の緑色の瞳に嘲笑的な色が浮かぶときには用心しなければならないのだ。

タブリーズにいる外国人は数えられるほどだった。外国人そのものが驚くべき存在なのだ。庭の向こうから、中庭の先から、屋上から、近所のアルメニア人たちはいつでも僕らを見物していた。見るだけで声をかけてくるわけではない。僕らが留守にしていると、魔法の箒が家の中を片づけていたり、目に見えない手がテーブルの上に苦いスープを置いていったりするのだ。

一世紀の昔、この地方にはアルメニア人が百万人ちかくいた。いまやこの町に留まっているのはわずか一万五千人ほどだ。彼らは仲間同士で肩を寄せあって暮らし、夜になるとアルメニア人地区の薄暗いキッチンに集まり、石油ランプを囲んで身内のこまごまとした問題について話したり、バザールで勝ち抜くための戦略を練ったりしている。この小さな世界は熱気に満ち、黒い服を身にまとった人々は、勤勉だが外には出ず、輝かしい過去をうやうやしく尊重しつつ根気よく不幸に抗いつづけている。ときには「成功」し、テヘランに出て運をためす者もいる。だが、あくまで例外に過ぎず、タブリーズのアルメニア人にとって、人生は苛酷なものだった。それでも古い民族としての経験があるので、それなりに暮らしやすく、味わいぶかい生活を送ることもできた。平日、固く閉ざされたドアに守られた女たちは、哀歌を口ずさみながら箒をかけ、その歌声がいくつもの屋根を越えて飛んでいく。日曜日の教会からはごく自然な四声の歌声が聞こえてくる。互いにうちとけてからは、アルズルニの部族がバスを歌い、マンガサリアの部族がテノールを歌うようになっていた。

アルメニア人の大部分は単性論派のキリスト教徒だ。彼らが精神的な指導者と仰ぐエチミアジンのカトリコスは、ソビエト連邦アルメニア共和国〔一九五九年から、タブリーズの司教区はレバノンにあるアンテリアスのカトリコスに帰順している〕に居住していた。タブリーズではカトリコスの人選には誰もが関心をもったし、この老カトリコスは毎年クリスマスになるとイランに住む兄弟たちに向けて、非力ではあるが政治的な激励の言葉をラジオ・バクーの電波で届けていた。ソ連に家族がいる者も多く、その家族の知らせを聞くことはほとんどできないながらも、家族にあてて暖かい衣類を――少ない資産をやりくりしながら――送ることがあった。ときにはお礼の砂糖菓子を簡単に包んだ荷物が届いて驚かされることもあれば、同情の言葉を慎重に記したほんの数行の返信が届くこともあった。プロパガンダとはそういうものだ。国境のどちら側から見ても、互いに相手のほうが不幸な境遇にあると思いこんでしまうのだ。とはいえ、僕らのまわりにいる人々は自分たちが堪え忍んできたこと、これからも堪え忍ばなければならないことを口にしながら、何かにつけて自分たちの貧しさを語っていた。「まあ見ていなさい……まだ終わりじゃないんです……」そこには、歴史によって不当に迫害された民族の悲しげな虚栄心がこもっていた。古代ユダヤ民族が四散した歴史と同じだ。ユダヤ人といえば、ちょうどテルアビブに幻滅したイスラエルの七家族がタブリーズに移り住み、バザールに店を開いたところだった。アルメニア人地区では誰もがその話をして苦笑いをしている。めずらしくアゼルバイジャン人の商人とアルメニア人の商人の意見が合い、互いに協力して新参者を苛酷な人生へ導こうとしているようだ。

僕らはそれほど孤独ではなかった。昼時になると、どっしりとした灰色の人影が庭を越え、部屋のドアをがんがんと叩きにくることがよくあった。僕らが滞在許可を得るのに手を貸してくれた医師のパウルスが往診の合間に来てくれたのだ。彼は頑丈なほうの椅子に百キロの身体を下ろし、新聞に包んだチョウザメの燻製とウォッカのボトルをコートから取り出し、親指でボトルの栓を抜く。からかうような目で部屋の中をざっと見まわしながら――すでに食べはじめている――タブリーズの時評じみたことを話しだす。たいていはこんなふうに始まる。「……まあ聞いてくれ……まったくおもしろい話なんだ……」パウルスはバルト地方の出身で、ひどいドイツ訛りの、まるで即興でつくりあげたようなフランス語を話した。彼はドイツ軍の対ソ戦に従軍したのち、侵略された祖国から逃れるように移住し、二年前からタブリーズで医療に携っていた。医師としての腕はたしかで、数多くの人々を治療し、適度に稼ぎ、桁外れに大食し、それ以上に飲んだ。彼の左右で色の異なる目は生き生きとし、蒼白い顔はいつでも明るく、機微と知性を感じさせた。それに、猪のような活力と臆面のなさと腹から噴き出すような図太い笑い声が彼の顔を陽気に見せ、どれほど暗い話でも収まりがよくなってしまう。なんといっても天性の語り手なのだ。何年もタブリーズの町を癒してきたのでタブリーズのことをよく理解しており、タブリーズの苛酷な物語をありのままに語ることができた。善悪は判断せず、けっして余計な話を加えることもないが、彼の口を通すと、彼自身が現実に目にした不審な死やおかしな行動、下劣な行動も、すぐに寓話や神話となり、二千年の歳月を経た古典のような重々しさをまとうことになる。どれほど醜い事件でも威厳に満ちた逸話になってしまうのだ［ギリシア神話も、今日であれば軽犯罪として裁判所に送られかねない内容ばかりだ］。

その朝、パウルスはシシュ＝ケラン地区から戻ってきたところだった。中庭で半裸で発見された老ムッラーの遺体の件で警察に呼ばれたのだ。遺体のそばには彼の財産――金貨の袋――があったのだが、ムッラーはどうやらまる一晩、ひどくしわがれた声で詠唱しながら、袋の周囲をまわりつづけていたらしい。隣人たちはムッラーの声に恐れをなし、ようすを見ることすらできなかった。やがて転倒する音があがり、あえぎ声が聞こえても、隣人たちが手を差し伸べることはなかった。それというのも、隣人たちはムッラーが魔法にとりつかれているのではないかと疑っており、その地区で起きた流産や身体の障害の半分以上が彼のしわざによるものだと信じていたのだ。この話は僕らの好奇心を刺激したが、幸運をもたらすものではなかった。

午後になると、僕らはシシュ＝ケラン地区を探検しにいった。北にある丘の麓のひなびた界隈だ。ぬかるんだ袋小路、育ちの悪いアーモンドの木々、土壁、黒い目出し帽をかぶって霜に覆われた谷地へ山羊を連れていく老人、鳩の糞まみれの露店の前で居眠りをする老人。丘の頂にあるモスクの廃墟は人糞の散らばる浮浪者の巣になっていたが、そこからは町を見わたすことができた。翌日、デッサンをしにモスクの廃墟へ行ったティエリが青ざめた顔で戻ってきた。身体中擦り傷だらけで、服のあちこちが引き裂かれていた。丘を下るときに、若いごろつきどもに取り囲まれ、地面に引き倒され、ナイフを突きつけられて金を奪われたのだ。しかも、その日にかぎって、朝、バザールで一か月分の金を両替したばかりだったのだ。

この不運な出来事を聞くとパウルスは笑いの発作に襲われ、そして、僕らへの親近感をいっそう強めたようだった。パウルスも一度だけ、オルーミーイェ街道で身ぐるみ剥がされたことがあった。それも、少しばかり野生化した憲兵にだ。武器を持った憲兵ほど危険なものはない。パウルスは「できることといえば笑うことくらい」で、笑わずにはいられないらしい。部屋を出ていってからもまだ笑いつづけていた。目に涙を浮かべ、息も満足にできないほどだ。彼の重たげな足音が土壁の路地を進むにつれて小さくなっていったが、息をつくために何度も立ち止まらなければならなかったようだ。そのすぐあとに雪が降りはじめた。

十一月

傷口のように赤く裂けたザクロの実は
純白の雪をうっすらとかぶり
青色のモスクは雪をかぶり
錆だらけのトラックは雪をかぶり
ほろほろ鳥は雪よりも白く
長い赤壁と迷った声は
雪をかぶって進み
町はその巨大な砦にいたるまで
雪の粒をちりばめた空に舞い上がる
それがゼメスタン、すなわち冬だ

アゼルバイジャン高原にはなかなか冬が訪れないが、それでも冬は確実に訪れる。夜、晴れわたった夜空の星々が突然近くに感じられるようになると、人々がコルシ［小型の火燵《こたつ》］を取り出す。夜が明けると、冬がしっかりと町に入りこんでいた。身を切るような疾風が北から吹きつけ、雪を巻き上げ、畑を凍りつかせる。狼は大胆になり、場末の失業者が群れをなして農家にたかる。顎髭も口髭も氷で白くなり、サモワールは湯気を上げ、両手はポケットから出なくなる。いまや頭に浮かぶ言葉は三つだけだ。紅茶……石炭……ウォッカ。僕らの部屋のそばの中庭のドアには、アルメニア人の子どもたちがチョークで描いた落書きがあった。描かれているのはブーツ姿の大女で、スカートを何重にもはき、下腹部のあたりに小さな太陽を飾っている。なんとも詩情に満ちたものだが、そう感じるのはストーブの燃料があり、薪屋に払う金があるうちだけだ。

僕らの行く薪屋はドイツ語をひと言だけ話せた。「グーテン・ターク（こんにちは）」という言葉だが、歯の欠けた彼が口にすると、「フーダ・ダー」としか聞こえなかった。だが、気にすることはない。外国の言葉を口にしたからには、外国人である僕らならば当然その言葉を理解しなければならない。薪屋は目が濁り、手にあかぎれのできた小柄な老人で、寒そうに震えながらも、少しでも目方を重くしようと薪に水をかけている。薪にされるのはイチジク、柳、ナツメといった聖書に出てくる木々ばかりで、どの木も水を吸収しやすい。水をかけているところを見つかると彼は無邪気に笑いだし、僕が本気で怒っているのかたしかめるように、口髭越しにこちらの表情をうかがっていた。近所のアルメニア人の女たちは、神を侮辱するようなことはするなと彼を諌め、ときには薪のことで文句をつけることもあるが、たいていはそのままあきらめて立ち去ってしまう。薪は貴重品だ。湿っていようが乾いていようが、売り物であることに変わりはなかった。

ティエリがキャンバスに向かい、テヘランで売るつもりの絵を描いているあいだ、僕は生活費を稼ごうと生徒をとっていた。日が沈むころになると、その生徒たちが腰まで雪に埋もれながら庭を抜けて入ってきた。

「ああ、先生……タブリーズの中は、私たちの人生は暗いです……」

「〈タブリーズでは〉です……セパボディさん。そう暗くもないでしょう。いいですか、パリやウィーンといった町の場合は前置詞の〈a《ア》〉を使い、イタリアのように国の場合には前置詞の〈en《アン》〉を使うんですよ……」

セパボディは薬剤師だった。彼は町で起きたことを話す程度のフランス語は身につけており、ラルース医学事典で入念に調べた梅毒の第一期から第三期までの三段階を間違えずに説明することもでき、『ロバと王女』や『長靴をはいた猫』といった、水晶のように澄みわたり、論理と詩情を両立させ、かならず幸福な結末を迎える短篇物語であれば、ゆっくりとではあるが楽しむことができた。その彼にも妖精の意味がうまく理解できないようだった。ほんの一瞬だけ出現してすぐに消えてしまうもの、先の尖った帽子、とげとげしいくせに観念的な女性、そういったものに相当するものがここには存在しないからだ。地元の民間伝承に登場する魔法使いとはかなり趣が異なる。ペリと呼ばれるものもあるにはあるが、ペリはゾロアスター教の伝承にある悪に仕える存在か、クルドの物語に登場する、旅人を色仕掛けで誘惑しベッドで疲れさせて貪り喰らう屈強な女の精なのだ。

もっとも、楽しめたのはたしかだろう。章を一つ読みおえると、セパボディは眼鏡をふき、つぶやいた。「ペローは大好きです……とてもやさしい」そして、その言葉を牡丹のように赤くなったノートに書き記す。とつとつと口にされるカラボスだのカラバス公爵だのという言葉が神秘的な魅力をふりまいていくうちに、町はすっかり夜につつまれ、綿毛のような雪が黒い通りに積もっていく。部屋の窓が羽毛のような霜に覆われ、追いはらわれた犬たちが吠えはじめる。僕は石油ランプの芯を下げた。今日の勉強は終わりだ。セパボディは毛皮のついたコートを着、あとでウォッカに化ける五トーマーンを僕に差し出し、帰り際にドアの前で口にする。「ああ、先生、ここの冬はなんと絶望的で厳しい冬なのでしょう……タブリーズの中は」と、またしても前置詞を間違えるのだ。

トーマーンがウォッカに化けることもあれば、映画館のチケットに化けることもあった。映画館パッセージがいつでも満員なのは暖かいからだ。客席の構造は一風変わっていた。椅子は木製で、天井は低く、巨大なストーブがまっ赤に燃え、ときにはスクリーンよりも明るく輝くこともあった。そして観客がなんともすばらしい。寒さで震える猫、トイレの非常灯の下でトランプをする物乞い、眠くて泣きだす子ども、皇帝の肖像とともに国歌が流れるときに低頭している治安担当の憲兵が一人。

タブリーズは映画の配給先としてはかなり冷遇されているようだ。なにしろ新作として上映されるのが——イラン映画やポイントⅣ提供の西部劇を除けば——二十五年ものの旧作フィルムなのだ。『街の灯』、『キッド』、グレタ・ガルボ。いや、文句を言うのは筋違いかもしれない。なんといっても古典の名作ばかりだ。遠く離れた星々が時間をかけて光を届けるように、俳優たちの名声もまた一世代ほどかけてからタブリーズに届くことになる。はるか昔に死んだスターたちも、ここではひそかに生きながらえている。男の子はメイ・ウエストにあこがれ、女の子はヴァレンティノにあこがれる。映画が長すぎるときには、早く終わらせようと、映写技師がフィルムの速度を早めることもあった。そうなるとストーリーが驚くほどのテンポで完結する。愛撫が平手打ちとなり、優雅に毛皮をまとった皇妃が階段を駆け下りるのだ。それでも観客は煙草を巻いたり、ピスタチオの殻を割るのに気をとられ、映画に難癖をつけることはなかった。

外へ出ると息が詰まるほどの冷気に襲われる。低い壁とその白い影、骸骨のように丸裸になった木々とともに、雪に隠れ、銀河を冠した町にはどこか魅力的なものを感じてしまう。それに、風の吹きすさぶ裏通りには素朴な歌声が響いてくる。警察が放置している広場のスピーカーからラジオ・バクーの放送が流れているのだ。あの独特の声は間違えようがない。ブルブル――小夜鳴き鳥《ナイチンゲール》のことだ――という名の歌手が、全中央アジアで通じるトルコ語で歌っている。ブルブルはかつてこのタブリーズで暮らしたことがあったという。それだけでもタブリーズにとっては栄誉だ。そして、ソ連人たちが必要に迫られ、王印を用いて彼を引き寄せた。それからは彼の歌を聴こうとイランのラジオの多くがラジオ・バクーに向けられ……ほかの番組も聞かれることになった。ともかくブルブルの歌は特筆に値するものだ。タブリーズには悲痛な調子をもつ四つの民族音楽があり、誰ひとりとして音楽なしではいられないのだが、叙情性と生々しさという点では、ザカフカス地方（カフカス山脈南麓とトルコのアナトリア高原にはさまれた地域）の哀歌に勝るものはなかったのだ。

僕らはゆっくりとシャハナス・ストリートを戻っていった。アルメニア人地区に近づくと、いつもの夕方らしく物乞いが何人か集まり、石油の火を囲んでいた。持病に蝕まれ、身体の震えが止まらない幽霊のような老人たちだが、彼らの心に曇りはなく、陽気ですらあった。畑から掘り出した甜菜《てんさい》をいくつか焼き、火に手をかざし、歌っていた。イランの人々は世界一の詩人だ。タブリーズの物乞いは、恋や魔法の酒、柳にそそぐ五月の陽光を詠んだハーフェズやニザーミーの詩をいくらでも知っていた。気分がよければ、彼らはいくらでも口にしてくれたし、大声で怒鳴ったりハミングしてくれることもあった。耐えきれないほどの寒さになると、つぶやくような声で歌う。一人が口を閉ざせば、別の者があとを歌う。こうして夜が明けるまで続くのだ。五月の陽光はまだしばらく先のことだし、まだ眠る気にはなれなかった。

思わぬ幸運を誰にでも分け与える団結した「家族」の隣りには、彼らよりもさらに不幸な運命を背負った孤独な者がいた。ある夜、チャーイカネ［ティーショップ。イラン人はガフェカーネ（カフェ）とも呼ぶが、コーヒーが出されることはない］を出ると、頭の禿げた病人のような人影が僕らに近づいてきた。あたりには雪が降っている。手もとに残っていたもの――二、三日分の金――を与えると、その人影は現われたときよりもさらに唐突に姿を消した。それから大雪になり、一時間以上も迷路のようなアルメニア人地区をさまよって、ようやく自分の家のドアが見つかった。ポケットから鍵を取り出そうとしたそのとき、物陰に老人がうずくまっているのに気がついた。僕らのあとをつけ、もっと金を引き出そうと先まわりしていたのだ。僕らが無視しているので、老人は素早く立ち上がり、両腕を僕の首にまわし、抱きしめるようにぎこちなく飛びついてきた。悪夢を見ているようだった。溶けかけた雪に覆われた頭と閉じた目、突き出した口が迫ってくる。僕はある種のパニックに襲われ、その骨と皮のかたまりを突き飛ばし、家の中へ入り、ドアを閉めた。ティエリが涙が出るほど笑っていた。「自分の姿が見えるとよかったのにな。まるでタンゴを踊っているようだったぞ」あの老人も驚いたことだろう。感謝を伝えようとしたのに突き飛ばされたのだ。貧困も度合いが過ぎると、微妙な区別がつかなくなる。彼の状況からすれば、もはや売れるものは自分の骨と皮だけだ。彼はためした……それも辛抱づよく。僕らは服についた雪を振り払っていなかった。彼が戻ってきてドアを叩くのが聞こえた。弱々しく単調で不満そうな叩きかたで、まるで大地全体が彼に恩義を感じているようだった。いや、間違いなくそのとおりなのだろう。ともかく外に出て彼の肩をつかみ、夜の闇に突き返さなくてはならなかった。彼こそが不用心にも夜から出てきたのだから。

ちょうどモサッデグ元首相の裁判が始まり、その影響からタブリーズでも衝突が起こるおそれがあった〔イランの政治状況の分析については、ヴァンサン・モンテイユの名著『イラン』（スイユ出版、小惑星叢書、一九七二年）に詳しい〕。実際のところ衝突はなかった。当日の朝になって、機関銃を装備した装甲車が五輛、迫撃砲数門、さらに、この機会にと配属された輸送車二十輛分の兵員が鎮圧のために配備されたと、知事から町中に向けて発表があったのだ。

知事は狡猾で冷酷、冗談好きな老人で、自身も一員である政府内部の政敵からも、奇妙なことに高く評価されていた。この知事が何をしても大目に見られるのは、彼に政治的な信念がないことを誰もが知っていたからだ。ひたすら私腹を肥やすため、称賛に値するほど巧妙に権力を行使していることは周知の事実だったのだ。タブリーズは政府に批判的な町だったが、そこにはフェアプレイというものが存在した。適度な攻撃にはそれなりの敬意を表するものだ。朝いちばんに予告なしに鎮圧部隊を行進させるのもまた、この知事らしい行動だった。タブリーズでは「知事」というよりも名前で呼ばれる存在なのだ。もちろん独裁的な人物であり、彼がいなくなれば誰もが安らぎを覚えたろうし、誰もが彼の失策を願っていた。だがそれまでは、奸佞《かんねい》で容赦がなく、情報に通じた老知事が人々を圧する存在でありつづけるのだろう。タブリーズは知事の専制下にあることをわきまえており、彼の才能を十分に認めているのだ。

とはいえ、朝の軍事パレードによって数多くの予定が狂わされたことも事実だった。タブリーズの大半は以前からモサッデグ元首相に好意的で、裁判の進行を苦々しく見守り、元首相が自身への告発を徹底的にやりこめる答弁があれば大笑いしていた。実のところ、西側の報道以上にモサッデグは人気があった。僕の生徒たちがわかりやすく説明してくれたが、ちょうどチャーイカネの前だったので、物乞いや運び屋たちがその話題をヒステリックに長々と話しだしたり、泣きだしたりして大変だった。バザールの入口では羊の死骸が泥の中で湯気を立てているのが見つかることもある。夜中のうちに贖罪のために犠牲にされた羊だ。路地裏の人間にとって、モサッデグはイギリスの狐よりも狡猾なイランの狐であった。なんといっても西欧から石油を奪い、ハーグから巧妙に自国を守った人物なのだ。そのプロテウスばりの先見の明と勇気、愛国心、天才的な二枚舌によって、彼は祖国の英雄と見なされたし、彼の所有地である数多くの村々でも事情は何ひとつ変わらなかった。モサッデグの活躍とともに、アバダーン精油所の生産量が――技術者の不足により――急激に落ちこもうが、あるいはイラン産の石油の不買運動によって深刻な経済危機が訪れようが、市井の人々にとってはどうでもよかった。運よく自分たちの状況が改善するとしても、それははるか先のことでしかないのだ。それに、石油が生産できなくても精油所はあった。その精油所が使われなくなったことで、思いがけない商売が進められることになった。一部の小規模の精油所が正体不明の者たちによって夜間に解体され、バルブやハンドル、ケーブル、ボルト、パイプがフーゼスターンのバザールで安価に売り出されたのだ。

十二月

雲が低く立ちこめていた。正午には早くもランプを灯している。石油の心地よい香りと雪かきの音が日々をつつみこんでいた。アルメニア人の結婚式の歌声と笛の音が、降りしきる雪を通り抜けて隣りの中庭から聞こえてくることもあった。日がな一日、熱い紅茶を飲んでは腹を暖め、頭をすっきりとさせていた。町が冬の厚みに埋もれていくにつれ、居心地がよくなっていく。そういった考えは、部屋の大家である未亡人のシュシャニクには気に入らないようだった。彼女は僕らの部屋をよく訪ねてきた。わざわざ遠くから来て、好き好んでこんなところに身を落ちつけているのだから僕らはどうかしている、彼女にはそう見えてしかたがないようだった。最初のころなどは、僕らが旅をしているのは、故郷から追放されたからだと思いこんでいたほどだ。彼女は黒いエプロンに大きなウズラを抱えたまま僕の部屋の隅に腰を下ろし、不機嫌そうな表情でキャンプ用のベッドや剥き出しの床、古新聞で隙間をふさいだ窓、タイプライターをにらみつける。

「まったく、ここで何をしているのやら」

「生徒に教えているんですよ」

「でも朝は何を?」

「見てのとおり、メモをとったり、書き物をしています」

「わたしだって書き物くらいはしますよ……アルメニア語やペルシア語、英語——彼女は指で数えていた——で。でも、仕事ではありません」

そのうち、このような微妙な問題には触れなくなり、界隈の話が中心になった。彼女はやたらと詳しかった。新聞の呼び売りがものすごい腹痛を起こした……食料品屋の息子が古い郵便切手だけで皇帝の大きな肖像画を完成させ、直接献上しにテヘランまで行くつもりだ……シャハナス・ストリートの皮革業者のSはこのあいだの夜、ギャンブルで三万トーマーンもすったのに平然としている。最後の話に僕は耳を引き寄せられた。かなりの大金だし、噂といえどもアルメニア人地区では数字に間違いがあったためしがないのだ。

タブリーズにはまだ豊かな人間が残っていたが、うまく身をひそめ、表舞台に立つことはまずない。多くは大地主で、M老人のように粗末な衣服を身にまとって資産家であることを隠している。地元で投資をして資産家であることが露見するのを恐れ、彼らは蓄財に走り、収入の余剰分を外国の銀行へ送るか、とほうもない高額な利子をつけて秘密裏に貸し出すかしていた。大金をみごとに失った皮革業者のSは、ホイからミヤーネにかけて百以上の村を所有していた。一般に一つの村からの収入は二万トーマーンになる。したがって、年に二百万トーマーンも手に入れることができるのだから、失った金額など数のうちにも入らないのだろう。

噂話がバザールを駆けめぐるあいだに、町の大部分を占める貧しい者たちの頭の中では何が起きているのだろうか？　たいしたことは起きていない。彼らはSの胃袋が日に三回満たされることを知っていたし、一人──あるいは二人──の女といっしょに暖かい服を着こんで歌い、黒い車を走らせるときには気前がよくなることを知っていたのだ。彼らの想像はさらに脇道へそれていく。贅沢な世界に行っても、そこにある本は読めず、映画は外国の神話をもとにしたものばかりで、自分たちの役に立つものなどありはしないのだ。金持ちの屋敷へ足を踏み入れるときでも、彼らは自分たちの家とたいして変わらない召使いたちの住居から中へ入った。貧乏人には三万トーマーンのことなど想像もつかない。僕らに百万ドルの価値がわからないのと同じことだ。何も持たない者たちは、自分の皮と腹に収まるもの以上のものを求めはしない。腹が満ち、暖かい服にくるまることができればそれで十分なのだ。だが、彼らは空腹を満たすこともできず、雪の中を裸足で歩きまわっていた。そして、寒さは日に日に厳しくなるばかりだった。

とてつもない距離感に隔てられ、金持ちは人々の想像の世界から追放された。金持ちなどごくわずかしかいないし、自分とはかけ離れた存在なので、考えることもできなくなってしまったのだ。夢想の世界であっても、自分が貧しいからには町も貧しくて当然なのだ。タブリーズ以外の場所では恋や旅の到来を告げる占い師も、この町での予言はごく控えめで——ここでもすばらしい詩を引用する必要があった［トランプ占いと違い、客がハーフェズの詩集の中の四行詩を針で刺し、それを占い師が読み解いて説明する］——鍋に山盛り三杯分の米と、白いシーツにくるまれた一夜が訪れると口にするだけなのだ。

飢えというものをよく心得ているタブリーズでは、胃袋が自分の権利を忘れることはけっしてなく、食料はお祭りそのものだった。吉日になると近所の女たちが早起きし、皮を剝き、すり潰し、骨を取り、かきまぜ、千切りにし、こねあげ、炭火をおこす。中庭にうっすらと煙が立つのですぐにそれとわかる。チョウザメの蒸し煮やレモンに漬けた鶏の炭火焼きか、クルミと香草と卵の黄身を入れた巨大な肉団子をサフランに包んで焼いたクフテだ。

トルコ料理は世界でもいちばん滋養に富む料理であり、イラン料理は微妙な素朴さが特徴だ。アルメニア料理はコンフィと甘酸っぱい料理では右に並ぶものがない。それに僕らはとくにパンをよく食べた。すばらしいパンだ。夜明けに竈の香りが雪を突き抜けて僕らの鼻をくすぐる。胡麻入りで、熾火のように熱々な大型の丸いアルメニア・パン。頭がぼうっとなってしまうサンジャク。焼き色をちりばめた薄い葉のようなラバシュ。まったくのところ、これほど豪華なものを毎日のように口にしてきた歴史ある国が存在するだけでも驚きだ。このパンの背後には、三十の世代といくつもの王朝の連なりが感じられた。このパンと紅茶、玉葱、羊のチーズ、ひとつかみのイラン産の煙草、冬の長く暇な時間があれば、僕らは人生のすばらしい側面に留ま

っていられる。一か月で三百トーマーン〔一人あたり百五十トーマーン。製糸工場の工員の給料は約百トーマーン〕の生活だ。いまや生徒の数も多く、それだけの生活を送るのに十分な稼ぎがあった。生徒の中に精肉店の息子が二人いるが、この二人が僕らの日常生活を改善しようとでもいうように、父親の売り台の上に残っていた肉片を持ってきてくれた。二人は赤毛の双子で、気が弱くパニックを起こしがちで、何も知らず、何も学ぼうとはしなかったが、僕らはこの二人が気に入っていた。なにしろタオルの中から血まみれのスポンジのような山羊の肺臓や、ところどころに黒い毛の残っている水牛のくず肉を取り出してくれるのだ。毎週土曜日の夕方になると、僕らはクルド人やハンチング帽をかぶった陰気な連中のよく集まるジャーハン・ノマーという名のレストランへ行き、まる一週間、話題の中心になっていた羊料理を食べた。ティエリは暗いところで絵を描いてばかりいたので視力が落ちたと感じていたらしく、ときおり一人になってはニンジンばかり一キロも焼いていた。そんな気まぐれを除けば、ティエリもまた、僕と同様にあまり贅沢なことを言う人間ではなかった。ある日、僕がナイフで鍋の縁をこそぎ落としていると、その削りかすで「大きなコロッケみたいなもの」をつくらないか、とティエリは目を輝かせて言っていた。

「何か手紙は届いているかい?」

「道ばたで日なたぼっこでもしてるんだろう」郵便局員が手に息を吹きかけながら答えた。もう十日ほど郵便が届かない。まったくここは不思議な土地だ。僕らは不満を覚えることもなかった。それでも生徒たちが書き物をする時間を与えてくれた。僕は書いてみようと努力はしたが、疲れるばかりだった。

書きはじめるというのは生まれ変わるのと同じようなものだ。僕の世界はまだ新しすぎて、論理的な思考についていくことができないのだ。僕には自由がなく、柔軟さも欠けていた。あるのは欲求だけで、そこにまじりっけのないパニックが加わった。同じページを何度も破り捨てては書き直すが、どうしても殻を突き破ることができない。もっとも、つまずきながらも押しつづけているうちに、短い時間ではあるが思っていたほど硬直せずに書けることもある。そして頭が熱くなると手を止め、窓の外に目を向ける。クリスマスのために少しでも太ってもらおうと僕らがかわいがっている痩せこけた七面鳥のアントワーヌが、雪の積もった庭を歩きまわっている。

仕事がうまくいかないときやシャツが匂いはじめたときには、洗い物を包んで公衆浴場へ向かう。そこは僕らの家から十分の距離にあるトルコ式の浴場だ。経営しているのは整理好きな婆さんで、彼女はいつもベール越しに吸い口が金色の煙草を吸っていた。浴場のような湿った場所にはゴキブリがつきものだが、それも秋になる前に凍死している。蚤や虱も寒さで全滅だ。

煮えたった湯が大量に流れ、陽気な空気があふれ出している。一トーマーンで、二つの蛇口と手桶、よく磨かれた石台のある個室が使えるのだ。僕は最初にその台の上で洗濯をする。口笛や気持ちよさそうな溜め息、隣りの個室から伝ってくるブラシの音が聞こえてくる。さらに一トーマーン出せば、垢すりを頼むこともできる。相手をしてくれるのは無口な男で、まるで長年にわたって湯気に囲まれているうちに、湯気に肉を食いつくされてしまったのではないかと思えるほどがりがりに痩せ細っていた。まず石の長椅子に横になると、足から頭まで石鹸を塗りたくられる。それから専用の手袋と砂石鹸で肌を磨いて全身の垢を落としてもらう。そして湯で身体を流す。最後にゆっくりと身体をもんでから、首を引っぱり、背骨を伸ばし、腱をつまみ、関節や肋骨、腕の力こぶを拳や足で圧迫してもらう。手慣れたもので、全身の筋肉が解きほぐされるのだ。うまくいかないことなどない。たっぷりの湯と巧みな手さばきで緊張した神経が一本一本と和らぎ、凝りが消えさり、寒さでふさがってしまった目に見えない無数の水門がいっせいに開くのを感じるのだ。それから僕は煙草をふかしながらゆったりと身体を伸ばし、心の中を見つめる。それも、けたたましくドアを叩く音が時間切れを知らせるまでのことだ。

六時ごろに浴場を出る。身体は軽く、心の奥の汚れまで落ち、冷気の中に湿った松明の香りがただよっている。雲ひとつない空の深緑色が凍った水たまりに映る。通り沿いの商店の奥では、人々がハンチング帽を前後ろにしてつばをうなじまで下げ、糖蜜の壺やカブ、砂糖パン、袋入りのレンズ豆、蠅取り紙のあいだに平伏し、激しい祈りを捧げている。天の所有物の中でも、とくにこの品々が守られますように、と。クリスマスが近づき、アルメニア人地区では早くも鶏売りたちが、血まみれの鶏をかついで家々の戸口をまわっていた。ぐったりとした鶏の羽根が弱々しく揺れている。僧帽《ミトラ》のようなふさふさの帽子をかぶり、鼻がてかり、袖が広く丈の長いコートをはおった老人たちだ。そして、僕らを春まで閉じこめる魔法の籠の精が通り過ぎたかのように、鶏売りたちの足跡が雪に残る。繰り返す吉兆の出現。生徒のために引用したバロック文学のある詩の冒頭が頭に浮かんだ。

されば風の娘たち
無数の羽を隠し持つ者よ
私と同じ農奴にして
私を解き放った者よ……

こういった夜は仕事が滞ることもなく、僕は膝に手をあてて夢想に耽る。ストーブがうなっていた。七面鳥のアントワーヌはベッドの足下でまどろんでいる。ぼんやりしているのを見るのは楽しい。外に目を向けると、夜空が家並をつつみこんでいた。町は墓場よりも静まりかえっている。悲痛なコオロギの鳴き声のように、しわがれ声で歌う声がときおり聞こえるだけだ。夜警が勇気を奮いたたせようと歌っているのだ。

十二月のなかば、近所の娘が恋の悩みから毒を仰いだ。その娘はイスラム教徒の男を愛していたのだが、何もかもがあまりにも複雑にからみあっていた。娘はシレ［阿片を燃やした残りかす。猛毒性］を飲み、相手の男は横で首を吊っていた。ロミオとジュリエットだ。界隈に響きわたる女たちの悲鳴。緑と黒のちらしがドアというドアに貼られ、葬儀の時刻を知らせている……。アルメニア教会の礼拝堂に、両手を合わせた娘の遺体が開いた柩に安置されていた。娘はまだ新しいベロアのドレスを身にまとい、黄金のイヤリングをしていた。教会の奥では、年寄りの女たちが気品のある姿で集まっていた。まるで運命の女神パルカの軍団のように黒いショールに身をつつみ、口を閉ざし、きつい表情を浮かべながらも女性的であり、太陽のような目をしている。ロマの老女以外にこれほど謎めいた人間は見たことがない。悲痛でありながら、力づよさがあるのだ。まさに一族の守護者で、婚礼をあげる新婦よりも百倍は美しい。葬儀が終わると、教会中の人々が列をなして死者の前を進み、それから扉が開かれた。そして通りかかる者たちが見ている前で、二人の女が何はばかることなく死者の身体から装身具や靴をはずし、ドレスを鋏《はさみ》で引き裂いた。冬はあれこれと不足する季節であり、墓荒らしの季節だ。二人の女がしていたことは冒涜的な行為が行われないようにするための予防措置だったのだ。

同じ週にタブリーズでクルド人の男が死んだが、その遺体を引き取るはずの家族がいなかった。なんとも運が悪いことだ。これではきちんとした埋葬を受けられないのだ。スンニー派の山岳民族とシーア派の都会人とのあいだには根強いしこりがあり、さまざまな紛争を引き起こす元凶となっていた。タブリーズの住民たちはクルド人が喧嘩好きな危険な者たちばかりだと信じこむあまり、生きているクルド人を襲うことはなかった。そのかわり、死んだときに襲うのだから始末に負えない。クルド人が町で死ぬと、慣習どおりに穴を掘ってメッカに顔を向けた状態で埋葬されずに、地面の上に仰向けに置かれる危険があった。そうなると死の天使アズラエルは遺体の非礼な姿勢に機嫌を損ね、死者が天国へ入ることを認めなくなってしまうのだ。そのために、町の病院にいるクルド人の患者は力の衰えを自覚すると、病院を脱走することが多い。馬を盗んで全速力でクルディスタンへ戻り、そこで死のうとするのだ。

ある晩のこと、ちょうど公衆浴場の前で若いクルド人の男が僕に近づき、その界隈にすむ娘の住所を教えてくれとしつこく迫ってきた。その男は白い絹のターバンを巻いていたが、まだ生地の新しい帯の隙間から千トーマーンはしようかという高級な短剣がのぞいていた。見るからに垢すりを受けたあとで、その足で娘に言い寄りにいくつもりらしい。僕は娘の住所も本人のことも知っていた。ほんの数日前に録音したばかりの相手だったのだ。気取った娘で、アルメニアの民族音楽を「昔のままに」歌うのが得意だといっていたが、結局は口先だけで、僕らはテープをまるまる一本無駄にする破目になった。僕としては少しばかり恨んでいたのだが、だからといって、あれほど決然と意志を決めた男を戸口まで案内するほどではなかった。結局、僕は正反対の方角を教え、部屋に戻った。

いまさら驚くことではないが、タブリーズの住民はクルド人について悪意のこもった噂ばかり流していた。……あの連中は野蛮人だ、掏摸《すり》だ、娘を二束三文で売り払うらしい、他人の娘を責めさいなむという話だ、云々と。アルメニア人もその噂話に賛同はするが、口に出すだけだ。実際のところ、クルド人との関係は良好なのだが、そう思われることを望んでいないのだ。バザールの薪売りたちはかなり昔から、数多くの部族を相手に取引をし、全幅の信頼を勝ち得ていた。ときにはレザーイェ近辺のクルド人たちが気に入ったアルメニア人の娘を誘拐した、などという噂が流れることもある。だが、それはアルメニア人の娘たちがそういった話を繰り返し、自分たちの美しさがどれほど罪つくりなものかと吹聴するためのものでしかなく、具体的な事例を聞いたことはいちどもない。少なくとも、現実に問題が起きたことはないのだ。ペルシア人自身がはるか昔にヘロドトスに向かって断言しているではないか。「女を奪うのは明らかに不正である。だが、憎しみをいだくほど事物に執着するのは、きわめて常軌を逸したことだ。堅実な者ならばほかにすべきことがあろう［ヘロドトスの『歴史』より］」

「預言者ムハンマドの誕生を祝って」そう口にしながら、血まみれの二羽のウズラを手に下げたムーサがドアの前に現われた。毛皮つきのハンチング・コートに身をつつんだ彼の目に笑みが浮かんでいる。その日はクリスマスイブだったが、町でそのことを最初に思い出したのが彼だった。僕らは肉が欲しいだけだったが運がよかった。ムーサはそのまま残って、僕らと一緒にウズラを食べることになった。

ムーサは僕らの住んでいる通りの端にいるトルコ人の大地主《アルバブ》の一人っ子だ。気のいい少年だが、暇をもてあましては、狩りをしたり、細密画を描いたり、ペルシア語訳の『レ・ミゼラブル』を何度も読み返して時間をつぶしていた。とくにその本は彼の英雄妄想と平等主義への情熱に火をつけた。もうパリのことしか頭になくなり、自分はイランなど大嫌いなのだと僕らに信じこませようとしたが、僕らはまったく信じなかった――彼は白刃を片手にイランを改革したがっているだけなのだ。十七歳にもなれば何かをなしとげたくなるものだ。もともとそういった家系でもあった。カジャール朝の下、知事に反発していたムーサの曾祖父は五十人ほどの武器も持たない男たちを使って町を奪い、数か月のあいだ町を掌握した。成功はしたものの、祝いの饗宴で彼は殺された。曾祖父と同じことをすると脅迫した祖父は、時限爆弾を受け取って爆死した。叔父は参加を断わった活動家たちに恨まれ、半殺しの目にあった。一方、父親は予測のつかない政治を嫌って自制し、自分の所有地の管理に専念して資産を貯えることになり、そのおかげで息子のムーサは時間を手にし、好きなだけ戦いの日々を夢想し、想像の世界を駆けめぐるようになった。ムーサはモンマルトルへ行って貧乏な絵描きになるつもりだった。計画を実現するために、複数の村からの収入を、父親から奪い取ることまで考えている。あこがれの「パリで貧乏生活」を実行するには、タブリーズで豊かな暮らしを送るよりもはるかに金がかかるはずだと思いこんでいたほどだ。

身ぐるみ剥がされるおそれがあったものの、父親は息子を愛するあまり、夜、知人の古い仲間たちの輪にムーサが加わることを許すようになっていた。息子に判断力をつけさせるためであり、正しい賽子《さいころ》の転がしかたや、飲んでも倒れないようにする方法、自分の番が来たときだけ話をすることを学ばせるためだ。父親はムーサの軽率な性格を知っていたので、彼に捨て子の世話をさせることにした。その界隈でキュチュク——ちび——という名前で知られていたこの捨て子が、ムーサの召使いとサンチョ・パンサの役目をはたすことになった。キュチュクは八歳の子どもにしては抜け目がなく、アルメニア人の婆さんなみに値切り、どれほど難しい用事でも無難にこなし、バザールをあわただしく走りまわっていた。それにしても運のいい子どもだった。幼いこともあって近所の女たちのあいだにうまくもぐりこみ、コンフィやレバーをせしめることもできた。新しいコートとハンチング帽を身につけ、親しげに叩かれていれば、いたずら好きで陽気な心が寒さに負けることもない。それにキュチュクは恐いもの知らずだった。タブリーズで孤児として生きることに何ひとつ恐れを感じていないのだからたいしたものだ。そのせいで彼は奇妙な魅力のようなものを身につけるようになり、シャハナス・ストリートで出くわした女たちからごく自然に頭をなでられ、優しい言葉をかけられるのだが、それに対してキュチュクのほうはいつも卑猥な言葉を返しては、女たちを凍りつかせてしまうのだった。

ムーサはよく僕らに会いにきた。僕らが住みついてからというもの、彼は僕らのためになんでもしてくれた。ナッセレド゠ディーネ師の物語［中東全域で人気のある笑い話の登場人物］を何度も聞かされ、画家になる計画についても繰り返し聞かされた。「最初に古典的な絵画を勉強して、それから印象派、それがすんだら近代絵画……」彼はいつもキャンプ用のベッドに腰掛けて話した。僕はあまり熱心に聞いてはいなかった。同じ話を最低でも十回は聞いているのだ。その日、僕が気にしていたのは一年の中心となるべきクリスマスのことだった。だから、僕らの頭はすでにクリスマスに占領されていた……次のクリスマスに僕らはどこにいるだろう、どんな人生を歩んでいるのだろう。僕はでこぼこになった鍋の中でウズラが音をたてて膨らむのを見ていた。鍋にはほかにミントが一束とアルメニア産の白ワイン一リットルが入っている。聖書にも登場するワインだが、赤い蝋で栓を封印したボトルをバザールで買ってきたものだ。

犠牲的な料理の煙が屋根を越えてたなびく。何が書いてあるかわからないアルメニア人の小学生の教科書の上に、町中の屋根の上に、町を取り囲む凍てついた荒れ地の上に、山鼠の寝床の上に、カラスの巣の上に、やさしげで敬うべき古代世界の上に、煙は流れていく。

タブリーズでは少しばかり異質な存在ではあるが、ポイントⅣのアメリカ人たちは結束の強い愉快なグループだった。彼らは大晦日の夜、かつて資産家のアルメニア人が住んでいた屋敷のひとつに人々を招いた。豪華な柄入りのカーテンをかけ、レコードプレイヤーを置いても、その屋敷にただようどこか捨てさられた悲痛な空気が消えるわけではなかった。僕らも彼らとともに年越しを楽しむことにした。身体を洗い、ブラシをかけ、感動し、広間へ入る。パーティーはすでに始まっていた。僕らは温かく迎えられた。紙の帽子をかぶったアメリカ人たちが手を握りあい、グラスを割り、歌っていた。参加者の三分の一は酔っていたし、アルコールと好意で潤んだ目には、どこか熱狂的な光がこもっていた。故郷を遠く離れ、人々に誤解されているだけに、このような日には何もかもが違って見える。そんな思いに激しく心を揺さぶられてしまうのだろう。それから大騒ぎが始まった。バーカウンターの反対側にいたイラン人の客たちは、無言で笑みを浮かべる集団と化していた。僕らは彼らのところへ行った。その夜、僕らも彼らと同じような気分を味わっていたのかもしれない。元の場所へ戻ると、あたりの騒ぎに戸惑ってしまうのだ。ダンスも始まっていた。僕はほろ酔いの若くてスタイルのいい女性を誘った。突然、彼女をしっかりと抱きかかえることこそ、すばらしいことに違いないという思いにとりつかれてしまった。それ以外のことが考えられなくなってしまったのだ。そのまま音楽のことも忘れてしまい、凍りつくように動きを止め、抱きしめる手に力がこもっていった。相手の女性はすぐに驚いたような目で僕を見上げると、もがいて身体を離し、どこかへ行ってしまった。僕はかなりの量を飲み、ティエリも飲んだ。終わってしまったことと、これからすることに乾杯したものの、このところ酒を飲む習慣がなくなっていたので、酔いもすぐに醒めてしまった。そのまま寝こんでしまわないように時間どおりに帰ることにした。厳しい寒さだったが、夜の屋外はすばらしかった。雪が深く積もり、歩きにくい。転ばないように互いの肩に手をかけあった。まだ家には帰りたくなかった。聞き慣れないアクセントで人の名を叫ぶ声と路地の雪に溝を掘っていく音を、アルメニア人地区の鳶と犬はかなり長いあいだ聞かされたに違いない。

わめき声をあげながら、一時間以上はうろつきまわった。やりすぎだ。家に戻ると、喉が腫れていたし、歯が鳴るほど身体が震えていた。部屋の中も冷えきっていた。僕は手当たりしだいに衣類やぼろ切れ、包装紙をベッドに広げると、そのまま眠りこんだ……。軽薄で奇妙なメロディーで目が覚めたのは、まだ夜明け前のことだった。靄につつまれた中、枕許にゆらゆらとした人影があった。帽子を目深にかぶり、口笛でシューベルトを奏でながら僕を見ている。「グリュックスヴュンシェ（おめでとう）！」人影はドイツ語でそう言いながら、からかうようにお辞儀をし、ポケットにむりやり突っこんでいたボトルを差し出した。パウルスだ。一晩中外にいた彼は、僕らの部屋のドアが開いているのを見て「幸福を祈りに」来たのだという。とりあえず一杯飲んだが、あまり目がさえず、うまく年が越せたのか、とパウルスに訊いた。

「ジャーハン・ノマーでね……酒盛りだよ、グラウザム（大騒ぎさ）……グラウザム、ヘア・ニコラス！　もう笑いっぱなしだよ」

　パウルスは酔っぱらいが嫌いだった。アルコールは彼の弱点なのだが、彼はそれなりに自制心を働かせていた。アラキ酒の海にもまれても、彼は沈まぬ舟のように落ちつきを失わないし、ふだん以上に彼らしく、人を引きつける存在だった。いつの間にかパウルスは座っていた。なぜかそれからしばらく彼はテヘラン行きのバスの話をした。なぜだかわからないが、バスが出発するところを見にいったのだという。荷物に紐をかけたものの、雪の中で乗客たちはいつ出発できるのかもわからず、無事に到着できるかもわからず……ヴィルクリッヒ・グラウザム（ほんとうに大騒ぎだった）。ともかく、パウルスもまた、町の中で動けずにいたのだ。そのあと、パウルスが離れた場所で僕の脈拍を数える声が聞こえた。それからかなりの時間が過ぎてから、新年を告げる最初の鶏の鳴き声が聞こえた。翌々日、目を覚ますと高熱があり、喉が真っ白になっていた。パウルスはすでに必要な処置を手配していた。大家の未亡人シュシャニクが僕の部屋にいて、皮下注射の用意をしていた。彼女はわざわざ看護服の白衣を着て、なにやら楽しげな表情をしている……。

一月

……尻のあたりに古新聞を何重にも敷きつめたバランスの悪いキャンプ用ベッドに横になり、僕は夜の灰色の庭と分離式ストーブのほのかな光のあいだで注射が効いてくるのを待っていた。ラジオから流れるイランの歌が、離れた場所から聞こえてくる。中庭ではアルメニア人の子どもたちが言い争い、隣りの部屋ではティエリがローザ（薔薇）という単語の格変化を読みあげている。ティエリは冬が少しでも短く感じられるように、モルー神父の『初歩のラテン語』にとりかかっていたのだ。一面の白い世界の中、威厳のある言語の木霊の中、アントニウスの軍団にはどうしても征服することのできなかった古代アトロパテネの地で、ラテン語の初歩のレッスンに出てくる「レギナ・パルトルム（パルティアの王妃）」と「プグナレ・スキタム（スキタイと戦う）」の意味が広がって神秘的な北のイメージを帯び、熱にうかされた僕の頭をやさしく揺すってくれる。熱は一向に下がらなかった。もう何日も病気の弱点を探ろうとしていた。

ほころびを見つけ、そこに楔《くさび》を打ちこむのだ。アラキ酒ではだめだった。効きめはなく、腹が焼けつくだけで気が楽になることもない。教科書のラテン語でもない。慎重に背中を石壁にあずけ、降る雪を見つめながら僕は泣きだした。それも、暖炉や鍋の手入れをするように整然と。そのまま一時間。それだ。病気に堰き止められていたものが崩れ、溶けさっていくのを感じ、そして、柔らかな繭の中にでもいるように、冬のまんなかに座ったまま眠りについた。

僕の看病をしてくれたティエリも同じ喉頭炎にかかり、回復するやいなや、彼の看病にまわった。たいしたことではない。病気になると、得意なことをしているような、まるで何か計画しているか、自分自身を治療しているような感じになる。何を訊いてもろくに返事もしないのは、けっして気分が悪いからではない。集中しているからだ。病状が重くなればなるほど、そういった状態が短くなる。実のところ、ティエリは軽い風邪ですら、生活を一新させるきっかけにし、あっという間に元気になり、病後の時間を金のかからない手軽な楽しみに変えてしまった。ポプラの木の下で飲むコップ一杯の紅茶、ほんの五十メートルの散歩、クルミの実、イスタンブールのことを考える十分間、それと僕の生徒が貸してくれたコンフィダンス誌のバックナンバー。ティエリにとって、この雑誌はかなり満足するものだったようだ。「心の便り」の欄はとくに気に入ったらしい。「涙に暮れるジュリエット（オート＝ソーヌ県）より」や「驚いたジャン＝ルイ（アンドル県）より」……「でも、本気で彼女を騙したことはない。旅行中のことは別だけど、まあ、あれはほとんどただみたいなものなのだけど」……。

冬を越すためには、いくつかの習慣を身につけることも大切だ。

僕は自分なりの習慣を、アルメニア人地区の片隅にある荷運び労働者向けの食堂で身につけていた。彼らは物乞いとともにタブリーズの最貧層に属す人々だった。だからこそ彼らはチャーイカネに陣取り、カウンターで紅茶を飲んでいる警官を除いて、自分が仲間と一緒にいるのだと実感することができるのだ。何も知らずに初めてその店に足を踏み入れたとたん、店内が緊張と沈黙に完全につつまれ――まるで建物が頭上から崩れてきたようだった――、僕は慌てて首をすくめた。結局、一行も書くことができなかった。自分では質素に暮らしているつもりだったが、自分のみすぼらしい帽子やあちこちすり切れた上着、ブーツ、そのどれもがゆとりある生活と満ち足りた腹を誇示しているような気がしてしまう。ポケットに手を入れ、小銭が音をたてないようにした。僕は恐がっていたのだが、その必要はなかった。そこはタブリーズでもいちばん平和な隠れ家だったのだ。

正午ごろ、彼らはロープを輪にして肩にかけ、震える身体を丸めながら、何人かずつまとまって店に来る。ほっと溜め息をつきながら木製のテーブル席につくと、ぼろぼろの服から湯気が上がった。すり減ったように地肌がむき出しで、年齢もわからなくなった顔が光を浴び、古びた鍋のように輝きだす。双六をし、深く息をしながら受け皿の上で紅茶をちびちびと飲むか、湯を入れた盥《たらい》のまわりに集まって傷ついた足を湯に浸す。少しばかり余裕のある者は水煙管《ぎせる》を吸う。ときには咳きこむ合間に、過去千年にペルシアの生みだした名詩の一節を口にする。青い壁に映る冬の太陽、紅茶の繊細な香り、チェスボードを打つ駒の響き。あらゆるものが奇妙なほど軽やかな存在となっていた。まめだらけの手をした男たちが天使となり、耳をつんざく羽音とともに店ごと飛び立ってしまうのではないかとも思えるほどだった。やさしさに満ちたわずかな時間。行き場のない人生のただなか、気管支を傷め、霜焼けの傷口が開くことがあっても、快適な時間を少しだけでも手に入れられるのは何よりもすばらしいことであり、ペルシア的なことなのだろう。

一月も中旬になると寒さが厳しくなり、命を落とす者も出る。残された家財道具は店の奥で競売にかけられた。すり切れた毛布、ひと山の砂糖、ロープの切れ端、それと、忘れられないのが、競売の品の中にムハンマドの子孫の象徴であるセイードの緑色の帯を二回も見かけたことだ。セイードを自称するのはタブリーズではめずらしいことではないが、とくに貧困層に多く見られた。

いつものことなので麻痺してしまったのだろう。彼らの大半は自分が空腹であることにも気づかなくなっている。昼食も紅茶を三杯飲むほかは、トルコ・パンをひと欠けと小さな糸飴だけだ。僕が同席していると、何がなんでもかならず僕に差し出そうとする。「ベファルマーイド（これをどうぞ）」と。そして、痛ましいほど粗末な食事が一瞬にして神聖なものへと変わる。僕が受け取れば、その日の昼食はなくなってしまうのだ。腹をすかしていても、手にしたわずかなものを無意識のうちに与えてしまう。そんな心情とはいったいどこから来るものなのか、僕には不思議でならなかった。なんにせよ、よほど高貴でゆとりのある、有無を言わせぬほど力づよいものが根底にあるのだろう。だからこそ僕らよりもはるかに強く、仲間同士の絆を失わずにいられるのだ。

エルヴェ神父の話していたとおりだった。図書室にはフランス語の蔵書が二百冊以上あった。驚くほどの組み合わせだ。バブーフとボシュエ、アルセーヌ・リュパンとエリー・フォール、ルネ・グルッセ、『ガンベッタ伝』、婉曲語法で飾りたてた優雅な文体——「歩兵隊は士気も低いまま戦い、退役を望む心の奥の願望に屈した……」——はペルシア語からの翻訳とも思えるド・スビーズ元帥の書簡集。

グルッセの『草原の帝国』には、西ロシアのハンの求婚を受けた中国の王女のことが書かれていた。好ましい返答を得ようと十五年の歳月をかけて互いに密使をやりとりし、ようやく協議が調った……ただし、婚儀は次の世代だ。こののんびりさ加減が気に入った。それに、距離は麻薬だ。この逸話はそのことを惜しげもなく説明してくれる。昼食をとりながら、ティエリにこの話をしたが、彼は暗い顔をしていた。恋人のフローから何度も手紙を受け取っているうちに、結婚への思いが募ってきたのだ。彼には次の世代まで結婚を先送りするつもりはないようだ。つまるところ、僕のお姫様はなかなか見つからないということだ。

それから数日後、公衆浴場から戻ると、いまにも爆発しそうなティエリの姿があった。時間をおけば少し落ちつくだろうと、僕は紅茶をいれに行った。そして、戻ると彼が言った。「もう、こんな牢獄だか罠だかわからないようなところには耐えられそうもない」——僕は自分のことばかり考えていたので、彼が僕らの旅のことを話しているのだということに、しばらく気がつかなかった。——「まわりを見てみろよ。八か月たってこのざまだ。ここに捕まってしまったんだ」

暮らしぶりを描写するにしても、もう見るべきものは十分に見た。離れて会えなければ、愛情がさらに深まり、待つことに苦しさしか見いだせなくなってしまう。僕は慌てた。この問題に取り組むのなら腹を満たしてからにするべきだ。僕らはジャーハン・ノマーへ向かった。そして、次の夏が来たらそこで別れることにしようと結論を出した。フローとはインドで会えばいい。しばらくしたら僕も結婚式の二人に会いに行こう。デリーとコロンボのあいだのどこかになるだろう。そして、ティエリとフローも旅立つことになるのだ。

それでいい。病気や恋愛が原因でこの手の計画が頓挫するとは思ってもいなかった。だが、できれば恋愛のほうがいい。それこそ人生を後押ししてくれるものなのだから。僕自身は、自分の恋愛はどこか、そう、まわりに不思議なものばかりあるこの中央アジアの片隅にでも放り出してしまいたかった。眠りにつく前、ドイツ製の古い地図を眺めた。郵便局員がプレゼントしてくれたものだ。カフカス山脈の無数に入り組んだ茶色い線、冷たい染みのようなカスピ海、僕らが走破した土地よりも広いオリーブ色のキルギスのオルド。その広がりを見ると、何かひりひりするような感覚に襲われた。心地よさもあった。自然を折りたたんだ大きな地図。地点や標高、等高線があり、思わず想像してしまう。前進、夜明け、はるかに辺鄙な場所での越冬、鮮やかな色の肩掛けをして、藺草《いぐさ》に囲まれた平地の村で魚を干している獅子っ鼻の女たち（未開の地へ憧れるというのは、少し世間知らずすぎるかもしれない。ロマンチックとはいえないかもしれないが、古代からの本能によるもので、その本能が運命にバランスを与え、運命を育む強さそのものへとたどり着かせるのだろう）。

それでも僕は途方に暮れていた。僕ら二人組は完璧だったし、僕はいつも、二人で一緒にやりとげる姿ばかり想像してきた。それが当然のことだと思いこんでいたのだ。だが、こんどの決断に従えば、もうこの町ですることは何もないのだろう。人が旅をするのは、いろいろなことが起こり、いろいろなことが変わっていくようにするためだ。そうでなければ、誰が自分の家から出たりするものか。ティエリにとっては、何かが変わり、それが彼の計画を修正することになっただけだ。いずれにしても僕らは何ひとつ約束していたわけではない。そもそも約束というものには、どこかもったいぶった、しみったれたようなところがある。成長や新しい力、予期せぬことを否定してしまうものだ。そう考えると、タブリーズの町は雛を抱える親鳥のようでもあった。

ほかにすることがありすぎるのか、タブリーズは芸術面では少し手を抜いているようだった。町でただ一人の画家であるバグラミャン老人は、同業者に会えたことに感激していた。手袋をはめ、ゲートルを巻き、無声映画のジゴロのような帽子をかぶったこの老人は、ときおりティエリが絵を描くようすを見に来ては、感嘆の声をあげて彼を励ましていた。バグラミャンは三十年間レニングラードで花の写生を教えながら細々と暮らし、このタブリーズへ移住すると、ほんの数人の生徒を集め、そして、晩年になってから持参金つきのアルメニア人と結婚し、彼女から白い絹のスカーフと山羊革の手袋を贈られていた。結婚してからというもの、バグラミャンはほとんど絵を描かなくなっていた。彼が得意としていたのは、のんびり恍惚としていることであった。冬は自宅の食卓につき、アンズのリキュールをちびちびと飲み、ヌガーかピスタチオをかじりながら、妻にさまざまな寓話を話して過ごしていた。妻は彼にすっかり惚れこんでいるので、夫の話にじっと耳を傾けては、感嘆するように身体を揺するのだ。僕らが家を訪れると、彼はロシア語でソビエト連邦のことを長々と語りはじめたが、僕らには何ひとつ理解できなかった。そのあいだも彼の妻が夫のグラスに酒を注ぎ、肩の埃をやさしく払ったり、夫の話に夢中になって、ブローチのように目を輝かせて手を叩いたりしていた。ときには夫の話をさえぎり、通訳しようとすることもあった。「夫が言うには……あそこへ行くべきでない、絶対に……あれは暗い大国、あなたたちは消えて、すべて忘れてしまう……忘却の川《レテ》」「そうとも、レテだ」バグラミャンが大仰に繰り返し、それから、オレンジの皮の切れ端を熱い紅茶に入れながら、声を落として説明しはじめた。

まさにバグラミャンの言うとおりで、彼は——聞いた話だが——ソ連で結婚した妻がいたことを完全に忘却していた。しかも、その妻とは離婚していないし、いまの妻は何も知らないふりをしていたのだ。もちろん近所ではよく知られていたことで、バグラミャンは外見こそ快活な老人だが、実はずる賢い狐のような人間で、ぬくぬくと老後を過ごそうとしているのではないか、と誰もが思っていたのだ。もっとも、そんなふうにうまく生きていくというのも、それはそれで尊敬に値することかもしれない。いずれにしても、この点について彼を困らせようとする人間は一人もいなかった。人々はこの老人が陽気でいてくれることに感謝していた。アルメニア人地区での人々の生活はあまりにも苛酷で、無益に人を中傷する余裕などあるはずもないのだ。

バグラミャンの絵は何度も目にしたが、その絵は彼ほど幸運ではなかった。日当たりがよくてもくすんで見える贅沢な庭、ビロードのドレスを身にまとい、両手でハンカチを握り、堅苦しい笑みを浮かべるローマ貴族の娘、勲章をつけ、頬を輝かせた馬上の将軍たち。ティエリは仏頂面になり、動じることを知らないバグラミャンはそのたびに絵画についてティエリと熱い議論をかわして、自分の形式主義を正当化しようとした。もちろん身ぶりによってだ。画家の名前をあげながら、手で高さを示してその重要性を評価するのだ。そのたびにティエリが反論した。二人の意見が一致することはほとんどなかった。ティエリがミレーを床の高さで示すと、それまで肩の高さで示していたバグラミャンは、椅子の上で顔を隠すようにのけぞってみせた。彼は三十年前からミレーを模写していたのだ。イタリアのルネッサンス前派については、二人とも床から一メートルの高さで意見が一致し、そして、それなりに価値――アングル、ダビンチ、プーサン――を認めると、互いに相手の目つきをうかがいながら慎重に手の高さを上げるものの、自分のお気に入りの画家はあえて出さずにいる。こういった競売のような状態では、どちらも自分が最終評価を下す立場になりたいものだ。ティエリが腕を上げて、自分のお気に入りを相手の手の届かない高さに置くと、バグラミャンは踏み台に乗り、ついに望みのものを手に入れることになったが、あまり優雅とはいいがたく、口にした名前も、まったく無名のロシア人の画家だった。「シーシキン……偉大な画家」妻が説明した。「雪に埋もれた樺の森の」僕らはもうどうでもよかった。いつの間にかテーブルには、ボトルや凝乳、キュウリが所狭しと並べられていた。当然、食べることに僕らの関心は向けられた。これも友情を育むためだ。バグラミャンもまた、その友情を期待していたのだ。

二月

いつの間にか町が僕らに近づいていた。もう僕らがうさんくさく思われることもなくなっていた。アルメニア人、白系ロシア人、警察の大佐、娘をローザンヌの寄宿学校へ入れたいと願う役人、そういった人々に招かれることもあった。広間は明るすぎたし、鏡や絨毯、飾りのついた家具は、そこの住人が豊かな生活を送っていることを物語っていた。僕らの皿に絶えず料理が満たされるのを見ればいやでもわかることだ。彼らは僕らがどのような暮らしをしているのかを知りたがったが、あけすけに聞き出そうとはしなかった。ホストがタブリーズの町を心から愛しているのであれば、一か月百五十トーマーンで暮らしながら、自分たちのようにタブリーズを気に入っているなどという僕らの言葉を、やすやすと信じるわけにはいかないのだろう。この国のことや、この国の問題について腹を割って話ができるほど、古くからの友人というわけではないのだ。イラン人が旅行者に用意した甘い話を鵜呑みにするには、僕らは実情を知りすぎていた。やっかいなことだ。相手の立場を思いやれば逃げ口上になり、微妙な気配りで歯切れの悪い言葉ばかりが並び、まともな会話が成立しなくなると、ティエリがアコーディオンを取って女性を踊らせることになる。僕らが頼みこむと、黒いドレスを着た、かなりの資産家の女性が慎み深く視線を落として部屋の中央に立ち、血なまぐさい声でアルメニアのサヤト・ノヴァ［十八世紀のアルメニアで人気のあった詩人で、彼の歌はいまも歌われつづけている］のバラードや、心を高ぶらせるアゼルバイジャンの哀歌を歌ってくれることもあった。まるで窓ガラスが砕け散り、タブリーズから放たれる力づよく、激しく、そしてかけがえのないもののすべてが、突然広間に流れこんできたようだった。人々の目が潤み、グラスが鳴り、歌が終わる……そして、熱くたぎる心とともに、人々が枯葉のように地に根ざした倦怠感へ落ちていく。曖昧な欲望に膨らんだ倦怠感は、まさにチェーホフの戯曲を覆いつくすものと同じものだった。

飛びかう外国語、欠伸、肉の揚げ物に囲まれ、僕らは漠然とした無気力にとらわれていた。「さあさあ、こちらへ……こちらで食べて……こちらで飲んで」ホスト役の女性が声をあげる。テヘランの修道女に習ったらしいフランス語もかなりあやしくなっている。そういった声が、綿をとおしたようにぼんやりと聞こえてくる。僕らはグラス越しに顔を見あわせた。僕らはいったいここで何をしているのだろう？　この町に何年住んでいたのだろう？　どうしてこんなことに？　バグラミャンの言葉が耳の奥によみがえった。そうだ、ここも忘却《レテ》の川なのだ。僕らは外へ出た。あいかわらず雪が降っている。こめかみが痛むほどの冷気の中、僕らは互いの顔を穴があくほど見つめた。満腹だ。「少し油っぽかったな」それ以外に言いようがない。

当然のことだ。震えつづけて疲れきっていた。身体の重みを失ってしまった。夢はもう腹いっぱい食べることではなく、肉を食うことだった。ラ・ナヌーの店へ行けばその夢を実現させることもできた。そこは学生向けの食堂で、切り盛りしている鼠顔の婆さん二人はいつもおどおどしたようすで、黒いショールとよれよれの黒服に身をつつみ、脂肪分たっぷりのスープを何種類も煮込んでいた。二人のうち年上のラ・ナヌーは、自治共和国の元大統領ピシェヴァリの料理人を務めたことがあるという。そのピシェヴァリはイラン軍が戻ってくれば絞首台に送られかねない立場だった。ピシェヴァリは人目を忍んで彼女の店に来ては隅の席に座り、いくつもの鍋から立ち上る香りを楽しんでいた。彼が代金を支払ったのかどうかはわからないが、料理は出された。権力の座にあったピシェヴァリが彼女を厚遇したのかどうかはわからないが、どのような関係かはともかく、二人は親交を結んだ。そして、その親交はいつまでも続いた。彼はいつもそこにいた。スープのあとの放心状態、身体も暖まり、腹もくちくなり——湯気のような権力にくらべればはるかに現実的だ——客たちの声に耳をすます。政府をあざ笑い、反体制派のスローガンを小声で口にする客たち。それをドアの近くの席にいる二人の老警官が何食わぬ顔で手帳に書きとめる。

　この手の笑い話があるので、タブリーズとテヘランとのわだかまりは一向に消えなかった。大学は「自治共和国」時代にソ連の支援を受けて設立された。大学は進歩主義に彩られていた。戻ってきたイラン軍は民主主義者による混乱を恐れ、大学を閉鎖しようとした。タブリーズでは教育そのものを廃止できるほど娯楽が多いとはいえなかった。聞くところでは、学生たちは武器を取り、議論に勝ち、その後、モサッデクを支持し、それから彼を悼み、やがて、ここで紹介するのがはばかれるほど激しい言葉でその気持ちを表したという。僕らと同じ席でよく昼食をとっている常連客の一人マンスールは、最盛期のことをモンマルトルふうに訳してくれた。父親がマシュハドで教師をしていたマンスールは、どうにかパスポートを手に入れてパリで三年暮らし、タブリーズに戻って医学を修めた。冬や静寂が心に重くのしかかると、僕らのところへ来て心の内をさらけ出した。彼の共産主義（メイド・イン・フランスだ）は、この町で目にした現実によって粉砕された。荒々しく強情なこの町は、どう見ても主義主張とは相容れない存在だった。マンスールは完璧な挫折を味わうことになった。彼は抑圧された人々、反抗的な人々、有能な人々がいるものと期待していた。だが、現実は違った。タブリーズの物乞いたちが彼の期待をみごとに裏切ってくれた。凍てつく寒さにも無頓着だし、重い病気にかかっていても皮肉を口にするし、自分たちの同類であるかのようにマンスールに手を差し伸べてくるし、どのようなものであろうと卑猥な笑みを浮かべて受け取るのだ。

僕らの狭い部屋にいると、マンスールはいつもよりくつろげるようだった。彼の言い分は西洋の弁証法に組みこまれており、彼は僕らにいくらでも理論を説明することができた。それに対して、僕らはぐったりとしながらも、反論を提示した。フランスでの恋について、めまいを起こすほど赤裸々に語るのを聞かされるよりは、まだ政治のほうがましだったのだ。熱気に満ちた日々、マンスールは同様に気に入っている二つのテーマを両立させ、ついにはデュ・バリー夫人の肉体関係を「剰余価値」の欠陥に、エカチェリーナ二世の色情狂を女帝の職務に結びつけることまでしてのけた。僕らはイランがコルホーズに変わる光景を見ていないこともあり、このあまりにも大雑把な単純化と理想主義、証明の弱さについて異論を挟んだ。もっとも、それも儀礼的なものだ。というのも、極端な例を除けば、彼の混乱と反抗は正当なものだからだ。学生たちの多くは、内心ではマンスールと同じ気持ちでいた。ザヘディ体制では、そのような意見を口にすれば、そのまま刑務所へ直行だ。イランの刑務所は笑いごとではすまない。それも鞭打ち刑を受けたあげくだ。彼らにとっては、眠っていることが何よりも賢明なことだった。罰則の厳しいタブリーズには、眠りよりもさらに深い眠りがあるのだ。だが残念なことに、どれほど勇敢であろうと、若者にはいつまでも眠りつづけることなどできないのだ。

しばらく前からティエリの使うキャンバスと絵の具が不足していたが、スイスに注文していた用具がようやく届いたと郵便局から知らせがあった。彼は郵便局へ駆けこみ、書類に必要事項を記入し、受領証にサインし、税金を払い、税関まで行き、そこから戻ると、自分の荷物の開梱に同席した。すべてそろっていた――が、ティエリが荷物を運び出そうとすると、職員が慌てて引きとめた。局長が自分の手で渡したがっているのだが、その局長がしばらく席をはずしている、というのだ。局長が戻るまでティエリは小部屋で待つことにした。部屋には火燵《こたつ》と煙草、葡萄、紅茶があり、ティエリは居眠りを始めた。一時間後、目を覚ました彼は、僕らの友、郵便局長を呼びにいった。

「いったい僕は何を待っているんだ?」

「局長です……とてもいい方ですよ」

「それで、何時に戻るんだ?」

「ファルダ（明日です）!」

「!（なんだって?）」

小包が届くとしよう……今日はその小包を見ることができるし、明日には持ち帰ることができる。一度どころか二度も楽しめるのですよ、と職員の老人は愛想よく口にすると、ティエリを出口へ送った。

ファルダというのは、いつも引きあいに出される言葉だ。ファルダには約束が満ちている。ファルダには、人生はよりすばらしいものになっているのだろう……。

三月

冬は僕らに忍耐というものを教えてくれた。冬はまだタブリーズの町に重くのしかかっているが、南部では冬の支配が解けはじめていた。向こうでは、シリアから山を越えて届いた暖かい風が雪を溶かし、クルディスタンの小川は水かさを増しているのだ。夜、南の空が移り気に黄色く染まることが多くなり、すでに春が訪れていることを教えてくれた。

ちょうど図書室でクルド民話［レスコ宣教会によってディアルベキル地方で収集されたものだ］の選集を見つけたところだった。その生き生きとした内容に僕は夢中になった。一羽のスズメ――もちろんクルドのスズメだ――が羽を膨らませて、思いやりに欠けたペルシアの大王をやりこめる。「あなたの父上の墓に小便をかけてやりますよ」真夜中、ロバの耳をした背の低い精たちが雷鳴とともに地面から現われ、驚くべき知らせを告げる。チュルパンもランスロットもびっくりの奇妙な戦いだ。互いに攻撃をするのだが、一方が最初の一撃を加えると、受けた相手は肩まで地面に埋まり、それから這い出して身体を震わせる。そして、同じことを相手にもする。三日月刀、棍棒、槍。喧騒が国中に響きわたる。手や鼻が飛び散る。当然、怨恨——力のかぎりをつくす喜びも——が増すばかりだ。

空の奥の晴れ間と軽快な文学作品を知ると、僕らはそれをすぐそばから見てみたくなった。例の特別許可証《ジャヴァス》を手に入れるのはひと苦労だった。なにしろ、クルディスタンは緊迫した状況なのだ。クルド人は生っ粋のイラン人であり、イラン王国の忠実な臣民だが、彼らの起こす騒乱は昔から中央の権力にとって頭痛の種だった。十七世紀ほど昔にも、アルサケス朝パルティアのアルタバヌス王は、叛乱を起こした臣下のアルダシール［ササン朝ペルシア帝国の初代君主。引用はアルトハイム著『夕と朝の顔』（フィッシャー叢書）より］にこう書き送っている。「汝は限度を超え、みずから悪しき運命を引き寄せた。汝、クルドの民の天幕で育てられたクルドよ……」この親書が記されてからというもの、アラブ人はおろかモンゴル人をもってしても、イランとイラクを隔てるのどかな牧草地からクルド人の羊飼いたちを追いはらうことができなくなってしまった。クルド人は自分たちの土地でくつろぎ、自分たちの思いどおりに進んでいくことを願い、ひとたび彼らが決意し、自分たちの伝統を守る、あるいは自分たちなりに争いをなくそうと立ち上がれば、テヘランも容易には銃声を収めさせることができなくなる。ときには——晩秋から冬にかけて——街道を封鎖し、通りかかる者から金品を奪い取ることもあった。政府はそういった動きを牽制するために国境に接したいくつかの村に大人数の部隊を配置していたが、兵士への給料がめったに支払われないために軍紀が乱れ、すぐに掠奪者から掠奪する山賊まがいの集団と化した。こうしてバランスが戻り、政府は確信する。多少の混乱はあれど、難局と鎮圧、駆け引きといったいつもの流れに身をまかせているうちに、すぐに総選挙の時期になる、と。汚れた衣類は家の中で洗われるもので、許可証を申請するには時期が悪かったが、僕らにはほかにどうしようもなかった。軍も警察も、あまり僕らの希望をかなえてくれそうになかったが、いまの僕らが町と良好な関係にあると考え、僕らの依頼を断わらず、別の部署にまかせることにしたのだろう。二週間のあいだに僕らは窓口から窓口へと往復した。紅茶をともにした将校は礼儀正しく、僕らの申請の件以外であればなんでも話してくれそうだった。僕らは延期ばかりされる約束を心の糧とし、どうにか心をなだめながら、その約束を毎日思い出しては、これまでに何度も約束を違えてきた相手に、彼らの誠意が偽りのないものであると請けあい、僕らの神経をすり減らしながら、最後に勝つのは辛抱づよいほうだという昔ながらの駆け引きを学んでいた。最後には僕らが勝たせてもらった。

出発の前日、パウルスが訪ねてきた。ヒッチハイクをしたばかりで、ミヤーンドアーブまでの街道には障害物もなく、水浸しだが先へ抜けることは可能だろう、と教えてくれた。その日の朝、ちょうどそのあたりでジープが襲われていた。南部から密輸した荷物を持ち帰る途中だったので、運転手は積荷を奪われまいと強行突破し、どうにかタブリーズへたどり着いたものの、ジープのドアは弾痕だらけで、運転手の肺にも穴があいていた。パウルスが弾丸を摘出し、運転手の命を救ったのだ。攻撃をしかけてきたのは、おそらくミヤーンドアーブのシーア派の連中か、クルド人に変装した脱走兵の一団だろうとみられていた。

「ターバンを巻くのは簡単だからな……それに、この季節はクルド人の頭にあるのはもっと別のことだ。そろそろ羊の群れが外に出てくるころなんだ。じきに家畜の移動が始まる。手に負えない連中ばかりで、内紛が絶えないというのは事実だが、旅行者にまで手を出すのはよほど飢えたときだけだ。連中を貶めようと、こういった話は誇張されるものなんだ。しかたがないというか、ここでは神の思し召し《インシャラー》のままにとでもいうべきかな。だがこれは例外だ。死にたくなければ金を十分に持っていくことだ。武器だけはやめておけ。連中はなんとしても武器を手に入れたがっている。武器が何よりも好きなんだ。だから武器を見たら、十人か十五人がかりで襲ってくる……それにどう対抗するというんだ？　そうなったら、もう笑うしかないぞ」

パウルスの言うとおりだ。ピストルを持って訪れたところで、なんの意味もない。そもそも使いかただって知らないのだ。僕らは世界を見るために旅に出た。世界を撃つためじゃない。

ターバンと柳

ミヤーンドアーブ街道

車道をさえぎるように深い割れ目が無数に開いていた。運転には細心の注意が必要だが、六か月もの引きこもり生活で僕らはすっかり不器用になっていた。何度となく車をぬかるみにはめ、ボンネットまで泥水に浸かる破目になった。自分たちだけで車を引き出すことはできそうにない。こんなときには道ばたにしゃがみこんで、荷馬車が通りかかるのを待ちながら景色を眺めているのがいちばんだ。それに、それだけの価値があった。湿度は高いものの、見晴らしがきいた。北には鉤爪のような木々を生やし、ところどころに雪を残した果樹園がタブリーズと冬に向かってどこまでも連なっている。はるか奥にはサバラーン山脈の白く軽やかな尾根が靄の上に伸びている。西には砂漠のような湿地帯がオルーミーイェ湖の苦い水と僕らを隔てていた。春の方角となる南、ポプラの木々の散らばる黒い平原の縁には、クルディスタンで最初に目にする谷の棚がにわか雨を浴びて湯気を上げている。僕らのまわりの雪の層の下で大地が活動していた。溜め息をつき、スポンジのように水をしみ出させ、みずからを輝かせている。どこもかしこも水だらけだった。腹まで濡れたラクダともよくすれ違うようになってきた。浅瀬の水かさが増してきた。こうなると服を脱いで、勢いを増す水流に入り、車のために足場を見つけるしかなかった。

マハーバード街道

山賊はいなかった。だが、見るからに僕らを止めようとしている六、七人の集団には何度も出くわした。クルド人からすれば、エンジンがあってタイヤが四つついていれば、バス以外のなにものでもないのだろう。だから車に乗りこもうと懸命になるのだ。エンジンに馬力がないし、板ばねが割れてしまうと説明してもむだだ……さらに大声をあげ、背中を叩き、勝手に乗りこんでフェンダーやステップ、バンパーに荷物を載せ、何も問題はないだろうなどと言いだす。多少乗り心地が悪くてもかまわない、どうせほんの五十キロだけだ……。強引に引きずり下ろす——全員武器を持っているから乱暴にはできない——と、交渉が足りなかったと勝手に勘違いし、笑顔とともに帯から一トーマーンを取り出す。車の大きさや馬力のことなど考えもしない。鉄でできたロバぐらいにしか思っていないのだ。乗せられるかぎりは乗せるし、重すぎれば潰れるだけだ。僕らとしては、大人一人か子ども二人が限度なのだが。

ということで僕らはマハーバードの近くで尻まで泥だらけになった老人を拾った。溶けた雪を勢いよくかきまわしながら、大声で歌っていた老人だ。この老人は後ろのシートに腰を下ろすと、ズボンから古いピストルを抜き出し、礼儀正しくティエリに預けた。ここでは武器を持ったまま他人の家に足を踏み入れるものではないとされているのだ。老人は僕らに一本ずつ、その場で煙草を巻いてくれてから、ふたたび楽しそうに歌いはじめた。

やはり僕は陽気な空気が何よりも好きらしい。

マハーバード

ドアの青く塗られた荒壁土の家、ミナレット、サモワールの湯気、川の柳。三月の末、マハーバードは早春の黄金色の泥に浸かっていた。黒い細雲の隙間から光が差し、平たい屋根を通り抜ける。屋根には腹をすかせたコウノトリが巣をつくっている。

町の中心の大通りもいまや泥沼と化していたが、通りには黒いハンチング帽をかぶったシーア派イスラム教徒や、布製の縁なし帽をかぶったゾロアスター教徒［オルーミーイェ地方にはいまもなおゾロアスター教徒が多数残っている。インドのパールシーと同じゾロアスター教徒だ］、ずんぐりとした体型でターバンを巻き、しわがれた声で詩の一節を口にし、よそ者を臆面もなく眺めまわすクルド人の姿があった。とりたてて急ぎの用がないらしく、よそ者を追いはじめる。軽く前かがみになり、背中で手を組み――かならず手を組むのは、彼らのズボンにポケットがないからだ――三メートル距離をあけ、よそ者のあとをつける。

こうしてお供を連れ、強烈な視線をあびながら、ぬかるみを跨いで歩きまわる破目になる。露店で紅茶を飲み、活気のある空気を嗅ぎ、何に対してもうなずく……ただし、不安そうな顔をした二人の警官にはうなずいたりしない。警官は騒ぎが起きるのではないかと案じ、追いつくと、投げやりに手を叩いて無害な群衆を追いはらうふりをする。

マハーバードには難点がある。軍服姿が多すぎることだ。青い軍服を着たイラン憲兵もそうだが、どこにでもいるのが兵士数人のグループだ。身なりはだらしなく、見るからにぼんやりとし、ごろつきのような顔をしている。上官の将校が姿を見せることは少ない。偶然ではあるが、到着した日の夕方に散歩をしていると、十人ほどの将校が増水で危険になった橋のたもと

ターバンと柳

で話しこんでいるのに出くわした。彼らは話をやめると、僕らの許可証を改めてから、「クルド人に身ぐるみ剥がされないうちに」町へ戻れ、とだけ口にすると、ふたたび仲間同士で話しはじめた。増水した川の水音に負けないようにひとりひとりが大声で話しているのだが、そのうちの一人が名前と数字を手帳に書き記していた。しばらくすると、賭け金を記録しているのだとわかった。橋が落ちるかどうかを賭けていたのだ。結局のところ、橋は落ちた。

マハーバードにクルド人の追い剥ぎはいなかった。いるのは不平不満を抱えた者たちだけで、それも軍隊によって口をつぐまされていた。だが、山賊の話題は大規模な軍隊を駐留させる恰好の口実となった。要職にある役人たちが嬉々として噂をまき散らし、必要とあらば恣意的に何人か逮捕してみせることもあった。実質的には占領そのもので、クルド人にとっては耐え難いことだろう。軍隊による悪夢が心に刻みこまれているのだからなおさらのことだ。一九四八年のマハーバード・クルド共和国［同時期のアゼルバイジャン民主共和国の双子ともいえる存在であり、やはり同じ運命をたどることになった］の清算には、苛酷な処置がともなった。ごく控えめな要求しかしていなかったクルド人の自治主義者が虐殺され、元首であったカジ・ムハンマドは生命が保証されていたにもかかわらず絞首刑に処された。マハーバードの人々は彼を慕って墓に花を供えつづけ、何ひとつまともなことの期待できない軍隊を冷やかな目で見つめていた。

ホテル・ギーラーンの主人はかつて運輸大臣だった人物で、元大統領のカジにくらべれば運がよかったといえる。イラン軍によって死刑を宣告されたものの、多くの村の所有権と引き換えに間一髪のところで恩赦を受け、七十の年齢になって人生の味わいを見いだし、ホテルの経営に力を注ぐことになった。ホテルはやや不格好な建物で、壁の厚みが二メートルもあり、巨大な梁と梁の隙間には藁が詰められ、そこにツバメとアマツバメが巣をつくっていた。部屋には空色に塗られた鉄製の寝台が二つと調理台があり、色あせたクルド絨毯が敷かれていた。夕方、僕らはすっかりびしょ濡れになってホテルへ戻った。火鉢の上で湯気を上げる服が乾くまでのあいだ毛布にくるまり、浸水した道路からこの世の終わりのような光が差しこむ中、双六に興じていた。夕食を運んできてくれたホテルの主人はそのまま部屋に残り、僕らの勝負を見守っている。彼は軽く身体を押してゲームをやり直させたりもした。見かけこそ単純だが、ゲームの面白味となる無数の策略を僕らがまったく生かしていないと教えてくれたのだ。

　バザールで語り手をしているクルド人とも何度か食事を一緒にしたことがあった。この語り手は言い伝えや羊飼いの歌をよく知っていたので、僕らは録音させてもらった。凄まじい歌いっぷりで、一歩も引かない陽気さのようなものがあり、同じ階の客たちを全員呼び集めるほどの勢いがあった。隣りの部屋の客たちが次から次へと僕らの部屋を訪れ、ベッドに並んで座り、歌に耳を傾けた。彼らはオルーミーイェ湖周辺の大地主《アルバブ》で、恰幅がよく、筋骨もたくましく、イタチのように生き生きとした表情の持ち主だった。自分の所有地を厳しく管理し、選挙前の闇取引に直接目を配るためにマハーバードへ来ていたのだ。目にかかるほどの房飾りのついた黒っぽい生地のターバンと綿布の幅広の帯、クルドの短剣を除けば、彼らの衣装はむしろ西洋風だ。十五世紀の頑強な領主さながらにイギリス産のラシャ地の衣装一式で、僕らの部屋とも完全に調和がとれている。彼らはクルド人独特の食い入るような目つきで僕らと荷物を見つめると、毛彫り模様の煙草入れを差し出したり、笑顔を浮かべながら大きな黄金の懐中時計をポケットから取り出し、自分たちの耳もとで鳴らしたりしていた。

「メイ・アイ・カム・イン？」

返事も待たず、警察の大尉が部屋に入ってきた。甘い声、切れ長の目、腹黒そうな笑顔からこぼれる歯。大尉はテーブルに拳銃とびしょ濡れの制帽を置き、一同に会釈し、僕らの一日の予定を訊きはじめた。善良そうな表情を見せてはいるが、部屋にこれほど多くのクルド人が集まっているのが気に入らないのだ。大尉は僕らがペルシア語を話せないふりをしているが、実は悪だくみをしているのだろうと思いこんでいた。もう少し早く踏みこんでいれば話をすべて聞き出すことができたはずだと悔しがっていたのだ。たしかにこの部屋で、ある種の影響力がひそかに行使されていたことは間違いのない事実だろう。イギリス、ロシア、アメリカ、クルド人の分離主義による影響もあれば、さらには別々の目的を追う警察と軍まで加わる。誰もが何かしら急進的なグループに属しているのだが、どこに属しているのかをまずは知る必要があった。町へ来たばかりの大尉には現状を把握するのも容易ではなかったのだろう。地方刑務所の囚人たちの匿名の苦情と手紙によって所長が解任に追いこまれ、後任として配属されたこの大尉は、獄吏という職務を渋々と引き受け、囚人たちの許しが得られるよう、あれこれと気をつかっていた。暇をもてあましたとき、あるいは好意から、不信感から、大尉は絶えず僕らを訪れ、ぜひ僕らの遠出に同行したいと言い、体制批判を口にしては僕らの化けの皮をはがそうとした。絶え間ない監視はどうにもがまんがならなかったが、大尉があまりにも如才なく職務に精励しているのを見ると、彼の目の前でドアを閉めるわけにもいかなかった。それに彼は英語がうまく、僕らの部屋にいた人々についての情報をきわめて辛辣な口調で正確に伝えてくれ、ときには地元の詩を訳してくれることもあった。

雨が降り
すべてが雲と雨に覆われる
春の花々よ、何を求める？
…………
降ってはまた降るこの水のすべて
それは我が目にあふれる涙……

いまの状況にぴったりの歌だ。ホテルは雨樋の音の中を方舟《はこぶね》のようにただよい、やむことのない雨が次から次へと橋を押し流し、僕らを町に閉じこめる。金が底をついていた。ギーラーンの主人は喜んでこのまま部屋を使わせてくれるだろう。僕らの顔を見るだけで信用してくれるのだ。一方、僕らの滞在が長びくにつれ、より気配りが繊細になり、同時に監視も強めていた大尉は、刑務所での無料宿泊を提案してきた。彼の好意から出た言葉でもあり、断ることはできそうもなかった。どちらにしても僕らに選択肢はなかった。

マハーバード刑務所

鉄格子を抜けた夜明けの薄明が、まずは青い壁にかけた銅ボタンの軍服を照らす。そして、功績をあげながら殉職した数名の警官を輪状に並べ、イランの色に彩られたポスターを照らし、最後にパジャマ姿でいつまでもうがいを続ける大尉の輪郭を照らした。僕らは床の寝袋で横になりながら、どんよりとした目で大尉を見ていた。彼は膝の屈伸運動を十回すると、数を数えながら深呼吸をし、制服を身につけ、鏡に向かって笑みを浮かべ、健康的に胸を叩いた。それから、にわか雨に向かって次々と窓を開け、線香に火をつけて空気を清めると、煮え切らない相手を納得させるような仕草で毛深い手をゆっくりとこすり合わせながら、自分のデスクについた。

ターバンと柳

今日は外出できるのだろうか？

大尉は僕らが外に出られないことを心配していた。……町には落ちつきがなく、選挙もある……僕らが袋だたきにされるかもしれないし、そうなれば彼の責任になる……。それに、大尉は何よりも僕らと一緒に昼食をとるのを楽しみにしていた。クルドの名物料理、万代草《センペルビブム》の新芽の焦がしバター和えを特別に用意するつもりだったのだ。大尉がベルを鳴らすと、警官が足を引きずりながら入り、敬礼した。警官が左手で隠しているのは、数時間の警備中に暇をつぶすための編み物だ。警官は籠を手にしてバザールへ向かった。

「実にすばらしい。万代草には……」大尉はそう言って深く息を吸いこんだ。「利尿効果があり、腸を鍛えてくれます」さらに栄養学の講義がしばらく続いた。消化をよくすることと、適度な食生活を送ることに大尉は固執していた。たしかに健康はいいことだが、だからといって毎朝、実演してみせることはないだろう。僕らは頭を壁に向け、もう少し眠ることにした。そもそも刑務所は眠るためにできているのだ。この刑務所は僕らに最初の休暇を与えてくれたといえるだろう。

九時ごろになると刑務所がにぎやかになる。独房から何かを叩く音や鼻歌が聞こえてくる。刑務所の隣りにある食堂の少年が紅茶を頭にのせ、警備の警官たちに運んでくる。それから研ぎ革を肩にかけた床屋が現われて監房をまわる。あれこれと訴えに来る者たちもいた。彼らは僕らを跨いで大尉のオフィスへ向かった。同情を誘うほどへりくだった囚人の親類、プロの密売人。田舎から出てきたムッラーがロバを門につなぎ、腰を大きく曲げて地元の信者のために手をつくそうとする。僕らは床に転がったまま薄目をあけ、次から次へと訪れる人々を観察していた。

ある朝、つま先の反り返ったスリッパ二つが僕の鼻をかすめるように通り過ぎ、それから訴えかけるような女の声が響くと、はっきりと目が覚めた。動作はしなやかで、身体つきのがっしりとした、やたら化粧の厚い娼婦だった。アゼルバイジャン語だったが、客にとった軍人たちが金を払わなかったと大尉に訴えているのだろう。そのくらいの言葉は僕にもかろうじてわかるようになっていた。

「軍の問題だから」大尉が答えた。「私には何もできんよ。軍の兵士を客にとるのはやめることだ。うちの憲兵にしておけ。憲兵が問題を起こしたら、そのときは私に訴えに来ればよい」

大尉が娼婦に煙草を一本差し出し、紅茶を注いだ。娼婦は腰を下ろしデスクの端についた。花柄のチャドルを身にまとった娼婦は煙を吐き出しながら、どこか陽気な声で大尉に文句を言いつづけた。彼女は恐がってはいなかった。声や目つきを少しばかり追えばわかる。恐がっているどころか、飾りの鋲が入った靴を揺らしながら休みなく話しつづけた。嘲笑、泣き言、バザールの噂話。驚くほど勢いよく話し、言葉が止まるのは、笑い声をあげるか僕らに荒々しく媚態を示すときだけだ。くるぶしまで泥まみれになり、凶悪そうな、とてもみごとな目をし、口のまわりに傷跡がいくつもある。彼女には大河のような存在感があった。泥、深み、力づよさ。人差し指を上げ、冗談を言いながらなおも大尉にくってかかり、そして現われたときと同じように唐突に姿を消した。大尉は面白がっていた。「あの女はしばらくしたら田舎へ帰り……たぶん田舎でも同じことをするのでしょう。行商人のように袋に香水を詰めこみ、ピッケルを持って、あちこちをまわって」

人々の暮らしは苛酷で屈辱的だが、そこには強さもあった。寝袋を出て、娼婦を抱きしめに行きたくなった。僕らと同じく旅をする仲間だ。だが、大尉の言葉をひと言も聞き逃すまいと耳に手をあてている門番に、事情が通じるとも思えなかった。

刑務所の客という僕らの立場は厳密に規定されたものではなかった。午後には町へ出られたが、憲兵二人に挟まれての外出だ。僕らを連れて帰る役目を負ったこの二人は、口髭に白髪のまじる老人で、すぐに息切れを起こし、僕らが足を早めると泣きそうな声で呼び止める。二人に恨みはないが、彼らがいると僕らが疑われる。ごく温厚な人々の中にいるのに、憲兵を従えているともなれば、民間人に見えるはずがないのだ。本気で二人を追いはらう唯一の方法は、バザールの奥へ突き進むことだった。横暴だという――彼らにしてみれば、だが――自覚も少しはあるのだろう、バザールでは好んで自分の身を危険にさらす気にはなれないらしい。二人はバザールという危険地帯の外れにある紅茶店に腰を落ちつけているので、僕らは帰るときに合流し、二人が叱られないようにした。

バザールは小さいが陽気で、風が吹き荒れていた。明るく輝く泥水の上の露店、水たまりにはまった目に隈のある水牛、にわか雨で細い線が入った壁布、不吉な目を隠すように額を青い真珠で覆ったラクダ、包んだ絨毯、手押し車に載せた米やレンズ豆や火薬、雨よけの上でにぎやかに羽を動かすコウノトリ。動物たちに囲まれた中で、シーア派の商人たちが黒光りする算盤であわただしく計算をしていた。ラバ引きが火の粉と蹄の焼ける匂いにつつまれながら蹄鉄を打ち、あるいはイラクのクルディスタン地域の「国」に向かう密輸品——あまり人目を忍んでいるようには見えない——をロバに積んでいた。ここでの作業が迅速なのは、季節ごとに失業者が出るし、制御のきかない国境に近く、競争相手に事欠かないからだ。子どもたちも多く、囃し歌を大声で歌いまわり、輪を描いて踊り、それを横で見ている者たち——悪党面の大人ばかりだ——がその輪に入る。輪舞をしっかりと見たければ、輪の中に入るのがいちばんだと誰もが信じているのだ。何かにつけてクルドの流儀があり、その流儀に従いさえすれば、親愛感のある珍妙なものにも人は心をうたれることになる。

夕方になると、僕らを閉じこめておくべきなのか不安を覚えた大尉が、僕らのために刑務所にいる精鋭たちを呼んでくれた。大尉が彼らを厚遇していたのは、半分は人道的な理由から、もう半分は自分の家族が凶弾に倒れるのを恐れたからだ。世の中は二つの組み合わせからできているものなのだ。そういうわけで僕らはハッサン・メルモクリと出会うことになった。ハッサンは自分の監房の毛布を肩に担ぎ、連絡係に連れられて来ると、きわめて投げやりなお辞儀をし、笑顔を浮かべて長く伸びた髪を揺らした。そして、毎日夕方になると、大尉にこう言われる。「ハッサン……サルモニ・チャーイ・ダル・シン（そろそろ髪を切ったらどうだ［直訳すれば、床屋で紅茶を、となる。床屋では待っている客に紅茶が出されるのだ］）……」頭には何もかぶらず、細身でくるぶしまであるズボンはぼろぼろで、羊飼いが放牧中に編んだけばけばしい色のスリッパを履き、袖の長いシャツは手首のところが裂けて垂れ下がっている。黒っぽいチュニックは草原のクルド人が好む立ち襟だ。ペルシア語を理解［農民はクルド語しか話さない。クルド語はパルティア時代のパフラビー語に近似したイランの言語で、パリやロンドン、レニングラードの大学でも教えられている］し、胸ポケットに万年筆を差した彼の姿を見れば、彼が田舎のどこにでもいるような人間ではないことがわかるはずだ。ハッサンはレザーイィエ地方の若き大地主《アルバブ》だった。十六歳のとき、口論の末に自分を脅した叔父を刺し殺したのだという。事件となったものの、目撃者の証言はハッサンに有利なものばかりで、彼は何も心配していなかった。だが四年後になって、彼の村の収益をねらっていた従兄弟が策を弄し、賄賂を使って彼を有罪に追いこんだ。事件当時の年齢が考慮されて死刑は免れたものの、ハッサンは懲役百年の刑を言い渡された――永遠という時間は神にのみ属するものなので、イランの刑法に終身刑は存在しないのだ。刑務所に収監されて十年になるが、彼は釈放されるまでは髪を切らないと願をかけていた。頭を動かすたびに、腰まで届く髪で彼の目が覆い隠された。紅茶のグラスで手のひらを暖めながら、彼は声を落とし、大尉が僕らに通訳できるようにゆっくりと話してくれた。

ハッサンが属しているタルグアルと呼ばれるクルド人の部族は、レザーイェの南西からトルコとの国境沿いの山地まで広がる牧草地をもっていた。一族はそこそこ身分もあり、代々イランに忠実に仕えていたが、独自の判断で行動することもあった。祖先には、サファヴィー朝の皇帝の王女を連れ出し、愛する王女との情事のさなかに命を落とした者もいれば、逆にオスマン帝国との戦闘で娘を失った代償としてアッバース王から三ポンドもある純金の手を受け取った者もいる。また、数頭の羊のために、あるいは桑の苗三束のために、オルーミーイェの豊かな果樹園を横切る一本の小川のために争乱を起こした者たちもいた。オルーミーイェの果樹園では、アンズやクルミ、メロン、葡萄がおどろくほどよく生育するのだ。

「レザーイェは……そう、カナーンのような場所です」大尉は自分の存在が忘れられたと思ったのか、甲高い声で言った。「彼は嘘をつきません……それに、性格も悪くはない。素直で私の言うことをよくきくし、私のことが好きなようだ……。私を尊敬しているのでしょう。本を貸してやることもあります。あなた方にしても、私のような牢番は見たことがないでしょう」

ハッサンのような囚人も見たことがなかった。彼は悟ったように自分の不運を受けいれていた。邪《よこし》まな考えを起こした従兄弟に憤りを覚えることもなかった。クルド人の部族は人数も多く、分家がいくつもあるから、なかには悪人がいてもおかしくはない。どうせ殺すのなら叔父ではなく従兄弟を殺すべきだった。洞察力がなかったのだと自分を責め、自分の不注意の罪を償うつもりなのだ。ハッサンにはどこか時代錯誤のきらいがあった。長年にわたってクルディスタンを血に染めてきた同害刑《タリオ》、復讐、私刑といったものは時代遅れになりつつある。紛争はほとんどなくなり、紛争があれば彼らのことが話題になる。ブーカーンの谷で三年前に起きた事件のことは、いまも語りぐさになっている。敵対する二つの一族が、何世代にもわたる係争中の問題を解決するため、互いにムッラーを同席させ、村のある家に集まった。全員が日が暮れるまで飲み食いし、煙草を吸い、談合を続けた。誰も相手よりも大声を出して言いくるめようとはしなかったが、和解策が見つかることもなかった。そこで、彼らはムッラーと十五歳以下の者を追い出すと、ドアと窓に鍵をかけ、顔がわかるようにオイル・ランプに火をつけ、短剣で問題を解決した。三十五名の出席者のうち生き残ったのは六名だった。両家は公平に死人を出し、それからすぐに多くの羊を盗まれることになった。監視の目が行き届かなくなってしまったからだ。教訓は得られた。谷のクルド人は物を分け与えることを覚え、あまり急進的にことを進めるのを控えるようになったのだ。

刑務所のまわりはすっかり暗くなっていた。雨音の奥から川の音が聞こえてきた。それまで地方の主だった部族の所在地を地図で教えてくれていたハッサンが、何か嬉しそうな表情になり、同じ質問を何度も繰り返した。僕らにはさっぱりわからなかった。

「これは謎ときですが」ベッドに横になっていた大尉が、欠伸をしながら言った。「〈門のない白い城〉が何か、わかりますか？　白い城ですよ……」

いくら考えてもわからなかったが、答えを知るのはしばらく先になりそうだった。大尉がハッサンを監房に戻しもせずに眠りこんでしまったのだ。

金が世間をまわるという考えは間違っている。金は上へ上へと向かっていくものだ。元から上がっていく性質で、犠牲となった肉の香りが権力者の鼻に吸いこまれるようなものだ。もちろんこの性質は世界的なもので、イランだけのことではないが、マハーバード刑務所ではとくに如実にこの性質が現われていた。憲兵になるには情熱だけでは十分とはいえなかった。憲兵となる栄誉を手にするためには、警察の中尉に四百トーマーンを払わなければならないが、中尉にとってはそれほど利益にはならない。なぜなら中尉はその倍額を大佐に払わなければ、中尉となる栄誉を手に入れられないからだ。もっとも大佐ともなれば、地方の司令官に払うべきものがあることを忘れても、それほど気にすることはない。それに、司令官は司令官でテヘランに対して無数の義務を負っているのだ。この慣例は何ひとつ公認されたものではなかった。口うるさい者は文句を言うし、ストイックな者は自制するだろうが、待遇が不十分なために必要なことでもある。それにこの慣例から逃れようとすれば、上層部に直訴が必要になるが、これ見よがしな行為は恨みを買うだけだろう。現実にはこの慣例がまかりとおり、昇進には単純に金がつきまとう。上がったものはかならず下がるものだ。いずれは恵みをもたらす雨となり、スイスの銀行か競馬場、リヴィエラのカジノに金が落ちていくのだ。

憲兵になるのに四百トーマーン。かなりの大金だ。それだけでも借金まみれになるし、さらに制服も自腹だ。給料は生活費にしかならず、四人相手の仕事は苦痛に満ちている。憲兵とはいえ階級はいちばん低く、うしろ楯になってやったり、思いつきで罰金を取りたてたりできる相手は農民くらいしかいない。そういった点では制帽と警棒はとても役立ってくれる。農民――ひと息つかせてやるときには、なんとも繊細な人々であるが――にしてみれば、ロバか、返事もしない空くらいしか文句を言う相手がいないのだ。

夕方。雨。僕らは待ちくたびれていた。開いた窓からは、ぬかるみを歩くラクダの穏やかな足音や、荷運びの男がスポンジのように声を絞りあげて歌う声が聞こえてくる。歌声、休符、荒々しい叫び声……。

「何をあんな大声で叫んでいるんですか?」

「少し早すぎたようです」大尉が笑いながら答えた。「先を聞くといいでしょう」

……あちこちに岩黄耆《いわおうぎ》とチューリップ
なんともまあ……太陽が輝き
リラの香りに我を失う

アラビアの小咄に登場する大臣たちのように、僕は歓喜につつまれるのを感じた。これこそクルド人だ! 反抗心に満ち、陽気で落ちつきがなく、いつでも天によって衝き動かされる人々だ。楽しめる機会ほどすばらしいものはない。マハーバードの人々はその機会をけっして逃さない。始まったばかりの選挙はまたとない機会になってくれるはずだ。町のどの店でもよく知られた話がある。投票箱の前で平伏した二人の農夫にムッラーが声をかけた。「どうしてそんな箱を拝んでいるのだね?」「それが、たったいまこの箱が奇跡を起こしたんです。みんなで箱の中にカーシムを詰めこんだのに、なんとユースフが箱から出てきたんです」

笑いの渦が巻き起こり、政治もばか話もどこかへ吹きとばしてしまう。
冗談がはやるのは季節のせいもあるのだろう。洪水、霧雨、突風は、まもなく牧草が青々と豊かに茂ることを約束してくれるものだ。町を高揚させる春の陶酔感は刑務所の中にも忍びこんできた。語呂合わせや言葉尻のリフレイン、猥褻な言葉が監房から監房へ飛びかう。だがその連中にしても、前所長の時代には殴られ、棒で打たれ、拷問された哀れな者たちだ。痣《あざ》、骨折、酸による火傷。痛ましい傷跡が無数に残っている。薔薇の花飾りが描かれた黒い私物用の金庫に、この件についての報告書が保管されていたが、前任者を苦しめる内容であるだけに、大尉はいまだに提出するのをためらっていた。大尉は書類を取り出し、ぼんやりとなで、また元の場所に戻し、囚人たちと話しに行き、煙草やヒヨコ豆、消毒薬を配る。それがいちばん賢明な選択なのだ。

その金庫にはさらに黒表紙の本が一冊、書類の束のあいだに隠してあった。ある日、大尉が少し困惑した表情でその本を僕に差し出した。英語版の聖書だった。ある囚人から受け取ったもので、大尉はかつて所長をしていた小さな刑務所で、この聖書を通じてその囚人と誼《よしみ》を通じていた。そこはイランでもマハーバードとは反対側の土地だ。アッシリアのキリスト教徒「アッシリア帝国崩壊ののち、アゼルバイジャンの北部に隠れ住んでいたいくつかの共同体の子孫。彼らの大半は単性論派のキリスト教徒だ」であったその囚人が、処刑される前日に言った。「今日の夜、町でしなければならないことがあるので、外に出してください。明日には戻ると、この聖書に懸けて誓います」「行ってこい」大尉はそう答えた。「だが、おまえが絞首台にいなければ、私が吊るされるということを忘れるな」実際にそこまでされることはないが、数か月分の給料を失う危険があったのは事実だ。ともかく大尉は目をつぶった。囚人は約束どおりに戻り、聖書を大尉に託した。少なくとも大尉はそう話し、うっとりとしている。だが、そういったことが現実にありえるものだろうか？　完璧な人間に美談を添え、孤独すぎる人生にふさわしい秘密をつくりあげたのではないか。どうでもいいことだが、ありそうなことでもある。テヘランの新聞にはこの手の話がいくらでも載っていた。イランでは不可能なことなど何もない。魂には無限の自由がある。順境にあろうが逆境にあろうが、それは変わらない。完璧さへの激しい憧れは消しがたく、どれほど無頓着な人間であろうと、極端な解決法へと導かれることになるのだ。

河川の増水と長雨のために町ではすでに二千人が家を失い、刑務所もまた、さまざまなものとともに西の外壁を失っていた。多くの監房の壁がなくなってしまったので、大尉は囚人が脱走しないように屋根の上に見張りを何人も配置していた。欠伸やライターを鳴らしながら、見張りの兵士がコウノトリの巣のあいだを行き来する足音が頭上から聞こえてくる。すっかり夜が更けていた。大尉はラジオ・バクーを聞こうとラジオをいじりまわしている。ティエリはコードからぶら下がる裸電球の下でデッサンをしている。僕は例のアッシリアの聖書をめくっていた。時間が長く感じられることはなかった。この聖書を端から端までくまなく読み、めくるめく春が開花するのを見るまでは、どこへも行きたくない、そういった思いが頭をよぎることすら、何度かあった。とくに旧約聖書だ。そこに記された雷鳴のような予言の数々、悲嘆、叙情的な季節、井戸に天幕、家畜をめぐる争い、雹のように降りそそぐ家系の数々。この旧約聖書はまさにこの場所にふさわしいものだった。一方、新約聖書の福音書は、その文脈自体にめまいに襲われるほどの無謀さがあった。僕らの福音書からは消えてしまった内容だ。だが、慈善が形をなすことは難しく、屈辱を忘れることもおもてには出てこない。端役ばかりが姿を見せる。くっきりと浮かびあがる百人隊隊長や徴税人、あるいはマグダラのマリア。それにゴルゴタの丘も避けられない。右の頰を叩いた者に左の頰を差し出しても、マハーバードでは通じない。ここでそんなことをすれば哀れな結末を迎えるだけだ。キリストがここに現われたとしたら、ガリラヤのときのように老人たちは枝分かれした木に陣取って、キリストが通り過ぎるのを見物するだろう。クルド人は勇気には敬意をもって応えるのだ……だが、そのすぐあとに問題が起こる。キリストはどこにでも出かけて行き、それこそ即座に十字架にかけられることになるだろう。預言者の出現を恐れる理性的な国々では、同様に殉教者が出ることをも恐れ、キリストはすぐにどこかに閉じこめられてしまうかもしれない。あるいは、存在そのものだけは認められて、公園で説法をしたり、誰も関心を示さないような月刊誌を細々と発行するくらいのことはできるかもしれない。

マングール

水位が上がりつづけ、沿岸の家が一軒また一軒と崩れさっていった。刑務所もいつ崩壊するかわからず、もう僕らのことを気にかける者もいなかった。多くの者はこの機会にとばかりに夜明けとともに逃げ出し、谷を南へ向かい、マングール族の土地へ逃げこんだ。マングールはクルド人の中でもとくに頑強で、汚く、反体制的な部族だ。ホテル・ギーラーンで歌ってくれた歌手が僕らと一緒に来てくれた。軍の検問所を避けようと、ギーラーンの歌手は丘地を抜ける近道を選び、立ち止まりもせずに先を急いだ。水に飲みこまれた広大な牧草地を横断していると、足が音をたててめりこんだ。朝日が万年雪を照らし、僕らの背後の町をすっかり包囲した泥土を輝かせる。前方の尾根を馬に乗って進む者たちが染みのように見えるが、山にはそれ以外の人影はなかった。空気が澄み、すばらしい一日が待っているようだった。

昼がちかづくと、空にベイタスの集落が浮かびあがった。谷を見わたせる峰には土を固めて造った砦があり、そのまわりにあばら屋が十軒ほど並んでいた。いちばん高い屋根の上のずんぐりとした人影は、僕らが近づくのを双眼鏡で見張っていたようだ。峰の真下まで来ると、見張りが屋根を下りて道に出、僕らに近づいてくる。僕らから二十メートルの距離まで来ると足を止め、腕を目にかざし、しわがれた声で挨拶をし、手招きした。彼が族長だった。背丈よりも恰幅が目だつ黒い服を着た老人で、耳まで泥だらけだった。左手の人差し指と中指がなく、トラコーマで片目が腫れあがっているが、陽気な光をたたえたもう片方の目が、僕らをじっと見つめていた。黒いグレーハウンドが二頭、ひどく興奮したように彼のまわりを走りまわっていた。

クルド人を相手にするときには注意すべき点がある。けっして目をそらしてはいけない。彼らにとっては、目を合わせることが何よりも大事なのだ。相手の目を見ることは、相手の力を量り、うまい方法を見つけるための手段だった。話をするときも彼らは目をそらさず、相手にも同じことをするように求める。それ以上に注意すべきことは、左手で挨拶をしたり、左手で物の受け渡しをしてはいけないということだ。左手は鼻をかんだり尻を拭く［中東の便所にある付属品は大きな壺だけだ］不浄な手なのだ。そういうわけで、僕らが何も言わずに族長をまっすぐに見つめながら右手を差し出すと、族長は僕らの肩を叩き、昼食に招いてくれた。

剣は兄弟、銃は従兄弟。クルドの格言だ。族長の館にある唯一の部屋にあるのは、一族を感じさせるものばかりだ。帯には五十センチ以上もある「兄弟」が差してあり、「従兄弟」のほうはといえば、サモワールの上にある二つの銃眼のあいだの窪みに隠されていた。スコープ付きの狙撃銃が一丁、ぴかぴかに磨かれたブルーノ製の軽機関銃四丁、使いこんで引金が光る拳銃が何丁もあり、そして、いま置いたばかりの砲兵用の双眼鏡だ。豪華といえるのはこれら大量の武器弾薬だけだった。彼の村は貧しく、子どもたちはぼろをまとい、料理は質素だ。紅茶をかけた米が一皿と、蠅の浮かんだヨーグルトが一杯、レザーイィェ産のワインが一本。良きイスラム教徒であれば手も触れないものだ。貧しいながらも、族長はわずかな食料を惜しげもなくふるまってくれた。ワインもだ。彼は僕らと同じ宗教に属しているようなものだった。まるで自分の宗教を乗り越えてしまったようにも見える。そもそも熱狂的なマングールの人々が宗教的な道から外れることは珍しく、ガレットに十字を描いているのは、何世代も前にアルメニア人が自分たちに仕えていたことを思い出しているからだ。

この族長がイランのキリスト教徒の幸福を願うことはあっても、モサッデグ元首相のことを考えることはあまりないのだろう。土地の所有権についてのモサッデグの声明はまさに、クルディスタンの人々に初の一揆を起こさせるだけの威力があった。一九五三年の春の「イランの土地をイラン国民のものに」という演説からのち、封建制度が色濃く残るクルドの農民は自分たちの権利を認めさせようと天秤棒やフォークを手に構えるようになった。地主たちはカービン銃を手にした。こうして激しい紛争が始まった。ブーカーン地方では小競り合いで五十人の死者が出た。地主たちは数人の首謀者の耳を農場の門に釘で打ちつけ、彼らを晒し者にすることまでした。そしてようやく気がついた。テヘランは自分たちの不和をかきたて、それを口実にして軍隊を駐留させるつもりなのだ、と。翌日には地主たちが首謀者の尻を蹴りつけて解放し、彼らに和平を約束した。そして、それ以来平和が途切れることはなくなった。クルド人はモサッデグに踊らされたのだと確信し、ザヘディ将軍のクーデターを歓迎し、南クルディスタンに数千人に及ぶ騎馬集団を集めて、反感をもつガシュガーイの最強部族を威圧し、将軍の成功に一役買うことになった。こうして、クルド人と王国との関係はきわめて良好となり、族長は裂けたチュニックに国王《シャー》自身の手で勲章を二つつけてもらうことになったのだが、彼はマハーバードに駐留する部隊の行動が原因で、軍隊とは別の道を歩むことになった。族長は自分の谷で軍服を着るつもりなどなかったし、兵士たちも谷で危険に身をさらすことはなかったのだ。

もっとも旅行者は別だ。彼らは温かくもてなされるし、気晴らしにもなる。平地での評判もあって、ベイタスの人々が客を迎えることはあまりないので、余計にそう感じるのだろう。僕らは族長からあれこれと質問された。食べながら話すものだから、彼のまわりには米の雨が降りそそぐことになった。歌手がクルド語をペルシア語に通訳してくれた。僕らには六つのうち一つしか理解できなかったが、歌手はなかなか物まねがうまく、わりとスムーズに会話は進んだ。僕らが身ぶりに窮すると、ティエリがナイフの先端でブリキの椀の裏側に絵を描いて説明した。エルズルムからの道のり、車、刑務所の鉄格子。族長は絵を見て大喜びし、すっかり理解したとばかりに拍手までしてみせた。とくに刑務所が気に入ったらしい……すばらしい！　刑務所だ。族長は僕らの背中を胸膜が剥がれかねないほど力づよく叩き、大声で笑っていた。

　天気はよかった。この谷にはほかに楽しげなものは何もなかった。新芽で赤く染まった果樹園、茨の囲いの中にいる四頭のラクダ、山の日があたる側面で草を食んでいる水牛の群れ、グレーハウンドの兄弟、長毛種の山羊が数頭、族長と同じ片目のロバ。それとコウノトリのハッジ・ラクラク［ハッジは巡礼者や渡り鳥の意味。ラクラクは嘴の音の擬声語］もいた。毎年砦の上に巣をつくりに来る幸福を運ぶ鳥だ。村の下には、滝のような急流が柳やハシバミ、ギンドロのあいだを走っている。僕らが腰を下ろした場所から、ひとつがいの肢の長い灰色の鳥が見えた。急流の中央で身じろぎもせずに魚をねらっているのだ。ときおり族長が石を転がし、よく響くおくびをもらし、溜め息をついては、この鳥を慌てさせていた。穏やかな天気だ。山は静けさにつつまれている。三月の仔猫、柔らかい樹皮、新たな枝、籠の色をした贖《あがな》いの小さな木立。少しばかり貧相ではあるが、やはりここはエデンの園なのだろう。

　族長は必要に迫られると、谷を抜けて密輸業者から金品を巻きあげて収入を増やすことがあった。密輸業者はイラクにあるキルクークやモースルなどのバザールへ絨毯や阿片、カスピ海沿岸産のウォッカを運び、武器や織物、イギリス産の煙草を持ち帰る。莫大な利益の出る商売だ。それもベイタスの人々が関わらなければの話だ。だが、そこにはベイタスの人々が関わっていた。いずれにしても、密輸業者は夜間、予告もなしに彼らの土地を通過していく。その密輸業者よりも優位に立てば、金銭や武器、牛や馬やロバを手に入れることができるのだ。阿片は少量だけ自分たちのために取り分け、残りは仲介者をとおしてマハーバードの駐留部隊に売りつける。そのようにして駐留部隊を眠らせることができると、彼らは大喜びするのだ。だが密輸業者が武装し、厳重に警戒しているときには、かならずしもうまくいくとはかぎらなかった。族長が指を二本と息子を一人失ったのは、そのような状況でのことだったが、その程度の犠牲では、自分の権利を認めさせるのをやめる気にはなれなかったようだ。

その日の夜も密輸業者が通りかかる気配があった。僕らが散歩から戻ると、鞍をつけた馬が何頭もドアの前に集められ、砦には血気盛んな屈強な男たちが詰めかけ、忙しそうに弾倉に弾を込め、ボルトにグリースを差していたのだ。近隣の村から助っ人に来ている親類もいた。まるで結婚式の準備をしているようだった。内容まではわからないが、あちこちで冗談がかわされていた。午後四時ごろ、準備に余念のない一族を残して、僕らは帰路についた。族長が川まで送ってくれた。マハーバードへ戻るにはこの川に沿って進めばいい。下り坂の途中、僕らは川の水で足を洗いながら、ところどころに雪を残す山の斜面を見つめた。ウイキョウとアニスの香りがした。

僕らは大尉に別れを告げたが、大尉は別れを望んではいなかった。すでに選挙は終わり、僕らは誰の持ち物も奪わなかった。大尉にはもう僕らを引きとめる理由は何もないはずだった。仲間が欲しいという気持ちもあったのかもしれないが、彼は、旅のほんとうの理由を僕らが隠していると確信し、事実をはっきりさせるまで僕らを引きとめるつもりでいたのだ。大尉は別れを長びかせ、ありとあらゆる部局へ電話をかけ、北へ向かう道がどれも通行不能であることを証明しようとした。それも容易なことではなかったが、レザーイェ方面は橋が落ちて不通になり、ミヤーンドアーブは電話すらつながらず、ベルを鳴らすハンドルを回しつづけては田舎の電話を呪い、通話口に向かって罵詈雑言のかぎりをつくした。逆に、僕らは時代遅れの電話機と朝顔型の送話器に見とれていた。僕らが最後に電話機を使ったのはもう八か月も前のことだったのだ。

「ごらんのとおり」大尉が電話を切りながら言った。「電話すら通じません。バスも止まってしまった……たどり着けるはずがありません。夜にはまたここへ戻ってくることに十トーマーン賭けてもいい……」

十トーマーンといえばかなりの額だ。僕らはこの機会にと四十トーマーンを借りた。そして、彼がどうしてもと言うので、交渉成立のしるしとして手を打ちあわせた。

タブリーズ街道

街道を遮断した水たまりは最大で一メートルもの深さがあり、幅が四十メートルもあった。流れの中央には若草色のバスが横転していた。もう一台のバスは運よく路側の土手までバックすることができたようだ。ジープは牽引するには重すぎるため、引き返すしかなかったようだが、水牛やラクダ、車輪の大きな荷馬車はいとも容易に水たまりを越えていった。馬車についた銅製のカンテラと風にはためく幌《ほろ》が、行きかうすべてのものに田舎のもの悲しさを与えていた。荷物やバッテリー、シートを取り出し、電気機器を取りはずし、グリースを染みこませた布でエンジンに栓をするのに一時間はかかった。さらに一時間かけ、灰色の斑のある大きな白馬を農夫から借りて車につなぐと、鞭を打ち、押し、引きずり、どうにか冷たい水たまりを渡り、僕らはゆっくりとタブリーズへ、そして冬へ戻っていった。

タブリーズⅡ

大尉からタブリーズの住所をひとつ聞かされていた。借金の返済場所だ。そこには一人暮らしのアメリカ人の伝道師が住んでいた。近眼で慎重そうな目つきをした人物だが、歯並びが悪い。英国国教会の一部の宗派が秘義とする二重歯列のひとつかもしれない。彼は僕らが訪れた目的を誤解し、すぐに——椅子を勧めることさえもせず——まくしたてた。イスラム教徒とのあいだに問題がありすぎるので、自分にはキリスト教徒に手を差し伸べる余裕がない、人を迎え入れるのはクリスマスだけだ、どのような場合でも自分をあてにしないでほしい、現実的に一人として泊めることはできない。伝道師の話をさえぎるように大尉に返す金を差し出すと、眼鏡の奥に光がこもった。事情は知っているようだ。

「たしか四十トーマーンのはずですが」伝道師が紙幣を数えてから言った。

「それは……大尉が十トーマーンの賭けに負けたからです」

「ほんとうでしょうね？」伝道師はどこか人をばかにしたような猫なで声で言った。僕らが涙にかきくれるのを期待しているようにも見えた。

あれこれと助言をくれる大尉に、僕らは一切助言をしなかった。そう考えれば僕らのほうこそ百トーマーンはもらってもいいほどだ。僕らは伝道師に言い返した。いっそのこと、マハーバードまでヒッチハイクでもして直接大尉に確認したらいい、と。そして僕らはそのまま外に出たが、伝道師のズボンのあちこちについた、とても牧歌的とはいいがたい染みには当然ながら気がついていた。路地裏の雪の上に戻ると忌々しさがこみあげてきた。「鉄道で大惨事が起きても笑っていそうなやつだったな」ティエリが言った。僕も不愉快な冗談をいくつかつけ加えた。二人ともかなり下品な人間になってしまったようだ。それもしかたがない。冬に戻ったのだ。寒さ、強制された純潔、人々のひしめく獰猛な町。それに口汚い言葉はやはり熱気のようなものを与えてくれる。春になれば、若葉とともに僕らも少しばかり洗練されることだろう。

その夜、未亡人の大家に借りた部屋へ戻ると、留守のあいだに誰かが侵入し、調べまわった形跡があった。金には手がつけられていなかったが、部屋の奥にしまっておいたヨーロッパからの手紙が上下逆さまになり、切手のあたりが切り取られていた。切手などどうでもよかったが、旅にあっては手紙はいろいろと役に立つし、何度も使うものだ。手あたりしだい鋏で乱暴に切り取ったらしく、読み返すのを楽しみにしていた部分が投げ捨てられていた。この界隈のあちこちの家の台所で、子どもたちがアルバムに切手をばらばらに張りつけているに違いない。未亡人の大家が戻ってこないので、僕は婆さんのところへ文句を言いに行くことにした。アルメニア人地区では人を叱るのは年長者の仕事だ。暇をもてあまし、疲れ知らずで、気分にむらがなく、平手打ちの加減がうまいのだ。婆さんはスリッパを履き、近くの庭で目を光らせている女たちに連絡をとると、その女たちが雷のように子どもたちに襲いかかった。子どもたちが白状するにつれ、すすり泣く声がしだいに大きくなり、髪を短く刈った小さな頭の数々が、まめだらけの手のひらで叩かれる音がよく響いてきた。黒いショールの下で目を怒らせた女たちが、涙で湿った切手の山を取り返してきてくれた。女たちは自分のしたことに満足しているらしい。夜になり、しだいに弱まる痛悔の声は、アルメニア人の神の耳に心地よく響いたに違いない。違う国のキリスト教徒ではあるが、それでも仲間であることに変わりはない。彼らは値切ることもなく弁償してくれた。女たちが大切に守っている地区の掟が破られたからには、ほんの些細なことであっても、掟にしたがって誠実に対処しなければならない。それこそ、日々の暮らしやふるまいに基づくものなのだろう。大人に行動の自由があるのは、大人が運命の一部だからなのだ。

雪がまだ深く、車でテヘランへ向かうことはできなかった。僕らはポイントⅣのガレージで車の整備をして時間をつぶしていた。技術コンサルタントのロバーツが親切にも手を貸してくれた。ロバーツとは何度も会った。彼はもう以前の彼ではなかった。熱意がどこかへ行ってしまったようだ。ある夜、僕は彼に、何かうまくいかないことがあるのではないかと訊いてみた。

「何もかもさ……この国そのものがうまくいっていないんだ」

彼はある村を視察して戻ってきたところだった。一か月たっても工事が少しも進んでおらず、村人の風あたりも強かったという。

アメリカの援助組織であるポイントⅣのイラン事務所は立派な三階建ての建物で、その内部では二つのまったく異なる活動が行われていた。二階には政治部門があり、共産主義の脅威と戦い、腐敗し支持を失ってはいるが右寄りの現政権の保持――協定、圧力、プロパガンダといった伝統的な外交上の駆け引きによって――を目的としていた。三階は技術部門で、さまざまな分野の技術者がイラン国民の生活状況を改善しようと努力していた。ロバーツもその一員だった。

ロバーツは政治には興味がなかった。興味があるのは電気と、彼が天使と崇めるドリス・デイとパタシュの歌、それと学校の建設だ。彼は科学者だったが、同時に率直で親切な人間でもあり、人々の役に立つ仕事をすることが何よりも好きだった。それだけに幻滅は深かった。「聞いてくれ、学校を建てるためにあそこへ行ったというのに、私が来るのを見たとたんに、子どもたちが石を集めだしたんだ」

ロバーツは笑いながらさらに言った。「学校だぞ！」

一般的にアメリカ人というのは、学校をとても大切に思っているようだ。とくに小学校は何よりも民主主義に必要なものだと考えている。数ある人権の中でも教育の権利ほどロバーツの心を弾ませるものはなかった。ひとりひとりがしっかりと教養を身につけている国であれば、必然的に基本的な権利が守られ、もはや誰も権利など気にもとめないはずだ。だからこそ、アメリカ人の幸福の処方箋では学校が何よりも重要な役目をはたしているのであり、アメリカ人の想像では、学校のない国は遅れた国の典型だということになる。だが、彼らの幸福の処方箋はそのままでは輸出できないものなのに、アメリカはここの状況に合わせて調整しようとはしなかった。そもそもアメリカはこの国の状況をまともに理解していなかったのだ。そこからさまざまな困難が生じることになった。学校のない国々よりもさらに悪いものがある。正義のない国、希望のない国があるのだ。こうして寛大な計画をあれこれと思いうかべながら希望とともにタブリーズを訪れたものの、タブリーズの現実——現実は町ごとに異なるものだ——によって、ロバーツの夢は一日、また一日と打ち砕かれていった。

ロバーツの学校に話を戻そう。ポイントⅣの計画はこうだった。無償で土地と資材、計画、アドバイスを提供する。村人の大半は石工なので、彼らにも手を貸してもらい、互いに競争しながら、村人たちが優先的に利用できる学校を建設する。これはフィンランドや日本の自治体で大成功を収めたシステムだ。そのシステムも、このタブリーズではうまく機能しなかった。なぜなら、アメリカ人が手際よく示した公徳心というものが、村人たちに完全に欠如していたからだ。

そうこうするうちに数か月が過ぎていく。資材が謎の消失をとげる。学校の建設は始まらない。誰も望んではいないのだ。贈りものを喜んだりはしない。寄贈者をげんなりさせるものならばいくらでもあったし、ロバーツはげんなりした。

だが、村人たちはどうか？　貧しい農民である彼らは、何世代にもわたって封建的な小作農として苦しめられてきた。覚えているかぎりでは、自分たちにそのような贈りものが与えられたことはいちどもない。イランの田舎では、西洋は愚かで貪欲な世界だと言われつづけてきただけに、よけい疑わしく思えてしまう。彼らにサンタクロースを信じさせることなどできるはずがない。何よりも先に彼らは警戒し、罠の臭いを嗅ぎつけ、外国人が自分たちを働かせようとしているのは、何か秘密の目的があるからではないか、そう疑ってしまうのだ。貧困のせいで彼らはずる賢くなり、外国人の指示に従わなければ、正体のわからない計画を失敗させることができるかもしれないと考えたのだろう。

それに村人はひとりとして学校になど興味がないのだろう。学校があることの利点が理解できないのだ。彼らはまだそこまで考えられる状況にはなっていない。彼らに関心があるのは、少しでも多く食べること、警察を避ける必要がなくなること、仕事が楽になるか、仕事の実入りがよくなることだけだ。自分たちに与えられた教育というものも、やはり新奇なものでしかなかった。理解するには考えなければならないのだが、マラリアや赤痢にかかり、あるいは空腹で軽いめまいを覚えるのを阿片でなだめている状態では、とても考えることなどできない。読み書きができたところで、たいした進歩ではないし、彼らの地位が根本的に改善されるわけではないのだ。

さらには、ムッラーが学校を敵対視していることもある。読み書きを覚えることはムッラーにのみ許された特権なのだ。ムッラーは契約書を作成し、請願書を代筆し、薬剤師の処方箋を読みとる。卵半ダースか、ひと握りの干し果物のために村人に手を貸している。そのわずかな収入を失いたくはあるまい。声をあげて計画を非難することはないが、日が暮れれば、家々の前に立ち、自分の意見を伝える。そしてムッラーの言葉は聞き入れられることになる。

そしてまた新品の資材を村に預けるには危険がともなう、ということだ。村では誰もが煉瓦や梁を必要としていた。モスクや共同浴場、パン焼き釜といった誰もがその価値を認める施設を修理するためだ。何日かためらったのち、村人たちは山積みの資材を漁り、修理に使うことになる。それから村は後ろめたさを覚えるようになり、アメリカ人が戻ってくるのを心待ちにすることはなくなる。きちんと説明することさえできれば、面倒なことは何もなくなるはずだが……村人たちは説明が苦手なのだ。アメリカ人が戻ってくると、学校は見あたらない、資材も消えている、期待していた感謝の気持ちも受け取れない、あるのは目をつぶり、目をそらし、何も知らないふりをする村人たちだけだ。子どもたちがアメリカ人を目にして石を拾い集めるのは、大人の表情を読みとっているからなのだ。

……障害は乗り越えればいいのだが、善行を実践するには想像を絶する機敏さと謙虚さが必要になるのだから、とても乗り越えられる障害とはいえない。それまでの習慣を変えるよりも、不満を抱える村に叛乱を起こさせるほうがはるかに容易だろうし、アラビアのロレンスや扇動者を見つけ出すほうが、心理学に通じた技術者を見つけるよりも簡単だろう。しばらくすれば、心理学にも詳しいロバーツのことだ、老朽化して感染病の発生源となっている共同浴場の導水管を修理するために学校の建設を断念するしかない、と報告書に記すことになるかもしれない。アメリカにいる上司たちが彼の言い分を認めるまでには時間がかかるだろう。だが、ポイントIVを存続させるためには、つねに新しい資金が必要だ。結局のところ、ロバーツの問題——象徴的ともいえる――はアメリカの納税者にかかってくる。この納税者というのが世界一寛大であることは有名だ。ときには事情も知らされないまま、すべて自分たちの流儀で進んでいると思いこみ、自分たちが知りたいと願っている結果だけを期待している。学校の建設によって共産主義の浸透を防ぐことができた、きっと自分たちが過ごしたのと同じような楽しい学校なのだろう、と彼らは勝手に思いこむのだ。自分の国ではすばらしいものであっても、別の場所ではかならずしもそうではないことを、彼らは認められないのだ。人生を知りつくし、人生の多くを忘れてきた古い貴族政治を信奉するイランでは、ごく一般的な薬が毛嫌いされ、特別な治療法が求められているのだということも、彼らは認めたくないのだろう。

贈りものをするというのは、かならずしも簡単なことではない。なにしろサンタクロースよりも五千年も先に生まれた「子どもたち」が相手なのだ。

四月

少しだけ寒さが和らいできた。生徒の一人が考えるようになっていた。(ほかの生徒もおそらく考えてはいるのだろうが、そう見えないようにするのが賢明だと判断しているのだ。)『アドリエンヌ・ムジュラ』――不安、陰鬱な日常、田舎に埋もれたまま燃えつきる生命――を読んでいるとき、その生徒はどのような経緯か知らないが、自分の境遇を思い出したらしく、思わず身体を震わせた。彼女は夜になってもそのことを考えていた。そしていつの間にか、何もかも目がまわるほど考えるようになり、ついには考えるのを止めることすらできなくなってしまった。それは出血であり、パニックだった。新しい本が次から次へと必要となり、授業も追加が必要だった。そして、彼女の質問にも答えが必要になった。フランス人でもこれほどの不幸を味わうことがあるのか？　僕の顎髭は実存主義的なものなのか？　あるいは、不条理とはなんなのか？　実存主義と不条理はテヘランの雑誌で見つけたのだそうだ。

顎髭が役に立つのは、少しだけ老けて見えることぐらいだ。なにしろ僕のささやかなクラスの平均年齢は四十代なのだ。だが不条理となると……不条理と言うしかない！　僕はしばらく呆然としていた。とはいえスイスでの僕らは学者ぶっていたほうだったが、感じてもいないことをどう説明したものだろう。それもこれほどカテゴリーでくくりきれない町でだ。この町に不条理はない……が、正体不明のリヴァイアサンのように、ものごとを後ろへ押し戻す人生がいたるところにころがっていた。叫びを胸の外へ押し出し、蠅を傷口へ追いやり、数週間後にわずかな時間だけ丘を彩る数百万のアネモネとチューリップを地の外へと追いやり、絶えず人々を責めたてる人生だ。ここでは世界と無縁でいることができない——それでも、ときにはそう願うこともある。冬は顔に吠えかかり、春は心を湿らせ、夏は流れ星を浴びせかけ、秋はハープの中でポプラを震わせる。ここには心を動かすものが音楽しかない。人々の顔が輝き、埃が舞い、血が流れ、太陽が薄暗いバザールに蜜を生みだし、そして、町の噂——陰謀のかたまり——が人々を活気づけ、人々を打ち殺す。だが、誰もそこから逃れることはできない。そんな不運の中にも、ある種の幸福が根づいているのだろう。

マハーバードの刑務所にいたころから疑問に思っていることがあった。

「ところで……〈門のない白い城〉というのが、なんのことかわかるかい？」

「〈卵〉ですよ」彼女はすぐに答えた。「……わからなかったんですか？　すぐにわかるはずです。子どもでも知っていますよ」そう言って彼女は、いまの話に何か意味があるのではないかと考えこむように口を閉ざした。

卵だって？　わからない。キリコにだってわかるものか。僕の生徒は誰でもこの組み合わせが楽しめるようだった。彼らの卵や城が、僕らの卵や城とそれほど違ったものだとは思えない。だとすれば、想像のしかたが僕らと違うということだ。それなのに僕は彼らに想像力がないと非難していたのだ。そんなことはなかった。想像力は僕の世界とは別の世界で息づいていたのだ。

ムーサと彼の友だちの優等生サイーディ、トルクメニスタンのムッラーの息子ユヌス、傘を持ってあいかわらず彼にまとわりついているキュチュク。なんともおかしな一味だ。春休みになってから、彼らは僕らのところに入り浸っては、騒いだり、ばかなことを言って笑ったり、何も言わずに僕らの煙草をふかしていたり、英語を教えてくれだの、タンゴを踊って見せてくれだのと言っては、ひたすら地味に過ごしていた。サイーディが音楽ノートに丁寧に書き写しているのは、パフラビーで通りがかる女たちに向かって、目をつぶって得意の鼻声まじりで「タララ・ラー」と口ずさむつもりだからだ。サイーディはスペインをどのように想像しているのだろうか。彼は二色を使ってきれいな字で題名を書いていたが、自分で書き間違えたところを面白がっていた。「死ぬ前に《ムリール》」を「熟す前に《ミュリール》」としてしまったのだ。「熟すというのは、ぴったりの表現じゃないか」ティエリはそう言ったが、少しばかり間が抜けていた。

　タブリーズを発つ前に楽器を持ってぜひとも自分の家に来てくれないか、とサイーディは繰り返し言っていた。実入りの悪い公務員の両親が住む貧相な家だ。彼らは太らせた仔牛を屠り、絨毯を広げ、いちばんいい部屋を使わせてくれた。自分たちの息子がいい成績をとれたことへのお礼だという。レモン・ウォッカ、白メロン、羊のロースト、古いレコードプレイヤーでかけるブルブルの歌。すっかりアルコールがまわると、僕らはレパートリーの中でもいちばん暗い曲を十回以上も演奏する破目になった。とてつもないパーティーになった。ワインは強く、食べ物は腹にずっしりとくるし、心には熱気がこもっていた。いくつもの石油ランプで暑くなった部屋を出ると、絨毯の上でコートをかけたキュチュクが眠っていた。ほかの者たちは興奮しすぎて、すっかりだらしがなくなり、顔を赤くし、帽子が落ちかけるのも気にせず、盛大におくびをもらしていた。

雪に埋もれた中庭の隅に、小さなロバが立っていた。中庭を渡っていると、母親の姿があった。夜の色に染まった重たげなその人影は、ロバにスイカの皮を運んでいた。僕らが剥いたスイカの皮だ。母親に礼を言った。すてきなパーティーで、愉快だったし、息子さんはまじめな少年だ。母親はしわがれた声で、帰り道に気をつけてください、と言って、赤くなった美しい目を僕らに向けた。それから、母親はサイーディと彼の仲間たちが暴走している部屋へ戻っていった。夜空の星々はぼやけ、月は潤んでいた。とはいっても僕らはほとんど飲んでいない。となると春のせいかもしれない。

タブリーズの人々は政治に夢中になるくせに、今回の選挙が人々の関心を呼び覚ますことはほとんどなかったようだ。知事が事前に人々を落ちつかせていたことも大きい。何が起ころうと自分が推す候補者だけは、かならず当選するだろうと知らしめていたのだ。だが、興奮する者たちがいなかったわけではない。投票箱の前に藁を敷いて眠る――病院の医師のように――

者まで出てきた。だが、投票箱の中身はあらかじめ知事の手で埋められており、あまり意味があるとはいえなかった。

それに対して、僕らの隣人であるM老人は、彼の所有地が少しばかりあるギーラーンの大きな町で再選されていた。正規の手続きによる再選だ。彼は体面を重んじるあまり不正な投票に手を染めることができないのだ。それどころか対立候補の若者――進歩主義の教師だ――が広場に集まった農民に最初に声をかけることも許したし、彼がテヘランの腐敗や地主たちの強欲さを非難したり、不可能なことを公約にしても、黙って見ていた。自分の番が来ると、M老人はこうつけ加えるだけだった。「みなさんがたったいま耳にしたことは、まったくもってそのとおりのことです……私自身にしても、あまり良い人間とはいいがたい。ですが、みなさんは私のことをよく知っているでしょう。私に約束できることは少ないが、私よりも食いしん坊な者たちからみなさんを守りましょう。この若いお方が自分で口にしたように誠実な人間であるとすれば、彼にはあなた方をテヘランの者たちから守ることはできないでしょう。明らかなことです。彼がそういった人間でないのであれば、みなさんも覚えておくことです。彼は人生を歩みはじめたばかりで、彼の金庫は空なのだ、と。私は人生の終わりにさしかかり、私の金庫はぎっしりと詰まっています。危険を減らすには、どちらを選ぶべきでしょうか？」

農民たちはM老人の言葉に感じ入り、彼に投票した。

タブリーズには厳しさに恐れをなす者はいなかった。とはいえ、人々がほかの土地よりも恐れをいだかないというわけではない。偽善的ではないということだ。西洋が何よりも得意とした偽善よりも、ここでは冷笑のほうがはるかに好まれる。ここにかぎらず世界のどこでもそうだが、ほんとうに騙す必要があるのなら人は隣人をも騙すものだが、そのときには、動機を取り違えることもないし、自分が追い求める目的をそれほど間違えたりもしない。だからこそ目的が達成できたら、仲間とともに喜ぶものなのだ。手順が明らかであればあるほど、ひねくれることも、とりすますこともなくなる。それに、嘘も減ることになる。人間は他人を騙しても、自分を騙そうとはしないものだ。それに、ペルシア人が嘘をつくのを毛嫌いしていることは、ヘロドトスの時代からよく知られたことなのだ。

イランにはパリサイ人はあまりいないが、猫をかぶった者ならば相当いる。一部の外国人は義憤を感じているふりをするが、その義憤も彼ら自身の偽善から生じたものだ。

僕はM老人を見つけ出すと、冬のあいだ車庫を貸してもらったことに礼を言い、選挙での当選を讃えた。老人は部屋の片隅に腰を下ろし、時計職人が使うルーペを額にかけ、コロナドスの缶に小分けしたヘレニズム時代やサファビー朝時代の沈み彫りのコレクションを整理していた。三十年にわたって中東のバザールをめぐり、収集したものだ。首飾り、指輪に嵌める珊瑚色や琥珀色のガラス石などで、表面にアレイオーンとイルカ、マシュハドのモスク、伝説の錬金術師ヘルメス・トリスメギストス、クーファ書体の「アッラーフ・アクバル（神は偉大なり）」が透けて見える。僕も老人も、自分たちの二つの世界が交流するのを目にすることが楽しくてしかたがなかった。話をしながら、僕は三十個あまりの品を糸からほどくよう頼まれた。ふだんから落ちつきはらい、皮肉たっぷりな人物だ。気がかりだったテヘランまでの道のようすを訊くと、老人は石を置いて笑いだした。

「少し早過ぎはしませんか。ですが、おそらく向こうにはたどり着けることでしょう。道が通れないようなことがあれば、驚くような光景がみられるかもしれません……最後に私が見たのは、そう、十年ほど前、増水でキジル＝ウズム川の橋が流されたときですな。川を渡ることはできないが、いずれは川の水位も下がるはずだからと、バスやトラックが東から西から次々と到着したのですよ。土手が雨でゆるんでいるので、みな橋の両端で泥にはまって身動きがとれなくなりました。私も腰を落ちつけることにしました。川岸はすでにキャラバンや羊の群れであふれかえっていました。それから、南へ向かっていたカラシの部族「ジプシーや音楽家、鍛冶屋からなる放浪民のイラン北部での呼び名」が小さな鍛冶場をいくつか建て、積荷を放置するわけにいかないトラックの運転手のために、あれこれと修理を始めました。自営業の運転手たちが積荷をその場で売り、近隣の農民の野菜と交換しはじめました。一週間もすると、橋の両側に町が一つずつできていました。テント、数千頭の山羊や牛やラクダの鳴き声、煙、鳥、葉や板きれを屋根にしたバラックにはいくつものチャーイカネ、空になったトラックの幌の下を借りる家族たち、白熱した双六の勝負、病人の悪魔払いをするイスラムの修道僧、さらに、思わぬ幸運を逃すまいと物乞いと娼婦も。なんとも大騒ぎでしたが……青々とした草も茂りはじめていました。ないものといえば、モスクだけでしたな。まったく、人生とはそんなものです」

「川の水位が下がると、まるで夢のようにすべてが消えさりました。何もかも、崩れるべきではない橋のせいであり、混乱、仕事のできない哀れな役人たち……なんともまあ。実のところ」老人はなおも言った。「口で言うのは難しいのですが、ペルシアはいまだ驚異

の国なのですよ」

この言葉には考えさせられた。僕らの世界であれば、「驚異」はどちらかといえば何かを正してくれる特異なことになる。役に立つことか、少なくともためになることだ。ここでの「驚異」は忘却や罪、大惨事によって生み出されることがあった。習慣の流れを断ち切るそういったものが、人生に予想外の場を贈り、楽しめるものはないかと待ち望んでいる者の目の前に、きらびやかな世界を繰り広げてくれるのだ。

タブリーズを発つ

屋根という屋根から水が流れ出していた。黒く汚れた雪の下の排水溝を雪解け水があわただしく流れていく。日差しが頬を暖め、ポプラの木々が音をたてながら軽やかになった空に向かって枝を伸ばす。人々の頭と骨と心臓の内側の圧力が深く、ゆっくりと高まってくる。さまざまな計画が形をまといはじめる。それが春《バハル》だった。

アルメニア人の経営する食堂では、警官たちが軍服の襟をゆるめ、青い壁に寄りかかって居眠りをしている。壁にはフランス語で「王の糞ったれ」と落書きがしてあった。バザールへ行くと、繁盛して最後まで残っていたユダヤ人の露店の前で人々が元気よく冗談を言いあっている。その露店の主人はつい最近、絨毯の山に押しつぶされたのだという。すでにほかの商人たちは店をたたんでバザールを去っていた。半年とたたないうちに破産し、追いつめられ、放り出されたのだ。彼らに手を差し伸べる者はなかった。それどころか足を引っぱる者ばかりだった。町は厳しく、甘い顔を見せるほどの余裕は人々にはなかった。この町は世界と同じくらい古く、そして世界と同じくらい魅力がある。百回も焼き直したパンのようなものだ。何が起きてもおかしくないが、腹を立てたところでなんの役にも立たない。これからも町は一歩も動くことはないだろう。諺にもある。その手に噛みつくことができないのなら、手にキスをして、手が砕けることを祈れ、と。人々はその諺を守っている。それでも恩寵や恍惚の時が、あるいは甘美な時が訪れるものなのだ。

伸びた枝の先でにぎやかに鳴く数羽のカラス。黄金色に輝くぬかるみの靄の中、すばらしい光を背に、西から来た何台もの大型トラックが車体を前後に揺らしながらバザールの前で止まった。僕らは道ばたで紅茶を飲みながら、バザールから聞こえてくるクラリネットの音に耳を傾けていた。その曲には聞き覚えがあった。穏やかな性格をしたアルメニア人の木工職人だ。彼は梨の木で作ったかわいらしい箱に楽器を入れて運んでいた。

カブの水煮と香ばしいレモン菓子
制帽と警棒
馬車馬の耳には紙のマリーゴールド
黒い窓
星形に霜のついた窓ガラス
空へと続くぬかるんだ道
タブリーズ。

シャーラー

シャーラー――ハイウエーを意味する……が、イランには高速であれ低速であれ、そもそも道と呼べるものが存在しない。

――『ペルシア語辞典』C・D・フィロイト大佐

ミヤーネ街道

軍人の目にはそのように映るのだろう。イランには街道が何本もあるが、どれも立派な道かもしれない、とでもするべきだろう。たとえばタブリーズからミヤーネへ続く全長二十キロの街道があるが、この街道はトラックの通行によって溝のような道に変わってしまった。二本の深い轍《わだち》が走り、そのあいだに粘土と砕石の山が盛り上がっているのだ。轍の幅と車の左右のタイヤの幅が異なるので、左側のタイヤを道の中央の山に乗せ、右側のタイヤを右の轍に合わせて、轍の角を削るくらい車を傾けて走りつづけるしかない。おまけに泥と積み上がった石の山をボンネットで寄せ集めてしまうので、五十メートルおきに車を止めては、スコップで前方の山を崩さなければならなかった。天気は穏やかで、僕らは額に汗を浮かべながらスコップを動かしていく。そのあいだ、僕らを取り囲む広大な山肌に雹の嵐が襲いかかるのが見えた。東へ向かう街道に戻れたのが、なんとも愉快だった。

トラックを通すために、車を持ち上げて轍から抜け出さなければならなくなることもあった。景色に合わせたようにマンモストラックや要塞トラックが現われるのだ。派手に飾りつけられ、青い飾り玉の護符を吊るしたトラックや、車体に「タヴァクカルト・アル・アッラー（運転しているのは自分だが、責任者は神だ）」と書かれたトラックも目にした。馬車馬のような勢いでトラックは先へ進み、ときには数週間をかけて辺境のバザールや軍の検問所へ向かい、そして故障や通行止めに突きあたり、そこでより多くの時間を過ごすことになる。そうなればトラックそのものが家となる。トラックを固定し、内部を手直しすると、運転手たちはトラックを中心にして、必要なだけそこで過ごすのだ。灰まみれのガレットを焼き、カードに興じ、沐浴の儀式をする。

キャラバンの暮らしはどこまでも続く。村の真ん中で動けなくなった大型トラックを何台も見てきた。タイヤの影で鶏が卵を抱き、猫が仔猫を産んでいたものだ。

ミヤーネ

昆虫学者であれば、ミヤーネという地名に聞き覚えがあるだろう。刺されると死ぬこともあるメレク・ミヤネンシスという名の亀虫の生息地なのだ。やや不名誉な評判ではあるが、青い色彩をちりばめたこの黄土色の町は、トルコふうのモスクの丸天井が四月の靄に浮かぶ魅力的な姿を見せてくれる（チャーイカネのバルコニーに張られた高圧線は、一見すると洗濯用のロープにしか見えないので危険だ）。

ミヤーネは二つの言語の境界でもあった。こちら側はアゼルバイジャン語で、一から五まで数えると、ビル、イキ、ユチュ、ジョルト、ベーシュとなり、向こう側のペルシア語では、イェク、ドー、セ、チャハル、パンジとなる。これだけでも、耳がペルシア語を歓迎しているのがよくわかる。アゼルバイジャン語――とくに、タブリーズの女たちが歌う言葉だ――には美しさもあるが、やはり風と雪の中で話をするために発音がごつごつとしており、言葉の中に太陽の気配が感じられない。一方、ペルシア語は熱く、繊細で、丁寧で、かすかに倦怠感が含まれている。ようするに夏のための言語なのだ。イラン側では人々の顔に動きがあり、肩幅は細く、警官は身体つきこそ華奢だが眼光が鋭く、宿屋の主人は抜け目がなく、客から金を巻きあげようと目を光らせている。宿屋の主人が請求書の明細を差し出したが、そんなものは見たくもない。あまりにもばかげている。僕らを野蛮人だとでも思っているのだ。笑い飛ばしてもどうにもならない。僕らの口から出るのは率直な笑い声ではない。ならば、怒りの笑い声なのか？　僕が明細について難癖をつけているあいだ、ティエリが姿を消し、明細をひとつ増やしに行った。戻ってきたティエリはまっ赤な顔をして目を見ひらき、主人の膝に数枚の紙幣を投げつけた。主人は途方に暮れていた。ティエリが本気で興奮しているのかどうか、自信がもてないのだが、そのためらいが彼の命取りとなった。我に返った主人が慌てて階段を駆け上っているころ、僕らはすでに通りの角を曲がっていた。

カズヴィーン街道

街道はしばらく柳の生える谷を奥へ突き進んでいく。すぐそばに迫る山はどれも丸く、川は音をたてて流れ、渡れそうな浅瀬はあまりない。それから谷が口を広げ、ところどころに雪を残した広大な湿原が現われる。やがて川の流れが消えるとともに視野が広がる。手前の山脈は

シャーラー

二十キロ先にあり、そこから一ダースほどの稜線が地平線まで重なっていく。太陽、空間、静寂。花はまだ咲いていないが、大山鼠や畑鼠《はたねずみ》、マーモットが、ねっとりとした大地の悪鬼のようにあちこちで地面を掘り返していた。途中で青鷺や篦鷺《へらさぎ》、狐、赤足岩鷓鴣《あかあしいわしゃこ》と出会い、ときには、暇をつぶすようにそぞろ歩きをする人間に出くわすこともある。想像を絶するスケールだ。これほど広大な風景の中では、全速力で疾走する騎士でさえ怠惰に見えることだろう。

テヘラン――四月から五月

のんびりと大地のただなかを行く旅の楽しみは――異国趣味《エキゾチシズム》をひととおり味わってからだが――細やかなものが感じ取れるようにな

ることであり、また、そうなることによって、地方のことをさらに感じ取れるようになること だ。冬ごもりで六か月を過ごしているうちに、僕らがすっかりタブリーズの人間になっていたことも、とくに驚くほどのことではなかった。段階をひとつ踏むごとに些細な変化が繰り返され、すべて――人々の目つき、雲の形、帽子の角度――が変化していく。そして、オーヴェルニュ地方の人間がパリへ出るときのように、地方から首都へたどり着いて目を丸くする。ポケットには親切な酔っ払いがテーブルの片隅で書いてくれたメモがあるが、あてはずれになって時間を無駄にするのがおちだろう。今回、僕らの手もとにはそういったメモが一枚しかなかった。ユダヤ系のアゼルバイジャン人を紹介するメモで、僕らはその人物をすぐに見つけ出した。この人物は母親すら売りかねない性格だが、僕らの問題を解決してくれそうな、やたらと勢いのあるすばらしい男だった。とはいえ、彼は僕らのような外国人がバザールの宿に泊まることができるとは考えていない……新聞社に知り合いがいるわけでもない。だが、頼りになる警察の署長がいるから一緒に昼食をとらないかと僕らに勧める。僕らはそうしようと答える。そして、日差しの照りつける場所へはるばる出かけ、パジャマで出迎えてくれた老人の家で、ヨーグルト風味の羊の頭を食べることになる。退屈な話ばかりだ。老人はかなり前に引退していた。署長をしていたというのは、南部の小さな町でのことで、もうテヘランに知り合いはいない……いたとしても、すっかり忘れている。逆に、僕らとチェスの勝負を二、三度できることを何よりも喜んでいる。彼のチェスは遅く、居眠りまでしてしまう。これでまる一日がつぶれた。

バザールのすぐそばのホテル・ファルス。部屋が狭く、ごちゃごちゃしているので、仕事をするにもベッドに寝そべらなければならない。天井はBP社の石油缶の寄せ集めで、屋根の隙間から床に月明かりが差すほどだ。それと蚤が何匹か。ホテルの客はクルド人や、羊の匂いのするガシュガーイの遊牧民、穏やかな笑みを浮かべる農婦で、隣りの部屋ではアッシリアの商人がわずかな金を何度も数えなおしていた。木製の渡り廊下を伝って、客室からチャーイカネへ出られた。店内のラジオからイランの伝統音楽の穏やかなアルペジオがひっきりなしに流れてくる。左手の窓の下をのぞくと、あちこち虫に食われた細長い通路がバザールの入口へ通じていた。さらに下には、御柳《ぎょりゅう》の花の束や土の道があり、崩れ落ちた壁がからみあうように田園へと続いていた。

右手には、ツプクハーネ広場に古い大砲があり、ラーレザル通りのネオンが美しい地区に向かって斜めに上っている。下には大衆食堂が二つあり、スパンコールの短いスカート姿の少女たちが、アラキ酒を飲み大声でわめく客たちのあいだを曲芸のようにすりぬけていく。それに、無許可の物売りたち。櫛やズック靴、聖人画、笛、避妊具、「アラヴィオレット」マークの石鹸。イラン向けに翻案されたモリエールの『粗忽な男』の上演予告の貼られた劇場では、フェルドウシーの『王の書』の一部が上演されている。ササン朝のバブラム・ゴール王がお忍びで貧しい人々のところへ出かけて行き、圧政で人々を苦しめる高官たちを懲らしめる話だ。僕らも見にいった。不自然な演技、赤いつけ髭、古めかしいターバン、平手打ち、転倒、悪人退治。完璧だ。灰色のスーツ姿の上品な客もシャツ姿の労働者も、このどたばた劇に拍手喝采していたが、ときには客席が白けることもある。今日では、君主が警備もなしに出歩くことなどありえないからだ。もはや抜き打ちの巡察はできず、劇のような悪人退治はそれ以上に難しい……。それから新聞の編集部へ。趣味のいい仕立屋も何軒か。ネオンの明かりがさらに丸みを帯び、木々が青々とし、人々の声が微妙になる。アルメニア人の経営するティールームには、ミトラ帽の形をした菓子が電球の下で燃えあがるように美しく輝いている。さらに先のレザー・シャー通りとシェメランの丘のあいだには、キャデラックの低いエンジン音と、長く青白い壁、貴族の屋敷の青いエナメルのポーチ、空間、銀。床にピスタチオの殻をこぼした黄色いタクシーが夜の闇に線を描いていく。運転するのはぼろぼろの服を着てぼんやりとしている老人だ。庭園が途切れたところから三十キロ北には、アルボルズ山脈の雪が春の空に華麗な輝きを放っていた。

ホテルのバルコニーの手すりに肘をついていると、テヘラン全体が浮かび上がってくるのを感じとることができる。僕らがいるのはテーブルの奥の隅か、皿の端のような場所だが、それでもいくつかはつまみ食いをしてやろうと心に決めていた。僕らの年代なら、場末から町を攻めるほうがいい。強烈な匂い、ひと癖ありそうな笑顔、背中の曲がった気のいい男たち。まあいい。ともかくここでインドまでの旅費を稼ぐしかないのだ。

タブリーズについて、僕は何かよくわからないことを口にしていたらしい……。

「さあさあ、彼の話を聞きましょう……こんなおもしろい話はありませんよ！」そう言って彼は同席者を黙らせると、もういちど僕に話させた。目を輝かせてはいるものの、彼がいちばん話を聞いていなかった。あるいは奇跡的に聞いていたのかもしれないが、日が暮れるころには忘れているだろう。

彼とは、僕らの友人ガレブのことだ。ガレブはテヘラン最大の新聞社の新米記者として大活躍していた。水素爆弾の記事では、彼はオールソップ兄弟やリルケの作品を引用し、みごとに恐怖を表現していたほどだ。それだけ彼は恐怖を生々しく感じとっていたのだろう。きっと詩をまるまる引用したかったのだろうが、それには紙面が足りなかったのかもしれない。なんといっても彼には、すばらしいものを際限なく自分のものにしようという意気ごみがあった。それに彼は間違ってはいない。彼もまた詩人なのだから、自分以外の詩であろうと、少しくらいは自分の詩であるということになるのだろう。自分自身で詩を書かないのは、たんに時間がないからにすぎないのだ。

「〈かつては太平洋と呼ばれた大海〉という表現は新聞記者としては悪くないだろう？　とかく編集長は気に入ってくれたんだ……君のルポルタージュだけど、かなり喜んでいたよ。正確にいえば、タイミングがよかったんだね。四つは使わせてもらうつもりだよ」

つまり、一つしか使うつもりがない、あるいは一つも使うつもりがないということかもしれない。この手の言いまわしには慣れていないからしかたがない。すぐにわかるだろう。さしあたっては、ガレブが僕らの写真を一面に載せて大げさなコメントをつけてくれたせいで、どこへ行っても驚くことばかりだった。すれ違った無精髭の見知らぬ男たちが、帽子を上げて僕らに挨拶してくるのだ。気晴らしにはなるが、生きた心地がしなかった。定期的にガレブに会いに——僕の記事のことで——ユースフ・アバド通りの酒場へ行った。店を経営しているのは、人生の意味と運命を背負って移住してきたグルジア人だ。階段を三段下って店に入る。暗がりに目が慣れると、ひっそりとした客たちの姿が目に入った。客の前にはマクススという銘柄のウォッカのボトルがあり、ラベルには輪郭の甘い線で赤い鷲が描かれていた。キュウリや魚の燻製をかじっているのは頭痛よけだ。そのあいだにも太陽がもの憂げな波となり、通りや王宮の鉄格子、アルメニア人の豪商の屋敷に押し寄せる。屋敷の前には、ありきたりな煉瓦の壁が続いていた。ガレブは暑さが厳しくなる時間になると、この店に来て記事を書くか、彼の恋い焦がれる娘たちを待ちながら、テーブルクロスにこう書いている。

……一昨日、一日め
昨日、二日め
今日、三日め
君は戻らなかった。
私の心は焦げ……

僕の記事はどれもボツなのかと訊くと、ガレブはインクの染みがついた手をこすりながら答えた。「そういうわけでもないが、なんと言ったらいいのか……みんな眠っているんだよ。ちょっと難しそうなんだ。君たちからカードを何枚かもらえさえすれば、うまく進められると思うよ」そのカードとやらがないと、ここでは何ひとつ進めることができないらしい。編集長への推薦状を、誰か影響力のある人物に書いてもらえということだ。最初、僕らはそのカードを一枚――スイスで肺の治療をしたことのある上院議員による三行ほどの短いものだ――持っていたのだが、あまり効きめがなかった。一週間としないうちに、安物の発泡ワインのように気が抜け、大喜びで話を聞いてくれた編集部も完全に記憶喪失に陥ってしまった。自分の原稿を取り返しに行ったその日、僕はもう編集長も副編集長も待っていることができなくなった。ちょうど昼寝の時間で、二人とも心ゆくまで睡眠を楽しんでいたのだ。ようやく青い仕事着を身につけた老人を見つけ、一時間かけて僕の原稿を探し出してもらった。老人は原稿を僕に差し出しながら言った。「ああ、これですな。それにしてもくだらんことですな……。それはともかくとして、お国の植字工たちに、イランにいる仲間からよろしくと伝えてください」もちろん、その言葉はきちんと伝えられた。

うまくいかなかったもののガレブはあいかわらず楽観的で、僕らにはまだまだ希望があり、例のカードも手に入るだろうし、仕事だっていくらでもあると無責任に請けあってくれた。僕らに人と会うよう勧めたり、できもしないのに僕らを守ると言ってくれたりもした。純粋に好意から僕らの気持ちを明るくし、元気づけようとしているのだ。約束はかならず守らなければならないなどということになれば、楽しくもなんともなくなってしまうのだろう。僕らに夢を見させるというのが、彼なりの助力なのだ。(疑っても始まらない。都合のいい作り話だとしても、あとにはかならず何かしら残るものだ。)それに、彼はよく手を貸してくれた。僕らは講演や展示会を催すため、ガレブが軽はずみに自分の知り合いだと口にした何人もの人物に――彼の名を引きあいに出して――会いにいった。彼の名はなんの役にも立たなかったが、合い鍵でもドアは開くものだ。数分の気まずい時間が過ぎ、僕らの有利な方向に話が進むことも少なくなかったのだ。その話を聞かせるとガレブの顔が蒼白になった。「……大学の総長が会ってくれたって？　まさか私の紹介だと言ったのか？　通りすがりに話しかけたことがあるだけなのに……それで、うまくいったって？　信じられないよ。彼に会いたいと二年前から申しこんでいたんだ。よかったら私のこともうまく話しておいてくれよ」

こんどは彼のほうが信じられなくなったようだ。僕らは彼に心から感謝していた。僕らはガレブが大好きだった。

実際に住んでいる者からすると、テヘランは美しい町などではないという。近代化という名目でバザールの魅力的な場所がいくつも取り壊され、なんの変哲もない大通りが画一的に引きなおされ、歴史ある城門やカジャール朝［一七七九年から一九二五年までペルシアを支配した王朝］時代の壁画の飾られた古いレストランも壊されてしまった。壁画には羽根飾りつきのターバンにまじって、鉢植えのオレンジの木の奥で金モールの制帽をつけたゴビノー伯爵の姿まで描かれていたという。過去を感じたければ、東方の三博士が出発したという下町のレイ地区まで行くしかない。乾燥した気候と凄まじい砂埃、腕のいい掏摸《すり》、人を不機嫌で短気にさせる魅惑的な空気のことを誰もがすまなそうな声で口にする。こう口にする者もいる。「そうだな……イスファハンへ行くといい、シーラーズも悪くないな……」

そうかもしれない。

だが、テヘランには夢の中でしか見られないようなプラタナスがあった。立派なプラタナスの大木の下にはたいてい小さなカフェがいくつも並び、そこでは人生について考えることもできる。それに青い色もある。青というものをほんとうに知りたければ、テヘランへ来るしかない。まずはバルカン半島で目が青を感じとろうと身構える。ギリシアでは青が支配しているが、威張りすぎている。あの青は攻撃的で、海のように人を揺れ動かす。主張や計画を貫きとおす一徹さとでもいったようなものだ。だが、テヘランの青は違う！　店のドア、馬具、安物のアクセサリー。いたるところに比類なきペルシアン・ブルーがあるのだ。この青が心を軽やかにし、イランを必死に支えている。偉大な画家のパレットのように時間とともにみずから輝き、古びた色合いを帯びる。アッカド時代の石像のラピスラズリの目、パルティア時代の宮殿の高貴な青、セルジュクトルコ時代の陶器の鮮やかな七宝、サファビー朝時代のモスクの青があるとすれば、現代にはこの青がある。朗らかに歌い、空を舞う青。砂の黄土色や葉の穏やかにくすんだ緑色、雪の白、夜の黒……さまざまな色とともにくつろぐ青なのだ。

足下で鶏が糞をし、五十人あまりの客が好奇心もあらわに押し寄せてくる。そんな酒場の中では、くつろいで原稿を書くこともできない。絵を見せながら——あれこれ手続きを進めてから——その絵を売らないのも、同じようなものだ。厳しい日差しを肩にあび、チェスをしながら町を走りまわるのも飽きてしまう。だが、元気がなくなったらカーシャーン［テヘランの南東にある、絨毯と陶器で有名な町。とくに十四世紀の陶器が名高い］の青い食器を見に行けばいい。皿や碗、水差しなどの陶器が静謐そのものとなり、午後の光をあびながらゆったりとした脈動を浮きあがらせ、見る者の心を染めていく。この治療法に抗える障害はまずない。

新聞社が僕らの企画を後援してくれないのなら、イラン・フランス学院に頼るしかない。そう考えた僕らは髭を剃り、ネクタイを締め、暑すぎるスーツを着こんで汗まみれになりながら、ともかく後援をとりつけようと学院へ向かった。秘書にあれこれと逃げ口上を聞かされたのち、僕らは院長室へ案内された。秘書はまるで、僕らが食人鬼の餌食になるのを見とどけるように、安堵の溜め息をついていた。院長はたくましい身体つきをした血色のよい男で、しつこそうな電話の相手をしていた。話している相手はどうもフランスから旅行に来ている女性らしく、文化科目の教師の口を探しているようだった。彼は僕らを一瞥すると、僕らが何かを頼みに来たのだと判断して——ひと思いにあきらめさせようと——急に電話口で声を荒げた。学院を職業紹介所だと思ったら大間違いです……学院は学院で大変なのですよ……イランに旅行することは初めから決めていたはずでしょう……イランの人間に話を聞けばすむ話です。電話先の女性は院長の態度がいきなり豹変したので腰を抜かしたに違いない。もちろんその理由も知らないまま、きつい言葉を聞かされたのだ。冗談ひとつ通じる相手ではないと思ったことだろう。

院長は受話器を叩きつけるように下ろすと、引きつった顔を僕らのほうへ向けながら、口の中でつぶやいていた。「むりだ……まったくなんてことを……とんでもない話だ……」それから、それとなく僕らに内心の鬱憤を見せつけながら、僕らに席を勧め、低音を適度になめらかにした穏やかな声をつくり、言った。「それで、どんなご用でしょうか？」院長の黒い上着の中央に輝く略綬が、怒りに満ちた目のようだった。ようするに模範的な外交官そのもので、自分の不利益になる言動はとらないのだ。僕らはしばらくのあいだ、少しばかりお手伝いできることがあるのですが、と口ごもるように話すことしかできなかった。その申し出はひとつひとつ、丁重かつ冷酷に断わられた。理由を聞かされるたびに僕らが新しい提案をしていくと、院長はさらに別の理由をつけて拒絶したが、その理由もしだいに根拠の欠けるものとなっていった。僕らはさらに食い下がった。院長もまた執拗に、愛想よく断りつづけた。息苦しいほどの暑さだった。空腹だったし、落胆しきっていた。目がまわって喜劇の幕が下りる前に、なんとしても突破口を見つけなければならない。力がみなぎった。展示ホールは電球が割れているからだめだという院長の言葉とともに、ティエリがまじりっけのないばか笑いを始めた。僕は恐怖を覚えながらも、まるで波にさらわれるように、その笑い声に自分がとりこまれるのを感じた。院長はすっかり混乱し、僕らは涙が出るほど笑いが止まらず、息も絶え絶えになりながらも、あなたのせいで笑っているのではないと、身ぶりで院長に伝えようとした。僕らにとって幸運だったのは、このもったいぶった男が頭のよくまわる人物だったことだ。院長はすぐに決断した。主導権を握っていないのであれば、せめて進むべき方向は自分で決めるべきだ。それも迅速に。つまり、院長は僕らよりも大声で笑いだしたのだ。最初は器用でバランスのとれた笑い声だったが、いつしか本気で笑っていた。不安を覚えた秘書がドアをわずかに開けてのぞきこむと、院長は秘書にグラスを三つ持ってくるように伝えた。僕らがようやくひと息つくころには、すべてが変わっていた。ティエリはこれから二週間、学院で展覧会を開くことになった。それに先だって僕が簡単な話をする……気分次第では別のことをしてもいい。いまとなっては何もかもが当然のことのように思えてきた。自分の原稿を読むのも悪くない。

「いや、ほかにもやりたいことが……」

「そうでしょうな」院長が愛想のいい声でさえぎった。「原稿を読むのなら、私だって好きなものを読みますよ」

院長は完全にもとの調子に戻っていた。

会場の準備は整っていた。照明も絶好で、展示も悪くない。フランス派ですな、と口にしたのはいまや僕らに好意的になり、父親のように親身になって興奮している院長だ。そもそも、僕らを発見したのは院長なのだ。

「シャムス王女がお見えになります。まずは王女をお待ちして、それから、こう言ってください。〈殿下、閣下、ならびに、みなさま〉と」

五分後、王女が来ないと騒ぎになった。それからすぐに、やはり来ることになった、と。それに応じて、院長からの指示も変化した。

「私があなた方を紹介するので」院長が最後の決定を告げた。「黙って私の話を聞き、私のするとおりにしてください」

院長に連れられて舞台に出たが、数分のあいだは院長がユーモアをたっぷりとまじえながら、僕らのような状況にある旅行者が陥りやすい失敗談についてあれこれと話していた。もっとも、僕ら自身には経験のないことばかりだ。僕らは慎重にふるまったからこそ、今日、院長から許可されたような例外的な対応を取りつけることができたのだ。院長があげる例は、僕らが絵を描き、講演をする動機とはかけ離れたものだったが、実際のところ、この学院とすばらしい図書館がなければ、僕には何もできなかったのも事実なのだ。贈りものにけちをつけるような真似をするべきではないのだろう。

僕はむしろ観客に目を向けることにした。客席の奥には学生や、ガレブが連れてきた数人の記者、頭巾姿の修道女が二列、さらに二列はアナトール・フランス好きな上院議員と退役した将軍たちの姿があった。この将軍たちの耳には大砲の音よりもタール［ギターに似たイランの楽器］

の音のほうが馴染み深いに違いない。前のほうにいるのは、きらきらと輝く社交界の女性——指輪をつけ、足首がほっそりとしている——の一団だ。思慮深げな快楽主義の輝きの下に不安そうな顔が垣間見える。ものごとに過敏で魅力的な顔立ち。都会にしか生み出されないものだ。タブリーズではこれほど甘やかされることはないだろう。

結局、王女は現われなかったが、そのかわりに女性客の膝から逃げ出したフォックステリアが演台に上がり、僕のいるテーブルに寄りかかると、最後までそこに残っていた。シムルグ——自分の焼けた灰の中から蘇る鳥——が僕の肩にとまったとしても、これほどみごとな効果はなかっただろう。ティエリの絵はよく売れた。僕は大学から報酬つきの講演を頼まれた。その日の夜には、新しい友人たちが山の手にある大きな建物の屋上の部屋を提供してくれた。建物は桑の木を植えた庭園に囲まれていた。庭園の門には掛け金がないので、用務員が扉の前にベッドを置いていた。その用務員は白いチュニックを着た老人で、遅く帰ってきたときにはいちいち起こさなければならず、そのことを僕らが謝るたびに老人は「あなた方の影が伸びますように」と挨拶の言葉を返した。

ばか笑いとともに風向きが変わって運が向いてきたことは、強烈な記憶となって心に残った。それ以来、僕はものごとがうまくいかなくなるたびに何かくだらないことを口の中でつぶやくようになった。税関で期限切れのパスポートをのぞきこまれ、わけのわからない言葉で自分の運命が告げられるとき、あるいは、受け答えで相手の反応がいまひとつなときには、顔を上げることができず、自分の靴を見つめているしかない。だが、そこでばかげた駄洒落を口にするか、笑いの効果を思い出せば、どうにか自分を取り戻すこともできる。うまくすれば自分だけでも大声で笑いだすことができるし、税関の職員――こんどは相手のほうがわけがわからなくなる――が当惑顔でこちらに目を向け、不安そうな目つきを浮かべては、自分のズボンのチャックを確認し、もっともらしい顔つきをつくったりする……ついには、なぜか見のがしてくれたりするのだ。

京都やアテネのようにテヘランも教養のある町だ。パリでは誰もペルシア語を話さないことも知られている。パリを目にする機会も手段もないというのに、完璧なフランス語を話す人々がテヘランには無数にいた。しかも、それは政治的な影響力の結果でもなければ、植民地支配――インドにおける英語のように――の結果でもない。自分以外のものに興味をいだくイラン文化によるものなのだ。ペルシア人が最初に読むのはジップでもなければポール・ブールジェでもなかった［イラン・フランス学院の図書館にあるプルーストやベルクソン、ラルボーの作品は、注釈で余白が埋めつくされている］。

ある朝、ラレザール通りにある香水店の前を通りかかると、開いていたドアから、くぐもった、寝言のような声が聞こえてきた。

……私の人生よ、あなたは私をおいて出ていく
あなたは駆けめぐり
私は自分が一歩踏み出すまで待ちつづける
あなたは別の場所で戦いに臨む
……

僕は足音を忍ばせて店に入った。ライティング・デスクの前でかがみこんでいた大男が、身じろぎもせず、シャネルの香水瓶にきらめく黄金色の光の中で雑誌を広げ、この詩［アンリ・ミショーの『夜は動く』］を読んでいた。いやというほど知りつくした日々の出来事を受け入れようとでもいうように、繰り返し自分に読んで聞かせていたのかもしれない。汗のしたたるモンゴル系の幅広の顔に浮かぶ表情が、同意と幸福をみごとに表現していた。店にいるのは彼だけで、詩に気をとられていたのか、僕がいることには気づきもしなかった。僕は声をかけるのをためらった。詩を詠むのに、これほど適した方法はないのだから。やがて口を閉ざすと、すぐそばに来ていた僕の姿に気がついたが、驚いたようすはなく、何か探しているのかと訊いてくるこ

ともなかった。彼は手を差し出して名乗った。黒く澄んだ瞳に豊かな口髭、穏やかな気品。彼の名はソラブだ。

知性を感じさせるソラブの顔に現われる年齢は、彼が鏡のように映し出すものによって、さまざまに変化した。実際には二十五歳でありながら、ときには十六歳に、ときには四十歳にも見えるのだ。むしろ四十歳といったほうがいい。長い歳月を驚きに満ちた人生とともに過ごした者の物腰だ。とはいえ、ソラブは香水店でミショーを音読してばかりいるわけではなかった。ソラブは実に多くのことに手を染め、それもかなり早い時期から始めていたのだという。十六歳のときにはすでに詩人のヘダヤト［ロートレアモンやカフカの流れをくむイランの作家で、『盲目の梟』の著者］の取り巻きに若年ながらも加えられ、彼らとともに読書や夜遊び、大麻を経験していた。もうヘダヤトも生きてはいなかった。パリの屋根裏部屋でガス栓を開いたのだ。だが、彼の影は若きイランの文学者たるソラブのうちに、いまもなお留まっている。ヘダヤトは麻薬に溺れていたが、いまも多くの者が麻薬に溺れている。ヘダヤトは自殺したが、これからも自殺する者が出てくるだろう。ヘダヤトは葬儀の花、なにげなさ、気どりのなさを愛し、死と夜の感覚とともに生き、彼の模倣者《エピゴーネン》たちも彼とまったく同じことをした。大戦後の警察都市テヘランで、無法者のような暮らしが五年も続く。進歩主義運動のこころみ、画廊、わずか二号で廃刊となったシュールレアリスム雑誌……。現実が足音を忍ばせて離れていく。もう死んだものと思われてしまう。そして、煉瓦の山のように崩れ落ちる。友人は四散し、画廊は危機に陥った。買い手を引きつけるには、娘たちを集め、午後のダンスパーティーを催すしかない。報酬を受け取れずに娘たちも去るが、いちばん年嵩の女だけが残って腕にしがみつく。束縛から逃れるのは何か月も何か月もあとのことだ。そして、ようやく一人きりになる。まだ二十一歳にしかならないというのに、身体が震えるし、まともな神経が残っていない。

それから、ソラブは教師としてマランドの高校で一年間過ごした。アゼルバイジャンのポプラ、巻き毛の若者たちがいる田舎の教室。どうしようもないほど鈍く、自分たちに考えることができるなどとは考えもしない。そんな彼らを揺さぶり、無気力に刃を入れることで、ようやく目覚めの発芽のような何かを引き出すことができた。そのとき、彼は結核に冒され、その地を離れなければならなくなった。彼は療養を機に技術者の資格を取り、アバダーンのイギリス系の企業に就職した。「快適な生活だった……クウェートは近いし、知ってのとおり、パスポートも必要ない。密輸業者がいくらでもいる。我々は海路を使い、用事をすませた。ライカのカメラにコカイン（彼の声は落ちついている）を詰めるんだ。ほかにも微罪がいくつかあるが、労働組合をつくろうとしたときに会社を追い出されたことくらいかな。それだって、少し気のきいた演説をしただけなんだ」

感受性の強いソラブはイランの苦悩を憂いてツデ党［共産主義色の強い人民政党、非合法］に入り、イランの若者に広がっていた優柔不断なマルクス主義を受けいれた。このような流れはよくあることだが、その結果、ためらいばかりが強まることになった。イラン人はそういった若者たちをアメリカ人よりもずる賢いと思いはしても、ソ連人に対しては冷やかな共感しか覚えなかった。(スローガン、大文字、行進、既成の見解というものを、彼らが得意としたことはいちどもない。)いつまでたってもあとまわしにされる絶対的なものへのノスタルジーも無視できない。オゴニョク誌〔ソ連の挿絵入り週刊誌〕の『コルホーズの日曜日』で、芝生の上で夕食をとる者たちから安直な楽観論を紹介してもらうだけでは足りないのだ。信奉する学説にしても、見る目のある者からすれば短絡的で単純すぎた。イランらしい繊細さを守る役には立ってくれそうもなく、その繊細さもすぐに世界から失われてしまうだろう。だが、欲得ずくで乱暴な保守主義に嫌気が差したとき、保守主義を支持する西洋にはなんの期待ももてなくなったとき、若く、ひとりだったとき、中心となる人物がまったく見あたらないとき、恐怖によって自由主義者が沈黙に追いやられるとき、人々には選択の余地がなくなり、ためらいは消えさる。それも一時的なものだ。モサッデグが排除されるとソラブはすべてを投げ捨てた。いまの彼は香水店を経営し、それまでまったく無縁だった役所で専門家として働くようになった。麻薬は断ったばかりらしく、ひどい苦しみに襲われるらしい。

「……ともかく耐え抜くしかないな。規則正しく暮らせるように、助けてもらったり、励ましてもらっているんだ。ある女性にね。愛、恋人……愚かしいことをしたくなる季節、といったところかな」

だが、彼の口調は無気力で、どこか千年以上も昔の出来事をもじっているような話しぶりだった。僕らはシェメラン街道の旧道のカフェへ行き、大型トラックにはさまれた席に座っていた。僕らを照らす耐風ランプが静かに音を奏でる。夜空には星々があふれている。ソラブは小さな声でゆっくりと話していく。玉のような汗をかき、汗の滴が定期的に毛根に浮かびあがっては目に落ちる。彼の目に僕らの姿は映っていないのかもしれない。目の奥で怪物や恐怖と戦い、アセチレンランプの白い光の中で崩壊と戦っている。それが青いダブルのスーツを着た二十五歳の彼の姿だった。

テヘランに物乞いはほとんどいないが、目抜き通りの交差点には、ぼろをまとった若者たちがジュー［道路の両脇に伸びる深い用水路］の縁に座りこみ、話をしたり、花を噛んだり、トランプをしている。彼らは信号が赤になるのを待っていた。信号が赤になるか、渋滞で車の動きが止まると、すぐさま車へ突進し、大量の唾とぼろ切れでフロントガラスをふいて小銭を受け取るのだ。警官も彼らを毛嫌いすることはなく、すぐに追いはらったりすることもなかった。なかには家までの道案内をしよう、荷物を運ぼう、芝生に水をやろう、などと言ってくる者もいる。

毎朝、子どもや失業者、老人のまじった一団がバザールから集まり、山の手の人間に施しや些細な仕事の口を求めているのだ。定職もなくいつでも自由に使える彼らを警察が雇うこともある。一人につき一トーマーン払い、ソ連大使館の前をデモ行進する「イラン国民」に仕立てたり、当局にとって目障りな人物の家に石を投げさせたりするのだ。仕事が終わっても騒ぎつづけていると――追加の報酬が目当てだ――放水器で解散させられることになる。翌日には同じ「イラン国民」が悔しそうな表情をつくり、学生たちに加わってソ連大使館前の石段に花を捧げることもある。そして同じ警察が駆けつけ、扇動者たち――とくに学生――を捕まえ、丸刈りにし、再度兵役につかせるか、南部で労役に服させるのだ。なんとも悲しい小細工だ。とはいえ失業者を五十人ほど減らすことができるのだから、みごとな手法といえるのかもしれない。

いや、十分ではなかった。駐車するたびにかならず誰かが忍び寄り、半トーマーンで車を「見張って」くれると言いだすのだ。この申し出は受けいれたほうがいい。そうしないと「車の番人」が気を悪くし、運転手が車を離れた隙にタイヤの空気を抜かれたり、スペアタイヤを抱えてバザールへ逃げこまれたりすることになる。もっともそうなれば、バザールへ行けば自分のタイヤを取り戻すことができるはずだ。ようするに彼らは、彼ら自身から守ってくれると持ちかけているのだ。最初のころは僕らも断わった。一トーマーンもむだにできなかったのだ。それに僕らの車はどう見てもぼろぼろだ。だがある日、その車が歩道の中央に置かれていた。

見物人の笑い声とともに、六人がかりで車道から歩道に動かされたに違いない。この一件を別にすれば、泥棒たちはいつでもこの車を大切に扱ってくれた。たぶん、僕らが左のドアにペルシア語で書きこんだハーフェズの詩のおかげだろう。

たとえ夜の宿が危険に満ち
目指す地がまだはるか先だとしても
忘れてはならない
終わりのない道などない、と
何も悲しむことはないのだ

ドアに書いたこの詩は、数か月のあいだ魔法の護符となり、外国人を愛する理由があまりないイランのあちこちで僕らを守ってくれた。この国では五百年以上も前のかなり難解な詩に驚くほどの影響力と人気があるのだ。どこの歩道でも、露店の前でしゃがみこんだ商人たちが眼鏡をかけて詩を読みとろうとする。気の短そうな者ばかり集まったバザールの安食堂へ行けば、嬉しそうに目を閉じて、仲間が耳もとでささやく詩の一節に顔を輝かせる粗末な身なりの客に出くわす。かなりの僻地に住む人々ですらウマル・ハイヤームやサアディー、ハーフェズのガザル（十七行から四十行ほどの詩）をいくつも暗記しているほどだ。僕らの国でいえば、単純労働者や人殺したちがモーリス・セーヴやネルヴァルに耽溺するようなものだ。学生や芸術家、僕らの世代の人間たちにとって、こういった好みは中毒のように広がることがある。彼らがとりつかれるこういった詩は、世界を光とともに飲みこみ、善と悪とがついには一つに重なることをさりげなく解き明かし、人生に欠けている充足感を語り手——爪をかじり、細い手でウォッカのグラスを握りしめる者たち——に与える。かわるがわる何時間も続け、共感によってリュートの低い弦のように共振し、誰か一人が中断して自殺を考えていると口にすれば、別の者が飲み物を注文するか、僕らにその詩を訳してくれたりする。

イランの音楽はとても美しく、イスラム教の神秘主義に育まれた詩は世界でも有数の高みにある。とはいえ過剰摂取には大きな危険がともなう。人生を豊かにさせるべき詩が、ついには人生そのものとなってしまい、ある種の人々にとっては堂々とした逃避先となり、何よりも新鮮な血を必要としている現実を遠ざけてしまうことがある。ウマル・ハイヤームを例にすれば、イランの若者の多くがそうだ。彼らは「……この世の悲しげな地図をそっと引き裂き……」、そのまま先へ進めなくなってしまったのだ。

導師《イマーム》は皿に手をつけながら、ひと言ひと言を際だたせるように繰り返した。「いいえ……南へ向かう街道は危険です。むしろマシュハド街道を行くべきでしょう。聖廟都市マシュハドは一見の価値があります。いくらでもご案内できます」

ジュメ師はテヘランの宗教界における最高権威だ。彼は王宮の説教師であり、シャーによって任命され、祭司としての権力を一手に引き受けていた。とはいえ彼はムッラーではなく、ヨーロッパの大学で学位を受けたイスラム法の専門家であり、何世代にもわたって王家を支えてきた有力な一族の頭領でもあった。そしてまた、聞くところによればイギリスでの人脈にも通じているともいう。つまるところ彼は政治的な要人であり、さまざまな分野での狂信者たちの暗殺の標的になったことも一度や二度ではない。ひとたび説教壇に登れば、いつ爆弾に吹きとばされないともかぎらないのだ。じつに勇敢で、女性からの人気もきわめて高く、美しい妻を思いやる人物だ。テーブルの上座についた彼は無言の敬意に囲まれながら、旺盛な食欲を見せる。

メロンの砂糖煮
ライス・ジャム
ミント風味の鳥の網焼き
フレッシュチーズ

そして甥や義兄弟、叔母、従兄弟といった十五人ほどの親族を見守っていた。彼らは来たり戻ったりしながらお辞儀をしては、料理をひと欠けら口にし、姿を消し、そしてまたお辞儀をしに戻ってくる。ジュメ師は白いターバンを巻いた愛想のいいモンテーニュそのものだ。丸顔に輪のような口髭があり、深みのある目は、相手をとらえたまま放さない。僕らが計画した道程が彼には心配でならないらしい。テヘランからアフガニスタンへ出る街道は二つある。北寄りの街道はシャールードとマシュハドを通る道で、バスの定期便も運行している。南寄りの街道――僕らはこちらが気に入っていた――はかなり遠回りで、イスファハン、ヤズド、ケルマーンを抜け、ルート砂漠の南側を渡り、さらにバローチ砂漠を縦断してパキスタンのクエッタに至る。あまり使われていない道だということは知っていた。だが、危険とはどういうことなのだろう?

「遊牧民に襲われるということですか?」

「いいえ」ジュメ師が答えた。「そうではありません……誰も襲ってはきません。だからこそ問題なのです。それに日差しの問題もあります。なみたいていの日差しではありませんぞ」

この二つの街道については、これまでにも数多くのことを聞かされていた。そして、また一人、テヘランしか知らない人物から話を聞かされるのか、と僕らは思っていた。

「想像をはるかに超えた厳しい日差しなのです」ジュメ師が落ちついた声でさらに言った。「昨年、二人のオーストリア人が同じ季節に同じ道をたどろうとしました。その二人は国境へ着く前に命を落としています」

それから、ジュメ師はゆっくりと口をすすいで口髭をふくと、礼拝に行くあいだだけと、僕らを庭へ移らせた。

庭は周囲が高い壁で囲まれた薔薇園になっていて、中央には四角い池があった。ハゲイトウ、白薔薇、茶の木、サフラン、果樹用の垣根、茂み、アーチ状に並んだ日に焼けた薔薇の花。ガーゼの幕で覆った黒っぽい花の植木が強烈な芳香を放っている。裸足の男が二人、じょうろを持って砂地の通路を行き来している。やわらかな色彩の楽園、さざ波ひとつない池の水面、寡黙な庭師たちの円舞の中で正確に配置についた花々。だが、そこは重さを感じることのできない抽象的な楽園だ。本物の庭園というよりも、庭園を映し出したものといったほうがいい。ヨーロッパ庭園の豪勢さが全体を覆い、自然を容赦なく最大限まで奪いつくそうとしている。イラン本来の庭園ならば、息を詰まらせるほど圧倒的な豊かさを誇ろうとはせず、日陰に必要なものや穏やかさを求める。地面と華奢な花々のあいだに、幹の線が見えることもほとんどない。庭園は揺れるものだ。奇跡の水とかすかな揺れ、それこそが庭園に求められているものなのだ。

個展が終了したティエリは、数日の予定でギーフーン州まで絵を描きに行った。僕はテヘランに残り、最後の講演会の準備をし、資金の調達にあたっていた。大学と学院がすでに休みに入ってしまったので、サン＝ルイ校のラザリスト宣教会用の集会所を借りていた。「不信仰者スタンダール」と宣教会とは相容れないテーマだったが、とくに断わられることもなかった。それどころか、チョークとバカンスの香りのする小さな教室で授業をもたせてもらったし、神父たちからは冷たいビールや葉巻の提供まであった。

そのスタンダールもジャンヌ・ダルク学院ではあまり評価されなかった。聖クララ会の修道女たちがテヘランの裕福な子女に礼儀作法を教えている学校だ。

「モンテーニュやトゥレならまだしも……」院長の修道女が言った。「スタンダールとはとんでもない！　司祭を目の敵にした過激な人間ではありませんか。いっそのことパスカルにしたらどうですか？　陰気なものがお好きなら、それこそぴったりでしょうし、パスカルなら誰にでも聞かせられますからね」

僕らは銀製の巨大な十字架の下に腰を下ろし、キャンティ・ワインを飲んでいた。院長は自分のグラスになみなみと注ぎながら、さらに言った。「これでは修道女たちを連れてくることができません……そもそも読んだことがないのですよ。その不信心者の本は禁書なのです」

院長はなかなか気骨のある女性で、みごとな手腕で学院を運営していたが、その威勢のよさの陰には、どこか人を引きつけるメランコリーのようなものが見え隠れしていた。僕らはすぐ

シャーラー

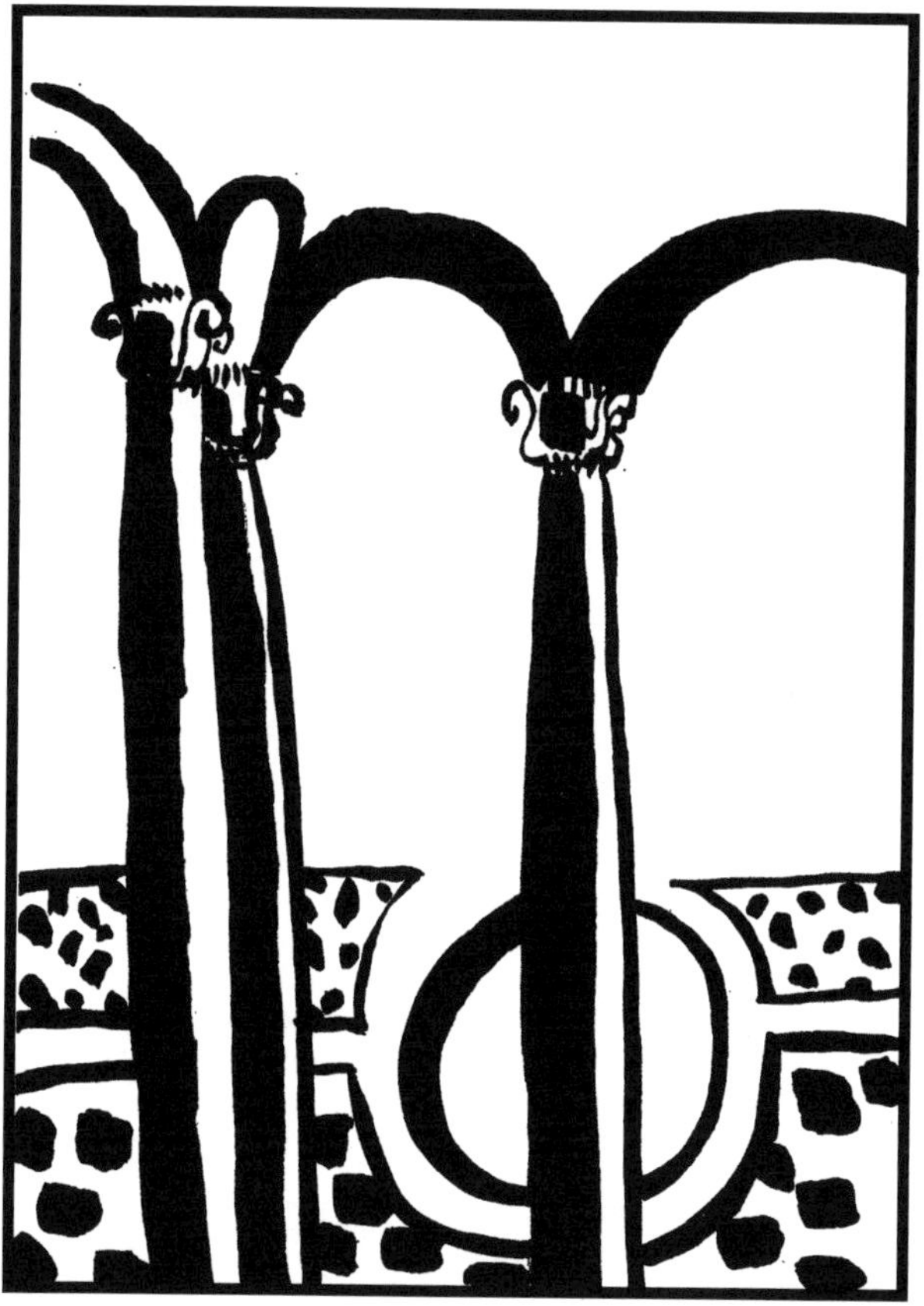

にうちとけた。院長の祖先がセルビア人で、僕がセルビア好きだったからだ。院長は自分の血統に愛着があり、ユーゴスラビアの革命家たちには、禁書になった作家たちよりも寛大な態度を示していた。僕がベオグラードの音楽の話をすると、院長は席を立ち、すぐにレコードを持って戻ってきた。「これはお貸ししましょう。とてもすばらしいものです……大事に扱ってください。私が何よりも大切にしているものですから」

院長はそう言って、大きな赤い星の入った『パルチザンの歌』を僕に差し出した。

バチカン公認の禁書目録の内容が気になって調べてみると、スタンダールは『日誌』が記載されていた——少しばかり過激なくだりがいくつかあるからだ——程度で、逆にパスカルはほぼ全作品が禁書に指定されていた。イタリアのプッリャ出身の魅力的な司教がいたので、僕はこの奇跡の理由について訊いてみた。返答はこうだった。「スタンダールはそれほど危険ではありません。墓碑銘の〈アリッゴ・ベイレ〉にもあるように、彼はイタリアを愛していました。ですが、パスカルには教会の門番のようなところがあります。プロテスタントが教会に歩み寄れば、パスカルはそのプロテスタントを通すことでしょう。しかし、近づいてくるのがカトリックなら、いいですか……パスカルは外へ追い出そうとするのですよ」僕らはトラーニについてかなり詳しく話をかわした。

出発前日

プラタナスの並木の先端も、僕らが眠るこのテラスまでは届かない。空は黒く、熱かった。櫂《かい》の音とともにカスピ海沿岸から渡ってきた鴨が空を舞う。夜の露店が通りの歩道に次々と立ち並んでいくのが、ヘダヤト通りの裏道越しに見える。社会的で生き生きとした光景だ。彼らは簡素なベッドを持ち寄るか、黒や赤の分厚いシーツを地面に敷いている。それに、青いエナメルのティーポット、双六、水煙管を持参し、相手の顔も見ずに路上で話を始める。この弱々しい明かりこそがアジアの町らしさだ。電力が足りないが、それもがまんできないほどではなく、夜を壊さずに夜と折り合いをつけるのに必要な分だけは供給されている。砂埃に覆われた木々の葉を輝かせるアセチレンランプの冷たい光もまた、アジアの町らしさだ。

この町には心を引かれた。このところスタンダールのことが頭にあったので思わず考えてしまう。スタンダールならば、きっとこの町を愛したのではないだろうか。自分の世界をこの町に見いだしたことだろう。思いやりのある人々が多く、決意に満ちたいたずら者もいる。バザールへ行けば、格言の宝庫のような靴屋がいくらでも話をしてくれる。宮廷の面影——陰謀、まずいコーヒー、楽しくもない酒宴——にしても、パルマよりは少しばかり腐敗が進んでいるが、牢獄へ送った自由主義者への恐怖の中で時間が流れていくのは同じだ。『パルムの僧院』のラッシ検事が聖歌隊の少年に見えることだろう。かぎりなく細やかな心をもち、その繊細さをユーモアに託す人々。良心の呵責よりも強い後悔、神の寛容さに多くを期待するのんきな反道徳主義。それにバザールにまぎれこんだ宗教的な集まりや、神秘主義を信奉する者たちの結社は町に大いなる深みを与え、魂の本質について何よりも魅惑的な思索を響かせる。ついには自分の本質を気にかけるようになったスタンダールならば、この町に無関心でいられるはずがない。

僕が何よりも印象づけられたのは、行政が悲惨な状態にあっても、人々の私的な営みから美徳が失われることがあまりないという点だ。もちろん限度はあるだろうが、逆に活発にさせているのではないかとさえ思えてしまう。何もかもがうまくいかないこの町で、僕らは歓待と厚意、繊細、協力といったものを見いだしたが、何もかもがうまく機能している僕らの町をイラン人の二人組が訪れたとしても、僕らほどの幸運に恵まれることはないだろう。ずいぶんと働き、少なくとも半年分の旅費は稼いだ。明日、ドルを買いにバザールへ行こう。ラレザール通りを下ればいいのだが、上るときにはかなり苦労させられたものだ。

午前七時に出発

僕らの旅の無事を願う友人たちが下町の酒場に集まっていた。これほどたくさんいるとは思いもしなかった。最後の紅茶を飲みかわし、車が動きだす。ああ……という溜め息とともに遠ざかっていく車を見つめる。だが、僕らがいなくても寂しがることはないだろうし、僕らの目的地をうらやんでいるわけでもない。なにしろテヘランではどの土地も評判が悪い。イスファハンの住民は不実の友だ、カーシャーンの住民は悪党だ、シースターンの井戸水は塩辛い、バローチの人間はまぬけばかりだ、と。いや、そんなふうに考えさせるものこそが旅なのだ。旅、さまざまな驚きとつらい体験、そして僕らの信仰心の対象ともいえる道。そこにはオリエントの心が生き生きと宿っている。その道を、僕らはこれから何度も利用することになる。

イスファハン街道

「最初の宿は近場を選べ」イラン人のキャラバンではよくそう口にされる。出発した日の夕方になると、かならず家に忘れものがあることを思い出すからだ。一般的には一ファルサル［約六キロ。古代の『アナバシス』のパラサングにほぼ相当する距離だ」進むだけだ。夜が明けるまでに忘れ物を取りに往復できる距離でなければならない。こういった不注意への考慮もまた、僕がイランを好きになった理由でもある。人間ならば当然あるはずの欠点を無視した決まりごとなど、この国にはないのだ。

テヘランからゴムまでの道はアスファルトで舗装されていたが、深い窪みがあちこちにできていた。ゴムを過ぎると舗装すらなくなり、凍結しているところも多く、二十五キロ以下の速度で走らなければならなかった。ときおりタランチュラの芥子色の閃光が道をジグザグに横切る。餌を求めて動きまわるサソリのぼんやりとした染みが見えることもある。垢のような色をした禿鷲の群れが電信柱の上に留まっている。姿が見えなくなったかと思えば、牧羊犬かラクダの死骸の中から尾羽がのぞいている。この動物に目を引き寄せられたのは、日中、厳しい日差しと熱波で風景が完全に消えさってしまうからだ。五時ごろ、太陽が赤く染まり、まるで曇ったフロントガラスに布を広げたかのように、驚くほど唐突に無人の高原が姿を現わす。天使がトビトの手を引いて渡った高原のようだ。全体が黄色っぽく、ところどころに青白い茂みがある。茄子色の山々が奇妙に先の尖った波となって高原を取りまいている。くっきりと浮かびあがる山脈。そのとおりだ。イランそのものの風景が、贅肉のない堂々とした輪郭とともに数千キロにわたって広がっている。なめらかな灰の中にかすかに残る息吹によって形づくられたような風景。まるで太古の痛ましい経験が偶然の事物——泉や井戸、蜃気楼、砂嵐——を、完璧なまでに配置しているようにも見える。陶酔、あるいは落胆をもたらすほどの、そういった完璧さがこの国から失われることは永遠にないだろう。死と太陽に支配された南東の荒涼とした広がりの中でさえ、起伏に満ちた大地には人を魅了する力があるのだ。

　ふつうならば小さな車で来るような場所ではないし、僕らのように荷物を積んでいれば、すぐ近くまで来なければ車だということすら信じられないだろう。僕らが通りがかるのを目にすると誰もが目を丸くし、口をぽかんと開けてしまう。ある朝、ゴムの町外れにいた老人はよほど驚いたのだろう、ふり返りすぎて、自分の服に足をとられて尻餅をついてしまった。老人は倒れながら叫んでいた。「キ・イェ・シェイタンハ（あの悪魔は何者だ？）」宿泊地では久しぶりに野次馬が車に押し寄せる。警官が車のドアに書かれた文字に目を向け、反体制のスローガンではないかと疑う。二行めが目に入ると、人々が声を合わせ、その声が暗唱に変わり、あばた面が明るく輝き、つい先ほどまで手にすることもできなかった紅茶のグラスが魔法のように現われる。何時間も慎重に運転しつづけるのも久しぶりのことだ。あまりにも広大な眺望の中を走っているので、どれほど走っても景色がほとんど変わらない。日差しで目が痛み、蝿の天蓋の下で昼寝をし、夕食にアブグシュテ——羊肉とヒヨコ豆、レモンを胡椒のきいた湯で煮こんだもの——を口にし、チャーイカネの仮眠所で夜を越す。一日を五トーマーンで過ごす旅の暮らしだ。エンジンの異音に不安を覚えはじめるまでは、そんな生活が気に入りかけていた。

イスファハン

後輪の板ばねが割れてしまったので、町の周辺部の農業地帯を抜けるにも、ごくゆっくりと走るしかなかった。太陽はまばらに生えたプラタナスの高木の向こう側に沈みかけ、角の丸くすり減った家の並ぶ村々に長く伸びた木々の影がかかっていた。収穫の終わった麦畑に残る茎の束が、夕日を受けとめて青銅のように輝いていた。水牛、ロバ、黒馬、明るい色のシャツを着た農夫たちが刈り入れを終わらせようと働いている。あちこちのモスクの軽やかな丸屋根が町の広がりの中に浮かんでいるのが見えた。疲労し、傷ついた車を労《いたわ》るようにボンネットに腰を下ろし、僕は目の前の光景にぴったりの言葉がないかと探し、無意識のうちに何度もつぶやいていた。そうだ、カラバ侯爵だ。

しばらくして

テヘランを発つ前、友人たちに「従兄弟の家があるから、そこへ行くといい。従兄弟には連絡しておくよ」と言われ、住所を渡されていた。

イラン人が歓待好きなのは知っていたが、時刻もかなり遅く、タイミングも悪かった。金曜日は、夕方になると家族が集まる日だ。家には近くに住む子どもや親族が集まっている。彼らがパジャマ姿で行き来し、乾したアンズをかじり、双六に興じ、毛布やランプ、蚊帳《かや》を運んでいる。僕は疲れすぎて眠ることもできないまま、食堂のテーブルで自分たちの薬箱を整理して時間をつぶしていた。部屋を通る人々は愛想よく挨拶をしてくれる。なかにはそのまま腰を下ろし、黙って僕の動きを見ている者も何人かいた。陽気そうな顔の太った男などは、ずっとそばにいたほどだ。しばらくすると彼が体温計を使ってもいいかと訊き、体温計を口にくわえ、それからまた僕を観察していた。ラマダン明けのお祝いで食べすぎ、少し熱があるのではないかと不安になったようだ。だが心配はなかった。三十七度五分。彼については、それ以上を知ることがなかった。

ラジオからタールの美しい音楽が流れる。古くからある曲で、セゴビアの音楽に似ているし、割れたグラスがぎこちなく転がっていく音にも似ていた。だが家の主人がラジオを消しに来た。なんでも、その音楽は神のことを考える妨げになる、というのだ。主人はバザール商人で、礼儀正しい敬虔なイスラム教徒で財産もあった。息子たちは厳格に育てている、と話してくれたが、息子たちは礼儀を守って、ほとんど姿を見せなかった。僕はほとんど聞いていなかった。

自分たちがこの家にいることが、急にばかげたことに思えてしまったのだ。テヘランでの疲労から再出発するには、快く迎えてくれる家が必要だった。その家がここにあるというのに、そのせいで僕はすべてのものから引き離されているのだ。僕らに必要なのは一週間の睡眠だった。

王のモスク——マスジド・エ・シャー——の中庭はバス百台はもちろん、ノートルダム寺院すら入りそうな広さだ。隣接する広場は幅が五百メートル、奥行が二百メートルほどある。かつては激しいポロの試合が行われていたが、皇帝の観覧席の前を駆け抜ける選手たちの姿は、広場の奥にたどり着く前から大文字のOよりも小さく見えてしまうほどだった。ザーヤンデルード川に架かる三十のアーチからなる橋の下に目を向けると、色つきの郵便切手を橋脚に向かって一心不乱に引っぱる蟻の群れが見える。一辺が十メートルもある大きな絨毯を洗う人々の姿だ。

十七世紀、六十万人もの住民を抱えたイスファハンは帝国の首都であり、世界有数の人口を誇る大都市だった。いまではもう二十万人しか住んでいない。イスファハンは一地方になりさがり、小さくなってしまった。サファビー朝時代の巨大で優美なモニュメントの数々が、ぶかぶかの服のように町から浮いている。ところどころ崩れかけ、かなり傷んでいる。シャー・アッバスが絢爛さを急ぐあまり、堅牢に造るだけの時間を省いてしまったのだ。当時の人々らしい手の抜きかたは彼らの唯一の欠点であるが、だからこそ僕らは彼らを身近に感じ、彼らに引きつけられるのだ。僕には確信があった。アケメネス朝以来、イランの建築家で「永遠への挑戦」などという愚かな罠に落ちた者は一人もいないはずだ。

シャー・モスクにしてもそうだ。嵐に襲われるたびにほぼ毎回、かけがえのない価値のあるタイルがまとめて剥ぎ取られてしまうのだ。百万枚あまりのうちの数十枚だが、何もかもが巨大なので、嵐が五十年でも続かないかぎりは大きな傷跡にはならないのだろう。そよ風が吹いただけでも上の方からタイルが落ちて跳ね返り、粉々に砕け散る。聞こえるのは枯葉の音だけだ。もしかしたら色のせいでタイルが静かに落ちてくるのかもしれない。あの青い色だ。久々の青だ。この町の青はトルコ・ブルーと黄色、黒がまじり、震えるような青となり、聖画にあるような力づよい浮揚感を手に入れている。その青で覆われた巨大な丸屋根が、地につながれた気球のように空の高みを引き寄せている。丸屋根の下、広場の宮殿の並びの前をイスファハンの人々が通り過ぎていく。愛想がよく、ほどほどの誠実さをもった桁外れの人々。芸術都市の住民によく見られるような、よそ者にはまったく理解できないコンクールの審査員のような表情を帯びている。

ともかくイスファハンを訪れれば目をみはることばかりだ、そう僕らは聞かされていた。たしかにイスファハンを見るだけでも、旅をする価値がある。

昨日は夕方に川沿いを散歩した。ほんとうに川なのだろうか？　水位が高い時期でも、町の東へ百キロと流れないうちに砂の中に消えてしまうのだ。ほとんど干あがっている。巨大な三角州のところどころに穴があき、あまり動かない水たまりが光って見えるだけだ。ターバンを巻いた老人たちが蠅にたかられながらロバの背に乗って川を渡っていた。絶え間なく聞こえる蛙の鳴き声とともに、熱い埃に覆われた道を二時間歩きつづける。柳とユーカリの並木の切れ目から、白い砂漠と薄紫色のザグロス山脈が見てとれた。南仏で見るような土地の起伏だ。自然の中で穏やかさと危うさが親密に組み合うこの光景は、アルルかアヴィニョンの周辺で夏の夜にときおり見られるものと同質のものだ。だがこちらの「南仏」にはワインもなければ、ほら話もなく、女の声もない。ようするにそういった障害や喧騒が僕らを死から遠ざけているとでもいったところだろう。これまではあまり考えることもなかったが、いまではいたるところに死を感じるようになっていた。すれ違う相手の目、水牛の群れの不安な匂い、川に向いた部屋の窓からもれる明かり、巨大な蚊柱。死は全速力で僕を追い抜いていく。この旅もそうなのか？　徒労……失敗ということなのか。旅をし、自由になり、インドへ向かい……そして、そのあとは？　頭の中で何度繰り返してもむだだった。イスファハン、と。イスファハンではだめだ。漠然としたこの町も、どこへも流れ着かない川も、現実感とともに地に足をつけて立つのには適しているとはいえない。もはや何もかもが崩壊し、拒絶し、姿を隠してしまった。土手の曲がりにさしかかるころには不安が収まらなくなり、もう引き返すしかなくなっていた。ティエリも窮地に立たされていた——彼もまた不安にとりつかれたのだ。だが、ティエリに何か話したわけではなかった。僕らは駆け足で戻った。

世界が滅び、崩壊していくような気分に突然襲われるのは奇妙なことだった。睡眠不足のせいかもしれない。それとも昨夜打った予防接種の副作用なのか。あるいは、夕方、アッラーの名を唱えずに川べりを歩いたので、鬼神《ジン》にでも襲われたのかもしれない。僕自身はこう考えている。景色そのものが恨みをいだき、その景色から即座に逃れなければ深刻な結果が訪れる、そういった景色はそうあるものではないが、たしかに存在する。僕らひとりひとりにとって、世界に五つや六つはあるものなのだ。

シーラーズ街道

その村は地図に載っていなかった。涸れた川を見下ろす絶壁沿いにある村だ。村というよりも、銃眼つきの巨大な白蟻の巣のようなもので、崩れかけた壁が午後の太陽の厳しい照り返しを受けて剥がれ落ちていた。廃村のようだが、チャーイカネにはガシュガーイ［トルコ系イラン人の大規模な遊牧民族で、シーラーズの北西を牧草地にしている］の羊飼いたちが十五人ほど宿泊し、羊たちが近隣の山を丸裸にするのを待っていた。するどい表情をした傲慢そうな荒くればかりで、顔は日に焼け、白っぽいフェルトのとんがり帽をかぶっている。アケメネス朝時代から続くこの帽子はガシュガーイ族の目印でもあった。彼らは膝に銃を抱えたまま、簡易ベッドに並んで座るか、隅でしゃがんでいた。左手に黒い毛糸の糸巻きを持ち、鼻歌まじりに編み物をしている者も多い。僕らが挨拶をすると、深い沈黙のあとに口ごもるような声が聞こえた。全員が黙りこみ、僕らを見つめていた。僕ら二人とドアの前に止めた車を交互に見ているのだ。煙草を差し出しても雰囲気はこわばったままだ。店の主人が注文をとりに来る気配もないので、トランプを始めて平静をよそおった。それからティエリが居眠りを始め、僕はエンジンの修理をしたときにすりむいた傷の手当てを始めた。薬箱に気づいたのか、ガシュガーイの男たちが「ダヴァク（薬だ）」と言いながら近づいてきた。僕は化膿した傷口や捻挫、糞や廃油が塗られた腫れあがった傷口の手当てをする破目になった。健康な者たちまでがたいしたこともない痛みを大げさに言いたて、手当てをせがんできた。ある大男は糸巻き――『眠れる森の美女』のようだ――で怪我をしたと言い、ある者は足に棘が刺さったと言い、とりわけ悪党面の男は不安がとれず気がふさいでしょうがないなどと言いだす始末だ。

三時ごろ、僕らは出発することにした。ドアの前で数羽の雌鳥が焼けつく地面を嘴《くちばし》でつつき、小さなサソリを掘り出していた。ここの鶏はこのサソリが大好物なのだ。ガシュガーイの男たちが車まで送ってくれた。車は動かなかった。太陽の熱でバッテリーが死んでしまったのだ。三つめのバッテリーに交換し、うまく下り坂の始まる村の外れへ向かって車を押した。ガシュガーイの男たちは何も言わずに手伝ってくれたが、彼らの目が輝きだしたことに気がつくのにしばらくかかった。たしかに彼らはほんの少しだけ押してはいたが、それよりも多く引き戻していたのだ。僕らのことを気に入ってくれたのは間違いないが、僕らの荷物も気に入っていたのだろう。荷物に向かって伸びる大きな手を引きはがすのにはかなり苦労した。笑うふり——硬直した笑顔だ——をしたのは、そうでもしなければ殴りあいになるとわかっていたからだ。同時に僕らは、徒刑囚のように全身で車を押していた。下り坂に傾斜がつき、荷物も重かったので車の速度も上がると、僕らは飛び乗り、土壁すれすれに何度かジグザグ運転をして、最後までしつこくしがみついていた男たちの手からかろうじて逃れた。

車は断崖の麓を走り、水のない川底を一気に飛び越えると、そこで止まった。今度は深刻だった。まる二時間かけてエンジンの内部と車体の下部にあれこれと手を入れたが、一向に直らない。どうにもならず額の汗が目に流れこむようなときは、オイルの汚れで電装がショートしたのではないかと疑うといい。次の村らしい村は百キロほど先だ。太陽は傾きはじめている。テラコッタの忌々しい城の下で夜を明かすつもりはさらさらなかった。さいわい、涼しくなるころには通りかかる者も少しはいた。まずは年老いた下士官が近くの検問所から歩いてきたが、アッラーは偉大だが焼きついた《スクテ》エンジンはどうしようもない、とだけ言って岩の上に腰を下ろした。それからイスファハンに向かうジープが通りがかった。ベールをかぶった二人連れを乗せている。運転手が親切にも僕らの工具を手に取り、僕らがしたのと同じ作業を繰り返したが埒が明かず、そのあげく、しびれを切らした二人の乗客が声をあげてクラクションを鳴らすと、力を入れすぎたのかディストリビュータのキャップを割ってしまった。運転手は僕らに謝ると、そのまま僕らを置き去りにして砂埃とともに走り去っていった。

日が沈みかけていた。岩に座っていた下士官はそのまま動こうともせず、僕らが不安に駆られはじめたころ、運よく通りがかった小型トラックが近くに止まってくれた。トラックは塗装しなおしたばかりで、荷物は積んでいなかった。荷台にはちょうど車を乗せられるだけの大きさがあった。そのトラックは僕らと同じくシーラーズへ向かっていた。イラン人の中でもとくにシーラーズの住民は親切で幸福な者だといわれているが、トラックに乗っていた三人は典型的なシーラーズの人間だった。穏やかでずる賢く、頭がまわり、驚くということを知らず、適度に貪欲なのだ。彼らは僕らをアバデの町まで連れて行こうと言ってくれた。僕ら二人と車も乗せると、三人のうち年長の者がハンドルを握ると、転落の危険もかえりみずトラックを路肩まで移動し、荷台を道路の高さに合わせるようにバックした。車を荷台に載せ、僕らをその車の中に乗せると、三人とも元の席に戻り、ゆっくりと南へ向かって走らせた。砂漠の縁に最初の星々が輝きはじめていた。

アバデに着いたのは真夜中のことで、町はすでに眠りにつつまれていた。アバデは完全な僻地で、車の修理ができるような場所ではなかった。せいぜい食べ物が手に入れられるくらいだ。碗の中で酸っぱい牛乳に落としたガレットをつぶしながら、僕はトラックの三人に目を向けていた。トラックのオーナーと修理工と運転手。トラック運送の典型的な三役だ。三人はテヘランでうまく稼ぐことができたらしく、シーラーズでばか騒ぎをするつもりだと話していた。疲れが出たのかもしれないが、どこか昔からよく知っているような感覚とともに僕は耳を傾けていた。とくにおかしな恰好をした運転手には、どことなく懐かしさを覚えてしまう。食事が終わると三人は僕らに、シーラーズまで乗っていかないかと言ってきた。明け方までには到着したいらしい。どのみち空荷で運転していたし、旅人《サヤ》ならば無料で乗せていってくれるという。車を動かそうとコードをつないでみたりしたが、結局、一時間後には荷台の上の車に乗りこむことになった。シーラーズまではまだ三百キロほどあり、それも悪路が予想された。標高もそろそろ二千メートルを超え、道は黒い鋭峰の続く山脈に囲まれた砂漠の中央を貫いていく。エンジンの音越しにラクダの鈴の音だけが聞こえてきた。山の上の目もくらむほど澄みわたった空が、まるで碗のように僕らに覆いかぶさっていた。揺れが激しくなって荷物から目が離せなくなるとき以外は、窓から頭を出して星空に浸したまま、ぼんやりと揺れに身をまかせていた。

三分の二ほど走り抜けたところで、片手で吊るしたカンテラが目に入った。数本の丸太で道が封鎖されていたために、トラックは停車しなければならなくなった。運転手が兵隊と談判しているのが聞こえたが、それからエンジンを切る音がした。丸太の先には薄暗い軍の検問所とトラックが見えたが、明かりはすべて消えていた。シーラーズを出発した砂糖の運送業者が検問所の六キロほど先で、南へ移動中のカオリ族［イランで唯一本物の放浪の民といえるカオリ族は東から移動してきた民族で、ロマと同じグループに属している］の襲撃を受けたのだという。運転手は顎を銃弾で撃ち抜かれたものの、どうにか逃げおおせ、検問所までたどり着くことができた。それで、検問所では夜が明けるまですべての車を足止めすることになったのだ。かなり冷えこんできた。僕らはほかの仲間といっしょに検問所の控え室で夜明けまで過ごした。あたりには阿片の匂いがただよい、すぐそばには怪我人と三人の兵士がいた。兵士は阿片のせいで唇が黒ずみ、幽霊のような顔をしていたが、車座になって阿片パイプを吸っている。僕らのトラックの運転手がランプの火を消しに行くときに、明るく照らされた彼の顔が初めて目に入ると、彼のことが無性に気になっていた理由がわかった。僕の父とそっくりだったのだ。父のほうがもう少し老け、色黒で腰が低かったが、それでも父そのものだった。驚いたせいか、もう何年も忘れていた父の声の響きを思い出した。（その一年のあいだに、僕は父のいろいろな声を聞いていた。）ともかく、僕は父の声を聞いた。ひと言ひと言が蘇り、父が僕に語りかけた最期の言葉も聞こえた。

ある種の女たちには注意しろ……港町にいるような類の……、と。

ここではその心配もあまりない。だが、僕はあの声を思い出せたことが嬉しかった。そこの荷物はじゃまにはならないだろう、と話す声だ。

夜明けとともに出発。青白い月が出ていた。小川と呼ぶのも分不相応な流れが、ふさふさと連なる草地に沿って伸び、砦の前を通り、蛇行しながら砂漠の奥へ向かっていく。南には青い山脈がそびえ立ち、地平線を閉ざしていた。トラックの三人組は二回小休止をとり、そのたびに工具を持って車体の下にもぐりこんだ。二回めには僕らも調子の悪い場所を見ることにした。修理工が割れた後輪の板ばねに針金を巻きつけ、運転手がバッテリーを取りはずし、バッテリーを一時的に復活させるために、中に小便［これで瀕死のバッテリーを二十四キロもたせることができる］を少量そそぎ、オーナーは不安そうな顔でブレーキオイルに水を少しだけ足していた。どうも極端すぎる応急処置だ。きれいな塗装にまんまと騙された。このトラックは廃車同然のくず鉄だった。そのくず鉄で山を越そうと彼らは誘ってきたのだ。

峠の最初のつづら折りの途中で、昨夜の襲撃者が捕らえられていた。荷運びの家畜の群れがはるか先まで道をふさいでいた。羊の群れが山の斜面にまっすぐに並んでいる。鐘の音、犬の吠え声、山羊の鳴き声、そして、しわがれ声が夜明けの薄明かりの中に響きわたっていた。女たちは薄汚れ、豪華絢爛に銀のアクセサリーで身を飾っていた。小さな馬に乗った若い女たちは、埃まみれの子どもに乳を与えていた。棍棒のように身体の硬くなった年寄りの女たちは肩に銃をかけたまま、絨毯の包みを積んだラクダの背で糸を紡いでいた。徒歩の男たちは大声をあげたり杖を振りまわして、羊の群れを追っていた。眠りこんだ子どもたちが小さな荷物のように鞍の左右に放り投げられ、鶏が羽毛を逆立てながら、ティーポットやタンバリンを載せた荷鞍にしがみついていた。

トルコ語系の部族――バクティアールやガシュガーイ――がイランの生活にとけこんでいるのに対して、カオリ族はイラン社会から離れた生活を送っていた。カオリ族はイラン各地に分散していたが、その大部分は毎年シースターンを出て、ブーシェフル地方やイラクの北東部へ移動する。移動中、痩せた羊たちに草を食べさせ、馬を屠り、未来を語り、鍋に錫メッキをする。定住民族からは「信仰ある者」とは見なされず、嫌悪され、恐れられては、子どもをさらうなどといってよく中傷されている。加害者にせよ被害者にせよ、彼らは無視できない勢力だった。峠の両側を覆いつくすほどの大人数なのだ。

下りの最初の急坂にさしかかったところで、トラックのブレーキから爆発するような音が聞こえた。(ブレーキオイルに水を入れた結果がこれだ。)飛び下りるには速度が出すぎていたし、荷台の上では顔が曲がるほど風が強かった。トラックの運転席に悪態の声が響き、つづけて緩みかけていた三速のギアがうなり、さらにハンドブレーキまでが悲鳴をあげはじめた。クラクションが鳴りっぱなしになるよう押さえつけると、修理工が窓から身を乗り出して道を空けろと怒鳴りつづける。トラックの進路にいたカオリ族の集団が、熟れすぎたザクロのように二手に分かれた。トラックは全速力で進んだが、誰も轢かずにすんだ。最初のカーブをかろうじて通り過ぎる。次の急坂はすいていたが、その先のカーブは山肌に隠れて見えない。スピードがさらに上がっていく。僕は祈った。カーブの先は平地になっているに違いない……こんなふうに旅が終わってしまうのだけはいやだ。カーブの向こうは平地ではなかった。僕らの三十メートル先は家畜や女、子どもで道がぎっしりと埋めつくされていたのだ。ぼろ切れの渦、呪いの言葉、鳴り響く鐘、逆上し走りまわるラクダ、爆発する鶏の群れ、転倒、悲鳴、道ばたへ逃げこむ鮮やかな色。それほど短い瞬間ではなかった。修理工はどうしようもないとばかりに僕らに手を振り、ドアの奥に引っこんだ。こうなってはじっとしているしかない。僕らは帽子を下げて顔を守りながら手を握りあった。運転手は驚異的なハンドルさばきでトラックを山肌に突っこませた。衝撃とともに訪れた静寂の中、怯えて我を失った女の子の泣き声が聞こえてくる。

我に返ると、あちこちが埃まみれだった。トラックのはるか先に目を向けると、カオリ族の人々がふたたび一群となって坂を下っていた。僕らは血まみれだった。ガラスにも荷物にも血がこびりついていた。大怪我ではないが、出血は多かった。ほかの仲間を目で探した。岩に寄りかかり、頭の半分が影になって見えないが、トラックの運転席にいた三人組は、小ぶりのキュウリの皮を剥いて塩をふっていた。間違いなく歯が何本か折れているし、目もどこかにぶつけているが、動じる気配はない。今回は三人とも死なずにすんだのだから、ともかく腹ごしらえでもしよう、とでも考えているのだろう。三人は嬉しそうに顔に皺を寄せながら、ゆっくりとキュウリをかじり、気分転換にシーラーズで出席することになっている結婚式の話をしていた。事故のことなどもう忘れてしまったかのようだ。

それから四時間、登り坂で追い越したカオリ族の人々が、灼熱の太陽の下でうなだれもせずに列をつくって進んでいくのを僕らは見つづけることになった。ようやく道がすくと、トラックの三人組は伸びをしてからトラックの損傷を確認し、落ちついて修理を始めた。石材や大型ハンマー、巨大な錐《きり》——これは裂けたタイヤを縫うためだ——を使うようすは、まるで馬車を修理するようだった。僕も見習うことにした。なんでもできる修理工には、誰だって敬意を払うべきなのだ。五時、エンジンが動きだした。半トンはある岩をブレーキ代わりに引きずって、トラックは平地へ向かって下っていった。

シャーラー

シーラーズ。その日の夜

僕らはゼンドという名の安食堂へ入ると中庭の月桂樹のあいだの席に腰を下ろし、まるで幻を見るような目つきでトウモロコシや、子どもが運んできたばかりのボトル、テーブルに突き刺さった二本のナイフを眺めていた。テヘランにいたのがもう何年も前のことのような気がする。この調子では、カブールにたどり着くのはいつになることやら！　全行程のまだ四分の一しか来ていないが、ともかくここを越せばあとは楽になるはずだ、そう思いこむことにした。猛スピードで走るトラックの荷台の上にいた自分たちの姿を思い返す。慌てふためき、道の両脇で綿毛のように舞い上がるロマたち。永遠のように感じられた十秒、それもたぶん無事に切り抜けたのだろう……そしていま、僕らは上品で静かなこの町にいる。レモンの香りがただよい、イランでももっとも美しいペルシア語が話され、水のせせらぎが一晩中聞こえる町。ワインはシャブリのように軽やかで、地下での長い眠りで清められている。流れ星が雨のように中庭に降りそそいでいるが、願いごとが何も思いつかない。あるいは、すでに叶えられたのかもしれない。この運命の贈りものは、別の幸運へとつながるものだとティエリは信じきっていた。早くもあれこれと期待しているようだ。目に見えない歯車や大がかりな天のからくりが、昼も夜も自分のために動きつづけている、そう信じるのがいかにも彼らしかった。

公衆浴場はまだあいていたし、寝床はテラスに用意されていた。だが、僕らは疲れきって椅子を離れることができなかった。それに暗がりの中で穏やかに口を動かしているのが楽しかったのだ。そこは死という支配者にふさわしい影と、夏が僕らに用意してくれた支配者のための生の、二つのあいだでもあった。

ホテル・ゼンド

宿の中庭で農民の一家が輪になり、荷物の上に腰を下ろしているのが目に入った。輪の中心で幸せそうに軽口を叩いている老人を全員でからかっている。粗末な服を着た老人は渋っていたが、女が笑いながら老人にきれいなシャツをむりやり着させた。子どもたちが馬を相手にするように手を打って囃したてる。全員で煙草をまわし飲みする。ひとりひとりが控えめに、目をつぶって味わいつくすように吸っていた。この一家を覆った歓喜は深く、思わず足を止めてしまったほどだ。下卑た顔は一つもなく、誰もが幸せな時間を心の奥で享受していた。刑務所から出てきたばかりの祖父を祝っている、そう彼らは親切にも教えてくれた。刑務所だって？ こんなに晴れやかな顔をしているのに？ この老人を投獄した人間は頭がどうかしている。

シーラーズは穏やかな町ではあったが、うまく生きるには警察と無縁ではいられない。この国では昼間にあからさまな不正に出くわすことはないが、同時に美点に出くわすこともなければ、「エッセンス」のようにゆっくりと醸し出される感動的な、ペルシアそのものといった慧眼を思わせる光景に出くわすこともない。貧しい者がいれば下劣な者もいるが、最大限のねばり強さと諦めとともに繊細な精神が示される世界に属していることに変わりはない。すべてを失った農民が田舎向きとも思えない伝統的な詩を味わい、何よりも珍しい色でドアを塗り直し、ときには古タイヤからほっそりとした無駄のない上品な靴《ジヴェ》を作りだし、この国に五千年の歴史があることを思い出させてくれる。

僕にとっては、道ばたにあるチャーイカネほど天に近いものはない。すり切れた絨毯の熾火のような、光の中にあるのだ。

宿の中庭のはずれにある階段を少しばかり下りたところに地下室がある。地下室は薄暗く、ひんやりとし、ゴキブリがうろつき、花柄のチャドルをつけた女たちがしゃがみこんで煮物をしている。

金切り声、口喧嘩、強烈な香り、それが女たちの部屋だ。だが、僕はもっといい場所にいる。僕のベッドがあるテラスに面した部屋には、マシュハドへ巡礼に来たバフレイン一家が泊まっていた。一家が連れていたロマの若い小間使いは、もう何年も見たことがないほどの美人だった。頭に緑色のスカーフを巻き、赤いシャツのような上着で腕と胸を覆い、スカーフと同じ緑色のゆったりとした絹地のズボンをはき、裾をアンクレットで締めていた。夜、彼女は足音を忍ばせてドアの外に置いた革袋の中身を飲みに来た。これほど軽やかに動ける人間を見たことがない。飲みおえるとしゃがみこんだまま夜空を見上げていた。彼女は僕が眠っているものだと思いこんでいた。僕は薄目を開けたまま、身動きもせずに彼女を見ていた。裸足、腿から薄暗くほとばしる水流、うつ向いた首の線、月明かりに輝く頬骨。彼女は自分一人だと思いこんでいるから、これほど感動的な姿をしているし、自由奔放にふるまっているのだ。僕が少しでも身動きをすれば逃げ出していただろう。死んだふりをしたまま、僕もまた喉の渇きを癒しながら恩寵の時を堪能した。ここでは必要なことだ。若く、そそられるすべてのものがベールをかぶり、姿を消し、口を閉ざす世界なのだ。

娼婦が短くひと言だけ、あるいは長々と話しかけてくることもあるだろう。彼女たちのすべてが下劣なわけではないが、仕事のせいで悪鬼のような声が身に染みついてしまったのだということは、誰でも知っていることだ。

タハテ・ジャムジード（ペルセポリス）

イランの地図にはまだ精確なものがない。地図に記された村は皆の廃墟となり、水場はとうの昔に枯渇し、道は砂に埋もれている。サイーダバードを経由してシーラーズからケルマーンへ出る道も、すでに消滅していた。こうなるとイスファハン街道をジュサクまで戻り、そこから東へ向かうしかなさそうだ。

王都の跡は山を背にした四角い台地で、西側にはマルヴダシュト平野が広がっている。王朝の首都となる建設現場を王の王《シャーハンシャー》が巡察に訪れた時代（紀元前七世紀から五世紀）、この平野はまだ穀物で覆われていた。そして灌漑システムとともにこの地は衰弱し、今日、丘の高みから見えるのは、干からびた大地にトラックの巻き上げる砂埃か砂嵐の竜巻だけだ。夏の初めになると、この竜巻が二つ、あるいは四つずつ現われては、広場の支持壁と平野の西側に連なる紫色の山脈のあいだをのんびりとうろつきまわるのだ。この町はギリシア軍が火を放ったときにはまだ完成していなかった。わずかに大地へと続く巨大な回廊、レリーフで覆われた階段の壁、二つの広大な列柱室があっただけで、それすらもいまとなっては思い描くのも容易ではない。二十四世紀も前に掠奪された巨石ばかりの建設現場でしかないのだ。火災の熱で崩れ落ちた石柱の横に転がる巨大な牡牛の頭部は、いまだに耳を待ちつづけているようだ——おそらく本体とは別に彫られ、あとからはめこまれたのだろう。未完成の像と崩れ落ちた像が隣りあい、ある種の悲痛な雰囲気が廃墟に醸し出されている。町としての生を享ける前に、破壊という災厄が訪れたのだ［アケメネス朝はこの町を墓所として用い、居住する町としてはスーサを好んだ］。

旅行者はクセルクセス王の妃セミラミスの館の一室に宿泊することができる。部屋には鉄製のベッドが二つ、ガシュガーイ産のきれいな絨毯、第二帝政様式の黒と黄色を基調にした浴槽がある。遺跡の管理人——下級役人だ——が部屋へ案内してくれるが、あまり嬉しそうな顔ではない。客が来てよけいな仕事が増えたこともあるが、西洋人があまり好きではないからだ。とくにギリシア人は嫌いらしい。管理人はアレクサンドロス大王の征服を、破壊と掠奪しか能のない酒乱の羊飼いたちによる襲撃のようなものだと考えていた。アルベラの戦いにしても、フン族のアッティラ王が撃退されたカタラウヌムの戦いがたまたまうまくいかなかったようなものなのだ。後ろ向きなナショナリズムともいえるが、あまりにも古くから言われつづけてきたので、広く信じられるようになっていた。僕らにしても、客観的とはいえなかったし、先入観にとらわれている。アレクサンドロス大王は蛮族にアリストテレスをもたらした理性ある開拓者であり、ギリシアとローマが世界を創り出したのだと信じこみ、オリエント（といってもエジプトが少しだけだ。ルクソールとピラミッドで子どもたちに影の描きかたを教えるのだ）の事物に対する蔑視――中等教育で教わる――が根強く流布しているのだ。ギリシアとローマ――ヘロドトスやクセノポンの『キュロスの教育』――はそれほど自国を礼賛することがなく、多くを与えてくれた国としてペルシアを尊重していた。占星術、馬、郵便、多神教、作法、それに、カルペ・ディエム（その日を摘みとれ）という詩もたぶんそうだ。この詩句の中ではペルシア人こそが師といえるだろう。

とはいえ、遺跡の管理人は僕以上に無知だった。紀元前六世紀のダレイオス一世の宮廷にギリシア人が何人もいたことを、かたくなに認めようとしなかったのだ。

「それはありえませんよ……ギリシア人が来たのはもっとあとのことです。連中が何もかも破壊してしまったのですよ」

何世紀もの時間が流れ、自慢の遺跡の監督を続けるうちに勘違いするようになってしまったのだろう。管理人は自分のいないところを誰かが歩きまわるのが気に入らないらしく、長いこと僕らは監視され、クセルクセス王の導水設備で巣をつくり、交尾をしているヤマアラシばかり見つづける破目になった。管理人はヤマアラシが自分の針を矢のように投げつけると言い張り、万年筆でそのようすを再現してみせた。阿片の常用者独特の浅黒い唇と熱を帯びた目をしていたところからすると、どうやらじゃまをしてしまったのかもしれない。管理人は早口でしゃべり、言い訳をし、話を途中でやめると、孫娘の手を取り、パイプや空想上の年表や矢を放つヤマアラシを探しに戻っていくのだ。

七月七日、ペルセポリス

夜明けに起床。荷造りもすみ、二人とも元気だ。どちらも内心では自分で運転したいと思っている。インドに、木々に、水に、新しい人々に向かって少しでも距離を稼ぎたいのだ。ティエリがハンドルを握り、スターターを引き、そして心の底から落胆したように身体を起こした。車を見てもらおうと呼んだトラックの運転手が顔を上げ、小さな声で「オートマット・スハテ」と口にしたが、これはかならずしも「ポイントが焼けた」ことを意味するものではなかった。だが、いくつかの解釈ができる。車の下か、車の中のどこか手の届かない片隅や、見えにくいコイルの内部にある配線——二十本のうちのどれか一本——がショートしているという意味かもしれないし、ヨーロッパのガレージではまず開けないような密閉された機器の内部で小さなスイッチが焼けた、という意味かもしれない。そして、僕らの計画が中断され、旅程も大きく遅れる——どのくらいだろう？——ということを意味しているのかもしれないのだ。

つまりはこういうことだ。荷物をすべて下ろし、バッテリーをはずし、日陰がどこにもないので厳しい日差しの下で作業をし、オイルでショートした場所を見つけ出し、めまいを起こしながら爪の切りかすほどの小さなボルトをいじりまわす、ということだ。その小さなボルトが熱い砂やミントの茂みに落ち、四つんばいになって探しまわる破目になる。シーラーズにでも行かなければ手に入らないものだが、特別許可証《ジャヴァス》の期限が切れているので、僕らはシーラーズへ戻ることすらできなかった。

つまりはこういうことでもある。高台の下の村まで車を押し、最初に通りかかったトラックを止め、あれこれと説得しながら二台めのトラックが通りかかるのを待ち、トラック二台のバッテリーをつないで、僕らの車のエンジンをかける、ということだ。なにしろエンジンをかけるには十二ボルトが必要なのに、ここのトラックのバッテリーはどれも六ボルトしかないのだ。トラックに牽引してもらい、そのままクラッチをつないでみるが、エンジンはかからない。牽引されたまま平野を渡り、「シャープールの勝利」のレリーフまで来てしまう。もはや、敗者となったワレリアヌス帝が膝を折る姿も目に入らない。胃が引きつり、それどころではなかったのだ。

そしてまたこういうことになる。灼熱の鉄板のあいだであきらめずに修理を続けていると、いつしかアセチレンランプの光をあびながら、隣りのチャーイカネへ探しに行った古狸たちがばらばらになった車のまわりを訪れては、このあたりでよく行われている修理法を順にためしてみる。車の故障は死につながりかねない土地だ。そして、ディストリビュータやコイル、スターター、ダイナモをのぞきこんでは頭を振る。まるで、内臓を見て凶兆を見分ける古代ローマの卜占官《ぼくせん》だ。そしてついに、焦げ跡のかすかな匂いを嗅ぎつける。ポイントの表面の黒い点……もしかしたら、いや、何ひとつ確実なことなどないものだが……。

そして最後はこうなる。見知らぬトラックの運転手に金とバッテリー、疑わしい部品を渡してシーラーズに送り出し、何時間か待ち、希望と失望の入りまじった感情に襲われる。見るからに具合が悪いのは別の場所だ。組みたて、分解し、削り、まだ手を入れていない場所がないかと、熱くなった脳みそをしぼる……。

こうして、午前六時から三十時間が過ぎ、翌日の夕方になる。突然、イランが重たげな太陽の下で腹黒い顔を見せているような気がしてくる。こうなったらなけなしの忍耐を総動員して、なんとか許可証の期限を延長してもらうしかなかった。ティエリはセイロンでの待ち合わせには間に合わないだろうとあきらめたようだった。昨夜などは、番人の鶏からくすねたまま忘れていた卵がポケットの中で割れただけで、そのまま涙にかきくれているようだった。

太陽が赤く染まるころ、砂の上でしばらく眠っていたトラックの運転手が軽く笑顔を浮かべながら伸びをし、ダッシュボードの配線を引き抜いて三つ編みのようにからめると、エンジンがふたたび回りはじめた。配線は剥き出しのままだが、ケルマーン砂漠は越えられそうだ。夜も走れば遅れを取り戻すことができるだろう。

技術も進歩もけっこうなことだ。だが、依存しきっていることにはなかなか気がつかず、ひとたび見捨てられると心細くなってしまう。不吉な「白衣の婦人」や旅人を襲う「怒り坊主」を信じ、さまざまな精に豊作を祈願する者たちのほうがはるかにましだ。少なくとも彼らはヒッタイト人のように精を叱りつけることもできれば、マッサゲタイ人のように天に弓を向けて精に矢を放つことも、祭壇からしばらく供物を引きあげて怠惰を罰することもできたのだ。だが電気を相手にどう立ち向かえというのか。

それまでチャーイカネでアルコールの類を目にする機会はいちどもなかったが、その夜は村のチャーイカネでワインのボトルが僕らを待っていた。通りかかったトラックの運転手がわざわざ僕らのために店の主人に託しておいてくれたのだ。僕らに氷と牽引ロープを残していってくれた運転手もいた。トラック仲間のあいだでは噂はすぐに広まるもので、シーラーズから来たトラックの運転手は誰もが僕らの窮状を知っていた。ようやくひと息つきながら、簡易ベッドに敷かれた赤と白の絨毯の上でゆっくりと飲む。キュウリ、玉葱、黒ずんだワイン、そして、障害にあって身に染みる人々の厚意。タブリーズから続けていた双六に興じているうちに、つむじ風が吹きはじめていた。

寝床のある鉱山に登ると気苦労も癒された。夜はとくに美しい場所だ。サフラン色の月、砂埃に霞む空、灰色のビロードの雲。崩れかけた石柱の頂きや柱廊を見守るスフィンクスの帽子の上に、数羽のフクロウが留まっている。城壁の陰ではコオロギが歌っている。暗めのプッサンといったところだ。アレクサンドロス大王はそれほど恨まれているわけではなかった。そのことは町が雄弁に物語っていた。破壊されたからこそ、この町は僕らにとって身近な存在となったのだ。石は僕らの支配下にはない。僕らとは別の話し相手がいるし、僕らとは別の流れの中にいる。石を刻むことで、わずかな時間ではあるが、石に僕らの言葉で語らせることができるのだ。すぐに石は自分の仲間に目を戻す。断絶、遺棄、無関心、そして忘却に。

スールマグのチャーイカネ

チャーイカネとはいってもバラックと、向かいに憲兵の詰所があるだけで、あとはどこまでも広がるサーモンピンクの砂に月が浮かんでいる。それでもイランのトラックであればかならず寄る場所だ。

やつれた顔、米軍放出品の毛糸の帽子の下からのぞく灰色の巻き毛、アゼルバイジャンの黒いハンチング帽、ときおりまざるクルドやバローチのターバン。ピアニストのような手――クランクハンドルもオイルもものともしない――をした痩せた連中が盲人のようにドアをすり抜ける。エンジンの騒音も並はずれた夜の風景も気にせずに、憲兵たちが囲んでいる火鉢に足早に駆け寄る。冷めかけた阿片パイプだ。すっかり夜になると冷えこみ、特大トラック――二十トンや二十五トンのトラックで、時速十五キロで遠路をどこまでも走っていく――の群れが土造のバラックの周囲に黒い壁を築きあげる。店内に入り、アセチレンランプの紫色の光に目が慣れると、疲れきった運転手たちは挨拶をかわし、知り合いを見つけ、近況を訊きあう。そんな顔をしてどこへ行くんだ？　それとなく指を折ってみせながら声を落として答える。ペルシア湾からホラーサーンに出るつもりだ、アナトリア高原のエルズルムにヘーゼルナッツを取りに行くことになっている、バンダレ・アッバース経由でホルムズ海峡に出られるといいんだがな、云々と。壁際のサモワールの上にピンで留めた肖像が何枚かあった。レッザ師の死、三色刷の皇妃、戦争前のイタリアの雑誌から切り抜いた青白い胸をした年増女。人の声はほとんど聞こえない。阿片が音をたてて燃え、痩せこけた身体の周囲の空間が広がる。花柄の布にくるんで天井に吊るした明日の肉が揺れるさまは、まるで蠅から逃れようとしているかのようだった。

ときおり威圧的なキャデラックがトラックのあいだに止まってクラクションを鳴らし、チャーイカネが大騒ぎになる。憲兵の詰所を訪れた知事か、死にかけて病院へ向かう大地主か。動揺と困惑の顔が色とりどりに広がる中、腰の曲がったよぼよぼの老人が車から下りる。指輪と純金の腕時計がよほど重いのか、両手が垂れ下がっている。チャドル姿の妻たちが意味もなく扇で彼をあおぎ、そのあいだも運転手と助手が桜桃を添えた米料理を無表情に口にしている。

ときにはわずかに開いたドアの隙間から、星明かりに照らされた警官の姿が見えることもある。警官が手にした先の尖った長い棒を――若いころを思い出しているかのように――何度も叩きつけて、トラックの積荷を調べる。「あいつは神を探しているんだ……」大麻を吸っていた一人が溜め息まじりにつぶやき、かすかな笑みが簡易ベッドを伝わっていく。

だが、スールマグはまだ街道の本筋だった。ここからは枝道へ入って東へ向かい、先へ進むにつれてトラックがまばらになり、生命あるものも少なくなり、日差しが厳しさを増していく。

七月十日から十二日、ヤズド街道

スールマグを発ったのち、ところどころに塩の浮かぶ赤と黒の大地を走り抜ける。百キロも走ると周囲は塩ばかりとなり、目を保護するものがないと大変なことになる。このすばらしい道を午後四時から七時まで運転するが、生きている人間には一人も出くわさなかった。空気が乾燥しているので驚くほど遠くまで見渡せる。あそこに見える建物、あの一本だけ生えている木の下に建物が見えるが、いったい何キロ先だろう？　ティエリは十四キロと答え、僕は十七キロと答える。賭けをし、運転し、日が落ちても勝負がつかない。直線で四十八キロだった。

たどり着くには何日もかかりそうな、はるか遠くにそびえる山脈もよく見える。雪――こんなに暑いのに！――と岩の境まで、完全に見分けることができるのだ［ヤズドの南東にある山脈の中には、四千メートルを軽く超えるものも少なくない］。大地の起伏で山の土台が隠され、頂上だけが浮かんで見える。指、歯、銃剣、乳房。ひどく散らばった島々が、砂漠の果てにあるクッションのような霧の上をただよっている。先へ進むにつれ、さらに奇抜なシルエットが大海のように広大な地平線に現われては、手を振ってくる。

アーバーグー（アバルクー）

緩やかで突拍子もない建築様式。黄土の建物、高く、そして脆い壁、いくつもの竿が槍のように突き出した四角いミナレット、やたらと奥まった路地。誰もが自信に満ち、尊大なようすをしているが、これだけのものを築いたのであれば貴重な人々だといえるのかもしれない。アーバーグー。古い地理書によれば人口は十八万とある。きっとカジャール朝時代に数えたのだろう。そのあとはどうか？

崩壊して人も去り、静寂につつまれたこの迷宮が、いまもなお町と呼べるのだろうか？　どこにいても同じ家の同じ碾き臼の軋みが聞こえる。どこへ行っても同じ黒い上着を身につけた

シャーラー

裸足のロバ引きにばかり出くわす。舌を失ったように無口な人物。一時間ほど探しまわった結果、崩れかけたモスクの正面で卵を四つ、なんとか手にし、口に入れることができた。モスクの上部には、めまいを起こしそうな高さに大きな木の柵で囲まれた回廊があり、ちょうど礼拝を呼びかけるムアッジンが位置についたところだった。身体を動かすのが見える。柵のあいだのその小さな姿は祭司に託される犠牲のようにも見え、興奮したセミのようにも見える。ムアッジンが叫び、死の静寂が支配するこの町に熱気を帯びた朗唱の声を響かせた。祈りというよりも、憤りに満ちた不平の声か、すさまじい繰り言のように聞こえてしまう。

車の横ではあまり眠れず、明け方に出発した。

……??

はるか前方の道沿いにある盛り上がった土の固まりはなんだろうと僕らはしばらく悩みつづけた。ダイスカップを逆さにしたような、あるいは卵を立てたような形だ。だがそれは四角い城壁だった。窓はなく、銃眼の開いた頂きが塩の大地から三十メートルの高さにあった。完全なる静寂と天頂の太陽。道を横切る一本の小川が城壁へと続き、荷鞍をつけたロバがどうにか通れるほどの小さな門の下を抜けていく。門を押し開けると、天井から吊るして皮を剥いだ羊と子どもたちの叫び声、階ごとにのびる通路、ターコイズ・ブルーの大きな池があり、池のまわりにはクルミやトウモロコシ、外壁まで続く小さな段々畑があった。つまり、水の流れの上に人の暮らす町があるということだ。顔を上げると、銃眼の並ぶ高さまでジグザグに続く細い階段と、井戸の底で目にするような太陽が見える。この要塞跡の住人たちは、僕らよりも先に我に返ったらしく、自分の家で僕らに紅茶を出してくれる者もいた。ファフラーバードと呼ばれるこの地には、いまもなお百人ちかくが暮らし、歩いて二日ほどの山にいる羊の群れのおかげで、どうにか生きながらえているという。ときには食料品を積んだヤズドのトラックが門の前に止まることもあるが、まる一週間、誰ひとり城壁のそばを通りかからないこともある。

ここには風すら流れてこない。何年も前の枯葉が屋根やテラス、曲がりくねった階段を覆いつくし、足下で音をたてる。

ヤズド

ヤズドでは物資の大半が西からトラックで運ばれてくるために物価が高く、住民はイランでもとくに臆病［ナーディル・シャーの時代、インド遠征から戻るヤズドの歩兵連隊は、まだ反抗的なバローチ地方を通過する際に護衛の部隊を要求した（『シーア派の栄光』サイクス著）］で、庭師として腕が高く、商才に恵まれていると見なされており、そのためにさらに物価が高くなってしまうという。だが、ヤズドの七月初めの暑さと渇きと蝿に価値があるとは認められなかった。

ヤズド砂漠ではヘルメットもサングラスも役に立たなくなる。ベドウィンのように身体を覆い隠すべきなのだ。それなのに僕らはシャツの前をはだけ、腕をむき出しにして運転していたために、日中は太陽と風に何リットルもの水分を奪われることになった。夕方、二十杯ちかくも薄い紅茶を飲み干して水分のバランスを取り戻すが、それでもすぐに汗をかいてしまう。それから熱のこもったベッドにもぐりこみ、少しでも眠れることを期待する。だが、眠っていても渇きに責めさいなまれ、火につつまれた藪にいるような感覚に襲われる。身体全体が悲鳴をあげ、逆上し、思わずベッドから飛び出してしまう。息を切らし、鼻には干し草が詰まり、指先が皺だらけで黄ばんでいる。闇の中手探りをし、少しでも湿り気のあるものや塩辛い水、しなびたメロンの皮を見つけて、顔に押しあてる。夜中に三度か四度はそういったパニックに襲われて叩き起こされるのだ。ようやく落ちついて眠れそうになるころには明け方で、今度は蝿につきまとわれる。宿の中庭ではパジャマ姿の老人たちが金切り声でうるさくしゃべりまくり、朝一番の煙草をふかしている。そして日が昇り、ふたたび水分が奪われる……。

髪の毛を伸ばしたままにしておくのも暑すぎる。町を出るとき、僕らはさびれて靄のかかる下町へ行き、プラタナスの木陰で仕事をしている床屋に髪を短く刈りあげてもらった。床屋に顎を持ち上げられたときに、「沈黙の塔」が目に入った。この町に多く住むゾロアスター教徒が、かつて死者をさらした［大地と火が汚されないように、死者はここに置かれ、禿鷲の餌食にされた］場所だ。僕はプラタナスの木も見上げた。この木をよく覚えておくことだ。東へ向かえば、しばらくは目にすることもできなくなるのだから。

ケルマーン街道

二時間前からチャーイカネが見えていた。灰色の砂漠の真ん中に置かれたオブジェのようだ。砂嵐で見えなくなると、見失わないように速度を落とす。視界が開けると、何キロも先にただようチャーイカネの姿が戻ってくる。ゆっくりと走っていたものの、午前十一時にはたどり着いた。土を乾した丸屋根が完璧な曲線を描いている。店内は薄暗かったが、屋根の頂きにあいた穴からかすかに光が差しこんでいた。

イランではたいていのことは大目に見てもらえるが、屁《へ》を放《ひ》ることだけは許してもらえない。砂漠のまんなかでもだめだ。疲労でぼんやりとしていたティエリが、簡易ベッドでまどろんでいるときにこの禁を破った。そのとたん、店の女主人がマムシのような形相でふり返り、人差し指を彼に突きつけたのだ。女主人は薄汚れた感じの骨張った老人で、いつも二匹の大猫を引き連れて店の中を歩きまわり、サモワールを火にかけながら、しゃがれ声で歌っていた。紅茶を出すと、仰向けになり、いびきをかいて寝てしまう。店員らしき男はドアに寄りかかって蝿のたかった毛布をかぶり、阿片の香りとともに眠っていた。

真夜中ちかくに目が覚めると、部屋の地面の中央から湧き出した水が小さな丸い池に流れこみ、そしてほんの二歩先の大地の奥に姿を消していた。地下の水の流れを泳いできた色のない魚がのろのろと池のほうへ向かったり、冷やしていたスイカの皮に吸いついたりしている。まるで時間が止まったかのように、ゆっくりとフレッシュチーズの袋から水の中に滴が落ちる。真昼《ヌフィーディ》はやり過ごすしかない。外はあいかわらずの砂嵐で、太陽が太鼓のように鳴り響いている。しばらく待つしかない。タイヤを破裂させたくなければ、五時までは運転を控えるしかない。ときおり魚が跳ね上がって蝿を飲みこむ。ぽちゃん、と湖水に響くような水音とともにはるか昔の記憶が蘇る。

ハームの軍検問所

午後七時

角のとれたずんぐりとした砦が暗礁のように立ちふさがっていた。入口に現われた女が、車を止めて中へ入れと僕らに手招きをした。女は黄金のイヤリングをつけ、東イランらしい細身の黒いズボンをはき、手にした銅の寸胴鍋が砂のつむじ風を受けてゴングのような音をたてていた。僕らは建物の中に逃げこんだ。喉が渇き、風にもうんざりしていたのだ。高い土壁の内側にはアーモンドの木と桃の木と野菜畑があり、白髪頭の三人の老兵士があぐらをかいて、手ほどもある大きな文字でアルファベットの書きかたを練習していた。三人が音節で苦労しているので、検問所の隊長は僕らが来たのをいいことに、三人に書き取りをさせた。「バグダード……シェ・エ・ラ・ザード……」すてきな話なのだろうが、隊長が早口になったので、結果はあまりかんばしいものではなかった。二行のうち、いちばんの年上は六つ間違っていた……が、間違いも人生にはつきものだ。笑い、混乱、心からの歓待。僕らのためにラベンダー色の絨毯を広げ、紅茶を入れてくれた。仲間の背の高い女が乳児をあやしていた。兵士たちもその子をかわいがり、草の先でくすぐって笑わせていた。それから、ひとりひとり子どもを抱きかかえて胸を張り、僕らに写真を撮らせた。砂で目の見えなくなったヤマウズラの群れが雹のように庭に降り、野菜のあいだでさえずっている。

アナール。午後十一時

ヘッドライトの光はわずか十メートル先にも届かず、砂嵐で星空も見えない。のろのろ運転で進んでいると、やがて道沿いに二百メートルほど続く平らな壁が見えた。探していた村だ。入口の門はファフラーバード並みに小さく、鉄板を張った門の向こう側にある村は、すっかり寝静まっていた。拳で門を叩く。返事はない。それから窪みにあった石を拾い、その石でしばらく叩きつづける。ようやく足音が聞こえる。音が門に近づき、離れ、そしてまた近づき、「キ・イェ？」としゃがれた声が聞こえる。僕らは説明する。耳鳴りがするような大音響とともに鍵が解かれ、わずかに開いた門の隙間に無精髭を生やした農夫の顔がのぞく。片手にカンテラを、もう一方の手には梶棒を握りしめている。ここには食べ物も寝る場所もない、とその農夫は告げる。そして十キロほど先の夜の闇に浮かぶ光を指さすと、すぐに門を閉じて鍵をかけ、寝床へ戻ってしまう。

小さなチャーイカネの暗がりで数時間横になるが、熟睡はできなかった。東から来たトラックが一台、店の前に止めてあり、簡易ベッドには髭を生やし、桃色のターバンを巻き、澄んだ目をした運転手がいた。僕らよりもよっぽどよそ者に見えるが、よくわからない方言でぶつぶつとつぶやいている。どうやらパキスタンのクエッタを発って、僕らと逆の道を進んでいるらしい。それ以上のことはわからなかった。インドの世界が僕らに手を振ってみせたのは、これが初めてのことだ。

夜明け前に出発。

ラフサンジャーン。午前六時

それまで一睡もしていなかったせいだろう、ずいぶんと早起きの町だという印象を受けた。山盛りのピスタチオを両脇に見ながら、床屋の刃こぼれした剃刀の感触とともに目が覚めたようだった。その小屋は風が心地よく吹き抜ける場所にあり、緑色に淀んだ貯水池を囲むように建てられていた。濡れたタイルの上に横になり、垢すりの手に身をゆだねる。垢すりが砂石鹸を身体にぬりつけ、泡で膀胱のように膨らんだスポンジでこすり、手足を使って関節をもみほぐす。薄目を開けると、頬のこけたまじめそうな顔の下に、腰に巻いた布からはみ出した二つの睾丸が日差しをあびて楽しそうに揺れている。日の光がすでに床の水たまりを輝かせていた。溺れかけたゴキブリが勢いよく顔のあたりに流れてくる。心地よさに声をもらす。疲労が消え、夜が僕らから遠ざかり、至福の生命が戻ってくるのを感じる。

ケルマーン

ようやくケルマーンにたどり着くが、最大の難関がまだ残っていることに気づかされる。国境まで、灼熱の大地と無人の山脈を越えて六百キロもあるのだ。クエッタに出るにしてもバローチ砂漠を横断しなければならない。かつての要塞都市バムまでの最初の二百キロはまだ往来もある。そこから先の道は砂に埋もれ、車も通らない。生命は枯れ、国土の広がりも途中で力つきたかのようだ。太陽のことは言うまい。避難場所にも人との出会いにも期待はできない。嵐に吹き飛ばされた米粒を大地から見つけ出すようなものだ。

百五十年前、ケルマーンはショールと盲人で広く知られていた――カジャール朝の最初の皇帝が住民二万人の目をえぐり出したのだ。今日では庭園と、桃色と青の唐草模様の絨毯で知られている。ケルマーンで過ごした二日間、僕らはポイントⅣの連中のところへ行き、工具を手にして車の下にもぐりこんで涼をとった。それほど悪い状況ではない。砂漠にうんざりしたあとだ。わずかにでも日陰があり、周囲も覆われている。どちらも喉から手が出るほど欲しかったものだ。二日め――金曜日――には大勢の仲間もできていた。外国人《フィランギー》の二人組が金曜日にエンジンの修理をするらしい、という噂が町中に知れわたり、盛装したトラック運転手たちがガレージに集まってきたのだ。アルメニア人、ゾロアスター教徒、イスラム教徒。ぴかぴかの靴、おろしたてのターバン、糊のきいた襟、白いチュニック、ズボン吊り。何か思いつくと、汚れひとつない袖を丁寧にまくりあげ、モンキースパナやドライバーを握りしめた。自分の工具を取りに行く者もいた。いちど姿を消してから菓子やウォッカを持って戻ってくる者もいた。とてつもなく愉快で、足りないものがあるとすれば音楽だけだった。

昼間のケルマーンを見る気分にはなれなかった。破壊され、奪い去られた空気――まるでティムールが通り過ぎたあとのようだ――を感じただけでも十分だ。それこそ、容赦なく照りつける正午の日差しが東イランの町にもたらすものなのだ。だが夜は違う。身体の汚れを落としてひと息つくと、僕らは歩きまわった。自転車に乗った若者たちが僕らを追い抜いては戻り、足をつかずに止まっては何度も同じ英語で話しかけてくる。夜、ケルマーンは美しくなる。灼熱、衰退、衰弱、破壊といったものが消え、世界一大きな空、木々の葉、水音、銀色に輝く宇宙に浮かぶ丸天井が穏やかに姿を現わすのだ。町の出口まで来ると、それまで一緒にいた人々が離れていく。三本の大木、日干しの土壁、そして、海よりも広大な砂の高原。まだ生ぬるい砂漠に寝転び、無言のまま煙草を吸いながら、この地の終わりを目にすることは永遠にできないのではないかと不安に駆られる。割れた爪、マッチの一瞬の輝き、どこか疲れたような弧を優雅に描きながら砂にめりこむ煙草の火、星、また星。星明かりに照らされた山々、その陰に隠れた東の地平線……少しずつ、平穏の時が訪れる。

七月十七日、ケルマーンを出発

二日半も過ぎるころには、故障した箇所も見つかり、修理もすんでいた。手を貸してくれた人々――何人かは一晩中――は金銭を求めようともしなかった。それよりも音楽を聴きたがったが、アコーディオンには砂が詰まっていた。日が落ちると彼らは食料を詰めこんだ荷馬車に乗りこみ、町を見下ろす峠まで僕らを見送りに来た。峠には幅が五十センチもない小川があり、どのような迷信からかは知らないが、彼らの誰ひとりとしてその小川を越える者はなかった。そのかわり、小川の西岸に腰を下ろして澄んだ水に足を浸していた。僕らは小川を越えたところにいた。それから、どこまでも続く景色に満月が昇るのを見ながら、しばらくお祭り騒ぎをしていた。やがてアルメニア人が僕らの手を握り、ほかの者たちはイスラムふうに僕らを抱きしめた。そして歌声を響かせながら自分たちの荷馬車に乗りこみ、ケルマーンへ戻っていった。

東へ向かってふたたび走りだした車には荷物があふれかえっていた。飲料水、ガソリン、メロン、コニャックのボトル――難所横断の必需品だ――、ケルマーン産のワインの入った何本もの小瓶。乾いた血のような色をした、死人でも飛び起きそうな［十五度以上はある。町の周囲の農園では、灌漑の用水がうまく引けるように数メートルの深さに掘った溝に葡萄の木が植えられている」強い赤ワインだ。道の状態はよく、登り坂は緩やかだ。月が明るいのでヘッドライトを消し、バッテリーを節約することにした。明かりをすべて消して、時速十五キロで進むのがなんとも心地よい。起伏に富んだ珊瑚色の大地が人里を離れてどこまでも続いていく。

その日の深夜

百キロほど走るとチャーイカネがあった。給仕をする三人の少女は死ぬほど眠いのだろう、目をこすりっぱなしで僕らに紅茶を出してくれた。簡易ベッドで阿片を一服している二人の運転手は何も気にしていないようだった。(この夜に出会った数人はみな、もう百年も眠っていない幽霊のようだった。)僕らはといえば……。

阿片の煙の中でどうすれば眠れるというのだろう。イラン東部では阿片がよく吸われている。とくにトラックの運転手が吸う。いつでも疲れているからだ。阿片のことをイラン人に話すと、きまって言い返される。阿片をイランに持ちこんだのはイギリス人で、彼らが阿片の販売を奨励したのだ……。実のところ、ここでは水田に雹が降っても、谷底にバスが落ちても、すぐにイギリスが悪いことにされる。多少は真実も含まれているのだろう。なにしろイギリス人は阿片のために中国と戦争をしたほどだ。もうそれが習慣になっているのかもしれない。スールマグからバムへ出る街道では、少なくともチャーイカネの二軒に一軒はそんな状態だった。僕は煙が好きだし、ためす機会も無数にあった。だが、この匂いばかりはたまらない。大麻の匂いが心地よく荘重だとすれば、阿片の匂いには……焦げたチョコレートというか電気のショートしたようなきな臭さがあり、思わず絶望や薄い絹でできた肺、灰色のベルベットの内臓、いんちき、そんなものを連想してしまう。それに阿片には蠅を遠ざける効果すらないのだ。

阿片中毒者はパイプを二、三口吸うと頭の回転が速くなり、目に映るものがよりなめらかに見えるという。だが、その光景もたいていは自分だけのもので、隣りにいる者に伝わることはまずない。

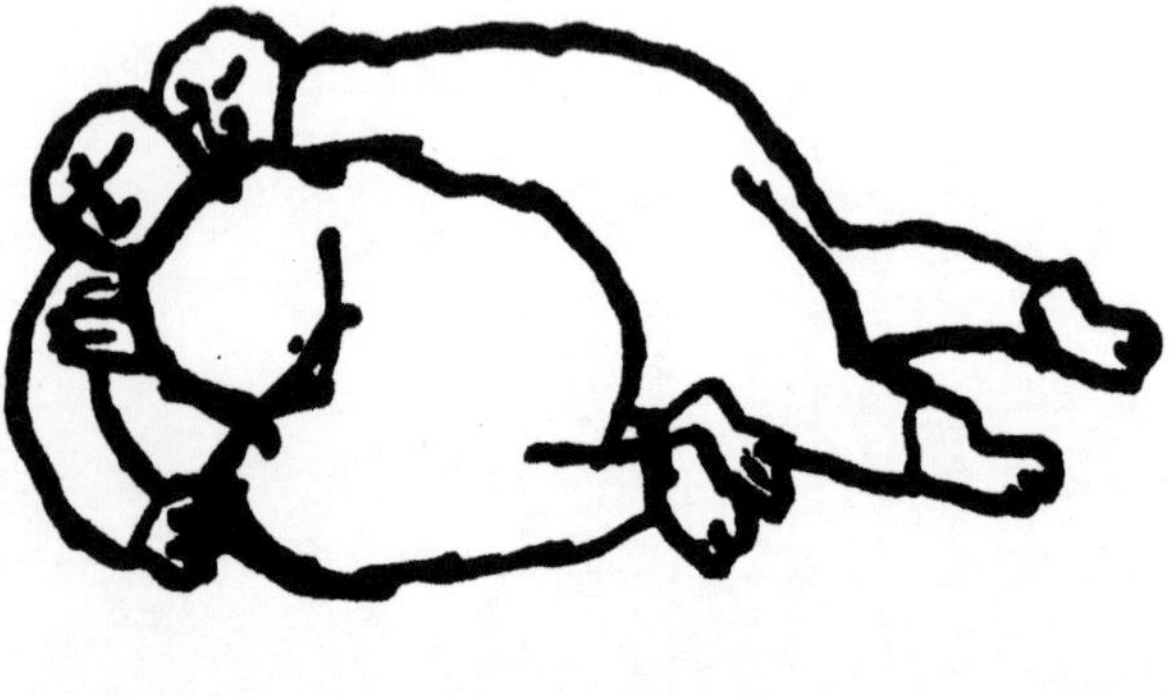

逆に――すべてのものには報いがある――動作がぎこちなく、鈍くなり、耐えがたいほどのろのろとした動きをしたあげく、紅茶を膝にこぼしてしまうのだ。阿片中毒者を理解し、そのリズムを理解するには自分も吸ってみるしかないのだろうが、いくら好奇心が強くても、僕にはそこまでする気にはなれなかった。ともかく先へ進もう。

二時にトラックのヘッドライトが現われ、四時にそのトラックとすれ違う。五時、バムの町の椰子園と、銃眼のあるみごとな土台石の列が夜明けの緑色の帯に浮かびあがった。ラクダの列と最初の羊の群れが湯気を上げながら入り組んだ路地を通っていく。どの家も巨大な土壁と曲がりくねった入口で守られている。まるでアフリカが文字に刻まれた千年の歴史とともに奥行を与えられ、尊大になったようなものだ。

バムは数世紀にわたり、バローチ人の侵入とアフガンの脅威に備えた前哨であり城砦であった。バムには将軍と守備隊が常駐し、ときには東へ討伐遠征に出ることもあり、その出陣に際しては、人々の涙が奔流となったともいわれている。それほどまでに兵士たちは、二度とバムに戻れないことを恐れたのだ。今日、バローチスターンは平穏で、過去のような悲しみも将軍とともに消えさり、バムは厚い壁に囲まれた庭園の寄せ集めとなり、庭園はケルマーンの大地主たちの娯楽の場となっている。

バム。七月十八日、庭園の中

「主はエジプトの川々の源にいる、はえを招いた」(『イザヤ書』)

バムでも蠅を招いたに違いない。アジアの蠅のことをいちど考えておくべきだろう。日陰、泉の音、ふかふかの絨毯、疲れ。このすべてを手にすれば、人は眠れるものだ。だが、蠅が一匹現われただけで、せっかくの予定もあきらめざるをえなくなる。少なくとも僕ならあきらめるだろう。予定が四日や五日遅れていたとしても、これほど切実な欲求不満に悩まされることはない。(ティエリはぐっすり眠れるらしい。見ていると憎たらしくなるほどだ。)ほかに算段はなく、身動きできないほどへとへとになるのを期待して身体を酷使するしかなかった。エンジンのポイントの接点や点火プラグを磨き、板ばねにグリースを差す。荷物を積みなおし、水筒をいっぱいにし、シャベルに柄をつける。バザールでいくつか買物をしては、黒や青のアクセサリーをぶら下げて日陰をぶらぶらと歩いていた女たちが足を火傷しないように日なたを飛び越えるのを眺めたりする。通りのリズムが豹変する瞬間だ。

トラックの運転手の家に寄って、バッテリーを交換してもらった。この町で電装を扱っているのはこのギリシア人一人だけだ。彼は自分のトラックを国境の町ザーヘダーンへ送り出すこともあった。ここ二週間はトラックを出していなかったが、それはシュールガーズの検問所の先で道が砂山に埋もれてしまったからだという。だが彼の話では、完全に通れなくなったわけではないらしい。その彼にしても、ポイントⅣのジープのことは何も知らなかった。ポイントⅣのジープは、そろそろ街道を走り抜けているはずだ。もっとも出発は僕らのほうが早かった。わざわざ先まわりして、彼らを待ち構えるつもりだったのだ。

ファフラジュ。その日の夜

バムから東へ向かう道が黄色い砂の窪地を越えていく。窪地にはモンゴル人の頭目の墓が一本指のように立っていた。近くまで行くと道沿いにいた遊牧民の集団に止められ、紙切れを渡された。ポイントⅣの運転手からの伝言だ。ジープはすでに通過し、ファフラジュの検問所で可能なかぎり僕らを待っているという。「可能なかぎり」というのは、午後十時ごろまで、ということだ。夜明けまでにシュールガーズ砂丘を越えなければならないからだ。その時間ならば露と冷えこみで多少は砂が締まっているのだ。僕らはスピードを上げた。午後九時ごろ、ファフラジュから三十キロの地点で三速——巡航速度だ——のギアが壊れた。エンジンの回転を落とさないように、緩やかな登り坂でも二速に落として時速十キロで走るしかない。定格以下になるようにギアを入れたままにし、坂を越えられるのを祈るばかりだ。まったく距離が稼げなかった。十一時にファフラジュに着くが、ジープはすでに出発したあとだった。

ファフラジュはなんともすばらしい場所だ。こう書くと村を想像してしまうかもしれない。そこにあるのは電信局のある砦と、風に揺れる御柳《ぎょりゅう》の木が一本、アセチレンランプが一基だけで、ランプの下には三人の無口な遊牧民と、彼らに囲まれて居眠りをしている憲兵がいた。僕らは憲兵を起こした。シュールガーズの検問所に電信を送って、ジープを止めてもらうのだ。うまくいけば午前二時にはジープが到着するはずだ。あいかわらず眠る気にはなれなかった。僕らは待ちつづけたが、近づいてくるものは何もない。電信を恨みながら、コニャックを飲んだ。(夢遊病患者のように待ちつづける時間、砂漠の錯乱、遊牧民がスリッパでサソリを踏みつぶす緩慢な動作……)

今世紀の初め、カジャール王朝の末期に設置されたばかりの電信機は、各州の奥地から届く報告をひっきりなしに王宮に伝えた。電報の大半は「王の王、世界の中心にして、いと麗しき導き手……」から始まり、そのあとでようやく、叛乱や飢饉、経済問題といった話題が記された。まったくたいそうなものだ。そしていま、立ち往生を知らせる慎ましやかな一通の電報が僕らの命綱となり、なくてはならない存在となっていた。

二時、あいかわらず何も来ない。だがアルコールで元気が出たのか、瀕死の車でシュールガーズへ向かって出発する。ジープが引き返してくれれば、途中でつかまえられるはずだ。地球のこのあたりには、それほど人はいないのだから。

しばらくして

睡眠を妨害する力を根源から断とうべく、夜明けまで運転しつづける。砂漠は不吉な灰色に染まっていた。月が地平線を照らし、巨大な石塚のようなものが浮かびあがる。トラックの運転手たちにとっては、砂嵐で道が消えてしまったときの道標石だ。このルート砂漠の南端では、車軸が折れたり、強い日差しでバッテリー液が干あがったりするといった理由で、平均して一年に六人の運転手が命を落としている。ルートはそれ以上に評判が悪い。旧約聖書にあるように、妻が塩の柱に変えられるのをロト——ロトという名はルートに由来する——が目にした場所なのだ。数多くの精や女吸血鬼が徘徊するとされ、イラン人はここを悪魔の住みかと呼んでいる。蠅の羽音しか聞こえないほどの静寂につつまれた、この危険な異世界が地獄だとすれば、彼らの言葉が正しいということだ。

二千キロの彼方から僕らはさんざん脅されてきた——テヘランでも警告された——が、シュールガーズ砂丘もそう悪いものではない。三百メートルほど道が途切れていたが、まわり道をすれば、トラックの黒い残骸が目に入るので、その先がどれほど危険なのかを教えてくれる。すでに空が緑色に染まりはじめていた。タイヤの空気をすべて抜いて接地面積を増やした。そして、三人の子どもたち――どこから現われたのか?――が車を押すのを手伝ってくれた。一時間かけてどうにか通過した。

午前五時から七時

最後の検問所だ。

このような呪われた地で生きつづけられる兵士たちには敬意を覚える。兵士が二人、鞍をつけたラクダが二頭、飯盒が二つ、ソラ豆か小麦粉の袋が一つ、拳銃が二挺。いや、拳銃嚢《ホルスター》が二挺分といったほうがいいだろう。中身がないことがよくあるのだ。なにしろ武器を持った男が気ままにふるまうのは危険だ。日にあたりすぎて、軽はずみに撃ちだすかもしれないし、自分に向けて撃たないともかぎらない。それに武器というのは羨望を呼び覚ますものだ。武器をねらった強盗に殺されたらどうする。いや、一歩先を読み、拳銃は売り払おう。誰かに見張られている人間に売るのもいいだろう。そうすれば誰にも疑われず、心穏やかに眠ることもできる。金があれば少しは食料も買えるし、阿片を買って、転属されるまで時間をつぶすこともできる。

それこそ長生きする秘訣だ。どれほど無意味な人生であっても、このような展望には変わらぬ魅力があるはずだ。

僕らとしては、この二人に道の状態を聞かせてもらいたかった。ティエリが車を下り、検問所へ向かった。僕も運転席から下りて彼を追い、二歩めを踏み出したところで転倒し、砂に顔が埋まり――まだ熱くはなかった――、そのまま眠ってしまった。戻ってきたティエリが僕の腕をつかんで車のドアまで運び、助手席に引きずり上げたが、そのあいだも僕は目を覚ますことがなかった。だが、すぐに太陽に叩き起こされた。七時にもなれば太陽は振り上げた拳のように高く上がり、車体も熱くなりはじめる。太陽のことを考えたことはよくあったが、人を殺しかねないものだと考えたことはいちどもなかった。我に返ると、ティエリ

がひとり言を口にしているのが聞こえた。「早く出ないと……ここから早く出ないと……」そして、彼は僕にも話してくれた。憲兵の話では、ノスラターバードに出るには、まだいくつか砂を乗り越えないといけないということだった。

午前十時

水のような砂の中を三十メートル進む。それだけのために荷物を下ろして、少しでも車を軽くする。シャベルを使って砂をならす。小枝や小石を集めて地面に敷きつめる。さらにその上にありったけの衣服を広げる。タイヤの空気を抜き、クラッチをつなぎ、大声をあげて肺に空気を送りこみながら車を押す。タイヤに空気を入れ、荷物を戻す。

猛烈な日差しのせいで、何もかもが真っ黒に見えてしまう。それでも腕や顔、胸が塩まみれになっていることだけはわかった。

正午

僕らは何も見えなかったふりをしていたが、どう見てもそれは山だった。その山を越える道は常識はずれな急斜面だ。ガウラフ峠という名前は、二年後に古いドイツ製の地図で目にすることになる。それほど威圧的な峠ではない。湯気を上げながら無秩序に転がっている黒い岩、枯れて髭のような苔に覆われた三本の御柳、何本かの蔓草《つるくさ》。それほど高い山ではないが、なんとも絶妙な場所にある。生命があきらめ、勇気が挫け、割れた壺のように水分が身体から抜け出てしまう場所だ。それにこの季節、この時間だ。頂上まで荷物を運ぶのに、四回も登る破目になった。それに熱で車体に直接触れなくなったので、ぼろ切れ越しに車をつかまなければならないのだ。まずはクラッチをつなぎ、飛び下り、押す……これをすべてが暗くなるまで繰り返す。峠に着くころにはピストンから異常な音が聞こえ、僕らの目から涙があふれ出す。泣き崩れるティエリを車の下の日陰で休ませた。そろそろどこかへ着く時間だ。

二時間後、ノスラターバードのチャーイカネで寝ていた者たちは、禁断の時刻にエンジン音を耳にしても夢だと思いこんだに違いない。七月の炎天下にルートの南を走る車などいるはずがないのだ。

午後二時から四時、ノスラターバードのチャーイカネ

簡易ベッドに横になるが、疲労で神経が高ぶって一向に眠気が訪れない。飲用水の甕《かめ》の外側

にびっしりと滴がついている。水甕は祭壇のような場所に置かれ、そのまわりには神を祀るように木イチゴが並んでいる。薄暗がりの中に紅茶を飲む客たちの白いチュニックが光る。昼のあいだに蓄えた光を波のように絶え間なく吐き出しているようだ。あの忌々しい峠を越えたとたん、世界が一変し、人々の顔がそれまで見慣れたものと異なっていることに気づかされる。白いターバン、房に分けた黒い髪、トランプのジャックのように焼けた顔つき、火の中から取り出した薪のような表情、そこはすでにバローチだった。

時間だけが過ぎていく……流れがつかめなくなり、ふと気がつけば、店の主人が首を掻き切ろうと鶏を追いかけているのを見つめている。怯えきった鶏の背後で、主人の両手が火の粉のように震えていた。

主人が肩にかけた絨毯の表面の皺や、罠に落ちた獣のように痙攣している自分の頬の筋肉に気をとられる。そして張りつめていた神経が少しずつ和らぎ、太陽が沈むにつれて深い疲労感が訪れる。運命を崇め、運命を突き進みたくなる欲求に突然とらわれる。ふだんは深みに埋もれ、気にかけることもなかった荒々しい人生の残滓が白日の下にさらされる。それでも手足を動かさなければならなかったとしたら、きっと踊りだしていたことだろう。すぐに胸の鼓動——感情のポンプだ——も落ちつく。強化された分厚い筋肉となった心臓がゆったりと、肋骨の下で着実に鼓動するのが感じられるはずだ。

しばらくして

六時から深夜まで運転しつづけ、暗灰色の山脈を越えてザーヘダーンへ向かう。まばらに生えるユーカリの木々、舞台セットのような月。思いがけない時刻に現われた車を目にして、砂の十字路にいた憲兵が腰を抜かしていた。ライトもつけず、ギターのネックや瓶があちこちから突き出した車を、塩漬けの幽霊のような二人組が運転しているのだから驚くのもむりはない。

七月二十日の夕方、ザーヘダーン

町でただ一人の修理工は貫禄のある隠者のような人物だった。彼はバザールの片隅にあぐらをかき、野菜を売って一日の大半を過ごしていた。この修理工に少し前から割れたギアを見てもらっていた。ギアは汚れのないドレスを飾る宝石のように輝いていた。修理工は栄養状態のよいキリストのような顔で、茶色い足の親指は形がよく、赤ん坊の指のように丸々としていた。この聖人のような人物が機械の相手をしているのが不思議でならなかった。ようやく彼がギアを僕らの手に戻して言った。「クエッタ・ドロス・ミシェ（クエッタに行けば修理できるはずだ）」ノース・ウエスタン・レールウェイという小さな会社が週に一便、クエッタとザーヘダーンのあいだに飲料水を運ぶ三輛編成の列車を走らせており、千ルピーほど払えば車を運んでくれるというが、ルピーなど欠けらもない。こうなっては二速だけでバローチ砂漠を七百キロ走りつづけるしかない。仰向けになってエンジンを下ろし、ミッションケースを分解するのに、すでにまる一日かかっていた。元に戻すのは明日にしよう。それまでは休戦だ。

カルキディウスという名の宿に戻る。主人はまたギリシア人だ。とても穏やかな光の中、主人とその家族——白髪を丸く結った太った母親と二人の娘——が中庭のクルミの木の下でピスタチオの殻を剥きながら夕食をとっていた。会話もギリシア語だ。フィーだのプシーだのテータだのという発音がテーブルのまわりを飛びかい、心地よい雰囲気の中で渦を巻き、区切りとなるオメガが自己主張し、飲料水を入れた水色の樽に反響しそうだ。ドアに干からびたオリーブの小枝が一本かけられ、使い古した木のテーブルが白い壁に沿って並んでいた。バローチ人の灰色の小間使いが井戸の横で鍋を洗っている。あらゆるものが宙に浮かび、軽やかで、安定していた。テッサリアの風景の断片、それが夜に回る空の裾を仰ぐこの中庭だ。スイカ、卵、羊の足、ビール、紅茶。グラスの中でスプーンが回るとともに、記憶とともに疲れまでもがかきまぜられる。驚異に満ちたクエッタへの道のことは頭から追いはらった。セイレーンの歌声に身をまかせよう。アルコールをほんの少し。アジアの一地方で失われ、トラックや帆船に育まれたこの酒は、かつてギリシア神話の英雄イアソンがクリミア半島で手にしたものと同じかもしれない。

七月二十一日の夕方、ミールジャーヴェの税関

税関の建物に囲まれるように砂の広場があり、胸をはだけた兵士数人と口髭を揺らす職員から、上官が来るまで待つようにと言われた。誰ひとりとしてその上官を呼びに行く気配はなく、彼らに仕事への熱意があるのかどうかを考えるのもばからしくなってしまう。何本ものボトルを抱えた小間使いが中庭を通り過ぎていく。石油ランプを灯した広間の窓に髪の乱れた凶暴そうな顔つきをした女の顔が現われ、そして唐突に歓喜の声が暗がりの中に響きはじめた。

この税関から聞こえてくる。悪夢にとらわれて叫ぶときのような剥き出しの声。ここに女はいない。僕はトラックが走りつづけた時間や砂埃、蠅のことを考えていた。それも給料のため、腐敗した独り身の老人の饗宴のためだ。何があっても動じることはないのだろう。太陽の下では、どれほど奇妙な運命が織りなされていることか。

しばらくすると、老士官が僕らのところへ来た。片手で口をぬぐいながら、反対の手で身なりを整えている。墓石ほどの大きさのある帳簿に記録。二十年前にここを通過したオーレル・

スタインの数行下だ。僕らは老人が優雅に勧めてくれた紅茶を飲んだ。道について訊くと、彼は穏やかな声で、六キロほど道が消えているが、通行は可能だろう、と答えた。いちど出国してしまえば、そうそう戻ることはできないし、パキスタン側の最初の検問所は百キロも東へ進んだ先だ。僕らが何も訊かなければ、老人はあえて教えようともしなかっただろう。彼はまだ自分の楽しみの中にこもっていた。兵士たちに同行してもらい、車を押すのを手伝ってもらうには、もうしばらく話を続けなければならなかった。

……幾百万の星々の下、僕らだけが広大なバローチ砂漠にいた。いまの僕らにできることは何もなかった。夜が終わりかけていた。僕らはイランが大嫌いだったが、異なる状況にあれば大好きになっていたかもしれない。イラン、この年老いた病人は数多くのものを生み出し、数多くのものを愛し、高慢から数多くの罪を犯し、数多くのものを騙し、そして数多くの苦しみを味わった。象牙のような手をした年老いた貴族。覚醒の時には心を惑わす魅力を自在にあやつり、消えゆく記憶のけだるさの中にあっては死にゆだねられ、いまや自分よりも強大で下品な債権者の支配下に落ちた。衰えゆく者に厳しくあたることはない。年老いた病人を年寄りで病気だからといって恨んだりはしないが、時が来れば、少なからぬ安堵を覚えながら彼のもとを離れていくことになるのだろう。

シャーラー

バローチ砂漠

夜は青く、砂漠は沈黙の支配する黒に染まっていた。僕らが道ばたに腰を下ろしていると、イランから来たトラックがすぐそばで止まった。挨拶をし、軽く話をかわす。荷物の上に乗っていた男の一人が、ナイロンバッグを抱えて僕らのところまで下りてきた。彼はバッグを開け、僕とティエリにゴルバンドという銘柄の煙草を一パッケージずつ差し出した。細い煙草で、端にペルシア語の文字が薄い青色で記されている。イランそのものだ。繊細な味わいがあるが、葬送や衰弱、忘却とともに捧げる花束がわりにするには、少し強すぎた。

国境からの二日間、僕らは愛情をこめてイランを思い返した。目に浮かぶイランの姿、それはとても穏やかで思いやりのある、青い色をいくつも手にした広大な夜の空間のようなものだった。すでに僕らはイランの価値を認めていたのだ。

サキ・バーの周辺で

クエッタ

明け方に出くわした立て札には「ここからアスファルト舗装」と記されていた。これでようやく難所を越えたと思ったが、ヌシュキの先の峠は砂に埋もれた坂道で、輪留めを使って一メートルまた一メートルといった具合に進まなければならず、薬をとらずにはいられなかった。正午、僕らはクエッタの門を通過した。白いポプラの木々や、棘に囲まれたメロン畑がそれまでの砂漠にとってかわった。街道らしくなった道がやがて大通りとなり、巨大なユーカリの並木の下を進んでいく。周囲に目を向けると、町の要素となる数少ない景色がそこかしこにあふれている。涼しげな日陰、灰色の水牛の引く荷車、哨舎と青銅の大砲に挟まれたビクトリア朝様式の肖像画、砂地の路地。路地ではターバンを巻いた貫禄のある老人たちが整備の行き届いた静かな自転車で走りまわっていた。脈絡がなく、夢想のように軽やかな町、休息と謎の雑貨、水気の多い果物に満ちた町だ。僕らの到着も軽やかだった。僕ら二人の体重を合わせても、もう百キロもなかったのだ。眠らないように何度も自分の身体をつねった。薬が抜けていくにつれ、昼の中に夜のようなものが広がっていった。

石灰を塗りたくり、ウエディングケーキのように不格好で、桑の老木を囲むように建てられた小さなホテル・ステーション・ビューは、まさに僕らにふさわしい宿だった。ホテルの主人はイコンなみに暗い、アストラカン織りの帽子をかぶった人物で、小さな中庭の入口にある打ち出し細工の入った真鍮製のレジの後ろに座っていた。僕らは鶏の鳴き声よりも先に、このレジのたてる弱々しい鐘の音で目を覚ました。客室のすぐ横には、昔のインドによく見られた簡素なシャワールーム――蛇口と、湿った床にあいた穴があるだけだ――があり、水甕いっぱいの水を浴びることができる。そのすぐ前には穴のあいた大きな椅子があり、つややかな肘掛けが穏やかに輝いていた。

屋上にはテラスがあり、到着した日の夕方に僕らはそこに座り、砂漠を見下ろしていた。僕らは町まで無事にたどり着けたし、その日の夜はベッドで寝ることができた。ウイスキーはやさしく波のように心のうちへ染みこみ、ルート砂漠の呪いを追いはらってくれたようだ。木イチゴの実が中庭に落ちてくる音が聞こえた。中庭では二人の客がベッドにあぐらをかいて蚊帳から蚊帳へ言葉少なに慎重そうな会話をかわしている。疲れはてた幸福感につつまれ、僕らの口は重くなっていた。あちこちから木枝の折れる音が聞こえてくる。世界には木々が満ちていた。僕らのグラスのあいだには、ケア・オブ・クエッタズ・ポストマスター（クエッタ局留め）と記された手紙の束があった。

「席をとっておいてくれ」ティエリが言った。「シャワールームの絵を描いてくる」

だが、僕のほうは急いで書くようなこともなかった。これから数日、僕の仕事は「クエッタに到着した」ことだというべきかもしれない。

カブールから高名な聖者が訪れているということで、ホテルは大騒ぎだった。廊下も客室も信者の声であふれていた。「ブレックファースト」の時間が終わると、食堂は祈祷所へと様変わりし、ムッラーがイラスト入りの英字誌の山と、手早く片づけられたジャムの瓶のあいだに腰を下ろして信者を迎えていた。盛装した信者たちが何時間ものあいだ列に並び、ムッラーの手に口をつけ、祝福や治癒や助言を受けるか、イスラム教徒にとってとても大切な神学上の問いかけをしようと待ちわびていた。さまざまな音が聞こえてくる。笑い声、ライターの音、コーランの長々とした朗誦、ぱんと炭酸水の栓のはじける音（紅茶を浴びるほど飲んでも、僕らはまだ喉が渇いていた）。砂漠を越えてからというもの、僕は社会的な喧騒にはめまいを覚えるようになっていた。少しずつ町での生活に身体を慣らしていくしかないようだ。

ステーション・ビューの正面に、健康そうな物乞いが一人、プラタナスの木陰で寝転がっていた。身体の下に敷く新聞紙は毎朝新しいものに変えられている。フルタイムの睡眠というのは微妙な活動だ。長年にわたって眠るのを仕事にしているにもかかわらず、その物乞いはいまもなお理想的な姿勢を追い求めていた。存命中に見つけられる者はそうそういないものだ。気温に応じて、あるいは蠅の状態に合わせて少しずつ体勢を変える。授乳や走り高跳び、迫害、愛の姿といったものを想像させる姿勢もあった。目を覚ましているときは礼儀正しい人物で、イランの物乞いによく見られるような苦しげな表情や、予言者のような表情を浮かべることもなかった。ここではそれほど貧困は見あたらず、むしろ人生を灰よりも細かく、より軽やかなものにしてくれる慎ましさのほうが数多く見られた。

入口の右側、果物屋の屋台の前には全裸の少年が足枷で壁につながれていた。彼はロープを引っぱりながら鼻歌を歌い、砂埃の上に顔を描き、トウモロコシをかじるか煙草を吸っている。果物屋が煙草に火をつけて、少年にくわえさせるのだ。「いえいえ、あの子は罰を受けているのではなく、頭がおかしいだけです」ホテルの主人が教えてくれた。「放してやると、逃げ出して何も食べずに飢え死にしてしまいますからね。それで、ある日はここに、ある日は向こうに、というふうに迷子にならないようにつないでおくことにしたのですよ。なかなかいい考えでしょう？」

ルートでの疲れがまだ残っていた。僕らはどこでも眠りこんだ。床屋で、郵便局の窓口に寄りかかりながら、タクシー代わりの馬車に揺られながら。クリスタル座という小さな映画館のシートに座ったまま、隣りの客の扇にあやされるように眠りこむ。膝には紅茶を載せたトレーが置いたままだ。そのあいだもエリザベス・テイラーが粗末な映写機で薄暗く完璧に映し出され、愛を見いだしていた。そして夜になると眠れずに苦労することになる。シーツを頭までかぶると、二速で回りつづけるエンジンの悲鳴が耳もとに響きわたり、僕らは明け方まで砂漠を走りつづけることになる。くたくたになって朝を迎えると、早くも厳しくなった日差しの下で伸びをしながら、ゆっくりと町を探検しに行くのだ。

一九三五年五月三十一日の大地震で町は壊滅し、住民の三分の一が命を落とした。だが、木々は被害を免れ、水と日陰が十分な場所を提供した。クエッタの人々は自分たちに残されたものを再建したが、基礎や石材を取り戻すことはできなかった。壁は土に藁や細かい木片、筵《むしろ》、缶、色あせた絨毯を詰めたものだ。バローチ人地区にあるのは、頑強な男が背負える程度の華奢で小さな露店だ。「近代的」な通りとして町の中心となるジンナー・ロードですら、板に色を塗っただけの平屋が建ち並ぶことになった。夜のあいだにセットされた西部劇さながらの装飾だ。大木や庭の堆肥に育ったカボチャ、グリンドレイズ・バンクの青銅の門だけが、元の真剣な姿をわずかに留めている。立て札や看板、おしつけがましい命令、広告……コーンフレーク……ビー・ハッピー……スモーク・キャプスタン……キープ・レフト……デッド・スロー……そういったものが洪水のようにあふれ、質素な都市計画が深みを帯びている。アニリンブルーでごてごてと書かれていても、町に重みがつくわけではなかった。しつこさはまったくない。風が強く吹けば一掃されてしまうだけのことだ。壊れやすさというのも、この町の大きな魅力だった。

クエッタ。標高千八百メートル、人口が八万、ラクダが二万頭。

西へ八百キロも行くと鉄路が途切れ、イランは砂のマントに身をつつんで眠りにつく。そこは世界の反対側であり、密輸業者を除けばイランを思い起こさせるものは何もない。町の北から軍用道路が耕作地帯を越えて乾燥した平原を突き進み、コジャック峠からアフガニスタン国境の山塊を登っていく。クエッタの周辺部族が夏の放牧地にしている一帯だ。国境からカンダハルまでは快適な道が通じているが、現実には一切の往来がなく、チャマンにある小さな税関は燃えさかる竈そのものとなり、通過するものもなく、虚しく時間だけが流れている。

北東には鉄道の支線が伸び、ワジリスタン山地の麓のフォート・サンドマン駅へ続いていた。この山地に住むパシュトゥーン系の部族——マスード人やワザリ人——は、国境地帯でもとくに強欲な部族だ。攻撃的で強奪を得意とし、すぐに約束を破るので、近隣の全部族からイスラム教徒としての資格を否定されていた。彼らに自分たちの立場を理解させようと、十四回にわたって討伐部隊が差し向けられたほどだ。

南には悪路と並行して走る幹線がボラン峠を越えてインダス平野とカラチへと下っていく。家畜の移動期になるとボラン峠は身動きがとれなくなってしまう。凍えたラクダの大群が暖と秋の草を求めて峠に押し寄せてくるのだ。

以上がクエッタの四方の状況だ。どれも遠い場所ばかりだ。たしかに存在はするものの、この町に強く影響を与えることはない。第二帝政様式の玩具のような駅、砂に埋もれ、蚊の羽音につつまれた運河、バグパイプの音が朝を告げる守備隊の宿営地とともに、クエッタは独自に日々の営みを続けている。

ラムザンのガレージでトラックのスクラップに囲まれながら十時間も作業し、ようやくエンジンを組みつけた。日が暮れはじめていた。隣りのチャーイカネの子どもがジャッキのあいだにもぐりこんで、薄汚れたコップを拾い集めていた。そのあとで、修理工たちが子どもたちをつかまえ、仲間同士で和やかに子どもをボールのように突き飛ばしあい、それから修理工たちはバローチの飾りが刺繍されたおかしなキャロット帽をかぶり、スリッパを引きずって赤い砂

埃をたてながら中庭を出ていった。僕らが髪をオイルまみれにして車体の下から抜け出すと、夜警が顔と手を拭けるようにと、灯油を染みこませた雑巾を渡してくれた。(すぐには試運転しない。明日のほうがうまく動いてくれるかもしれない。一日で運を使いはたすべきではない。)

ガラス張りの小部屋の中では、ラムザン・サヒブが大声で歌いながら請求書の仕分けをしていた。ラムザンはタールのように黒い大男で、ライオンのようなぼさぼさ頭と桃色の手のひら、みごとに整った顔立ちをしていた。彼はガンメタルをヌガーのように切り裂く自動車修理工のエースであり、辣腕家でもある。彼の経営する「カイバー・パス・メカニカル・ショップ」――石油缶で造られた物置、狭い中庭、リフト一台――は、その堂々たる名にふさわしい店だった。ラムザンと修理工たちはどんなものでも修理した。半径四百キロは間違いなく彼の天下だ。アフガニスタンやフォート・サンドマン、シビから、幾多の峠を越えて力つきた車たちがラムザンのもとで復活をはたそうと送られてくるのだ。

ここでは、機械はスクラップになるまで使われるので下取りに出されることもなく、修理工たちは僕らの国でのように「ぽんこつ」の持ち主を哀れむことも蔑むこともなく、持ち主が恥ずかしくなって新品に買い換えることもない。彼らは職人であって、販売員ではない。シリンダーヘッドが割れようが、カムシャフトが粉々になろうが、ギアボックスが鉄粉だらけになろうが、その程度のことで動揺はしない。ヘッドライトやきちんと閉まるドア、頑丈な車体といった正常な部分があるほうがめずらしい。正常でない部分があれば、まさにそこを修理すべく彼らは存在している。惨憺たるぽんこつ車も彼らは分解し、トラックから抜き取った部品で補強し、頑丈な装甲車へと変身させる。その場その場に応じたみごとな、まさに空前絶後といっていい手腕だ。ときにはドライバーをふるって、みごとなパッチワークに銘を刻むこともある。退屈もせず、稼ぎもいい。溶接や調整をしながら、鍛冶場の石炭の上でトーストに焼き目を入れ、ピスタチオをかじり、作業台に殻を吐き出す。煮えたったティーポットもかならずそばに用意してある。ここの修理工の大半は、かつては国中をまわっていたトラック運転手だ。彼らの訪れた土地、思い出、恋が広大な一つの州に惜しげもなく振りまかれる。こうして、賢明で笑うことの好きな人々が生まれるのだろう。彼らとともに働けば、いやでも友だちになるはずだ。

疲れはて、ルート砂漠で虚ろになった身体の中に心をさまよわせながら、僕らは工具を片づけ、怪しげな地区のとあるチャーイカネで腰を落ちつけることにした。露店の前に腰を下ろし、クリームいっぱいのカップを膝に置き、夕方の礼拝が終わって三本の路地がにぎわうのを眺める。砂に埋もれかけた丸く暖かみのある敷石、戸棚一つ分しかない小さな店。黒砂糖や石鹸、銀紙に載せた一つかみのアンズ、ホロスコープ、小さな葉巻が売られている。赤や金のサリーを身にまとい、家の前で涼をとるすらりとしたシルエット。格子入りの窓のついた青いドアがいくつかあった。黒い髪の房に縁どられた若い顔が客を待っている。のぞき窓越しのさりげない駆け引きののち、ドアがわずかに開く。気前のいい客なら、紅茶か楽士でも呼ばせることだろう。閉じたドアの向こうではリュートの音が響き、ひなびた界隈に星々が昇る。荒くれたちが穏やかな顔をして砂漠から買物に訪れ、手を背中で組み、野薔薇の花を縁なし帽に差してのんびりと歩きまわり、夕方の香りを嗅ぎながら、薄暗いドアの向こうからかかる呼び声に合わせて向きを変える。

はじけるような叫び声もなければ、慌てる姿も見あたらない。人々は快楽よりも自由な時間を求めているのだろう。ネオンやねっとりとした敷石、煉瓦色の乱痴気騒ぎ、ある種のヨーロッパ人が好みそうな、うかれたお祭り騒ぎを思いうかべてしまう。得意げに歩く悪党はいない。バローチの人間の周囲にはあまりにも多くの空間があり、あまりにも多くの人種がいた。彼らに関わるあらゆるもの——金で買う恋もまた——に、どことなく繊細で簡潔な趣があるようだった。

機械を相手にしていると喉が渇く。紅茶、マンゴージュース、搾りたてのレモンジュースを飲んでいるうちにルピーを使いはたしてしまいそうだった。一年前のパリ・マッチ誌の記事を読んで世界情勢を知り、雪に覆われたいくつかの山岳地帯へ入るためのビザを五、六通ほど封書で求めた。クエッタは十字路に過ぎず、僕らは次の道を選ばなければならなかった。燃えるように辛いカレーを口にして額を汗まみれにし、ありとあらゆる甘菓子を慌てて買いあさる。街道が秋になる前に体力を蓄え、体重を取り戻し、砂を踏みしめる自分の足音を聞くためだ。健康は財産だ。そのことに気がつくのは、たいてい健康を損なってからなのだ。

僕はホテルの前で腰を下ろし、通り過ぎる人々を眺めていた。フライパンを肩にかついだクレープ売り、頬を膨らませ、甲高い音を吹き鳴らす笛売り、ラクダの群れをその場にくりつけ、慌てた顔で煙草を買いに走るラクダ引き。バローチの人々を見ているのは楽しく、飽きることがない。

語源説の一つ［バルサンの『イラン・バローチスターンにおける研究』］によれば、「バ・ローチ」は追いはらうべき不運を意味するという。同様の例をあげれば、チベット人は幼い子どもにあえて「疥癬もち」「糞便」「悲嘆」といったような名前をつけて、子どもたちが離乳期を迎えるまでにそういった災厄を遠ざけようとする。不幸を騙す方法にしては、かなり楽観的で勇気あるものだろう。全知は神のものであるとし、悪魔にはあまりその性質を認めない。ただの対義語にすぎないといって悪魔までも騙そうというのだ。この考えかたはバローチの人々にうまく受けいれられた。彼らほど不運を連想しづらい民族はそうそう見かけることがない。

バローチはむしろ自分に自信をもっているようだ。彼らのゆとりある道徳観は口髭に浮かぶ笑みや、いつも清潔にしている服の皺にもはっきりと表われている。彼らは客人をもてなすの

サキ・バーの周辺で

が大好きで、煩わすことはまずない。たとえば、タイヤを交換している外国人を大勢で取り囲んで意味もなく笑ったりはしない。それどころか紅茶やプラムをくれるし、通訳を見つけてきては、まともな質問をあれこれと投げかけてくるのだ。

　仕事にのめりこむこともなく、国境地域での密輸に手を染めている。緑色の狼煙《のろし》を上げてチャガイ・フロンティア・コープと呼ばれるパトロール部隊を引き寄せておき、砂漠の反対側の神に見守られながら密輸品を手から手へ移していくのだ。

　クエッタでは夕方の礼拝の時間になると、荷物を横に置いて平伏する姿が芝生のあちこちで見られた。礼拝は強烈なものだが、冗談や軽口と相容れないわけでもない。バローチの人々はスンニー派のイスラム教徒で、狂信的なようすはまったくない。キリスト教徒であっても、イスラム教徒同様に温かく迎えてくれるだろう。そこに、わずかな好奇心と質問ぜめが加わる。彼らはイタチのように好奇心が旺盛なのだ。盲信、嘲笑、見せかけ、そういったものはあまり得意ではない。遊牧民、オックスフォードで学位を得た指導者《サルダル》たち、あるいはスリッパの修繕屋たちが争うことなく暮らし、十分にユーモアを受けいれている。ナポレオン一世の時代にインドを踏破したイギリス東インド会社のポッティンジャー中尉は、変装をバローチ人たちに見抜かれ、何度も困難な状況に陥りながらも、相手を笑いものにすることで周囲を味方につけて生き延びることができた。陽気に笑うことこそが何よりも大事な美徳なのだ。威厳に満ちた老人たちが自転車で転ぶところをクエッタでは何度も見かけた。老人たちは笑い声に打ちのめされていた。露店から投げかけられる冷やかしの声が胸に突き刺さるからだ。

カイバー・パス・ガレージで仕立てた三速のギアも何度か試運転するうちに壊れてしまった。ラムザンは割れたギアを手に取って裏返していた。この鋼鉄の部品こそが僕らを足止めする元凶だ。ラムザンは腑に落ちないようすだった。守備隊の在庫から「拝借」した装甲板から切り出したのだから頑丈なはずだった。彼はもういちど作りなおして焼き入れも自分の目で確認しようと言ってくれたが、そうなるとさらに一週間はかかるし、今度は別の場所が壊れないともかぎらない。だからカラチに電話をかけて部品を注文した。電話ボックスの床はビンロウのかすで汚れていた。部品の値段を告げる鼻にかかった声が八百キロ先から聞こえてきた。バカンスは終わりだ。ホテルを出るしかない。まだ体力も戻っていないがしかたがない。今度ばかりは金がないことにぞっとした。

うなだれ、オイルまみれの姿で郵便局を出ていくと、記事の題材を探していた二人の新聞記者が僕らの前に立ちふさがった。御柳の木の下で煙草を吸いながら、僕らは事情を打ち明けた。

「それならルルド・ホテルへ行くといいですよ。あそこの支配人はイランから来た客をただ同然で泊めていますからね。ホテルを始めたばかりだから、宣伝がわりでしょうね。あなた方にもいろいろと便宜を図ってくれるでしょう」僕らを手助けすることができたことに気をよくしたのか、記者たちは饒舌になり、話題も選ばずに話しつづけた。記者たちの話はほんとうだった。ブランドものの服で巨体をつつみ、赤褐色の顔を汗まみれにした支配人は食事の時間を告げてから、僕らにユーカリの木陰になる部屋を用意してくれた。一時間後には新しい部屋に移っていた。ティエリは木枠にキャンバスを張っている。僕はとある夜にイランでもらった絨毯——青灰色の地にオレンジ色とレモン色の派手な散らし模様がある——をテーブルの前に広げると、タイプライターを抱えてラムザンのところへ戻った。タイプの大文字をいくつか蝋付けしてもらうためだ。夕方、ティエリと町に一軒だけあるバーでひと仕事——ギターとアコーディオンでジャワとワルツのミュゼットだ——すると、人生が別の顔を見せはじめた。

サキ・バーのことはしばらく忘れないだろう。僕らを三週間も雇ってくれたマスターのテレンスのこともだ。テレンスが行方をくらましたという話を耳にしてからも、彼がひょっこりと目の前に現われるのではないかと思っているほどだ。フランネルのだぼだぼのズボン、辛抱強そうな目、メタルフレームの鼻眼鏡、日に焼けた赤銅色の肌。すぐに感情が顔に出て頬骨のあたりが赤く染まったものだ。放心癖のある親切な人物で、光り輝くものと砕け散ったものの両方を感じさせる。本人はおくびにも出すまいとしていたが、彼は自分のある好みに悩んでいるようだった。この町では同じような悩みをもつ人間が少なくない。コックのサーディクが火をかきたてながら口ずさむパシュトゥーン語の歌も、そのことを如実に物語っていた。

……青年が小川を渡る
その顔は花のよう
その尻は桃のよう
ああ、僕も泳げたなら……

テレンス自身も料理が得意だった。ピーマンのスープ、炭焼きステーキ、火でまっ赤になったスコップで出すチョコレートスフレ。入念に仕上げ、ひとひねり加え、独創し、スパイスとハーブに頼りきることもない。彼のつくるメニューは魔術師かロマの影響を受けているに違いない。こういった料理には、彼の女らしい性格が何よりも強くにじみ出てしまう。美点――自分のすることに完璧を求める――への強い憧れもだ。そういった美点は料理以外にも表われることがあり、解放の雰囲気と征服の雰囲気を身に帯びることになるのだ。

サキというのはペルシアの詩に登場する楽園で酌取りをする美少年のことで、その少年が導いてくれるさまざまな快楽が、店の入口の上にぶら下げた看板に表われている。首の長いワインの瓶、水煙管、リュート、葡萄の房——一粒一粒が拭きたての窓のように輝いている——が、くすんだ上品な色で描かれているのだ。看板をくぐると、驚くべきサキ・バーの世界が始まる。テレンスが黒くもの憂げな見習コックたちを支配する世界だ。

狭く涼しいホールのほかに、白く塗られたテラス席もあった。夜になるとテラス席は月桂樹の香りにつつまれ、客は夢見ごこちな気分を味わう。そこで九時から十二時まで、僕らはコンチネンタル・アーティスツという思わせぶりな名前とともに、いさましく楽器をかき鳴らしていた。

テレンスは中庭をフランスふうの東屋に改造しようとしたことがあった。鉢植えの木が二本、虫食いのあるパラソルを立てたダンスフロア、籐椅子、凝りすぎた手燭つきのピアノ。それに壁に四枚も貼られた『パリの生活』のポスターには、魅力的な胸元を見せつけながらウィンクをする巻き毛の女たち。だが彼の思い出は距離も時間も遠く離れた場所にあった。酒場のイメージは薄っぺらく難解なものとなり、日差しで反り返ったポスターの金髪の女たちにも、無味乾燥な空虚さを追いはらうだけの力はなかった。テレンスはすぐに自分の過ちに気がついた。中庭の剥き出しの壁を目にすることで、彼は苦しみ、癒しようのない渇きを覚えていたのだ。最初の夜、彼は壁全体を絵で覆いつくさないかと僕らにもちかけた。魚、鰯の集まる魚礁、さざ波、水、青。もちろん賛成だ。明け方、僕らはホテルへ戻りながら、最後に目にした魚がどう泳いでいたかを懸命に思い出そうとしていた。たしかアーバーグーのチャーイカネで、地面の中央の水路を流れてきた色のないナマズを見ているはずだ。だが次の日になると、鱗もイルカも夢のようにすっかりと消えさっていた。僕らが帰ったあと、テレンスに会いにきた人間がいたのだ。テレンスは不安そうな顔をしていた。彼は壁画のことなど忘れ、別のことを計画していた。クエッタを離れることを。

テレンスはいろいろな時代を知っていた。というのも、たいていの客——バローチやパシュトゥーンの族長やアフガニスタンから逃れてきた自由主義者、パンジャブの商人、パキスタンで軍務につくスコットランドの士官——はテレンスの以前からの知りあいらしく、彼のことを大佐《カーネル》と呼んでいたのだ。夜明けを待ちながらテレンスが話してくれたことをまとめれば、ある程度のことは想像できた。テレンスは父親がイギリス領事をしていたイラン南部で育ち、イギリスで近衛騎兵連隊で出世をとげ、パリでロシア・バレエ団とドラージュのスポーツカーで遺産を食いつぶした。イタリアに併合されるまでエチオピアで数年を過ごした。口には出さないが、さまざまな苦難にあったのち、ペシャワールで大佐となり、パシュトゥーン人地区の「政治要員」に、つまり、叛乱が絶えず、誰も近づこうとしない百キロにわたる山脈全体の責任者になった。インドが独立し、パキスタンの分離問題が深刻化すると、多少の危険はあるもののそれなりに安定していた国境地帯での生活も脅かされることになった。そのころには眠っていても地図が書けるほど土地に詳しくなっていた。カシミールをめぐる紛争では、しばらくは自分の能力を生かすこともできた……。それがいまや料理の名人となり、バーのマスターとなった。砂埃の舞う袋小路で、フランス・インド系の写真館とシーク教徒の自転車店のあいだに店を構え、最後の客が出ていくとほっとひと息つくが、すぐには寝ようともしない。まるで眠ってしまっては昔からの約束に遅れてしまうのではないか、そう心配しているようにも見えた。

どうすればこんな怪しげな界隈で美人ばかりを雇うことができるのかとテレンスに訊くと、彼は当惑したように小声になり、店に飲みに来るパシュトゥーン人の女衒《ぜげん》たちについてぽつりぽつりと語りはじめ、僕らが女たちの話をしたがっているのだと思い、話を避けているようにとられたくなかったのか、三十年ほど時間をさかのぼり、フィッツという女性のことを語りはじめた。その当時、フィッツはロンドンのノース・オドリー・ストリートで客を限定した娼館を経営しており、テレンスのいた連隊の士官候補生たちから敬意のこもった声で称賛されていた。五月のある日の夕方、テレンスは嬉しさと陰気さの入りまじった表情を浮かべながら、指定された住所へ向かった。富裕層の住む地区にある屋敷で、門からして厳めしい造りだった。家政婦が門をわずかに開き、テレンスに名前と用件を訊いた。テレンスは必死の思いで平静をよそおい、自分の名刺と紹介者の名刺を差し出した。貴族趣味のみごとな複製画が並ぶ下でしばらく待たされたのち、彼はフィッツのところへ案内された。レースのベッドジャケットをはおった穏やかそうな老婦人が、天蓋つきのベッドにまっすぐに身体を起こしていた。テレンスが怖じ気づいていると、フィッツが彼に家族や連隊や仲間のことを問いかけた。そして、あまり抑揚のない、どこかぼんやりとしたような声を変えることなく、テレンスの好みを訊いた。アンナンの娘がいいか、それともアルザスの娘か？　穏やかな気性がいいか、それとも淫らな気性がいいのか？　フィッツはさらに金のこともそれとなくほのめかした。もっとも金額は口にしなかった――社交界の男ならば、高級娼館でどのくらい必要になるかは知っていて当然なのだ。だが彼は知らなかった。念のため十ポンドの小切手を切り、ためらいがちに差し出した。

「それで結構ですが、ポンドでなくギニーでお書きになることをおすすめします」

「――よもやギニーでとは思わなかったよ」テレンスは僕らに向かってそう口にしたが、まだ思い出に浸っているようだった。イギリスのことをよく知らない僕には、そういった卑俗な肉体関係にまで洗練さを求め、通貨の単位にも社会的機微を求めることが、奇妙なことにしか思えなかった。満月に雄鳥を犠牲にしたり、イスラムの苦行僧がぐるぐる回るのと同じだ。僕らはバローチの太陽という虫眼鏡を通して、クエッタにイギリスを見いだした。ローマ化されたガリア人がマルセイユにギリシアを見いだしたようなものだ。見る者の精神状態によって大げさになり、単純化されたイメージ。煉瓦と霧という背景もなく、僕らをこれほどまで面食らわせたものはなかった。トルキスタンに飽きたら、いっそのことプリマスへ行って暮らすのもいいだろう。

テレンスはその出自のよさから、広く持ち運びのきく美徳の数々を身につけていた。ユーモア、慎み深さ、冷静さだ。それ以外のものは手放して彼は独自に道を進み、何かしらの不運を経てから「道化師兼レストラン経営者」こそ自分の天職だと信じる境地に達し、なんの保障もないその日暮らしに徹し、同業者の例にもれず腐敗した行政の気まぐれに身をまかせることになった。そのような境遇にあれば、言葉にも好みにも自然と重みがそなわってくる。自分と関係がないものは心から好きにはなれないものだ。僕らは三週間の予定でサキ・バーと関わることになり、サキ・バーが大好きになった。テレンスはアジアに関わり、そのアジアとともに自分の身を危険にさらしながら、そのアジアから逃れることを夢見てはいるが、彼はアジアを愛していたし、少なからぬ犠牲を払ってまで、ペルシアの絨毯の図柄や詩に荒々しく深い喜びを描いてきた。恐れるべき問題を抱えていなければ、けっして感じることのない喜びなのだろう。

バローチ人の商店主たちはこの町での商売に向いていなかったのだろう。彼らがジナー・ロードに構えた店は数人のパンジャブ人の経営者に明け渡されていた。尻が大きく、思慮深く、アストラカンの毛皮の帽子をかぶったパンジャブ人の経営者たちは、エリザベス女王の肖像をカウンターの上に張り、もったいぶったようすで車高の高いスタンダード車に乗りこんでいく。サキ・バーの常連たちが僕らに酒を奢りながら話してくれた。ペシャワールかラホールに行くのであれば自分たちの家へ来るといい、だがとりあえずのところは、この町の自分の店を見に来てくれ、と言う。

間近で目にしたジナー・ロードの店はどれも痛ましいとしかいいようのない状態だった。職人仕事の痕跡が微塵《みじん》も残っていなかったのだ。おごそかな波に運ばれてきた西洋の粗悪品の泡が流れ着き、この地の商業を汚していた。極悪な櫛、セルロイドのキリスト像、ボールペン、ハーモニカ、藁よりも軽いブリキのおもちゃ。あまりの痛ましさに自分がヨーロッパ人であることが恥ずかしくなってしまう。軍の礼拝堂のオルガンから流れる長三度——英国国教会がまともなことをする機会に恵まれていない証拠だ——は、ここの大道芸人たちにまで悪影響を与えていたし、めまいがするほど巨大な自転車は値段も高く、バローチ人が服をからませながら、よろよろと危なっかしく運転している。だが市場というのはこうしてつくられていくものなのだろう。

この点についていえば、インドなどは不良品を僕らに突きつけることで復讐をはたしているのだろう。そう考えれば少しはあきらめもつく。バラモン印の強壮剤、粗悪品の導師《グル》、まがいものの行者、とっておきのヨガ。だが、それも当然の報いだ。

テレンスは僕らを売り込もうと、グラン・スタンリー・カフェのブラガンザを紹介してくれた。金歯を輝かせ、腰布《ドーティ》を巻き、ステッキを持った金持ちのブラガンザはキリスト教徒のゴア人で、その出自となるポルトガル系の一族は、パニックや不満をいだきながら数世代を経るうちに、肌の色をしだいに赤褐色へと変えていた。ブラガンザはサキ・バーの向かいにある薄暗いティールームを経営していた。テーブルが四十ほどあり、パシュトゥーン人の客がよく「炭酸」を飲みに来る店で、ブラガンザは百二十五ルピーで店の壁を二面飾りつけるという仕事を僕らにまかせてくれた。異国情緒を感じさせ――フランスふうなど――食欲をそそるテーマが所望だ。営業のじゃまにならないように、作業は深夜から午前七時までということになった。ブラガンザは現場を見せてくれた。キッチンへ続く小部屋を抜けながら、彼は食料棚を開けて、蝿がねらう揚げ菓子を見せながら言った。「脂が多いものは身体にもいい。好きに食べてもらってかまわんよ」

夕方、ティエリが計画を二つ立てた。右の壁には、ランプをいくつも吊るした酒場で貴族たちが女たちにシャンパンを注いでいる場面を、左の壁には、スペインのバーで貴族とロマの女が扇情的なハバネラを踊り狂う場面だ。これならば見てすぐにわかる。遊蕩好きな人間が「モンマルトル」や「オレ」と叫びながら思いうかべるもの、といったところだろう。べた塗りの二つの大きな絵――大太鼓と牝馬の尻――があれば、僕も役に立てそうだ。ブラガンザは気に入ったと言ってくれた。テレンスの店で演奏をしたあとに、うだるような暑さのティールームにこもり、煙草をふかし、汚れたテーブルクロスからただよってくるカレーの匂いと戦いながら、夜ごとに絵の具をかきまわした。僕が焜炉の火にかけて膠《にかわ》をかきまわしているあいだに、ティエリがタンゴとイギリスのワルツの化身を描いた。地元の雑貨屋の毒々しい絵の具の色とネオンの光とが、絵に悪魔のような心地よさを与えていた。ときおり手を止め、汗をぬぐって紅茶の枝を煎じた茶を出してもらった。筵に寝転がって夢を見ているバローチ人のコックの寝言が、カウンターの裏から聞こえてくる。夜は時の流れが止まってしまったようだった。頭が冴えわたってくるような気がする。徹夜仕事で疲れ、やたらと楽しかったからだろう。ブラガンザのくれるルピーを通して、僕は出発の日やカンダハルや秋の風景を見ていた。ゆっくりと眠るのはアフガニスタンに着いてからでいい。

夢遊病患者のような足どりでホテルへ戻る。うっすらと砂の筋がついた路地裏は、ユーカリの木々から波のようにただよってきた香りにつつまれていた。閉じた店の並びの前で、黒い仔山羊たちがロープを引っぱっていた。僕らは干あがった運河沿いに歩き、グリンドレイズ銀行の前を通りかかった。パシュトゥーン人の夜警が銃を膝に抱えたまま居眠りをし、長く伸びた口髭が閉じた傘のように揺れていた。橋まで来ると、食料棚から取ってきた揚げ菓子を物乞いに与えた。いつも明け方になると同じ場所にいて、犬のように丸くなっているのだ。貪欲そうな目つきとよく動く両手がなければ、ぼろ切れにつつまれた死体と区別がつかない。あまりにも惨めな状態にあるので、何かに驚くということすらないのだろう。痩せこけ、絵の具まみれの外国人の二人組が紙に包んだ揚げ菓子を持って夜明けに現われるが、話を聞くわけでもない。物乞いは鯉のように無言のまま手を伸ばし、つかみ取る。かみ砕き、飲みこむと、唯一の財産である荷物の上に頭をのせる。クロスステッチで「スイート・ドリームズ」とゴシック体の刺繍の入った汚れたクッションだ。

僕らは足どりも軽く大木の並木の下、朝いちばんの蚊の羽音を聞きながら歩いた。灰色の空に赤い太陽が昇っていく。ベッドに横になるのは、兵営のバグパイプの音が穏やかな砂埃の上に響きわたるころだ。その音には甲高く、贖うような抑揚があった。まるでエリコの町をふたたび取り戻せと叫んでいるようにも聞こえる。はるか北の国の、ビクトリアらしいファンファーレがこの地でかき鳴らされていた。

ユーモアだけでなく、旧約聖書に対するある種の愛情もまた、清教徒たちをこの砂の地に結びつけているのだろう。

修理だけでもかなり高くついたうえに、この車はイランの砂漠でナンバープレートを落としている。税関通行証も期限が切れているので、法的には存在しない車となってしまったのだ。僕らは駅の隣りの小さな建物へ行き、税関の所長に車の件をどうにかできないかと頼みこんだ。所長は黒豚のような人物で、耳に長くつやつやかな毛が伸びていた。熱風をかきまぜるだけの換気扇の下で眠気を必死にこらえ、汗ばんだ手のひらの下に敷いた吸取紙にいくつもの染みができていた。彼はスタンプを二回振り下ろし、僕らの心配の種を一気に取り払ってくれた。イランよりも手続きが簡素なのではないかと思ったほどだ。それから所長はグラン・スタンリー・カフェの壁画をしきりに褒めたてた。そして最後に、いたずらが見つかった子どものような声でティエリに言った。自分の「コレクション」に裸体画を何枚か加えたいのだが、明日、そのコレクションを見に来ないか、と。

ばかげた仕事など存在しないし、十ルピー硬貨があれば新品のタイヤが四本買える。僕らは夜明けに起き上がるとすぐに仕事にとりかかり、テレンスに借りた『パリの生活』を模写した。床にナンバー誌をいくつも広げた。一九二〇年、コール墨で目を際だたせ、顎の突き出した厚化粧の小顔に蘭の花のような口、ウエストのないワンピース、垂れた前髪、寒そうな肩、反った踝《くるぶし》。まったく、なんてすてきな連中だ。どうやらこの時代を勘違いしていたようだ。すれ違う女たちが白いベールに顔を隠し、鋲で飾ったスリッパから上がまるごと雲に隠れているようなこの土地にいると、優雅そのものといった女たちの絵に僕らはすっかりまいってしまった。だが僕らに問題があるわけではないようだ。時間を節約しようと、僕も何枚か描いてみたが、カリカチュアや落書きの域を越えることはなかった。人体を描く才能というのは、もって生まれたものなのだろう。自分の言葉で正確に表現するのと同じことだ。ウルピアヌスやベッカリアを頭に叩きこむよりも、デッサンを学んでおけばよかった。自分が好きなものを描くことすらできないというのは深刻な欠陥だし、なんとも屈辱的な障害だ。ティエリはほんの三十分のうちに、これ見よがしに腰をくねらせてみせる妖女を三人描きあげていた。僕は順に色を塗った。髪を藁色に、目を淡い青色にして、エキゾチシズムを強調する。朝という時間と古新聞から醸し出される楽しげなメランコリーのせいで、完成した絵は好色というよりも哀調を帯びたものになった。税関の所長ははたしてこの絵を気に入ってくれるだろうか？　山をも動かすほどのものがあるとも思えないが、僕らはもう成長する年齢でもなかった。ポルノグラフィーは年寄りに必要なものなのだ。孔雀の羽根を飾った薄暗いサロンの入口で、所長は僕らの手を長々と握りしめた。彼は昨夜の自分の注文に当惑しているらしく、自分が放蕩者ではないことを証明しようと、ことさらに自分の子どもを僕らに紹介してみせた。外反膝で、ひらひらしたワンピースを着た色黒の三人娘だ。学校のことを訊くと、裸足の足下を見て噴き出していた。アーモンドチョコやシュガーアーモンド、蜜菓子の並ぶテーブルの前で、僕らはむりに会話を続けていた。それから所長が娘たちを追いはらい、僕らの絵を見ながら、胸の裂けるような溜め息をもらした。僕らは両手を膝にのせ、口を引き結び、絵に向けられた彼の目つきを見守った。三十ルピーが手に入るかもしれないのだ。

「これだけですか？　もっと、そう……」

「ありません」

「一枚も？」

所長はもういちどデッサンを手に取ると、一枚一枚を目に焼きつけてから、脂ぎった手で僕らに返した。

「これは少しばかり……芸術的すぎるというか、私はその、おわかりでしょう……ですが、召しあがってください」彼はそう言って僕らの皿に菓子を盛った。

僕らは傷心のあまり歩いて帰った。大きな財布を腕に抱えたままだ。厳しい日差しの下を一時間以上は歩いたろう。ポケットには菓子が詰まっていた。これだから勉強なんかあてにならない。僕はそう思った。ティエリがぽつりともらした。「僕の絵が売れないのは……まあいいさ。でもな」僕らはサキ・バーのコックのサーディクに頼んで、キッチンに飲みに来るパシュトゥーン人の胴元にさばいてもらうことにした。胴元は絵を売るどころか、三日にわたって絵を目の前でめくってみせ、客たちをうんざりさせていた。無関心な、あるいは小心な客に向かって、胴元はこう言った。「なんともいい女でしょう……サー」そして、ティエリを指さして続けた。「彼が描いたんですよ、サー」

かつてこの町には大勢のイギリス人が住んでいた。十九世紀、彼らは地域の有力者を通して、いまだ土の壁しかなかった村を買い取り、苦労してカラチから鉄道を通し、数百本単位で植林し、主だった通りをアスファルトで舗装し、一万の兵隊を軍楽隊と礼拝堂とポロ用の馬とともに駐屯させて、南アフガニスタンの峠とパシュトゥーン山地を守らせた。こうした設備投資はポッティンジャーやサンドマンといった一流の仲介者たちの活躍によるもので、彼らはバローチ人とも理解しあい、控えめな幸福に手をつけることなく部族組織を強化した。さらにサルダルに合法的な事業を認めるビクトリア女王の自署入りの免状を与え、彼らの幸福を強化していた。バローチ人は馬の扱いにも長け、古銃でヒバリをも撃ち落とす技量の持ち主であったが、彼らが叛乱を起こさなかったのは、仔馬や果物、家畜をイギリスの軍隊に売って利益を得ていたからだった。しかもその軍隊は迷惑者のパシュトゥーン人を懲らしめようと、わざわざ世界の反対側から来てくれたのだ。馬や笑い話、整頓が好きだという両者の共通点が、この「保護関係」を植民地の歴史では珍しい古き良き人間関係へと変えさせる要因となった。砂漠とイギリスからの手紙と目覚ましがわりのバグパイプのしわがれた音に囲まれ、数多くのトムやジョンたちがユーカリの木陰で、この地にもう一つの幸せの形を見いだしたのだろう。彼らはイギリス領のインドの終焉とともにこの地を去ったが、彼らがインドへ向けて寄せたノスタルジーのすべてが、軽やかなこの町のうちに秘められているように感じられることもあった。

パキスタン人のために軍務に留まったイギリス人たちは夜ごとにサキ・バーを訪れた。少佐が何人もいたし、白髪まじりの大佐も二人いた。白いジャケット姿の彼らは、ウイスキーで目を潤ませ、礼儀正しくチョコレートスフレに驚いてみせ、『暗い日曜日』や『枯葉』を絶讃し、スコットランドの古いバラードをガラスよりも薄い声で僕らに歌わせて、僕らのレパートリーを増やしてくれた。彼らはみな、ウルドゥー語を少しばかり話し、自分の連隊を愛し、イギリスよりも東洋を好んだ。だが東洋は変化していた。共和国はまだ七歳になったばかりで、かつては彼らに管理される側にいた者たちが立場を変え、いまや彼らを雇う側になっていた。イギリス人も宗主から協力者になっていた。このような変化を受けいれるのは難しいものだ。伝統に基づいた差別的な習慣が、一夜にして許されないものとなった。新しい関係をその場でつくりあげなければならない。誠意だけではどうすることもできないのだ。橋を架けるには想像力と、テレンスのようなアウトサイダーが必要だ。サキ・バーの中庭は伝承が湧きだす泉であり、テレンスがその見本だった。テレンスがグラスを手に持ち、疲れた足どりでテーブルを気ままにまわっていさえすれば、とりとめのない常連たちも、自分が許されたように感じることができるのだ。テレンスは何かにつけてソースを手放し、簗《やな》を確認するように中庭を見まわりに行き、地元の馬喰《ばくろう》とチェスを始めてレースの情報を聞き出し、かつてパルチザンだったパシュトゥーン人に声をかけにいく。過去をのぞく双眼鏡で目にしただけの相手が、いまや現実に目の前で、穏やかに腰を下ろしてレモネードを飲んでいるのだ。

法律では禁じられていながらテレンスはイスラム教徒に酒を提供していたが、「飲ませた」ことはいちどもない。客を完全に「その気」にさせてしまうのだ。グラス一杯の紅茶が、いつしか注文された三杯めのウイスキーに代わる。そのころになると、客は断わるどころか、むしろ感謝の念すら感じていた。イスラム教徒が怪しげな匂いをただよわせていれば、夜の見まわりに容赦なく逮捕されるのもおかまいなしだ。ときには駅長や郵便局長のような大物が監視の目を逃れて、というのはやや大げさだが、閉店後も中庭の片隅に残ってコーヒー豆を噛みしめてから、ようやく心を決めて人影の消えた路地に出ていくこともあった。

この町で工夫のある装飾といえば、菓子屋のパイを覆う砂糖の網目か、ジンナー・ロードの着色石板刷り、ベルベットのクッションに描かれたぎこちなく輝く猫くらいしかなく、二夜のうちにグラン・スタンリー・カフェの壁に現われた人物たちは、当然のごとく人々の目を引きつけることになった。この成功に気をよくしたブラガンザは、さらに絵を増やすことにした。

彼は便所の奥の壁を剥き出しにすると、三十ルピーで珊瑚礁とココ椰子、浴槽に浸かるタヒチ美人を描いてくれと頼んできた。ちょうど青色が大量に余っていたので、恰好のテーマだった。今回は一晩仕事だった。青みがかった空と瑠璃色の波の中で煙草色のセイレーンたちが髪をよる。絵の具を使いきろうと、片隅に玉虫色の大型客船を浮かべた。ハバナのナイトクラブで羽根衣装をまとった女たちに劣らず、安らかで涼しげに見えるはずだ。運河の物乞いにとっては、揚げ菓子を手にする機会も最後となった。ブラガンザはそれまで心配していた海が気に入ったようだったが、ステッキの先を水浴びの女たちに向けた。この土地の好みからすると、もう少し肉づきをよくしたほうがいいらしい。ティエリは二、三度筆を振って尻を注目の的に変えると、納得したような表情になり、描きはじめたばかりのイランの絵――傾いた雲の下に小さく広がる砂漠――に戻った。

夕方、ラムザンのガレージを出ると、写真家のテリエの家に寄って、写真の現像の仕方を教わった。サキ・バーの隣りに店を構えるテリエは大地震の前からここに住みつき、独学で写真を学んでいた。町の兵営にいるイギリス人の客たちのためにソフトフォーカス、断ち落とし、フェードといったテクニックを駆使し、凄まじく暑い暗室で写真を完璧に仕上げていた。とくに軍人の妻の写真となると、その才能を余すことなく発揮した。表情を抑え、髪型をきっちりと見せ、白い歯を際だたせる。アラビアゴムを少し使って目にロマンチックな輝きを与え、亜鉛華と細筆で磨いて首飾りに雪のような魔法の輝きをまとわせるのだ。夜、薄暗いショーウィンドウに目を向けると、かすかに見える顔写真の列の下でテリエの顔が細い三日月のように輝いているのが見えた。

パキスタンが独立してイギリス人が去っていくと、彼の技法も一変した。かつての露出過多のような淡い桃色を好んだ客が、色黒の客に代わっていた。いまではテリエも、背景が明るい黒い像をなめらかな印画紙に焼きつけるようになっていた。店先をうろついているのは、ベッドの上に自分自身のもの憂げな写真を――恋人がいないので――何枚も張りつけるような、どこの家にもいる若い息子たちだ。

カラチから印画紙を取り寄せると高くつくので、あとで金を払うからスイスから印画紙を取り寄せてくれないかと、テリエに頼まれた。僕は印画紙を注文した。五十ルピーだ。そのあとで特売品をいくつも見つけた。五十ルピーあればどれだけのものが買えたことか。そこで僕は手紙を書いた。「どうか、ミスター・テリエ……」あるいは「テリエさま、そろそろ……」彼はフランスのポン＝サン＝テスプリ生まれなのでフランス語でも書いてみた。テリエは死んだふりをしつづけ、僕はカブールからコロンボに移動しながら、食堂に入るたびに彼を呪うことになる。もしかしたらテリエの手もとに印画紙が届かなかったのかもしれない。「暗室で開封のこと」と記された包みは、例の税関の所長の手を経由する。彼がその手紙を怪しみ、事務所でひそかに開封していたことも十分に考えられる。そして所長の目の前で、新品の純白の印画紙は灰色のただのつややかな紙切れに変身してしまったのだろう。

サキ・バーの三人のボーイは人類のあきっぽい部分をそのまま人間にしたような性格で、きょろきょろと目を動かしながら歌っては裸足で歩きまわり、ハンカチで自分の宝物を持ち歩くような人間だった。二週間もあれば互いに気兼ねなく話し、不満をぶつけ、認めあう仲になっているのだ。失踪、不和、熱情、憂鬱、断絶。信じやすく、俗っぽいところのあるコックのサーディクですら、自分が「置いていかれた」ときには、すっかり食欲がなくなってしまったほどだ。おかげでしばらくのあいだ、テレンスは夜になると仕事に追われ、テラスで涼をとりにくるとき以外は火のそばを離れることもできなくなってしまったほどだ。顔は汗まみれで、目が血走っていた。「あれを演奏してくれ……わかるだろ」それはセルビアの曲だった。

……僕の胸にあるのは赤い花
その花が世界を見ていた……

イランの曲だったかもしれないが、ともかくもの悲しい曲で、彼が涙を流しているのを僕らは一、二度目にした。

仕事も、上も下も、軽やかで遠いこの町も、抜け目のない売り手であることも、テレンスほどの年齢になると重すぎるものになる。彼は身動きがとれなくなり、自分の才能を浪費しているだけだと感じていた。車の部品が届いていないか確認しに僕らが駅へ行くと、店の中庭で日差しをあびながら、ボーイたちを叱っている彼の姿を見かけることがあった。むりに声を怒らせ、背中を丸め、ポケットに両手を突っこんでいる。サーディクが継ぎをあてた膝まで届くポケットだ。相手をどやしつけるつもりかと思ったが、そうではなかった。その姿ににじみ出ているのは、少しばかりの孤独とアジアだった。心にはとてもやさしいそのアジアが、神経を摩耗させるのだ。

僕らはテレンスからよくフランスのことを訊かれた。彼はフランスで宿を開くのを夢見ていた。木の葉に隠れたような、あまり人目につかない場所にある宿で、内装はオーク材で仕上げ、レコード室も用意し、馬も借し出せるようにしたいという。僕らはオート=プロヴァンスを薦めた。あそこなら土地もただ同然だ。それからサヴォワ——少し人が多いが——を薦めると、テレンスは部屋の奥に埋もれたミシュランのサヴォアの地図を探しに行った。僕らは最後の客をドアまで送り出し、楽器を壁に立てかけると、いつもの川岸へ向かった。赤い屋根、円錐状にみごとに葉を茂らせた木々、厳めしく憂鬱になる漆喰の下塗り、ベールに覆われたような、ある種の快楽主義——これはこれでテレンスらしい。声に力が入ったのは、彼を励ますため、それと、トワリーやネルニエ、イヴォワールといった地名を聞いて、リラの並木や、出発する前にこの旅のことをあれこれと計画したカフェの鉄のテーブルを思い出したからだ。

僕らはそれから何夜も、枝のように連なる星々の下で夜が明けるまで、あのフランスの田舎を心にいだきつづけた。三つのグラスのあいだに広げた、このうえなく生き生きとした緑の中に何もかもがあった。テレンスがあれこれと質問し、夢の地図に丹念に書きこんだ。その地図があるからこそ、彼は日常から遠く離れた場所に逃げこむ自分を夢見ることができた。正確には、そういった逃げ場を創造することができたというべきだろう。これまでの習慣からも、この町で彼を引きとめる債権者たちからも解放されるのだ。翌日、その地図が見つかる。カウンターに置き忘れていたのだ。赤くなぞった範囲、ばつ印をつけた村々。そして、あちこちにある人里離れた農園——そこに住んでいる者は自分たちがどれほど幸福かわかっているのだろうか？——に感嘆符が記されていた。

バーから屋上に出る鉄製の階段の下に納戸があり、テレンスはそこに自分と苦難をともにしたさまざまな品を保管していた。小さな鐘楼の前で写したセッターの群れの写真、緑色の布で装幀されたテニスンやプルーストの本、三年分の『パリの生活』、アルフレッド・コルトー、グルックの『オルフェオ』、『魔笛』といったヒズ・マスターズ・ボイスのレコードが四十キロ。

レコードをかけに行ったまま、がらくたの山の中に消えてしまうこともよくあった。レコードの音とともに、納戸をかきまわす音が聞こえてくる。山が崩れ、ぶつぶつとひとり言を口にし、古い手紙を読み返す。こうなると夕方まで彼の姿を目にすることもなくなる。寝室がわりにしている物置部屋に上がり、思い出の品々とともに閉じこもり、そのまま眠りこんでしまうのだ。ある日のこと、パシュトゥーン人の客が大声を出し、カウンターでテレンスを呼んでいた。僕が見に行くと、テレンスは物置部屋の不安定なキャンプ用のベッドで縮こまるように眠っていた。まるで心のうちにある道を疾走しているような姿だ。すぐ横には砲兵用の大きな双眼鏡が置いてあった。テラスからその双眼鏡で何を見ているのだろうと疑問に思ったが、僕は足音をたてずに階段を下り、彼を呼んでいた客に夕方にでも出直してくれと伝えた。

客のいない時間、テレンスは闇競馬の配当表を作成しながら、中庭のスピーカーからお気に入りの曲を流していた。戦前のすばらしいレコードだ。砂と日差しで傷んではいるものの、思いがけない贈りものをもらった気分にさせてくれる。バイオリン、木管楽器、魅惑の女声が一斉射撃のように降りそそぎ、そして突然、断末魔の悲鳴とともに針が中央へ横滑りし、歌声が途切れる。まるで断片的な神託があちこちへふりまわされ、サキ・バーの上空に飛び去ってしまったようだ。テレンスは至近距離から銃撃されたように全身を震わせ、目撃者を捜すような目つきで僕らを見つめる。僕らの背後でいろいろなものがすり減り、古びていくさまが彼の身に重なっていた。

店でかける大量のレコードの中にはセンチメンタルなアメリカの歌——ドリス・デイ、レナ・ホーン——もあった。そのなめらかで輝きのある歌声を耳にするたびに、僕は金の夢に引きずり込まれてしまう。パーコレーターのきらめきの陰にいる完璧な美貌をした若い女たち、糊のきいたブラウス、セイレーンを誘惑する金が目に浮かぶ。リボンのように切り売りされる不確かな自由。そういったものは長くは続かない。疲れるだけだ。少し眠ったほうがいいようだ。

ティエリは郵便局の前で僕を待ちながら、この年の最初の落ち葉を掃いていた男と話をしていた。それからティエリが郵便局をひとまわりしてから同じ男のところへ戻ると、男は相手がティエリだと気づかずに言った。「あんたを待ってた人なら、こっちへ行ったよ」僕が着いたとき、ティエリは自分自身を追いかけてぐるぐると回っていた。当然のことだ。何もかもが回っているのだから。疲れや睡眠不足のせいで僕らの人生は少しずつ、夢の中のようにぐるぐると堂々巡りを繰り返すようになっていた。強烈な日差しと蠅のせいでまともに眠ることもできなかった。ベッドからベッドへ際限もなく話しかけ、汗をかき、眠らずに夜を明かす。奥行がなくなり、ついには輪郭だけで生きているようになってしまう。心のわずかな動きやほほ笑み、頬の輝き、歌の一節にも心を貫かれる。熱も回っていた。四、五日おきに、虚脱感と悪寒に襲われて車の下から抜け出す破目になる。枯葉や汚水に身体が飲みこまれるような感覚に襲われてしまうのだ。深刻なものではないが、鬱陶しいことに変わりはなかった。

ガレージでの作業、テレンスの店、絵の具相手の夜……。ルルド・ホテルへ戻るころには疲れきって声も出ないので、僕らとしては愛想よく笑顔を浮かべるべきなのだが、それすらもできなかった。ホテルの支配人のメッタは無駄金を使ったことになるのだろう。僕らはホテルの客の役に立つことを何ひとつしていないのだ。彼は僕らがこのままホテルに住み着いてしまうのを恐れたのか、朝、僕らが挨拶しても、生返事しか返さなかった。この町を出るまでは、サキ・バーの屋根裏に移り、サーディクや見習コックたちと一緒に新聞紙を敷きつめて夜を過ごすべきなのだ。

荷物をまとめているうちに、僕が冬のあいだに書きためたものが消えていることに気がついた。ボーイに捨てられてしまったのだ（大柄な封筒に入れ、テーブルの上をあけるために床に置いてあったものだ）。時刻は正午で、太陽は木々のあいだを通り、何もかもが休息についていた。僕は震える手でキッチンのごみ箱をあさり、あちこちで溜め息やいびきのあがる事務所を通り抜け、汚れたテーブルクロスの上で寝ているボーイを見つけた。ボーイは覚えていた。あれはたしか……。彼は拳で目をこすりながら、大通りに面したごみ捨て場へ案内してくれた。

ごみ捨て場はからになっていた。明け方、道路局のトラックと、黒いフェルトのマスクをした骨と皮ばかりの作業員たちが現われ、砂埃とともに僕の原稿を消しさってしまったのだ。原稿の行方はホテルの人間には見当もつかなかった。次のトラックが現われるのを待ち、行き先を突きとめて原稿を探すのだ。それまでは後戻りできない時間を呪うしかない。なんとしても時間をさかのぼって原稿を取り戻したかった。僕が最初にしたことは嘔吐することだった。それから車のエンジンを整備しに行った。固着したボルトを削り取っていると、五トントラックが走っているのが目に入った。でこぼこ道に揺られたトラックから、僕の原稿用紙やごみやキャベツの芯がまき散らされている。僕は最初のページを、段落を、並べなおしていた。薄くタイプされた行は、指先に力がこもらなかったタブリーズで書いたものだ。凍てついた大地のポプラの木々の影、ハンチング帽をかぶり、怪しげな金を手にし、アルメニア人の酒場に飲みに来る男たちの寒そうな影。息苦しく、暗く、取り返しのつかない冬の姿を石油ランプの下やバザールのテーブルで書いていたのは、いまの僕とは違う別の誰かだった。

その日の夜、ティエリはサキ・バーで仕事に没頭した。テレンスは機嫌がよく、いくらでもグラスをまわしてくれた。彼にはわかっていたのだ。理解できないことなど現実には何もないのだ、と。だが、僕は明日のトラックを逃すのが心配で飲まずにがまんしていた。ごくわずかな可能性が、新しいごみの下に埋もれてしまうかもしれないのだ。僕は廊下の肘掛け椅子に座り、煙草の吸い殻に囲まれながら夜を過ごした。残念ながら原稿の束のありかを示してくれる夢のお告げはなかった。五時、空が青林檎の色に染まり、ユーカリの葉が水銀のように輝き、船酔いしそうな波に太陽がつつまれた。テレンスがスフレを二つ持ってきてくれた。事情を知っているらしく、一つ話をしてくれた。彼の友人の一人がインド独立の混乱期に原稿をなくしてしまった。「彼は何年もかけて同じ原稿を書きなおしたんだ。思い出しては書き足して……でも、あまりいいできとはいえなかったよ」

煮えたぎる紅茶で腹を膨らませ、スフレを膝に抱え、僕らは大通りの端に座ってトラックを待った。テレンスのところから拝借したプルーストを読もうとしたが、アルベルティーヌの逆境がいつまでも終わらないし、その日の通りにはほかにも気晴らしになるものがいくらでもあった。パキスタンの独立記念日だったのだ。着飾った群集が記念広場へと流れていく。色とりどりの自転車に乗った顔を輝かせる髭面の男たち、こぼれ落ちそうな笑み、羽根飾りのついたターバン、熊使いのまわりで砂糖まみれになった犬、うかれてカブール攻防戦の大砲のあいだに水牛を寝かせる農夫。お祭り騒ぎそのものだ。誰もが僕らを見て驚いた顔をするものの、心のこもった挨拶を送ってくる。トラックは来なかった。道路局もお祭りに加わっていたのだ。騎馬憲兵がごみの集積場を教えてくれた。ピチン通りを十キロほど行った、凄まじい悪臭がただよう場所だ。

正午、僕らは禿げた山脈の圏谷の中央にある現場に来ていた。あちこちにガラスの破片が転がる黒ずんだごみの平原だ。毒ガスのような異臭が寝息のように定期的に吹きつけては、揺れながら太陽に向かって上り、地平線をかき乱していた。毛の抜けたロバの群れが走りまわり、頭を地面にこすりつけたり、悲痛な鳴き声とともに悪臭のただよう山を転げまわっている。悪臭のまっただなかに完全に全裸の老人がひとりでスラグをふるいにかけて集めていた。彼に町から来たトラックのことを訊いたが、あまり得るものはなかった。彼は口がきけなかったのだ。僕らが質問するたびに、彼は土色の人差し指を口に入れ、首をすくめた。僕らを目的地へ導いてくれたのは禿鷲や褐色の鷲だった。百羽ちかくが最後の餌のまわりに集まり、糞やげっぷをしながら食いあさっていた。石炭のくずや骸骨、錆びた缶を鳥に投げつけた。鳥はばかにしたようにジャンプしてかわすと、何が問題なのかも理解せずにそのまま羽をたたみ、腐った肉をくわえた嘴をこちらに突き出した。僕らはスコップを振り上げ、叫びながら突進した。汚れた布が翻るように鳥たちは一斉に飛び立ち、少し離れた場所に舞い下りると、僕らの作業を見つめた。

ごみの山を近くで見ると、かなり量が減っていることがよくわかった。次から次へと――家政婦、くず屋、障害者の物乞い、犬、カラスに――抜き取られ、少しでも使えるものは何ひとつ残っていない。切手、吸い殻、チューインガム、木片といったものは、トラックが来る前に回収されていた。どうにも使いようのないものや、形のないものだけがここまでたどり着き、禿鷲の最後の選別がすむと、灰や酸や死骸のまじった泥の固まりとなり、スコップを突き刺すと、魚の骨が引っかかったりする。上半身裸になり、口を覆い、電球の口金、メロンの皮、ビンロウのかすで赤くなった新聞の切れ端、半分焼け焦げた生理用タンポンに目を向けながら、僕らは息をこらえ、手がかりを探していた。ごみの山は町の構造をそのまま縮小したようなものだった。貧困な暮らしから生じるごみは、ゆとりある暮らしから出るごみとは違う。生活の程度によって出るごみも変わり、ほんの些細な手がかりの中に、過渡期の不公正さが如実に表われていた。スコップで掘り返すたびに別の地区のごみが出てくる。クリスタル座の桃色のチケットのあとに出てきた海老まじりのフイルムの断片は、テリエの写真館とサキ・バーを示すものだ。数メートル先では、ティエリがクラブ・チルタンの高級な鉱脈——外国語新聞、エアメール、発酵してぼろぼろになったキャメルのパッケージ——を探査し、僕らのホテルの方向を慎重に見きわめようとしていた。熱気、殺人的な臭気、それになんといっても禿鷲のせいでまともに作業が続けられない。手を止め、シャベルに寄りかかってひと息つくと、動きがないのはよい兆候だとでも思ったのか、甘ったるい鳴き声をあげながらすぐに近づいてくるが、きれいに並んだ土塊を見て過ちに気づくことになる。僕らの頭上をゆっくりと旋回しているほかの鳥たちが、僕らの掘り進めた跡に仔牛大の影を落としていた。その影にはできるだけ注意を払うようにした。鳥たちがしびれを切らしているのは明らかだ。僕らがほじくり返しているのを見れば、いい気分にはなれないのだろう。太陽が傾きはじめるころ、ティエリが突然大声をあげ、禿鷲が一斉に飛び立った。汚れ、熱くなった封筒をティエリが振り上げていた。だが、中身は空だ。それから一時間探しまわり、一ページめの断片が四つ見つかったが、それから、スコップが黒く、哀れな固まりを掘りあてた。ルルド・ホテルからは離れていた。これ以上探してもむだだ。五十枚ものまともな用紙となれば、ちょっとした財産だ。ここに残っているはずがない。

　僕らはくたくたになりながら、シャベルを引きずり、汚物まみれの封筒と焦げたように茶色くなった四枚の紙切れを持って車へ戻った。

　紙切れの文字が読めた……。「人々の口を閉ざし、僕らを眠らせる十一月の雪」ここでは何もかもがとろ火で煮られている。ハンドルが手のひらを焼き、僕らの顔と腕は汗で塩まみれだ。記憶も混乱してばかりいる。ずっしりとくる寒さ、タブリーズ、冬の心だって？　きっと夢でも見ていたに違いない。

　六時ごろになると、夕方の礼拝のためにお祭り騒ぎは一時中断された。町は果実色の光の中で休息をとっていた。運河沿いには、横倒しにした自転車のあいだで平伏し、祈りの言葉をつぶやく人々の姿があった。

テレンスは夕方のうちに荒稼ぎするつもりらしい。興奮したように、テラス席に電球と小さな国旗を並べて吊るしていた。ドアにかけたスレート板には「賭馬あり、メリー・メーカーズ・バンド」――バンドはブラガンザのところから借りてきたパシュトゥーン人の三人組だ――と書かれ、僕らのことは「パリから来た天才的なアーティスト」などと臆面もなく紹介されていた。

パキスタン国歌とともに大騒ぎが始まった。三度音程がひたすら続く曲で、この日のために僕らも覚えたばかりだった。常連が集まっていたし、新顔もいた。アフガニスタンからの亡命者やスパンコールのドレスを着たアルメニア人の老婦人が同席していた。老婦人は酔いがまわったのか、想像上の騎士の肩に頭を預け、危なっかしい足どりでひとり踊っていた。そのあいだに、近くの路地を通りかかった者たちが見世物を楽しもうとドアに詰めかけた。誰もがくつろいでいた。僕らが頼りなくなると、メリー・メーカーズ・バンドがパーカッションをきかせて救いの手を伸ばし、うまくあとを引き継いでくれた。何度も何度もリクエストされたのが『さくらんぼの実る頃』だ。

……朱色の衣をまとった恋のさくらんぼ
泡に落ちる姿は血の滴のよう……

サキ・バーの周辺で

テレンスがそばにいる客たちに歌詞を訳していたが、いつの間にか「さくらんぼ」が「ザクロ」になっており、まるでウマル・ハイヤームの歌のようだった。この少しだけもの悲しい曲がバローチ人の琴線に触れたらしい。サーディクが何度も僕らのところへ来てはグラスをいっぱいにしながら、こぎれいな恰好をした老人たちのほうを指し示した。老人たちは胸に手をあててテーブルについたままうなだれていた。少しだけ風があった。アルメニア人の老婦人は席へ戻り、震える手で涙を抑えていた。いまやサキ・バーは安堵の溜め息と形をそろえた顎髭と新しいターバン、涼しげな足下ばかりとなっていた。

悪臭さえなければ、昼間のことも忘れられたはずだ。だが石鹸を使おうが、シャワーを浴びようが、シャツを新品に替えようが、身体から悪臭が抜けなかった。息をするたびに目に浮かんでしまうのだ。湯気の上がる黒い平原が定期的に不安定な最後の分子を解き放ち、最低限の惰性を手にし、安らぎを手にする。幾多の辛酸を乗り越えた物質。生まれ変わりを繰り返し、雨と太陽とともに百年を閲しても、もはや新たな芽吹きを迎えることはない。この無に等しいものをついばむ禿鷲は力づよさに欠けていた。死骸の滋味もはるか昔に記憶のうちから消えさってしまったのだろう。色や味や形にいたるまで、甘美ではあるが一瞬の組み合わせにすぎない果実はそうそうメニューには出てこない。つかのまの開花をおろそかにし、いつでもぼんやりと地に足をつけ、あの鳥たちはデモクリトスの難解な主張を受けいれていた。すなわち、「甘いものも苦いものも存在しない。あるのは原子と、原子のあいだの虚無だけだ」と。

期待をかける神々の気分を害さないためにと、テレンスはときとして現実主義に衝き動かされることがあった。立ち向かう、うしろめたい斡旋もいとわない、好機を逃さない、といったものだ。だから日曜のグラン・ダービーの日にパーティーを催したり、六マイル先の競馬場にサキ・バーのスタンド——オーケストラボックス、ボーイ二人、ソーダボックス、アイスバスケット——を出したりしたのだ。これは悲壮な遠征だった。ギターを足にはさみ、カラチ・トリビューンの新聞紙に包んだステーキを膝に載せ、黄色い馬車に全員乗りこんだ。二人のボーイは身動きもとれないまま仲よく言い争い、御者の鳴らす真鍮の鐘が、田舎の食料品店で耳にする鐘のような純粋でメランコリックな音色を響かせた。ポプラ並木に沿ったぬかるんだ泥道を通って、僕らは競馬場へ向かった。

僕らはパドック脇の丸く並んだユーカリの木の下にスタンドを設置していた。何頭もの馬の毛並みが明るく輝く日陰には、クエッタの競馬関係者たちが集まっていた。顔に痘瘡の痕が残るパキスタン人の馬主たちはターバンを乗馬帽に替え、琥珀の数珠を双眼鏡に取り替えていた。ジョッキーの縞柄のヘルメットのまわりで、最後の取引が鼻声の英語でかわされる。少し離れたところから、賭け屋のまわりに客たちが群がっているのを見ながら、僕らはこのムガール帝国を縮小したような世界の中央にボトルを下ろしていった。見ていて楽しくなるほどの馴れあいの競馬だ。足の速い馬がうっかり「勝ち馬」を追い抜いてしまい、ジョッキーが慌てて馬を抑え、観覧席が笑いにつつまれる。だからといって賭けの楽しさが損なわれるわけではなかった。賭けは馬ではなく馬主を選ぶことになる。勝つには繊細な洞察力が必要になるのだ。

レースの合間に僕らはできるだけ大きな音で演奏した。貧相なアルペジオとまばらな低音は子どもの叫び声と馬のいななきにかき消されてしまうし、レビューの準備をするバローチ連隊のバグパイプの音が生け垣の桑の木の向こうから響いてくる。

僕の記憶にあるのは、コンチネンタル・アーティスツが群衆を移動させていたことだけだ。ボーイが口ずさみながら踝をもんでいた。テレンスはジンの染みがついた『ゲルマントの方へ』を読み返しながら、まるで初めてタンゴを聴いたように驚いて見せてくれたが、それまでに僕らは百回は繰り返していたはずだ。テレンスは興奮したように手拍子をとって、客を引き寄せようとしていた。もっとも、あまり効果はなかった。僕らのほうもあまり成功したとはいえなかった。バローチ連隊の行進が続いていたからだ。これを聞きのがす手はない。ニンジン色をしたスコットランド人の隊長を先頭に、虎の皮をかぶった鼓手が二列になって続き、そのあとを進む四十人の漆黒のバグパイプ奏者は連隊の創始者カーネル・ロバートソンと同じキルトとタータンチェックのケープ姿だ。そして、ようやく本隊になる。みごとな短剣と水牛の革装具、銀の羽根を飾った緑のターバン。本隊が元気よく行進する。どの顔も満面の笑みで輝いている。この場にふさわしい雰囲気、僕らの世界の行進のような、大げさで頑固なようすはどこにもない。休憩時間になったので、太鼓に書かれていた文字をのぞいてみた。「デリー、アビシニア、アフガニスタン、中国一九〇〇、イープル一九一四、メッシーナ、ビルマ、エジプト、ヌーヴ＝シャペル、キリマンジャロ、ペルシア、アルデンヌ」さらに、ほかにも評判のよくない地名が大量に記されていたが、そういった土地では、バグパイプが大歓迎を受けることはなかったのだろう。元気の出る音楽だ。緊張感があり、鋭く、辛辣で、犠牲の疑わしげな芳香はまったく感じられない。いまもなおパキスタンに雇われる立場であるイギリス人の士官たちが、嬉しそうな表情を浮かべながら連隊を先導していた。この連隊を整然と配列させるために、士官たちは絶えず控えめに足を動かす必要があった。日差しをあびて砂埃がきらめく中、サキ・バーの上客たちが通り過ぎていく。

……蛍。葉の香り。一瞬の涼。日が暮れはじめていた。最後まで残っていたサラブレッドもペルシア織りの馬着をつけてクエッタへ戻っていった。どんよりとした眠気につつまれ、指先もしびれていたが、僕らは静かに演奏していた。ランナーがゴールまでの最後の百メートルを歩いているようなものだ。テレンスは溜め息をつきながら売れ残ったボトルを数えていた。彼は慣れないことに手を出したことを早くも後悔していた。どう見ても利益は出ていない。今回かぎりにするべきだ。競馬場のまわりには、格子状に畔道の走る耕作地が砂漠まで広がっている。耕作地の端にはサボテンの垣根とパラソルのような形をした大木があり、木には緑色のインコの群れが眠っていた。

帰りの馬車の後ろに乗りこみ、汚れたグラスをいれたバケツを胸に抱えた。途中で馬が立ったまま眠ったらしく、何度か止まってしまった。駅には真珠のような湯気が上がり、密輸品の紅茶と飲料水を積んだノース・ウエスタン・レールウェイの短い列車がまもなくザーヘダーンへ向けて出発しようとしていた。

「テレンス、あんたはイングランド人だから……」

「イングランド人だって？　いっそ死んだほうがましだ……私はウェールズ人だ。商人じゃないが、その点では、かなりできそこないだといえるな」テレンスは物静かに答えた。

たしかにそのとおりかもしれない。たとえば、彼は首都に友人が山ほどいるので、借金を帳消しにすることもできなくはないのだが、彼はその交友関係を活用して優先的にカラチから新鮮な小海老を大量に買いつけたあげく、大半を腐らせてしまうのだ。砂に囲まれた場所でミュゼットのアコーディオンの音とともに海老フライを客に提供するというのは、いかにもテレンスらしい。それが彼なりの成功の秘訣のはずだったが、利益を徹底的に追求しようとはしないので、繊細すぎる文明が終焉を迎えるようにサキ・バーは傾いていった。テレンスの友人たちは飲んだ代金をきちんと払っていたが、友人の友人ともなれば話は別だ。それに警官や馬券屋が来れば、彼らも大切に扱わなければならない……その友人も同様だ。そしてついには、パシュトゥーン人の女衒やターバンすらまともに巻けない連中が、店の隅で立ち飲みをしているのだ。

ある夜のことだった。時刻は二時。最後の客が出ていってから時間も過ぎていた。テレンスが焼いてくれた肉の欠けらをカウンターで食べていると、ある人物がドアから店内に駆けこみ、誰にも挨拶せず、僕らのすぐ横を抜けて薄暗いキッチンへ入っていき、そのまま足音も何も聞こえなくなった。その人物は背が高く、キッチンは天井が低いので、背中を丸めたままじっとしていたのだろう。テレンスは読んでいた本から目を離そうともしなかった。僕はどうにも気詰まりになった。

「いまのは誰だい？」

「私が知るわけがないだろう。挨拶ひとつしないんだからな」かすかにいらだちのこもった声でテレンスが答えた。ただ、不安というよりも楽しんでいるようだった。そのとき、鍋がかすかにこすれる音がし、くちゃくちゃと何かを嚙む音が聞こえ、すっかり笑顔になった男が出てきた。

この夜のあと、腹をすかせて忍びこむ人影が現われるようになり、それとともにオックスフォード訛りや白いジャケットを着た上客たちが店の過去の姿になっていった。サキ・バーは、店自身の人を引きつける魅力のために凋落しつつあった。変身願望、思いがけない出来事、あきらめから生じたような温和さ、そういったものがテレンスを追いつめていたのだ。

僕らがサキ・バーを出ていく前々日には、サキ・バーには一人も客が入らなかった。僕らが上で寝ていると、ドアを遠慮がちに二度ノックする音が聞こえた。小型のハーモニウムを抱えたミュージシャンのクチ［起源ともいえるアフガニスタンに留まったジプシー系の部族の名前だ］だ。彼はインド亜大陸の各地を渡り歩く旅芸人のひとりだった。彼らは灰色の猿を肩に乗せ、馬を屠り、呪文を唱え、拾いものや盗品売買、歌で生計をたてていた。寺院やモスクを避け、人間はさまよい、死に、腐り、忘れ去られるために生まれてくる存在なのだと言ってはばからない。ブラガンザでさえ相手にしようとはしない。だがテレンスは彼を店に入れ、一杯奢った。クチは中庭の中央にしゃがみ、楽器を鳴らしはじめた。脇に置いた鞴《ふいご》を左手で動かしながら、日に焼けた黒く大きな右手が、二オクターブの小さな鍵盤の上を滑る。奏でられるのはほのめかすように震える曖昧な音で、鞴の空気の音を覆い隠すほどでもなかった。ぎこちないフレーズ、どこにもつながらないメロディーの断片、あるいは――指が太いので、一音出すつもりが二音になり――忠実な影のように次の断片へ続く。そして、彼はうつむいたまま歌いだした。しわがれた声が赤い一本の毛糸のようにハーモニウムの鼻にかかったような音のあいだを流れていく。溜め息を声に出したような歌で、どことなくボスニアのセブダに似ている。唐辛子の香りがよみがえり、モスタルかサラエボのプラタナスの並木沿いに並ぶテーブルが目に浮かぶ。すり切れたスーツに身をつつんだロマのオーケストラが楽器を演奏するさまはまるで、世界を耐えがたい重圧からいますぐ解放しなければならないと思っているようにすら見えた。それと同じような、とらえどころのなく物狂おしい悲しさと移ろいやすさ、穏やかさがあった。

ペルシアの伝説によれば、ササン朝のバハラーム五世は宮廷を楽しませるためにクエッタの町のロマの曲芸師や楽士を一万人ほど雇い入れたが、彼らは給金を受け取ると裏切り、西ヨーロッパへ逃れ、バルカン半島の田舎に住みついたという。昨年のコウノトリの季節には、僕らは彼らの子孫と一緒に何杯も酒を飲んだ覚えがある。

ガレージでまる一日作業をして疲れきったときには、こういったことを思い出すと無上の喜びを覚えてしまう。旅は螺旋のように同じ場所に近づきながら先へ進んでいく。合図があれば、僕らはその合図に従うだけだ。テレンスは心を動かされた表情を浮かべながら、最後のオルヴィエートのボトルの栓を抜いた。コルク栓がはじけ飛び、同時にサキ・バーの負債が二十三ルピーほど増えた。テレンスにとってはもうどうでもいいことだ。もともと効率やジャンルにとらわれる人間ではないのだ。破産寸前のバーに身をおき、町中の信頼と借金を背負い、古いモーツァルトのレコードを山ほど抱えた退役士官のテレンス。彼は僕らよりもはるかに遠く、そしてはるかに自由に旅をしていた。アジアは自分の気に入った人間を引きこんでは、運命のためにキャリアを捨てさせる。そして胸の鼓動が強まり、数多くのものごとの意味がはっきりと見えてくる。グラスのワインがぬるまり、テレンスは身動きもせずに夜の鳥のような鋭い表情で、ゆっくりと動いていく星々を見つめている。そのあいだにハーフェズの詩が記憶からよみがえってきた。

……神秘主義者すらこの世の秘密を知らないというのなら
安食堂の主が誰から教わったのか不思議になる

アフガニスタン

カブール街道

「コジャック峠？　あんたらの通る道じゃない。あたりまえだ。その車じゃむりだ。いい道なんだがね。深い穴があいてるんだよ。右の迂回路を行くといい。まっすぐ行こうなんて考えるんじゃないぞ」

アフガニスタンの国境の町へ通じる峠についてクエッタで話を聞くと、こう言った答えがいくつも返ってきた。ここでも同じだ。旅を終えたヨーロッパ人は苦労話を大げさに話したがるものだ。その点、バローチ人ならば気の滅入るような情報を口にしたりはしない。相手の考えに反対するというのは、彼らの性格に反することなのだ。最善策は、最悪の事態を覚悟したうえで自分の目で確認しに行くことだ。

コジャック峠は軍によって十分に整備されており、険しい登り坂が湯気を上げる石積みを越えていく。二つめの急坂の手前でエンジンが息を切らした。歩いて行くしかないのか。いっそこの車を譲ってやりたいところだ……が、誰に譲れというのか。三十キロ圏内には人っ子ひとりいないのだ。あまり期待はできないが、ディストリビュータと点火プラグを磨き、進角を調整する。太陽は絶頂に達していた。煙草が切れたうえに、熱のせいで指先がうまく動かず、ベンチレータに左手を巻きこまれて指四本に骨まで達する切り傷を負い、僕はそのまま道路に倒れてしまった。痛みのあまり息をすることもできなかった。ティエリがタオルで手を包み、止血してくれた。旅のあいだ携行していたモルヒネを使う機会ができたのは、この一回だけだ。効果は抜群だった。使いものにならなくなった手で車を押し、引っぱり、輪止めを置くのが、なんとも簡単なことに思えた。五時、僕らは頂上にいた。涼しい風が顔をなでる。峠の頂きから見下ろすチャマンの町は皮膚病の染みのように見えた。北にはアフガニスタン高原が光の霧の中にどこまでも広がっていた。

ラスクルドング、アフガニスタン国境

アフガニスタンに足を踏み入れるということは、いまでも特別なことだ。偉業とされたのも、それほど昔のことではない。この国を掌握することができなかったインドのイギリス軍が、東と南の国境を完全に封鎖していたのだ。アフガニスタン人もまた、自分たちの国へはいかなるヨーロッパ人も足を踏み入れさせないと公言していた。彼らはその言葉を守り、それで満足していた。一八〇〇年から一九二二年にかけて、禁を破って侵入し、アフガニスタン各地をまわることができたのは、わずかに十二人ほどの向こう見ずな人間（ベンガル連隊の脱走兵、狂信者、ツァーの使節、巡礼者をよそおった女王のスパイ）だけだった。学者たちは不満だった。カイバル峠を越えることができないので、パシュトゥーン人の民間伝承に詳しいインド学者のダルメステテは、アフガニスタンの情報を得るのにアトクやペシャワールの刑務所の囚人に頼るしかなかった。考古学者のオーレル・スタインはカブールのビザが下りるまでに二十一年も待たされ、結局、ビザを手にしたのは死ぬ直前だった。

今日では多少の機転と辛抱さえあればどうにかなる。だが貴重なビザを手に入れ、クエッタとカンダハルを結ぶ街道を走り、日が暮れてから国境の村ラスクルドングを訪れても、そのビ

ザを見せる相手が一人もいない。事務所もなければ遮断機もなく、検問自体がないのだ。あるのは土の家のあいだに続く白い道と、風車小屋のように開けっぱなしの国だけだ。尺蛾《シャクガ》の大群に囲まれながらチャーイカネで飲んでいる三人の兵士には、税関での仕事はない。見たところ、税関の職員は夕方の礼拝のために自宅へ戻っているようだ。

ティエリが探しに行った。僕は頭がぼうっとして歩くこともままならず、車に残った。永遠に待ちつづけているような気がした。村は暗く、オーブンのように暑かった。あふれるほど籠を満載したトラックを目で追った。トラックは子どもの声に合わせて向きを変えていた。僕は膝に頭を乗せて急に眠りこんでしまった。それから熱で目を覚ますと、もたれかかった窓越しに、心配そうにこちらを見つめている兵士の顔が見えたが、ふたたび深い眠気に襲われた……。

車のドアの音が響き、僕は飛び起きた。老人が僕の鼻先にランプを突きつけ、勢いのあるペルシア語で何か励ましていた。老人は白いターバンに白い服を身につけ、顎髭を切りそろえ、こぶし大の銀の印章を首にかけていた。税関の職員だと気がつくのにしばらくかかった。僕らのためにわざわざ家を出て、無事に旅をつづけられるよう願い、カンダハルの医師の住所を教えてくれた。彼の服装と貫禄、職務に対するまじめさを見ているうちに好感を覚えてしまい、ついうっかりと——彼に迷惑をかけないためにも——六週間前にビザの期限が切れていることを口にしてしまった。老人はすでに気がついていたらしく、表情を変えることもなかった。

アジアではあまり時間というものを気にしないようだ。それに六月に通行を許可したのなら、八月に断わるという道理もないということなのだろう。わずか二か月で人間はそれほど変わったりはしないものだ。

午前三時、カンダハル

その日の夜のカンダハル。音もなく涼しげな土の路地、放置された露店、プラタナス、生い茂る葉が影の中に暑い影をつくるねじれた桑の木、そういったものを僕らは夢の中で見ているような気がした。町は溜め息ひとつもらさない。用水路《ジュー》の水音や、ヘッドライトの光で目を覚ました鳥の笑うような鳴き声があちこちから聞こえてくるだけだった。

いまや僕の心を引きつけるのは眠ることだけだった。ホテルを探して時速十キロで走りまわり、星々がひとつ、またひとつと消えていくあいだに、「カンダハル」という言葉そのものが、枕、羽布団、海のようにふかふかのベッドの姿に次々と変身していく。眠れるのなら百年でも眠りたかった。

カンダハルのホテル

医師が来て僕は目を覚ました。イタリア・ギリシア系だろう。外見と中身には大きな隔たりがあった。ショートパンツにサンダル履きに威厳のある顔をした、落ちつきのない長身のロミオといった人物で、表情が消えると、やたらと鬱陶しい顔になる。この仰々しい顔の手前に、うちなる人生の網が見えた。ドアの向こうのありふれた中庭が見えるようなものだ。彼自身も狭苦しさとぎこちなさを感じているようだった。医師は尊大ではあるが、決断をためらうように部屋を歩きまわり、椅子を力づよく引き寄せると、跨るように座り、僕に話しかけてきた。「どういうことかね」すばらしくよく響く声だ。僕は説明しようとしたが、疲労でわずかな言葉しか口にできなかったが、その平静さは医師の期待を裏切るものだったらしい。あっさりとしすぎて面食らっていたのだろう。ある種の男らしい、天佑ともいえる口調をつくることができたものの、僕らがそれ以上話を続けないので、どのようにその口調を維持したらいいのか、わからなくなったようだ。手は？　二週間もすれば痛みも収まる。熱は？　ただの三日熱マラリアで、深刻なものではなく、すぐに治るはずだ。自分も何度か経験したが、悪化することもある……。彼の首の下のほうに奇妙な傷跡があるのを僕が見ているのに気がつくと、医師は言葉を切って笑みを浮かべ、短く「バイオリンだ」とだけ答えた。ナポレオン時代の近衛兵が中身のない袖を見せて「アウステルリッツだ」と口にするようなものだ。それから、医師は僕を執拗に見つめた。まるで自分が挑発され、古傷をえぐられ、僕らに無視され、自分で取りこんだ無数の感情とともに部屋を出ていくことをひそかに望んでいるようだった。僕は三十時間の眠りから覚めたばかりで、誰も侮辱しようなどとは思ってもいなかった。それどころか僕らは医師を歓迎していた。彼のフランス語を褒め、バローチの葉巻を贈ると、彼はぼんやりと椅子を叩いてリズムをとりながら、鼻歌を歌っていた。

あえてそういった役柄を演じたものの、医師は当惑を消しさることができずにいた。自分が相手をしているのがどのような人間なのかわからずにいたのだ。彼が僕らのことを「分類」しようとしていることはわかっていた。僕らと同じ言葉で話したがっているのだ。彼の目が部屋の中を見まわし、僕らの荷物を探り、すぐにベッドの足下の衣服にそそがれた。医師の口調が急変し、粗野でなれなれしくなるのではないかと僕は不安になった。いくつかの要素――ティエリのイーゼル、レコーダー――のせいで、自分の立場を明確にすることができないのだろう。だが時間がない。医師が来てから早くも十分が過ぎていた。彼はある種のパニックにとらわれていた。彼はあきらめ、コッレオーニさながらの顔が突然、ありふれた顔に変わった。その顔に安堵と孤独、若々しさが浮かびあがる。そこへもう一人、別の人格が現われる。有能だが脆弱で、つねに仲間を求める性格の人物で、僕らに本を貸してもいいし、話をしにまた来よう、と告げる。そのとたん、何もかもが簡単なことに思えるようになったようだ。もう煙草を激しく揺することもなくなり、朝日をあびた煙がまっすぐに上っていく。医師は僕の血を抜き、器具を用意し、そのあいだもひとり言を続けている。ワイルドは好きかね？ 暇なときにイタリア語に訳しているんだ。コレッリはどうだ？ あの『クリスマス協奏曲』のやさしさには何度となく救われたものだよ。自分も芸術家だからね、と彼は口にしたようだ。彼はこの町で大量のレコードを持っており、それを聴くことに並々ならぬ情熱を覚え、そのために、彼の若妻はこの町へ来ることをあきらめたのだという。それでよかったのだ。女というのはあまり極端なものには理解を示さないものだ。それで夜は病院の最上階で一人で過ごし、ハーモニーの波を感じながらアフガニスタンの小説を書いている。心理的な一大絵巻で、とても巧妙な筋立てなので、まだ詳しくは話せない。もう何年も書きつづけているので、いつでもそのことばかり考えている。完成したら、死んでしまうのではないか……。

「こんな話、つまらなくないかね？」

やはり死んでしまうようだ……。彼は後悔するよりも、むしろ口をつぐむほうを選んだ。だが遅すぎた。彼はかすかな笑みのようなものが通り過ぎるのを目敏く見つけ、気どった物腰から引き返せなくなってしまったのだ。顎を突き出し、自己閉鎖的な顔つきになる。モーツァルトの話題になると夢中になり、ひけらかし、愛想もなくリズムを口ずさみ、僕らにはちんぷんかんぷんなケッヘル番号を語り、どうでもいいオーケストレーションの詳細をむりやり僕らに聞かせる。試験そのものだ。僕らはアジアではしゃぐお人好しの大まぬけだ。まあいい。ともかく彼が首に傷跡ができるほど芸術とバイオリンへの情熱を深めていることは、よく覚えておくべきだろう。それもただのバイオリンではない。イタリアに五挺しかないアマティの一つで、二人の護衛を引き連れて旅をしてきたバイオリンなのだ。

だが時間は過ぎていく。彼は長居をしすぎたし、仕事が彼を呼んでいた。きっと山々をいくつも越えていくのだろう。彼は貫くような目を僕らに向け、まるで死体を跨ぐように一歩一歩足を進め、一瞬の笑みも浮かべずに去っていった。

「君のためにも、彼があまり早く書きおわらないよう願うとしようか」ティエリがドアを閉めながら言った。

医師としても悪くはないのだろう。治療代の話を聞こうともしなかったのだ。それから連日、朝になると医師が訪れた。いつも突風のように現われ、熱にうかされたような姿を見せる。何かにつけて部屋全体を磁力でつつみこみ、虻《あぶ》に襲われたサラブレッドのような雰囲気をまとい、力づよく流れていく。その力づよさが敬意を生むのは、謎のニーチェ哲学的な人物像の裏側だ。彼はその人物像に自分が染まりきってしまうことを極度に恐れていた。おそらく孤独になりすぎてしまうからだろう。鏡の前にいる彼の姿をいちど見てみたいものだ。とりあえず僕はある種の羨望を感じながら、ベッドの奥から彼のようすを観察していた。結局のところ、疲労のあまり僕が陥っていた無気力さよりは、この不安げなナルシシズムのほうがましだったのだ。

熱は上下を繰り返していた。

夕方、おぼつかない足どりのまま、大きな広場の外れに出た。サモワールの湯気と水煙管の煙が穏やかな空に上がり、わずかに黄色みがかった空は秋の訪れを告げていた。涼しく、響きのある町はまるで籠に盛られたイチジクと葡萄のようだった。緑茶と羊の脂の匂いがただよっている。砂糖にたかるスズメバチがチャーイカネの暗がりに線を描き、その下には、禿頭やターバン、アストラカンのキャロット帽、短気そうな鋭い顔が並んでいる。ときおり山羊の群れや淡い黄色の辻馬車が埃を巻き上げながら広場を横切っていく。東のイランといったところだが、ここには山岳民族らしい覇気があり、長い年月にわたってペルシア人がいだきつづけてきた無気力さが欠けている。野心を抑えこみ、勢いを鈍らせ、ついには神そのものを衰えさせるような、心をすり減らすものが欠けているのだ。

日が暮れるとともに熱が戻ってきた。人々の声、店、人影、光が風車の羽根のように回りだし、僕がしがみついていたテーブルを奪い取った。激しい耳鳴り、両肘の下の汗の海。無数の感覚にうちひしがれ、その感覚を記憶に留めるだけの力もなくなってしまう。それでも広場の中央にある小さなモニュメントと、そのまわりにはそぞろ歩きを楽しむ白い人々の姿がくっきりと目に映る。人々が歓喜をうちに秘めたまま、「イギリス軍からの戦利品」である六門の大砲の前を行き来している。

マラリアの危険性は悪性のインフルエンザと変わらない。マラリアにかかって医師を呼べば、同じ言葉を聞かされるはずだ。それでもマラリアと聞けば不安も募る。身体が震え、衰弱し、何もかも面倒なことばかりに思えてしまう。眠ることしか考えられなくなり、ベッドが魅力的に思えてくる。だが、そこには蠅がいる！

僕は憎しみというものについて、それまではたいしたことも知らずにずっと生きてきた。だが、いまでは蠅に強い憎しみを覚えるようになっていた。蠅のことを考えるだけで涙があふれてくるのだ。蠅を退治することに人生のすべてを捧げるのも、すばらしい未来に思えてくる。もちろんアジアの蠅のことだ。ヨーロッパから離れたことがない者に発言権はない。ヨーロッパの蠅は窓ガラスやシロップ、廊下の暗がりにたかるだけで満足している。ときには花の上を舞うこともある。ヨーロッパの蠅はもはや中身のない自分自身の影でしかなく、無害ともいえる存在だ。だが死骸が豊富にあるうえに、生きているものが何も気にしないのをいいことに、アジアの蠅は厚かましく、陰険な存在になっている。忍耐強く、執拗で、不快な物質をまき散らすこの蝿は、早朝から目を覚まして、世界を我が物とする。日が昇るころには眠気も訪れる。少し身体を横にするだけで、蝿は馬の死骸と勘違いし、大好物の餌食に襲いかかる。唇の隙間、結膜、鼓膜へと。こちらが眠っているとわかっているのだろうか？　蝿は冒険に出、夢中になり、ついには敏感な鼻の粘膜の中で踊りまわり、相手を吐き気の縁に追いこむ。傷口や潰瘍、治りかけの傷跡があるのなら、少しはまどろむこともできるだろう。蝿が大慌てでその場所を目指してくれるからだ。そして不愉快なせわしなさが影をひそめ、陶酔したまま身動きもしなくなる。あとはくつろいで観察してもいい。洗練さの欠けらもないふるまい、落ちつきがなく不規則で愚かしげで、神経を逆なでする飛びかた——いないに越したことはないが、蚊のほうがはるかに芸術的だ。

ゴキブリ、ネズミ、カラス、十五キロもある禿鷲。どれもウズラ一羽殺す度胸はない。腐肉をあさるものたちの世界というものがある。すべては灰色とまだらの褐色の中にあり、悲痛な色をし、これといって特徴もない飢えたものたち、つねに通りがかりに手を貸そうとしている連中だ。そういった家畜にも弱点があり——鼠は光に弱く、ゴキブリは臆病で、禿鷲は手のひらに留まることができない——、蝿はやすやすと彼らの頂点に立つことになる。なにものも蝿を止めることはできない。仮想物質のエーテルだって、篩《ふるい》にかければ蝿の数匹は出てくるに違いない。

生命が屈服し、逆流する場所であればどこでも蠅は狭っ苦しい世界で文句一つ言わずに――もう終わりにしよう……無意味な興奮はやめにして、まばゆい太陽にすべてまかせよう――忙しく立ちまわり、看護婦のように献身的にふるまい、忌まわしい前肢の身繕いを披露してくれる。

人間は多くのことを求めすぎる。人生の全体像を補ってくれる特別で完璧な自分だけの死を夢みるものだ。人間はその死のために活動し、ときにはその死を手に入れる。アジアの蠅にはこの生と死の区別がない。蠅にとって、生と死は同じようなものであり、バザールで子どもたちが眠っている（静かな真っ黒な群れのように眠っている）のを見るだけでも、蠅に死者と生者の区別をする気がないことがよくわかるはずだ。蠅は形のないものに仕える完璧な従者となっているのだ。

先見の明のある先人たちの誰もが、蠅は悪魔によって生み出されたものと見なしていた。だから蠅はすべて悪魔の特性を受け継いでいる。無意味なぺてん師であり、同時に複数の場所に存在し、急激に増殖し、番犬よりも忠実（蠅がそこに残っていれば、多くの者たちに逃げられることになるが）であるということだ。

蠅には神々までいた。シリアのバアル＝ゼブブ（ベルゼブブ）、フェニキアのメルカルト、エリスのゼウス・アポミヨスといった神々で、人々はこの神々に犠牲を捧げ、僕《しもべ》たる不潔な群れを遠く離れた場所でたいらげてくれるよう強く願っていた。中世になると、蝿は糞から生まれ、灰から再生するものと信じられ、罪人の口から蝿が飛び出してくるのが目撃された。クレルヴォーの聖ベルナールは典礼の際に説教台から蝿の群れを雷で打ったという。ルターもまた手紙の中で、悪魔に送りこまれた蝿に「紙を糞で汚された」と記している。

中華帝国の最盛期には蝿に対する法が定められている。力のある国ならばどの国でも、蝿に対してなんらかの対抗策を打ち出しているはずだ。アメリカ人の病的——流行だからというのもあるのだろう——な衛生対策が笑われるのも当然のことだ。いずれにしても、DDT爆弾によってアテネの町から蝿が一掃されたその日、飛行隊の航跡は正確に聖ゲオルギウスの軌跡をたどっていた。

モコル街道

アフガニスタンに鉄道はなく、未舗装の街道が何本かあるだけで、それもあまり評判がよくなかった。もっとも、僕としてはその悪評には異論がある。カンダハルからカブールへ向かう街道には新鮮な馬糞が無数に転がり、馬の蹄や大きな四つ葉のクローバーの形をしたラクダの足跡が砂埃の上にいくつも残っていた。高い空の下、どこまでも広がる山の斜面のあいだを街道が抜けていく。九月の空気は澄みわたり、はるか先まで見晴らしがきいた。鮮やかな褐色の山肌を背景にヤマウズラが空を飛び、花をつけたポプラは葉の一枚一枚までくっきりと見え、村の家並みからは煙が立ち上っていた。水のある場所では、背の低い木々が道沿いに並んでいる。車は花梨や黄色い洋梨の絨毯を進んでいく。踏みつぶされた果実が香り、その強烈な芳香とともに孤独感が田園そのものへと変身する。

はたして孤独といえるかというと、そうでもない。自然の背後には人間の気配も感じられた。一時間も走ればかならずどこかで背の高いトラックとすれ違う。玩具のように水色や黄緑色に塗られたトラックは褐色の大地に輝いて見える。ロバの背に乗り、日差しで熱くなった鎌を腕に抱えた農夫。ヤマアラシ。熊やインコ、鈴を縫いあわせた赤いチョッキ姿の二匹の猿とともにロマ系のクチ族の一群が柳の木の下で休んでいることもある。女たち——にぎやかな大女ばかりだ——は消えかけた火のまわりで忙しそうに動きまわっている。車を止め、彼らを笑いものにし、彼らもまたこちらを笑いものにし、車を出す。

適度な間隔をあけて出会いが訪れた。道もそれほど悪くはなく、時速三十キロで問題なく走りつづけることができた。先を急がせるものは何もなく、すてきな朝をのんびりと過ごすのも心地よいものだ。サンルーフを開き、窓に肘をかけ、あまり口も開かず、ひなびた風景を身体に取りこむのだ。

このペースで進めば、日が暮れるまでに峠を一つ越すだけですむかもしれない。だが、その峠のことで頭がいっぱいだった。ある種の最優先事項になっていたのだ。夕食の時間にもそのことが話題になった。忘れて眠っても、夢に見てしまうのだ。真夜中、登り坂で追い越したキャラバンが宿営地に着き、荷下ろしを始め、ランプと声の乱舞に叩き起こされる。やはり峠を気にしているのだ。とはいえ地図に記載するほどの価値があるものではなく、山らしい山ならばもっと北にある。四十ほどの急斜面が黄色い牧草帯の中央を抜けていくだけだ。峠の頂には石を積んだだけのモスクがあり、緑の旗がマスケット銃のような乾いた音をたてて風にはためいている。峠道に入

り、峠を越え、峠を征服するまでにはまる一日かかる。このさき時間を無駄にしたくなければ、ここでいったん落ちつくのがいちばんなのだ。

サライ

サライのチャーイカネの主人は、言葉を飾って店を宣伝する必要はなかった。丸太で道がふさがれている場所、それだけで十分なのだ。車を止め——そうするしかない——、枯葉を重ねた雨よけの下で二本のサモワールが湯気を上げ、その両脇には輪に通した玉葱が並び、火鉢の上に薔薇模様のティーポットが並んでいる。中へ入ると、丸太の罠にかかった同士の姿がいくつか

目に入る。一瞬だけ礼儀正しく挨拶を送ってくるが、すぐに昼寝やチェス、食事に戻っていく。

ここ以外のアジアの多くの地方では、不愉快なほど遠慮というものがなく、そのことを知らなければ、ここでの控えめな態度がどれほど例外的で心地よいものなのか、理解することもできなかっただろう。好奇心をもちすぎることや、お人好しというものは、せっかくのもてなしの気持ちを台無しにしてしまうものだということがよくわかる。アフガニスタンの民謡によれば、迎えた客にどこから来たのかと訊き、「頭のてっぺんからつま先まで質問攻めにあわせる」人間ほど滑稽な者はいないという。西洋人を相手にするときも、アフガニスタン人の態度はまったく変わらない。無気力さはみじんもなく、未開人を相手にするときのようなうぬぼれた「心理現象」の欠けらもない。これは山のせいだろうか？　というよりもアフガニスタンが植民地になったことがいちどもないからだろう。イギリス軍は二度にわたってアフガニスタンを打ち破り、カイバル峠を開かせ、カブールを占領した。そのイギリス軍を相手に、アフガニスタン人は二度にわたって強烈なしっぺ返しを食らわせ、元の状態に戻している。したがって雪《すす》ぐべき恥辱もなければ、追いはらうべき劣等感もない。外国人？　フィランギ？　同じ人間だ。席を空けて、何か出してやろう。そして誰もが自分の用事に戻っていく。

道路をふさいでいた丸太には、ためらいというものがまったく感じられない。むしろ見識があるといってもいい。このような風変わりな手法には降参するしかない。言い値で金を払ってもいい。だが、そんな問題ではない。紅茶はとても熱く、メロンはよく熟れ、勘定は安い。そして、出発の時間になれば、主人が腰を上げ、親切にも丸太をどかしてくれるのだ。

カブール

南から来た旅人の前にカブールが姿を現わし、ベルト状に伸びるポプラの並木や、うっすらと雪をかぶり煙を上げる薄紫色の山々、バザールの上の秋の空に震える凧が目に入ると、世界の果てにたどり着いた自分が誇らしくなる。だが、まだ世界の中心にたどり着いたにすぎない。とある皇帝もそうはっきりと言っている［インドのモンゴル系の王朝であるムガル帝国の創始者ザヒロディン・バーブル（『回想録』パヴェ・ド・クルティユ訳、一九〇四年）］。

カブール王国は四つめの地方に属し、人の住む世界の中心にある……。カシュガル、フェルガナ、トルキスタン、サマルカンド、ブハラ、バルフ、バダフシャーンから来た隊商はカブールを訪れる……。カブールはインド亜大陸とホラーサーン地方の中間点にあり、最高の市場を提供してくれる。カブールの商人がカタイやルーム（中国や小アジア）に行商に出たとしても、これ以上の利益を得ることはできまい……三倍から四倍の利益では満足できない商人も少なくはない。

カブールとその周辺の村々で収穫される果実には、葡萄、ザクロ、アンズ、林檎、マルメロ、洋梨、桃、プラム、アーモンドがある。クルミもよくとれる。ワインはかなり強い……。カブールの気候は穏やかで、世界広しといえども比較に耐えうる国はどこにもない。サマルカンドやタブリーズもその気候で有名だが、はるかに寒い……。

カブール王国の住民は多様性に富んでいる。山地と平野部はトルコ系、アイマーク系、アラブ系である。都市部はサルト人が支配している。地方の村々の多くはタジク人、ベレキ人、アフガン人によって治められている。カブール王国ではアラビア語、ペルシア語、トルコ語、モンゴル語、ヒンズー語、アフガン語など、おおよそ十一から十二の言語が話される……世界のほかのどの国でも、これほど多様性に富んだ民族と言語に出会うことはない……。

皇帝バーブルは在位中に、町を囲む丘陵地で三十三種類にわたる野生のチューリップを調査し、数多くの川を、「粉挽き小屋」「粉挽き小屋半分」「粉挽き小屋四分の一」などという単位で区分けした。さらに、詳細な目録を『回想録』に十ページ以上にわたって記している。この書物は一五〇一年にカブール地方に逃れたバーブルがチャガタイ語で記した自伝であり、これだけでも彼の真価が容易にうかがえるだろう。その当時、バーブルはまだ二十歳前で、彼にとっては何ひとつ幸福なことがなかった。両親にはフェルガナの領地を奪われている。さらにサマルカンドのウズベク人の王族に追撃された。実りのない策略をたて、徒党を集め、戦いに赴き、逃げ出し、数頭の馬とわずかに残った忠実な部下とともに星空の下で眠る生活を何年ものあいだ続けていたのだ。

カブールに来てバーブルは初めて心静かに眠ることができた。彼はすぐにカブールが大好きになった。町の城壁を修復し、庭園もいくつか造り、公衆浴場を増やし、池を掘り——清水に対する情熱はイスラム教徒らしい——、葡萄の木を新たに植えて酒宴が催せるようにするなど、彼は労をいとうこともなかった。

カブールの果樹園では鷹を拳に載せ、馬に乗って何日も過ごすことになった。ヤマウズラやツグミが無数にいたのだ。夕刻はさらにすばらしかった。林檎の木の下や鳩舎の平たい屋根の上で、夜が更けるまで大麻を吸い、供の中で気のきいた者たちとなぞなぞや風刺詩をやりとりし、熱心に詩作——チムール朝の君主たちに特有の、知識に対する嗜好だ——に励み、隣国のヘラートの王子の前で恥をかかないようにする。ヘラートの宮廷はやたらと文学に通じ、「横になって足を伸ばせば、かならず詩人の背中を蹴飛ばしてしまう」ほどなのだ。そういった思い出は愛着をいだかせるものだ。バーブルが彼にふさわしい帝国をインドに打ち立て、二十五億ルピー――莫大な額だ――にも及ぶ収入を手にするようになっても、カブールから遠く離れた悲しみが癒されることはなかった。彼をはじめ、全軍団が同じ寂しさを味わっていた。バーブルは急ぎ二騎の使者を送り、アーグラからカブールまでの正確な距離を測らせ、少しでも早く到達できるように替えの馬とラクダを随所に配置させた。こうしてバーブルは何年ものあいだ、アフガニスタンのワインやメロンを新しい首都に運ばせ、そのメロンの香りに触れるたびに「心から涙した」という。だが彼にはインドでなすべきことが山ほどあり、カブールへ戻ることはかなわなかった。ついにカブールへ戻ることができたのは死後のことだ。彼の墓所はバザールの西の庭園の巨大なプラタナスの木陰にある。

バーブルほどの人物を魅了できれば、どのような町でも有頂天になるというものだ。それも常軌を逸するほどに。ふだんはとても慎重なバーブルが、何ひとつ疑いもせず、町に関わるすべての逸話を集めさせた。カインがその手で町を築き、ノアの父であるレメクが町に埋葬され、ファラオが子孫をこの町に住まわせた……云々と。

だが、「世界の中心」たる町については、その正しさを認めるべきだろう。あちこちで口にされる思いあがりの言葉もいちどは正しいと証明された。何世紀にもわたってヒンドゥークシュ山脈の各峠と、インダス平野に向かって下る人々を支配してきたカブール地方は、インド文化やギリシア化されたペルシア文化、中央アジアを経由した中国文化を隔てる気密室のような機能をはたした。長年抗争をつづけたディアドコイたちが、十字路の女神である「三つの顔をもつヘカテ」を崇拝したのは偶然のことではなく、キリスト教時代の黎明期、アフガニスタンのギリシア系の王の最後となるヘルマイオスがコインの表面にインドの文字を、裏面に中国の文字を刻印したとき、この十字路はまさに「人界」の十字路となったのだ。

アレクサンドロス大王の率いるマケドニアの軍勢が葡萄畑を見つけるたびに「ディオニュソス」と叫び、故郷へ戻ったと早合点した時代からは、さまざまなものが変化し、さまざまなものが移動している。セレウコス・ニカトルによってインドで買い取られ、西の敵たちを打ち負かした五百頭の象。象牙の彫刻やフェニキアのティールのガラス器、ペルシアの香料や化粧品、小アジアの工房で大量生産されたシレーノスやバックス(バッカス)の小像を運ぶキャラバン。両替商、高利貸し、ロマ。パンジャブ地方のインド・パルティア国の王であり、『トマス行伝』の編纂者たちによってその名を貶められたゴンドファルネスもあるいはそうかもしれない。中央アジアを追われ、全速力で逃げこみ、莫大な資産を地に埋め、未来の古銭学者や考古学者を驚喜させるスキタイやクシャーナ(月氏)の放牧民。さまざまな商人たち。使用人を引き連れ、記録を残す（これから発見されることがあるかもしれない）好事家もまた、いつの時代にもかならず一人はいるものだ。残念ながら歴史家はいない。インドへの危険な長旅に音をあげながらも数多くの教典を持ち帰る中国の仏教徒。さまざまな遊牧民。なかでもフン族はそれまでに文明化されたほかの遊牧民からは粗暴な民と恐れられた。

そして、厳しく、記憶を残さないイスラム世界。七世紀だ。のちにこの十字路はそれまでとは違うものを目にすることになるが、このあたりで終わりにしておこう。数多の人々のあとに訪れる今日の旅人には、適度に控えめに姿をさらし、誰ひとり驚かさないようにするのがよいのだろう。そうすればアフガニスタン人にも快く迎え入れられることだろう。彼らの大部分は、自分たちの歴史のことなど完全に忘れ去っているのだ。

西洋人や西洋の魅力を前にしても、アフガニスタン人は精神的な自立性を失うことがなかった。アフガニスタンを見つめる彼らの目には、僕らと同じような好奇心も少しは含まれている。彼らは十分に高く評価しているが、見かけに騙されることについてはどうだろう……。

カブールには小さいがすばらしい博物館がある。そこには独立宣言後のアフガニスタンでフランス人考古学者たちが発掘したものが展示されている。展示品はほかにもあった。なんでも少しずつある。コレクションの断片、イイズナの剥製、下水の修理中に発見されたコイン、水晶。一階の奥にある衣装を陳列したショウケースには一九五四年の姿が見られるが、まわりにはニュージーランドのマオリ族の羽根の腰蓑《こしみの》と新疆の羊飼いのコート、「アイルランド」や「バルカン半島」と注記されたごく一般的なセーターが並んでいる。アニリンの赤、おそらく手編みだろうが、それにしてもセーターとは……スイスでは十月にもなれば路面電車の中でもよく見かけるものだ。ついうっかり並べてしまっただけなのか。そうではないと願いたい。それまでとは違った目でしばらく見ていたが、正直なところ、客観的に見れば、極楽鳥の羽根やカザフの革のコートの前では、この赤紫色のセーターによって表わされる文明はみすぼらしく見えてしまう。心を痛めるのが当然の反応だろう。いずれにしても、人々が「それ」を着ているような国を見に行きたいと思う者はあまりいないはずだ。

僕はこの展示が気に入った。目の前でガリバーの旅行の一つが演じられているようなものだ。僕の胸を高鳴らせ、理解の階段を飛び上がらせてくれるのだ。ほんの一瞬であろうが、アフガニスタンを中心に据えた考えかたというのも、ヨーロッパ漬けの二十四年間のあとでは大歓迎だ。そのヨーロッパはマムルーク朝には一切触れずに十字軍のことばかり研究させ、ヨーロッパとは関わりもない神話に原罪を見いださせてきた。そして貿易会社や西から来たごろつきたちが手を出したインドに興味を向けさせたのだ。

到着してから一週間。二人とも病気だ。ルート砂漠を渡り、クエッタで神経をすり減らし、サキ・バーで徹夜を繰り返したのだから、いずれはその代償を支払うしかない。何も好きになれず、気力もなくなり、火の消えたような状態だ。何もかも悲観的にとらえ、うまくいかないことにばかり目を向けてしまう。この状態で強引に講演をしたり展覧会を開いても、とても楽しめるはずもない。僕らが困っていると、運よく国連所属のスイス人の医師に出くわした。この町に一人で暮らすこの医師は、僕らの体調が戻るまで——かなりの日数だ——家に泊めてくれた。心が広く、寛大で繊細、まるで自分の気のよさに戸惑っているかのように、いつでもぼうっとしているが、その実、注意深い性格をしている。ポーズばかりとっていたカンダハルの医者とは正反対だ。話をしているときに首をかしげると、まるでポケットをのぞきこみながら前払いするのを渋っているように見えるのだ。よく笑うし、治療の腕も悪くない。ようするに、いい友だちということだ。

こういった幸運もあって、僕のカブールに対する記憶は、バーブルの描く甘美な肖像にちかいものになっている。それでも一つだけ気になった点がある。町を覆いつくす羊の脂の臭気［アフガニスタン料理にはかならずこの脂を使う］だ。肝臓を傷めている身には耐えがたい。それと、一つだけ修正をしておこう。ワインのことだ。往時にはワインがあふれるほど出まわっていた。毎日のように禁酒の戒めは破られ、酔いつぶれてターバンもほどけたまま寝こんだ酔っ払いが、草の上に数え切れないほどいたものだ。今日、世界有数の葡萄がありながら、アフガニスタンはふたたび禁酒を徹底させている。カブールにはもうアルコールが一滴もなかった。アルコールの持ち込みが認められているのは外交官だけだ。それ以外の外国人はバザールへ行って百キロ単位で葡萄を買い、自分で醸造するしかない。フランス人が先鞭をつけ、何人かのオーストリア人があとに続いた。九月になると、地質学者や教師、医師が葡萄園の労働者に一変する。近所の仲間と協力しあい、葡萄の房を圧搾し、瓶に果汁を詰める。夕食になれば、蝋で栓をした白ワインのボトルがテーブルに現われる。マンサリーニャふうのまずまずのできで、ときには辛口になりすぎることもあるが、いずれにしても――グラスに注ぎながら小声でささやく――Zの家のよりも、Bのやつのよりも上等だろう。だが、イタリア大使館の司祭のワインにかなうものはない。司祭は何年も前からミサのためのワイン造りで腕を上げており、祝別し忘れたボトルを気に入った相手に配っていたのだ。

近隣諸国がひどく荒らされたこともあり、アフガニスタン人は自分たちの国も外国人によって掠奪されるのではないかと長いこと疑ってきた。十九世紀にはヨーロッパ人が閉め出されていた。わずかにではあるが門戸が開かれたのは一九二二年になってからのことで、足を踏み入れることができたのはごく少数の人間だ。この措置にはそれなりの利点があった。西洋世界は悪徳商人や威張りくさった人間、粗悪な商品を送りこむことができず、かわりに才気のある人間──外交官、東洋学者、医師──だけを派遣することになったのだ。好奇心も機転もあり、どうすればアフガニスタンに溶けこめるのか、すぐに理解できる者ばかりだった。

カブール在住の外国人集団は変化に富み、娯楽も資産もそれぞれ大きく異なっていた。町から二日の距離にある山間地に、西洋人がまだ足を踏み入れたことのない土地があるのを発見したデンマークの民族誌学者たち、アジアではどこでもそうだが、かつての敵対者という役割を楽しんでいるイギリス人たち、国連に所属する少数の専門家たち、外国人の中心となって陽気な雰囲気を生み出しているフランス人たち。このフランス人たち──四十人ほど──には、司祭館の庭の奥にクラブのようなものがあり、僕らは週に一度、集まってはできたてのワインを飲み、レコードを聴き、書庫をあさり、アフガニスタンに詳しく、気どらずに話してくれる特異な人物たちと会えるようになっていた。もてなしは感じがよく、活気もあれば品もあった。十四か月のあいだ車を運転しつづけ、まともに本を読むこともなかった僕には、考古学者の話を聞いたりするのが楽しかった。アラコシアやバクトリアでの発掘調査から戻ってきたばかりの考古学者がグラスを手にしたままテーマを熱く語り、コインの様式や小像の石膏へと、とりとめもなく脱線していく。才気のある女性も多く、きれいな女性もいた。僕らは間近まで見に行ったほどだ。それに──どこへ行こうが自分の権利は主張したいのだろう──モンタルジやポン＝タ＝ムソンにでもいるかのように、席次や顔つきやタルトをめぐって無意味な口論をしたあげく、よそよそしく対立しあう奥方たち。ようするに、生き生きとして、ばかばかしく、興味深い小さな世界だ。自分には自由もあり十分な空間があると主張するボーマルシェやジロドゥ、フェドーの作品から出てきたような人物が勢ぞろいしているのだ。

ときには社会的、情緒的な不満が爆発することもあれば、不満を楽しげにざわめかせることもある。ラホールやペシャワールまで「情熱」を解放しに行く——小さな世界では誰もがよくしゃべる——こともある。そして国境までの不愉快な道を三百キロも走ることで、その代償を払うことになるのだ。

ここでは思想的な衝突は遠い地方にあるようなもので、ソ連の外交官もほかの場所にくらべるとリラックスしている。おそらく彼らを結びつけているのは、温厚な農業国である隣の国に対して、アムダリヤ川を国境とするべく努力しているというイメージなのだろう。彼らが一団となって床屋へ行くのをよく見かけた。カブール唯一の映画館の正面にある店だ。黄色いラインの入った古くさいジスに乗りこみ、砂埃をあげながらでこぼこの車道を疾走していく。床屋に入ると、鋏の音が響きわたる中、少しだけくつろぎ、まじめで意固地な会話(麦藁帽子は深くかぶっているし、ネクタイの結び目は拳ほどもある)を断片的にかわして、不器用ながらも好意のようなものをどうにかとりつける。誰も拒もうとは思わないものだ。

Jの家でもこのソ連の外交官と出くわすことがよくあった。Jはドイツ人の歯科医で、彼の妻が魅力的なおかげで、ペダル式のドリルや古くさい設備しかないにもかかわらず、診察室を訪れる者が絶えることはなかった。だがソ連の外交官はいつも身構えていた。和解をうながす雰囲気や、アフガニスタン人の店にいるときのような中立的な立場が欠けていた。待合室からしてすでに西洋であり、罠なのだ。しかたなく顔も上げずに、彼らのために置いてあるオゴニョク誌のバックナンバーを読み、広告や家事欄、論説に淡々と目を通し、最後にようやくオアシスのようなカラー写真にたどり着く。トルクメニスタンのコルホーズで衣装を着け、鏡のように輝くブーツを履いた農夫が、カメラの前でトラクターのハンドルを切りながら、歯を剥き出して笑みを浮かべている場面だ。向かいあったまま、かなり待たされる。しばらくすると、笑うことを忘れ、そのために精神的に脆くなったようにも見えるソ連の人々に対して、哀れみにも似た興味を覚える。そして、たくましい女たちにさりげなく助言を与え、悲しげな男たちに話しかける。「さあ、広告なんて見なくてもいいでしょう。たいしたことはありませんよ。そんなに暗い顔をしないで。煙草を一服して、少し話しましょう。世界一奇妙な国なんですから、二千メートルも離れれば、誰にも迷惑がかかったりはしませんよ」ソ連の外交官たちは僕らを見ていないのかもしれない。それとも僕らと同じことを考えているのかもしれない。僕らには接触をこころみることができ、彼らにはできなかった。この違いは大きい。

カブール

それでも若い連中は人目を忍んで「フランス館」に飲みに行くことがあった。たくましそうな顔をし、ずんぐりとした身体を小さすぎるスーツにつつんだ男たちで、いつも二人組で訪れた。砲兵学校か飛行学校か掃海学校だか、短期の学校で教わったのだろう、片言のフランス語を話した。彼らは温かく迎え入れられ、あれこれと話を訊かれることもあれば、何も訊かれないこともあった。むしろ何も訊かれないことのほうが多かった。というのもゴーリキーやハチャトゥリアン、エルミタージュ美術館以外の話題になると、とたんに歯切れが悪くなるからだ。いつも彼らは身構えていたが、愛想はよかった。シャンパングラスが隠れてしまうほど大きな手をしていた。彼らがそれほど居心地悪そうにしていないのは、ディドロが農地改革の父であり、モリエールがブルジョアの不倶戴天の敵であり、トレーズが繊細な名文家であることを、教科書を読んで知っていたからだろう。

一八六八年にはすでに国王アブドゥルラフマーンが偽善的な口調で「ロシアの熊とイギリスのライオンのあいだに挟まれた哀れなアフガニスタンの羊」と言い表している。彼の治世の下、アフガニスタンの羊はそれぞれの味方のふりをしながら、熊とライオンを手玉にとるまでになっていた。彼のこのような政治的手腕は多くの者に手本にされた。この国では厄介な隣国との関係に慣れているので、革命騒ぎがあってもその関係はたいして変わりはしなかった。そもそも近東諸国の人間で主義主張と現実とのあいだに生じる矛盾に戸惑わされることもなかった。

あれば、主義主張などというものを信じたりはしないものだ。社会主義の世俗の共和国から、イスラム教を国教とする王国の君主に八頭の馬を贈られたときも、誰ひとりとして驚いたりはしない。この贈りものがなんらかの要求の餌であり、必要とあらばソ連人がモスクの建設すらいとわないことを、誰もが知っているのだ。

相手がアメリカ人ともなると、そこまではよく知られていなかった。アメリカ人はどこでもそうだが現地の社会から離れて暮らし、本を読んで国のことを学び、あまり出歩かず、ウィルスと病気を恐れて生水は飲まないくせに、病気にかかったりしていた。

僕らも病魔から逃れることはできなかった。ティエリにはかろうじて個展を開いて何枚か売るだけの時間はあったが、そのすぐあとに黄疸が出、回復するまでに数週間かかった。医師のクロードがいなかったら、それに、さまざまな場所で受けた人々の厚意がなければ、無事には切り抜けられなかったかもしれない。十一月のなかば、ティエリは飛行機に乗ってニューデリーへ向かった。そこから汽車でセイロンへ行き、フローの到着を待つことになっていた。彼女との再会が気がかりで、僕の回復をのんびりと待っていることすらできなかった。それに、いくつもの峠を越え、さらにインドを南の果てまで運転しつづけるだけの体力もとてもなかったのだ。数か月後には僕が荷物と車を運んで向こうで合流する。二人の結婚式には遅れないようにするつもりだ。

当時のアフガニスタンの民間航空といえば、メッカへの巡礼客を運ぶインドメルという小さな会社があるだけで、それも収入の大半は絨毯の密輸によるものだった。政府はインドメルがよほど信頼できないのか、つねにインドメルの経営者を誰かしら収監していた。空港も野原に標識を立てただけのもので、悪天候に影響されやすく、初雪とともに閉鎖された。そして穏やかな気候になると、エア・インディアやKLMオランダ航空の双発機が発着していた。

明け方、僕はその空港までティエリを送っていった。とても寒く、町の南からどこまでも続く褐色の荒れ地が霜で白く覆われていた。タブリーズの最初の数か月を思い出させる景色だ。髭面のシーク教徒の操縦するエア・インディアの飛行機がすでに滑走路に待機していた。別れる前に手持ちの金を二人で分けた。全額ティエリがカブールで稼いだもので、僕はまったく稼いでいなかった。

ジープで町へ戻る。朝日がポプラの梢に届き、スレイマン山地の雪を照らし、バザールの平屋根の麦藁を輝かせていた。町へ戻る途中、緑と青に塗られたバス――みごとに二色が調和している――が穴にはまって横転していた。バスのまわりでは、乗客たちがしゃがみこんで煙草を吸っている。何か期待するような面持ちで、ゆっくりと歩きまわっている者もいた。僕はこの国が好きだった。ティエリのことも考えた。アジアの時間は僕らの世界の時間よりもおおらかに流れている。この完璧な組み合わせが、すでに十年も続いているような気がしてしまうのだ。

数日後、クロードが仕事の都合でアフガニスタン南部へ行った。僕は北へ向かい、山を越えたバクトリアを目指した。フランスの考古学者たちから、しばらく働かないかと誘われていたのだ。

ヒンドゥークシュ山脈

カブールから北に六十キロも行くと、ヒンドゥークシュ山脈に入る。標高が平均で四千メートルにも達する山脈がアフガニスタンを東から西へと走り、六千メートルの高さにヌーリスタン氷河がある。世界を二つに分ける山脈だ。

山脈の南側には、焼けつく大地が肥沃な谷間に分断されながら、バローチスターンとの国境となる山々まで広がっている。日照りが厳しく、髭は黒く、鼻は鷲鼻だ。話すのも考えるのもパシュトゥーン語かペルシア語だ。山脈の北側は、日の光がステップ特有の霞に弱められ、顔は丸く、瞳は青く、獣皮のテントの村へ向かって馬を走らせるウズベク人はキルティングのコートを着ている。猪、野雁、途切れがちな水の流れが藺草《いぐさ》の平原に走り、平原はアムダリヤ川とアラル海に向かってなだらかに下っていく。人々は無口だ。言葉少なに話すのは、中央アジアのトルコ系の言語だ。考えるのは馬の仕事かもしれない。

十一月の夕方、ときおり北風がカブールに吹きつけ、バザールにこもった匂いを吹きとばし、町に山の香りをただよわせる。ヒンドゥークシュ山脈が手を振っているのだろう。姿は見えないが、手前の山なみの奥で夜の闇をコートのようにはおって背筋を伸ばしているのが感じられる。空はすべて山に奪われる。心も奪われる。一週間もすると、人々の頭には山のことしかなくなる。山の向こうに広がる世界だ。考えてばかりいるので、いつしかそこへ行くことになる。

ヒンドゥークシュ山脈を越え、アフガニスタンのトルクメニスタン地方——かつてのバクトリア——へ出るには、カブール警察の通行証とアフガン・メールのバスか、北へ向かうトラックの席が一つ必要だ。通行証が手に入らないこともある。だが、単純で明白な理由があり、よく話して——あちこち見てまわる、あるいは放浪するのだと——聞かせれば、警察はとても気立てがよくなるものだ。警官も含めてイスラム教徒ならば、遊牧民族の気質を秘めているはずだ。世界《ジャハン》や街道《シャーラー》という言葉を口にするといい。それだけで相手は解放され、真理を追求し、細い三日月の下、砂埃を踏みしめる人間になる。急いでいるわけではないと告げたおかげで、僕はすぐに許可証を手に入れることができた。

カブールのバザール。計りの皿に載せた石の錘《おもり》が音をたてる。闘鶏用のヤマウズラが柳の籠で嘴を研ぎすましている。金具職人の集まる一画には、何台ものトラックが鍛冶場に寄せて止まっている。白熱した金属が冷めるまでのあいだ、運転手がその場にしゃがんで話しこんでいる。水煙管を吸っては隣りにまわし、伝言や情報がひんやりとした空気の中に響く。……クンドゥズのバスが川に落ちた……ラタバン峠に赤いヤマウズラがいっぱいいる……井戸を掘っていると、ガルデーズの財宝が出てきた……。人々が次々と話に加わり、めいめいがちょっとした話題や近況を口にし、トラックの巨体の隙間でアフガニスタンの生のラジオニュースが刻々と流れていく。

アフガニスタンのトラックについてもひと言ふれておこう。アフガニスタン人はよほどのことがないと決断しないが、ひとたび心を決めると一目散に突き進む。トラックを買うとなれば、バザールが霞《かす》んで見えるほど大量の荷物を積みこむことを目指す。五回か六回も荷物を運べば小金もたまるようになる。いずれは名も知られるようになるだろう。十六トン積みのマックかインターナッシュならまあまあといったところか。エンジン、シャーシはがまんしてもいい。だが、荷台があまりにも貧弱だ。元の荷台は売り払い、屋根の抜けた部屋のようなものに替えてしまう。馬十二頭がのんびりと過ごせる広さだ。それから塗装屋を探す。アフガニスタンのトラックは細かい模様で全面が飾りつけられている。ミナレット、空に浮かぶ手、スペードのエース、シュールな乳房を貫く短剣。そのまわりにはコーランの引用があらゆる方向に向かって記されている。鉄板を相手に格闘する塗装屋は、向きをそろえることよりも車体を埋めつくすことばかり気にしているのだ。塗装が終わると、見た目の安っぽくなったトラックが走り去る。あとは肖像画とキャンディーボックスだけだ。

それから運転手は荷物を積みこむ。積みこみながらも、頭の中では街道を走っている。クルミの下の枝が七メートルの高さにあるのなら、六メートルまでは大丈夫だ。いまやトラックには貫禄もついたが、今度は市場の泥土から抜け出すのにひと苦労する。これでようやく満足すると考えるのは浅はかだ。運転手は町外れでトラックを止め、北へ向かう客を拾う。五十アフガニの料金で荷物のあいだに座らせる。そしてトラックはヒンドゥークシュ山脈やマザーリシャリーフ、クンドゥズ、それこそ神の望まれる地へ向かって走りだす。二日、五日、八日で到着できたとすれば、よほど奇跡に恵まれたということだが、誰ひとり驚く者はいない。神はアフガニスタンとイスラム教徒の味方なのだ。もっともトラックがどこか谷底の奥深くで身動きがとれなくなったともなれば、また別の話だ。

夜も更けてから金物屋街に寄る。やっとこで炉から取り出した部品が赤い輝きをまとい、目を奪われた。人の声はほとんど聞こえない。まだ作業をしている運転手たちは、深夜か明け方までいるつもりなのだろう。北へ向かうトラックはすぐに見つかった。

翌日は夜明けに起きた。タブリーズ以来、袋にしまいこんでいた冬服を着こみ、コーヒーポットの湯気の音を聞きながらブーツにオイルを塗った。町は凍てついていた。埃に覆われたナナカマドの木立を抜け、郊外の果樹園に出ると、林檎を盗んだ二人組が塀沿いに歩き、担いだ袋と同じくらい大きな笑みを浮かべていた。バザールの周辺にはエンジンの音が聞こえず、朝の煙が立ち上るのが見えるだけだった。朝の七時につまらないことで気をもむ必要はない、という格言もある。この町では言葉そのものに考えることほどの重みはないが、それでも明日考えることへの答えを教えてくれることがある。時間は神だけのものなので、アフガニスタン人は未来に時間を刻みこむような約束をあまりしたがらない。明日の朝……明日の夕方か、三日後か、何もしないか。僕は先に歩き出した。太陽が高く昇ったころ、トラックが僕に追いつき、クラクションを鳴らして止まった。積荷の上に乗りこむと、元気そうな老人が何人かいた。朝の集まりを終え、両手を首筋にあててスペアタイヤの中で横になっている。カーブにさしかかるたびに、隣りの乗客の細い足とスリッパと顎髭が僕の視界をさえぎった。僕らはカブールとチャーリーカールを隔てる低い峠道を進んでいた。

チャーリーカールでほかの乗客と一緒に紅茶と米の昼食をとる。狩りをしている王が村に戻ってくるとかで大騒ぎだった。兵士が何本もの丸太で道を遮断し、王の一行が到着するまで、ヒンドゥークシュ山脈へ向かうすべての車が足止めを食らっていた。トラックの運転手にとっては不運なことだ。運転手は水差しで手を洗い、げっぷをし、考えこんでいた。やがて彼は警備兵の中に従兄弟がいるのを見つけた。その従兄弟がトラックのハンドルを握り、目だたぬように位置を変えているうちに、トラックはいつしか丸太の反対側に出ていた。アフガニスタンではどのようなときでも都合よく従兄弟が見つかるらしい。

日が傾きはじめたころ、トラックは西へ曲がり、ゴルバンド川の流域に入った。黒土の一本道で、そばには栗やクルミ、葡萄の木が植えられ、ムクドリやツグミの大群が雹のように音をたてて舞い上がる。王の巡幸にあわせて、流域全体が準備を整えているようだった。街道沿いのチャーイカネはどこも箒で掃き清められ、中庭には洋梨を載せたテーブルが並び、除虫菊や黒バニラオルキスの花が白い亜麻布の上に飾られていた。主人はティーポットの裏でしゃがみこみ、不安そうにスリッパを足の指でつぶしながら、砂埃とともに夜に向かって坂道をゆっくりと下っていく王の一行を見つめている。王が自分の店へ来てくれると嬉しいが、テーブルについてくれれば二倍嬉しいし、おつきの侍従が出がけに代金を払ってくれれば三倍嬉しいものなのだ。

流域を半分ほど進んだところで、栗の木の下で止まっている小規模なキャラバンに出くわした。古式銃を肩にかつぎ、鐙《あぶみ》に槍を差した数人の騎兵が王の乗るジープとトレーラーの左右を固めていた。トレーラーの荷台にはムフロンやダマ鹿、野雁が山積みになっていたが、まだ温かく、黒い血が道にしたたり落ちていた。王は前のシートで軍人二人のあいだに座っていた。三人とも同じオリーブ色のチュニックを身につけており、顔も影になっていたので、バザールにあった肖像画で見慣れた繊細な顔立ちを見分けることができなかった。警護の騎兵たちはトラックが封鎖を越えて近づいてきたことを怪しみ、トラックの運転手を厳しい声で呼び止め、ドアの横に馬をつけてうさんくさそうな目つきで運転席をのぞきこんだ。あれだけ死骸の山を築いたのに、疲れはてて無頓着になるようなこともない。声を荒げる騎兵、興奮した馬、身動きもせずにようすをうかがう三人の人影。どれもみな危険な国境地帯を行く旅の一団に慎重に振る舞うようながしているようだった。とはいえ、このあたりは穏やかな地域だったし、国内もかつてないほど落ちついていた。それでもアフガニスタンに玉座が置かれてからというもの、安全対策は不可欠なものであった。そのおかげでアフガニスタンの王の三人に一人はベッドで穏やかに息を引きとることができたのだ。土地への愛着、部族間の競争心、重要視される復讐といったもののために、奇跡のように銃が飛び出す情熱に満ちたこの国では、なんの「予防」もなしに統治を行うことは難しく、敵を倒すたびに復讐に燃える部族をまるごと抱えこむことになる。失脚した将軍の従者に父ナーディル・シャーを至近距離で射殺され、我が子が拷問を受けてもひと言も口を割らずに死んでからというもの、現在の王であるザーヒル・シャーは右にも左にも警戒し、眠るときでも耳をすますようになっていた。諺にも「粗末なコートが一着あれば修道僧が十人は覆えるが、世界に皇帝《パーディシャー》二人は多すぎる」とある。この牧歌的な国には人々を夢中にさせるものがあるのだから、同じことがいえるはずだ。

すっかり日が暮れてから、僕らはチャルデー・ゴルバンドの村の外れへ着いた。シバール峠の南の入口だ。人の腿ほどもある太い葡萄の幹が荒壁土の家を覆い隠し、幹のあいだを路地が走っている。葡萄の房のあいだから、村を見下ろすようにせり出した巨大な岩肌と、明るい星々が見えた。かなり標高があり、冷気が肌を刺すようだった。峠を下ってきたキャラバンが小さな広場で休んでいた。羊毛の固まりをぎっしりと積んだ二十頭ほどのフタコブラクダが水飲み場で湯気を上げている。ラクダの向こうでは、すっかり破目をはずしたトルクメニスタン人が手綱を高く掲げ、馬をぐるぐると回転させ、口笛のような音で囃したてていた。赤い顔に切れ長の目が輝き、コートが翻がえっていた。彼はぎこちないペルシア語で運転手たちにいくつかの情報を伝えた。王の狩りの影響で峠の反対側に足止めされていたソ連のトラック八台とすれ違うはずだ、山の上に新雪はない、と。手に息を吹きかけながらチャーイカネの中へ駆けこむと、いい知らせに気をよくしたのか、トラックの運転手が乗客全員に砂糖と紅茶を奢ってくれた。包みからガレットを取り出し、噛みしめ、ほっと溜め息をつく音が聞こえ、それから耳が慣れるにつれて、小川のせせらぎが聞こえてくる。僕らはこの川のそばを走ってきたのだ。チャーイカネの主人は峠を通る人間を誰でも知っているらしく、運転手たちと最近の峠のようすを話していた。話をしながら、アセチレンランプに空気を詰め、明かりが部屋全体に広がる。僕のところまで明かりが届くと、主人は話をやめ、僕にどこから来たのかと尋ねてきた。

「スイスから。マザーリシャリーフへ向かって」

スイスだって？　それならよく知っている。カブールから来るトラックに、スイスの城が描いてある。岩に囲まれた湖に難攻不落の城のシルエットが映っている絵だ、青い湖面に帆桁を交差させたヨットが何艘も浮かんでいたが、オマーンの海岸で見かけるダウ船に似ていたな。バザールの塗装屋ではこの手のテーマはかなり高くつく。水、とくに波を描くのが難しいからだ。それもあって、たいていの人間は噂でしか知らない。スイスでは——主人がさらに言った——どの山も針のように尖って高くそびえ立ち、谷はおそろしく深く、昼でも底が見えないそうだ。スイスの時計もすばらしい。スイスの薔薇とメロンはどんなものなんだ？　薔薇はみごとだが、メロンとなるとカブールのメロンにはとてもかなわない。僕の答えを聞いて、誰もが喜んでいた。トルキスタンからカフカスにかけては、狭い土地での幸福はメロンの品質に大きく左右される。そのことは知っておく必要がある。論争や自慢、威信に関わる話題なのだ。メロンの話題で喉を掻き切られることもあるほどで、周到な人間であれば、まる一週間かけて旅をしてでも、ブハラ名産のメロンを探そうとする。つまり、それだけ僕の話が気に入ったということだ。スイス人の兵士は誰でも自宅に銃と四十発の銃弾を保管していること――甘美な特権だ――も口にしかけたが、もう誰も西洋のことなど気にしておらず、コートを広げて眠気に身をゆだねていた。鞣《なめ》しが不十分な山羊の革が匂った。当然の匂いだが、鼻につくことに変わりはなく、僕は耐えきれずに中庭へ出た。

夜の屋外は凍てつくような寒さだった。満月が崖と村の岩棚を照らし、トラックの鼻面や家と家との隙間に吊るした唐辛子の輪を輝かせていた。はるかな高みに広がる巨大な山肌が孤独と冷気に軋みをあげていた。エンジンの音は聞こえもしない。峠は死んでいるようにも見えるが、夜の闇の中で辛抱づよく世に出ようとする息吹が感じられた。

ほかにも競合する峠がいくつかある［かつてはより標高のあるサラング峠やハワク峠のほうが通行量が多かった。両者はシバール峠の東にある］ものの、シバール峠から人影が消えることはなかった。中国の仏教徒たちはインドからの帰途、この峠を這い上がって、バーミヤーンの聖域を訪れていた。バーブルは何度もこの峠を越え、凍傷で耳を「林檎ほどの大きさにまで」腫らしている。長いあいだ、この峠を越えるには人数と武器が必要だとされてきた。ハザラ人［中央アジアの民族で、チンギス・ハンの千人単位の軍勢の子孫だと信じられている（ハザラはペルシア語で千を意味する）。最近ではこの説は否定され、かつてパミール高原に移住したチベット人の末裔ではないかと考えられている］――西の山地に住みついた離教者やアラキ酒の飲んだくれたち――の山賊に襲われるからだ。その後、峠の両側の人間によって熾烈なゲリラ戦が山岳地で繰り返され、裏切りがあり、戦いは激化し、銃声は絶えることなく山にこだましつづけた。討伐隊もこの峠を越えた。ラクダに雪を踏み固めさせて大砲を通した。いまではもう昔のことだ。今日の峠は平和だ。ハザラ人は良識を身につけ、カブールのバザールで安ワインをひそかに売るようになり、トラックの荷台によじ登って峠を行く者たちが心配することといえば、霜焼けと突風と雪崩のことだけだ。

魚のよく獲れる川らしく、シバール川は沿岸の人々に食糧を提供していた。ゴルバンドの宿の主人は事情に通じているようだった。彼は道のちょうど中間にあたる場所にいた。北から来たトラックの連中が彼の店でお祭り騒ぎを繰り広げるのは自分の勝利を確信しているからで、南から来たトラックの場合は、上り坂に備えて勇気を奮いたたせるためだ。トラックの運転手やキャラバンの商人たちは道すがら、品物や噂話、情報を交換していた。主人は店の入口に目を向けたまま、彼らを通して世界を知りつくしていた。金庫に詰まったアフガニやルーブルやルピー、ラホールのカレー、ソ連製の鋳物のストーブ、メッカへの巡礼歴、渡世術、断片的な情報をつなぎあわせた知識、そういったすべてのものを、彼は峠のおかげで手に入れることができた。彼はそのことを隠そうともしなかった。タシュケントとカブールを結ぶソ連の郵便飛行機のことはあまり話そうとはしなかった。夏の朝、ときおり東の空を高く飛んでいくのが聞こえるだけなのだ。峠を無視する商売敵ともいえるこの飛行機の絵を、主人はチャーイカネの壁に大きく描いていた。だが飛行機に勝ち目はない。鋭峰の狭間に迷いこんだ蠅のようなものだ。飛行機の角度と噴き出す火炎を見れば、今回も山が勝つのだということが誰にでもわかるはずだ。

犬が起きないように足音を忍ばせ、水飲み場へ行く。トルクメニスタン人がラクダにまじって山羊の革にくるまって地面で寝ていた。村は寝静まっていたが、シバール川は沈黙の殻を破ったばかりだった。星々ほどの高さから、一速で回転するエンジンの断続的な歌声が僕らのほうへ降りかかってくる。僕は身体を震わせながら戻った。金をブーツに入れ、そのブーツを枕にし、足を隣りの男の髭に突っこみ、僕は眠った。

朝。ソ連から来たタジク人の運転手たちが夜のうちに到着し、眠っているほかの客たちにまじって横になっていた。僕らが目を覚ましたときには、彼らがすぐ横にいたのだ。彼らはイスラム教徒のタジク人で、埃まみれの作業着を身につけ、黒いハーフブーツを履いていた。四日前にスターリナバード(現ドゥシャンベ)を発ち、テルメズの渡し船でアムダリヤ川を渡り、乗ってきた新品のトラックを引き渡すためにカブールへ向かっているのだという。小柄で、生き生きとし、口数は少ないが、のびのびとくつろいでいるらしく、サラームと声をかけると、大きな目を眠そうにこすりながら、サラームと返してきた。

千五百キロにわたって国境線をともにし、つねに経済的な依存関係が強いために、アフガニスタン人はこの隣国人を粗末に扱うことができなかった。ある意味では「鉄のカーテン」が開いているともいえる。一方からはガソリンやセメント、ソ連製の煙草が流れこみ、もう一方からはアフガニスタンの乾果や綿花が送られ、綿花はタジキスタンで加工される。カーテンは遊牧民のいくつかの部族にも開かれ、夏にはヒンドゥークシュ山脈が牧草地となる。家畜の移動は条約で認められているのだ。あまり公然としたものではないが、タジク人の脱走兵がアムダリヤ川を越えてアフガニスタンに逃げこむこともあった。そういった亡命者は一年間監視されたのちに受けいれられ、バクトリアの広大な平原で農民となる。ここ数年、そういった亡命者の村々が次々と大きくなっていた。違法な往来があり、それにともなってウズベク人の「越境者」とソ連の国境警備隊とのあいだに小競り合いが起こることもあったが、奇妙なことに川の両岸の人々の関係はごく和やかなものだった。アフガニスタン人はソ連に対して、恐れも憎しみも魅力も感じることがなく、我関せずといった態度を崩さずに近所づきあいを続けている。この点はフィンランドといい勝負だろう。

タジク人はごく自然に水煙管のまわりにいた僕らのところに寄ってきた。イスラム教徒の運転手同士、大事なのは政治信条よりも人間性なのだ。そして水煙管の吸い口を時間をおかずにまわしていく。ラマダンに関してアフガニスタン人は、ソ連のイスラム教徒は断食中も働かなければならず、ブハラより遠くへは巡礼に出る許可が下りないのだと言ってからかっている。彼らは互いにあれこれと訊きあっていたが、――律儀だからそんなことをするのだろう――初めから相手がどう答えるかはわかっているようだった。出発の時間になると、タジク人たちはまるで遠方で受けたろくでもない命令をしぶしぶと実行するとでもいったふうに、政治的な挨拶を込めた粗末なガレットをいくつか配り、そして、トラックのエンジンをかけ、カブールへ向かって埃の中に消えていった。

宿の主人が僕らのトラックの荷物を見つめていた。どこか考えこむような顔をしている。積荷は十分にあるようだが、どうせならもうひと稼ぎする手もある。運転手ならばもっとうまくできるかもしれない。主人はちょうどマザーリシャリーフに届ける荷物がいくつかあったことを思い出し、運転手に打ち明けた。運転手のまわりに山をつくるように両手を動かして報酬を強調しているうちに、運転手もだんだんその気になってくる。正午、仕事の出だしは好調だったが、あまりにもいい話なので、商談がまとまるのは深夜になりそうな気配だった。僕は一人で出発することにした。耳をすましながら、何キロか歩いた。それきり彼らを目にすることはなかった。

十一月の鉄の匂いを嗅ぎながら、夕方まで峠を歩きつづけた。日が暮れ、から積みの石壁を背にして座り、タジク人にもらったガレットを食べる。疲れきっているのに山は一向に近づいてこない。街道の周囲にはうっすらと雪が積もり、その雪も急速に夜に飲みこまれていったが、標高五千メートルを超えるコヒババ連峰の山肌は、まだ日差しを受けて泡のように輝いていた。眠る。うとうととしていると、ノッキングとクラクションの音とともにトラックが近づいてくるのが聞こえ、僕は目を覚ました。僕の乗ってきたトラックではなかった。トラックがスピードを落とし、運転手たちが手を振った。僕は荷台の後ろに手をかけ、よじ登った。

すぐに転びそうになるので、荷物にしがみついた。夜露で湿ってはいるが絨毯の固まりだ。なんとも運がいい！　というのも、ヒンドゥークシュ山脈を越えるには、どうしても時間がかかるものなのだ。ソ連製のドラム缶は油まみれで匂いがひどいし、セメントの袋では身体の芯まで凍えてしまう。揺れの少ない荷台の前側を見ると、すでに着ぶくれた二人組が快適な場所を占領していた。歯の抜けた老人がいきなり羽毛の山から顔を出し、おきまりの質問をしてきた。「コジャ・ミリ・インシャラー（どこへ行くつもりかね）？」もう一人いた乗客は絨毯の下にもぐりこみ、突き出した飾り鋲のついたスリッパが二つ、揺れつづけているだけだった。ただ、彼の荷物はよく見えた。コーランと火縄ライター、スイカ、日傘とその先端にゴムバンドで固定したスチールフレームの眼鏡。ムッラーだ。彼はゼバクまで行くという。ということは、しばらくは震えつづけることになるのだ。ここからクンドゥズまで、少なく見てもまる一日はかかり、そこから街道は東へ向かい、ファイザーバードに着くと、さらに悪路を抜けてゼバクへ出る――すべて順調にいっても二、三日はかかるだろう。ゼバクには荒壁土のモスクと廃屋が二十軒ほどあるだけで、廃屋はワハーン回廊と中国国境［検問所は標高五千メートルを超える場所にある。今は封鎖されている］の出入りを監視する哨戒部隊によって火をかけられたものだ。その先にはパミール高原の寂寥とした斜面があるだけで、狐と雪豹を狩る罠猟師がほんの数人いるだけだ。世界の果てでこのような旅をしたいなどと思う者がどこにいるだろうか。ゼバクはまさに世界の果てだった。

トラックは激しく揺れながら、薄汚れた雪の斜面を抜けて進んでいた。峠の隘路に差しかかったらしく、短い急坂の繰り返しとなり、そのたびに裏返るのではないかと思うほどトラックの車体が持ち上げられた。速度は低いままだったが、何度となく唐突にエンジンの回転数が変わる。運転席から叫び声が聞こえてくるが、不安を感じさせる声ではなかった。初めから覚悟していることだ。それでも用心は必要だし、忍耐と諦観を受けいれる心の広さが必要だ。故障や断線、崩落、横転といったものを、シバール峠は常連たちのためにいつでも用意してくれるのだ。

アジアの長距離トラックの乗員の構成は、どのトラックでもほぼ同じだ。トラックの真の所有者はアッラーであり、車体のあちこちに書きこまれた文字を見れば、すべての責任はアッラーにあるのだということがすぐにわかる。トラックの地上での所有者は「モタル・サヒブ」と呼ばれる。この人物が積荷を選び、危険な交差点でハンドルを握り、道筋や一日の行程や食事の時間を決め、ステップの真ん中で停車して、近くにいた野雁を仕留めたりする。鉄砲や双六、シートの下に置いた礼拝用の絨毯も彼の持ち物だ。その助手となる人物は「メステリ」と呼ばれる。メステリは電気と機械と鍛冶を扱い、どんなものでも、どこでも、手近にある道具だけで修理する。被害が深刻な場合には、大号令をかけ、手あたりしだいに同業者のトラックを止め、近隣の鍛冶場に伝言を送り、部品を交換したり救助を求めたりする。毎日、夕方になるとディストリビュータや点火プラグを取りはずし、オイルまみれの箱を抱えて宿へ向かう。半分は用心――点火装置のないトラックは盗みようがない――からだが、半分は暇つぶしのためだ。紅茶を飲みおえると、電極やポイント、部品の外側を隅々まで磨いていく。光や火花を生み出し、トラックの魂ともなる部品だ。魅力的な人々と毎日のように接することは、彼にとってはとてつもない喜びであり、光輝のようなものでもある。何年か街道を走り、中古のトラックを手に入れるだけの資金と、トラックを十分に改装できるだけの部品が手に入るようになると、メステリ自身がモタル・サヒブとなる。トラックの所有者の娘と結婚して、手早くモタル・サヒブとなる者もいる。深夜の移動の成否が自分にかかっているだけに、トラックを値切るには絶好の立場にいるのだ。

　三人めのこそ泥といっても間違いのないような、粗末な服を着ていつも笑いものになる若者は「キリナル」――英語のクリーナーが訛ったものだ――と呼ばれている。キリナルは給油とオイル交換を担当し、行程ごとに紅茶を入れ、毎日スポンジで車体の装飾をていねいに磨くのが役目だ。峠道ではトラックの後部にしがみつき、寒さに顔を引きつらせながら、急坂やつづら折りの道で輪止めがわりに使う大きな木材をつかんでいる。そのまままる一晩を過ごすこともある。死ぬほど揺さぶられ、凍てつく風に打たれて、煙草の吸い殻が目に入る。運転席からはときおり、コートの暖かそうな匂いにまじって声が聞こえてくる。十五歳のキリナルというのは、筋肉と骨と不機嫌そうな顔だけでできている。アフガニスタンでももっともきつい人間だ。狼のような顔に笑顔を浮かべさせることは不可能だといえる。社会から隔絶した暮らしといえるだろう。中継地の宿に着けば、キリナルは薄暗い片隅に藁布団を敷き、宿の主人がすぐには相手もしてくれないので、怒鳴りちらすことになる。そういったキリナルにも権力を手にする機会があった。崖っぷちの道や三度も切り返すヘアピンカーブでは、キリナルの声がトラックを動かす。「もう少し……ブレーキ……ブレーキだ！　何やってんだ、へたくそ……」そう叫び、ここぞとばかりに運転席の連中をあしざまに罵るのだ。運転席は彼の言いなりになるしかない。なにしろキリナルと彼の輪止めがなければ、いつでも過積載のトラックは一直線に断崖へ向かっていくしかないのだ。

ヒンドゥークシュ山脈では、キリナルで成功する者はまずいない。大半は体力にまかせて四、五年ほどトラックに乗り、若くして老けこみ、そしてある晩、なんの前触れもなくチャーイカネの簡易ベッドで息絶える。初めて——少しばかり遅いが、何よりの贈りものだ——人々の注目を浴び、暖かさに触れながら、ほんの少しだけ立ち寄ったこの世を去る。輪止めよりも短い生涯を終え、次のキリナルに交代することになるのだ。

午前零時か一時。僕らは坂道を下っていた。すぐそばで急流が音をたてている。流れる冷水はやがてアムダリヤ川に合流し、最後は中央アジアのただなかにあるアラル海に出る。ちょうど世界が変わったところだった。街道は夜の闇よりも暗く凄まじい隘路を走っていた。ところどころ川側の路面が崩落し、通れるのは狭く傾いた部分だけになっている場所もある。運転手がトラックを止め、文句を言いながら道に下り、自分の足で路面を確認した。トラックが流れに落ちるかもしれないのだ。車体は水のほうへ傾き、タイヤから土の固まりが落ちて、離れたところから音が聞こえた。ほんの少しずつ、しっかりとした地面が戻り、ふたたびまっすぐに立つと、運転席から落ちついてはいるが、明らかに安堵した声が聞こえた。

……故障。もう二時間以上も前から、メステリが車体の下を叩き、罵っているのが聞こえていた。僕らのいる場所は高く、風が鞭のように吹きつけた。荷物に跨っていた老人が僕と毛布を分けあいにきた。老人は荷物から死にかけた雌鳥をひとかたまりほど取り出した。鶏はまだ暖かく、両足を結ばれていたので、暖房がわりになった。僕は毛皮の帽子を耳までかぶり、両手を腿のあいだにはさむと、目を閉じて、いままで与えることも受けることもできなかった熱さを思いうかべようと努力した。効果はなかった。きっと十分な熱を人に与えたことがなかったのだろう。ブーツの中では、かなり前から足が死体のようになっていた。唇の感覚もないが、口の中はまだ煙草で暖められていた。湿った絨毯に寄りかかり、ホット・ワインやバケツに山盛りの石炭、炭火の上で爆《は》ぜる栗を、次から次へと夢に見た。眠ってもわずかな時間だけだ。鶏のすえた匂いや、燃えつきて唇を焦がす煙草のせいで、すぐに眠りから覚め、飛び起きてしまうのだ。

明るい月だった。切り立った黒と赤の岩壁が、三百メートル離れた僕らのトラックの光をあびて闇に浮かびあがる。顔を上げると、星々が息をする夜空の縁にコヒババ連峰が浮かんでいるように見えた。ついには冬眠のような身体のだるさに身をまかせるしかなくなった。僕はトラックがふたたび動きだしたことに気づきもしなかった。

朝日で目を覚ます。ヤマウズラとヤツガシラのしゃがれ声。トラックは止まっていた。眠っているあいだにかなり山を下っていた。いつしか急流が穏やかな川になっている。浅く、怠惰で、とりとめもない流れだ。道の両側のえぐれた堆石は、平野へ向かってなだらかな斜面になっていた。運転手たちはトラックを下り、つけたばかりの火にくべる焚き木を集めていた。僕もトラックから飛び下り、しゃがみこんであかぎれのできた手を熾火にかざしている人影の輪に加わった。キリナルがティーポットに水を入れていた。ムッラーはというと、荷台では細い足と眼鏡しか見えなかったので、てっきり老人だとばかり思っていたが、丸顔で髭を剃った二十歳の若者で、僕のことをもの珍しそうに見ている。トラックの荷台で旅する外国人を見かける機会はそうそうないのだろう。しかもキリスト教徒だ。彼はナイフを出し、メロンをひと切れ僕に差し出し、僕が出した煙草を受け取ると、しゃがんだまま煙草を吸い、そのあいだも僕から目を離さなかった。戸惑っているのだろうが、僕といるほうがカブールのバザールにいるインド人を相手にするよりもまだ気が楽に違いない。なにしろインド人の神というのは数えきれないほどいるのだ。いずれにしても、僕らは互いに唯一なるものを証す「聖なる書物の人々」の一員であり、宗教的には親類のようなものだ。この千年のあいだに殺しあいをしたとはいえ、たいして変化があったわけではない。とくにここではそうだ。同族内で殺しあい、タルブルという言葉が従兄弟と敵の両方を意味するようになった地なのだ。

いずれにしても、僕らの神は互いに共通する歴史をたどっている。アフガニスタンの民間伝承には聖書に由来する話が山ほどあり、日常生活のそこかしこに旧約聖書の内容が、それこそ縫いこまれているような状況なのだ。カブールの町を築いたのはカインで、ソロモン王の玉座はカイバル峠の南の山にあるといわれている。イーサー——キリストのことだ——については、僕らよりも詳しいほどで、モーゼやエレミヤもだ。命日には彼を神の仲介者の一人に数え、アフガニスタンで口にされる追悼の哀歌では、死に臨んだ人々が「ノアやモーゼ、イエス、イブラヒム（ムハンマドの友だ）に向かって、あなた方をのぞけば、ほかの誰に私たちを救えるというのでしょうか」と口にすることになるのだ。

イーサーはバザールで色つきの肖像——もっとも磔刑像《たっけい》ではなく、重武装の大天使に囲まれて浮かんでいる場面か、小さなロバを走らせながら厳粛で寛大な運命を練りあげている場面だ——を十アフガニで売っているのをよく見かけるほどで、僕らの国よりもよほど家庭にも身近な存在だ。ここでは誰もがイーサーの哀れな物語を知っているし、その話を聞けば誰もが悲しい気持ちになる。イーサーは優しい人物で、苛酷な世界をさまよい歩いては当局の弾圧を受け、怠け者で裏切り者の、兵士の松明を見ただけで逃げ出す野兎の群れのような仲間たちのためにつくした。イーサーはやさしすぎたのかもしれない。ここでは悪人に善行をほどこすのは、善人に悪行をほどこすのと同じことだ。寛容さも、度を越せば人々の理解を超えてしまう。たとえば、オリーブ園でペテロに剣を収めさせたくだりは十分に理解できる。神の子であれば、そのくらい寛大になることもあるだろうが、ペテロはただの人間なのだから、イーサーの言葉など聞こえないふりをするべきだったのだ。ゲッセマネにアフガニスタン人が何人かいたら、イーサーが捕らえられることもなく、ユダが銀貨三十枚を手にすることもなかっただろう。

そういうわけで人々はイーサーを哀れみ、敬ってはいるが、イーサーを見習おうとまではしない。それよりもムハンマドを見よ！　彼もまた正義の人であるが、それ以上によき将軍であり、指導者であり、部族の長でもあった。宣教、征服、家族。まさに、人々を勇気づける人生の主人にふさわしい。それにひきかえイーサーはどうだ？　この世でひとり寂しく生きて、盗賊とともに柱に釘で打ちつけられて命を落としたいと願う者がどこにいるというのか？　しかも、兄弟が仇を討ってくれるわけでもない。わずかばかりの葡萄やほんの数頭の家畜をめぐって兄が弟を売るというような一族内の陰謀の犠牲者であれば、イーサーはもっと人々の注意を引きつけられたはずだ。それどころかイーサーは地上の家族を無視した。家族は陰に隠れ、たまたま彼が家族の話をすることがあっても、厳しいことばかり口にした。最後までついてきた母親のマリアはもとより、どれほど奇妙なことであろうが文句ひとつ言わずに受けいれ彼を守ろうと努力してきたヨセフについては、それこそひと言も触れていないのだ。

とはいえ、アフガニスタンのイスラム教が現世と成功にばかり執着していると思いこむべきではない。この地には本質的な欲求というものがある。人間がほとんど現われない自然の情景と、狭量な人間が質素な人間に殺されるという繊細で緩慢な人生によって、つねに育まれつづけている。ヒンドゥークシュ山脈の神はベツレヘムの神のように人間を愛する神ではなく、慈悲深く、偉大な創造者なのだ。単純な信条ではあるが印象的だ。この地の人々は僕らよりも力をこめ、そして僕らよりも苦々しく感じとっている。アッラーフ・アクバル（神は偉大なり）、すべては次の点に基づく。すなわち神の名と神の規模の大きさだ。神はその偉大さが墓石に白く書かれ、神の名には僕らのうちなる広がりを空間そのものに変えるだけの力がある。神の名には僕らのうちなる広がりを空間そのものに変えるだけの力がある。ミナレットの頂きから大声で唱えられつづけることで、すべての真の所有者となった。そして豊かさだ。人々の顔には、目だつことはないが、明らかに豊かさの輝きが刻まれている。もちろん、そこにはしたたかさもあれば暴力的な激発もある。さらには、顎髭の中に陽気に広がる猥雑な笑いもあるのだ。

トラックはできたての馬糞があちこちに転がる平らな道で馬に乗った一群に追いつき、清流を二分するように、群れをかき分けて進んでいった。すでにトルクメニスタン地方に入り、山脈は僕らのはるか後ろに去っていた。運転手がハンドルを握りながら歌っていた。渓谷も断崖も終わり、あとは道を下るだけで、夜までにはクンドゥズへたどり着けるだろう。ムッラーはもう神のことも悪魔のことも考えてはおらず、両手でクルミを割っていた。老人は鶏の糞で服がすっかり汚れていたが、荷物のあいだで口を開けて眠りつづけ、ステップの日差しを肩に受けとめていた。正午ごろ、僕はポレ・ホムリーの分岐路でトラックを下り、トラックはそのまま北へ向かった。村には麦藁色の馬がたくさんいた。身につけた馬具が輝いて見える。耳に入るのは馬の前掻きする音といななきだけだ。燕麦《えんばく》の匂いのただようチャーイカネで昼食をとり、徒歩で出発する。フランス人たちの発掘現場はもう遠くはない。古いマザーリシャリーフ街道を二、三時間ほど歩くだけだ。道は泥炭の平野の中央に伸びていた。白いポプラの葉がささやくように音をたてている。あちこちの柳の梢に小さなフクロウが留まっているのが見えた。畑鼠の大群が巣穴の端で日差しをあびている。目木《めぎ》を折って棍棒にし、犬避けに石をいくつか拾った。死ぬほど疲れていた。秋が追い立てられる時期、穏やかに眠る大きな国を横断しながら僕は自問した。エウテュデモス、デメトリオス、メナンドロス、バクトリアを支配したギリシア人の王たちは、ずっとオリーブの木や塩辛い浜やイルカを懐かしんでいたのではないだろうか。

異教徒の城

早足で一時間半ほど歩いてから、ポプラの美しい木立の中を進んでいく。昼寝をするのにちょうどいい場所だ。ポレ・ホムリーの製糸工場へ流れる運河を越えてから、八キロも歩きつづけたのだ。ふたたび歩きはじめ、馬に乗って通りがかる者に道を訊けば、きまって相手は北西の丘を指さした。カーフィル・カラ――異教徒の城〔アフガニスタンの農民にとっては、ギリシア人、パルティア人、クシャーナ（月氏）人、ササン朝のペルシア人、さらには、イスラム教以前の時代の人間すべてが、カーフィル（異教徒）ということになる〕――だ。さらに小一時間も歩くと丘の麓へ着き、道を間違えたと思いこむ。街道側からは発掘作業で穴のあいた斜面が見えないし、作業をしている形跡がまったく見あたらず、人の声も聞こえないのだ。それからタイヤの跡が黄土の急斜面にジグザグに続いているのに気がつく。ここでよかった。呼びかけ、しばらく待つと、灰色の空を背景に丘の頂に人影が現われる。背の低い人間たちが耳に手をあて、叫ぶ。

「郵便か?」

「そうじゃない」

「なんだ……」

それだけ言うと、彼らは姿を消してしまう。

丘を登ると、それまで頂上だと思っていたものが、せり出した岩棚の尾根でしかなかったことに気づかされる。ちょうど風がさえぎられる場所にあり、軍隊式の大型テントが五つ設置され、まるでシェイクスピア劇の王の宿営地のようだった。休憩用のテーブルが外に置かれたままで、シャワーらしい簡易施設があり、その右側にある掘っ立て小屋では、水桶や沸きたった鍋のあいだでイスラム教徒のコックが忙しそうに働いている。

握手をかわす。

「よく来ました……しかし、トラックはどこですか? 資材を運んでくるはずでしたが」

「カブールを出たときに故障したんです。運転手は夜には直ると言っていましたよ。僕より先に着くはずだとね。別のトラックに乗って、あとは歩いてきました。だから何も持ってきていません」

「なるほど」

秋が訪れると、カブールの外の世界からは郵便も不定期になる。カブールからポレ・ホムリーへの郵便はさらに不安定だ(山脈、峠の状態、事故、故障が原因だ)。ポレ・ホムリーでは三、四日に一度はこちらから取りに行かなければならないほどだ。

「あなたの机の上に、届いたばかりの新聞がいくつか置いてありますよ」

教授と助手たちが笑顔を浮かべていた。アフガニスタン駐在の考古学調査団の団長ダニエル・シュランベルジェ教授だ。フィガロ・リテレール紙とモンド紙が五部あり、さらには、タジキスタンで進行中の発掘調査の記事を掲載したソ連の出版物が何冊かあった。三か月をかけて、遠路タシュケント、モスクワ、パリ、カラチ、カブールを経由して届いたものだが、鉄のカーテンがなければ、ソ連の考古学者たちのいる発掘現場までは、トラックで二日もあればたどり着けるはずだった。

太陽は隠れていたが、丘からの見晴らしはすばらしかった。眼下には広大な平野が広がる。藺草《いぐさ》や湿地、作物の茂る耕作地のあいだを縫うように柳を添えた小川が流れている。南東には、僕が何キロも歩いてきた道が見えた。発掘現場の人々の落胆した気持ちがよくわかる。僕が近づいてくるのをはるか先から見つけ、手紙が届くのを期待していたのだ。東に見えるのは、粘土と水たまりに囲まれた麦藁色のテントの村が二つといくつかの木立で、何もかもが秋の色調に染まっていた。ときおり馬に乗った者が砂埃を巻き上げる。そういった広大な茶色の空間に溶けこむことによって、現在はその重みを失っていく。過去に目を向ければ、発掘によって平らに均《なら》された丘の頂に、丁寧に掘り起こされた要塞のような建物の基礎部分がよみがえる。細長い長方形で、まだ完全には掘り起こされていないが、反対側の斜面を覆いつくすほどの巨大な階段が平原まで続いていた。クシャーナ朝時代の火神の神殿だ。僕は自分があまりにも無知なのだと思い知らされた。明日にでも詳しく説明してもらったほうがよさそうだ。

「シバール峠は寒くありませんでしたか？」

「耳が二つとも残っているのが不思議なくらいです」

五時、平原の霧が丘にまで届く。六時、食事を知らせる鐘とともに、見覚えのある顔が次々と現われる。ベルギー人の東洋学者にはイランで会った。教授の助手のレバノン人は機械に強く、車の修理で何度も世話になっていた。ドドとサンドラは僕と同じような旅人で、この発掘現場で働いていた。爪が泥で真っ黒だ。足どりは見るからに疲れているようだったが、一日屋外で働いたあとによくある満ちたりた顔をしていた。アルジェリア人のアシュルもいた。世界中を旅行している彼とはカブールで会っていた。二年もの苦難で体調を崩していたが、ここでは血色もかなりよくなったようだ。アシュルは大型テントを一人で使っていたので、僕はそのテントに入ることになった。石油ランプがあり、ベッドの上には海賊のような赤いスカーフが放ってあり、その横に日記をつけているオイルクロス張りの手帳と最後の給料で買ったキャメルのカートン箱、オピネルのナイフ、オカリナがあった。もっともオカリナの音は永遠に聞けそうもない。彼がなかなか承知しないし、僕らもあまりしつこくは頼まないからだ。そのくせ歌うのは大好きなのだ。「ナイチンゲールと薔薇」や「戦争には行かないで」といったアナーキストっぽい古い歌で、シャブロル砦——いったいどこで習ったのだ？——に戻り、ふたたびナイチンゲールだ。歌はやや単調だ。ともかくパーティーでよく耳にする言葉だが、才能あふれる芸術家に違いない。

流れを取り戻すために。六年後に記す。

この発掘にはどんな意義があるのだろうか？　ようするに、外国人たちが人里離れたステップの片隅で開拓者のように暮らして何年もの時間を過ごし、十八世紀も昔に死んだ祭司《マギ》や王たちを蘇らせようとしているのだ。この北東から来たクシャーナ朝の創始者たちについて、中国の史書がアムダリヤ川のほとりで彼らを見失ってからは、ほとんど何もわかっていない［クシャーナ人を知る手がかりは、当時の貨幣やインドの碑文、他国の文献の記載だけしかない。それも、本体が失われ、枝葉の部分だけが断片的に残っているような状況だ。その本体は、おそらくバクトリアにあるのだろう。

なにしろ、クシャーナ人自身のものとされるモニュメントが初めて発掘されているのだ」。いい機会なので、ここでいくつか考えてみよう。この手の場所について知っていることを、秩序立てて話す的確な手段が存在するかどうかといえば、もちろん存在する。ためしてみたものの、どうやら僕にはむりなようだ。それでも僕は熟考したことを二十ページも書きこんでいた。仕事のこと、日々のこと、自信のない文章を書き連ねた黄ばんだ紙の束のことを。それに、年が過ぎていくにつれて自分の書いたことに自信がなくなっていく。どうしてあちこちに言葉を加えたりしたのだろう。新鮮なものごとに余計な言葉を書き加える必要などないではないか。まるで露天商のように、なんでも利用しようとし、何ひとつ失うまいとする……自分の苦労、人を説得する作業、急激に色あせていく人生に対する抵抗、そういったものに気がついているのに。

それに、どうして意地になってまでこの旅を語りつづけようとするのだろう？　いまの僕の生活とどんな関係があるというのか。何も関係はないし、僕は現在というものを失ってしまったのだ。紙束ばかりが積み上がり、手に入れた金も使いはたし、妻にとって僕は死人のようなものだろう。やさしいから僕を見捨てずにいてくれるが。僕は実りのない夢からパニックを起こす。あきらめられないくせに実行することもできない。別のことを始める気にもなれないのは、幻のようなこの話を台無しにしてしまうのが恐ろしいからだ。その幻は僕を蝕むだけで、僕を豊かにはしてくれない。ときには待ちかねたように僕の近況を気にかけてくれる人々もいるが、その問いかける声にはしだいに嘲笑の響きが感じられるようになってきた。いっそのこと、この話に僕の身体そのものを与え、ひと思いに終わらせることができたなら！　だが、そんな変身じみたことは不可能だし、ひたすら堪え忍ぶという能力がどれほどあっても、何かを生み出すということの代用にはけっしてならないのだ。（忍耐ならば必要以上にある。妖精からのささやかな授かりものだ。）そうだ、前進を受けいれるべきなのだろう。山積みの藁、継続、原因、結果を。つまりは異教徒の城に戻り、記憶の穴に戻り、黄色い粘土の丘に戻るということだ。そこはもう単調で味気なく、反応は弱く、考えることも断片的になり、つかもうとしたとたん、荒々しく楽しげなあの秋の中に消えさってしまう。自分の人生があまりにもすばらしく描かれているような気がしてしまう。丘で生き生きと活躍するフランス人たちは僕を温かく迎え、新たな世界を見せつけ、釣りや狩りの獲物で僕を養ってくれた。ともかく戻ろう。目の前に分厚く積もった土の層を掘り起こすのだ。（なんと、ここにも考古学があった。誰にでも遺物や遺跡があるのだろうが、過去が失われてしまえば、きまって同じような大災害にみまわれるものだ。）さまざまなものを廃止し、歪曲し、殺してしまう無関心さに穴をあけ、当時の埋もれた活力や生き生きとした心の動き、柔軟さ、色合い、人生の模様、豊かなめぐり合わせ、耳に飛びこんでくる音楽、ものごととの貴重な調和、その場で手にするとてつもない喜びをふたたび見つけ出そう。

代償。僕の頭は精彩を失い、記憶は音もなく崩れてゆき、ほかのものに（ごく些細な内なる声にも）注意が向かずにいつでもぼんやりとし、押しつけられた孤独は嘘に過ぎず、仲間は別の仲間でしかなく、もはや仕事は仕事にもならず、絶大な悪意に根を断ち切られたかのように思い出は立ち枯れし、僕もまた、愉快な出来事の数々から断ち切られる。

ともかく発掘へ戻ることにしよう。事細かに思い出しはするものの、もう何も変化するものはない。こうなるとテーブルでじっとしている当事者たちを描写するしかない。日が暮れ、大型テントの中で夕食をとっている場面だ。

教授はいちばん端の席につき、黄色いウールの先の尖った帽子を、宗教改革の神学者のように耳と額が隠れるほど深くかぶっていた。教授の妻が左側にいた。九歳になる娘——遺跡の大きさと比較できるように写真にもよく登場している——は、お気に入りの玩具となった「疑わしい（クシャーナ人ではないということだ）」人間の頭骸骨を持って、すでに自分のテントに戻っていた。ブルターニュ出身のきわめて優秀な建築技師が教授の右側にいた。ベルギー人の文献学者はテーブルの反対側の、出入り口に近い端についていた。彼のテプフェールの風刺画のような顔に石油ランプの光が斜めから差していた。それ以外の僕らはテーブルの真ん中だ。コックがレンズ豆と肉の入った鍋を持ってきたところだ。ひととおり全員にまわると、熱いままの鍋はテントの柱にぶら下げられた。鉄の皿にあたるスプーンの音が響く中、僕はひとりひとりの頭上にある輪に記された思考を読んでいる。ビザンチン様式のイコンにあるような頭上の輪っかだ。教授はこう考えている。二日後には二番めの奥の壁まで掘り進み、巨大な壁面に——インシャラー、まったく、インシャラーだ——これまでの三か所の発掘調査で見つけられなかった碑文が、ついに発見されるはずだ。クシャーナ人の使う独特のギリシア文字が数行もあればいい。それだけでも、きっとイラン語群のまだよく知られていない方言を解読できるようになるはずだ［碑文はこの二年半後、さらに三十メートル掘り下げたところで発見された。二十五行ほどからなる碑文は、つい最近刻まれたばかりのように完全な状態だった。期待をはるかに上まわる結果となった］。サンドラは猪のことを考えている。数日前の晩に仕留めたのだが、生まれて初めて撃った弾がまぐれで命中したのだ。丘の上まで運んでくるのにさんざん苦労したのに、そのあとで——イスラム教徒のコックが不浄な死骸の皮を剥ぐのを拒んだ——湿地に戻して腐らせる破目になった。僕と同じ状況で発掘現場に来ていたフランス人旅行者のアントワーヌは、教授に向かってマルローをこれでもかと絶讃している。まるで売りつけようとしているようだ。アントワーヌはおそろしく啓蒙的な人間で、自分への反論にはけっして耳を貸さず、そのひとりよがりな性格は、どのような会話も不毛なものに変えてしまう。もう少し相手の話に耳を貸すべきだろう。ゴーリキーのように旅先を学びの場とするという点は同意できるが、冒険に出、真に師と呼べる人物に出会えるのなら、その機会をむだにする手はない。わざわざ質問に答えてくれ、あれこれと教えてくれる人物や、熱中するあまり、まるで食らいつくような勢いで話し相手に近づいてくる人物、過去を取り戻すために激しい情熱をもつような人物のことだ。そういった情熱がなければ、歴史家はただの書記となり、知識を得ることもできなくなる。僕自身は僕らがここにいる原因となったクシャーナ人たちのことを考えている。どこか曖昧で、革と毛皮を感じさせる美しい名前だ。セイロンのことを考える。ティエリとフローはいまごろパイナップルと椰子に囲まれながら、井戸から汲んだ水を思う存分浴びているのだろう。少し前にアントワーヌと一緒に歩いたことを考える。彼は僕をひっきりなしに叱り、僕の観念が誤りで、僕の旅が無意味だということを必死に証明しようとしていた。彼はこれまでに数多くの地を旅し、たくさんのことを知っていたが、彼のうちには、飽くことを知らない哀れな人間がいた。女性に目を向けさせて、彼のひとり言に軽快感を与えようともしてみた。彼は僕に言った。「イランの女性に手を出したことがあるか？　僕はあるが……とくに変わったことはなかった」僕は、手を出す、という言葉にがっかりした。行き止まりだ。彼はヨーロッパ、ロシア、イランのすべてを見てまわったが、わずかにでも自分自身を旅にゆだねようとしたことがいちどもなかったのだ。驚くべき旅だ。自分を一切譲らず、もとの自分のままで、ばかなままでいつづけるというのか？

結局のところ、たいしたものは見ていない。そもそもシャイロックの肉塊を——いまならば僕にもわかる——求める国などないのだから。

ドド

ドドというあだ名がつけられたのが発掘現場でのことなのかはわからない。本名は忘れてしまった。グルノーブル生まれでそろそろ四十歳になるが、そのうちの二十年ちかくを発掘現場で過ごしていた。穏やかな性格で、表情も変えずにジョークを口にし、肌が灰色で、観察力に優れ、修道僧以上に超然とし、一緒にいるととても快適に思える人物だ。すばらしいのは、冷静——最高の耐久力ともいえる——を失うことがないことだ。冷静であることは、旅の暮らしでは何よりも必要なことだ。興奮しやすく短気な人間は、いずれ自分自身にいだく誤ったイメージに突きあたって挫けてしまうものだ。ドドはこれまでさまざまな場所で暮らし、仕事を覚えるたびにやめてしまうので、職を転々とし、多くを学び、おそらくは多くの本を読んでいた。口数は少なかった。「ウィ（はい）」と言わずに「ヴィ」と言うのは、たぶん意図的なものだろう。田舎くさく鈍そうな外見の下に学識と才能を隠しているのは、あまり頼られすぎるのが好きではないからだ。自分の時間を大切にしているのだ。彼が専念している唯一の仕事は、彼の作業班の一員であるサンドラの育成だった。サンドラは水彩画を得意とする感じのいい電気技師で、ドドよりも十五歳は年下だ。キャンプの外れの二人が使っているテントで、夜も更け、自分の知識がほかの者に嗅ぎつけられる恐れがなくなると、ドドはサンドラの精神を豊かにさせようと自分の知識を総動員していた。ある晩のこと、カンテラを借りに二人のテントまで行くと、布越しに声が聞こえてきた。「その社会を陰であやつっていた一族がいる……それがメディチ家で……」

二人とはその年の初めころにイランで会っていた。イランに来るまでは、しばらくエジプトにいたという。発掘現場に来る前にはインドにいたのだが、あまりいい旅ではなかったようだ。タシュケントとソ連を経由してヨーロッパへ戻るつもりらしく、その準備のため、どこへ行くにもポタポワの文法書の切り抜きを持ち歩いていた。隣接する現場をまかされていた二人は、声を出してロシア語の動詞の活用を練習していたので、彼らの下で働いていた者たちは、二人がお祈りをしているのだと思いこんでいた。このときもやはりドドが、分詞や完了相といった難関について、サンドラに手ほどきしていた。二人が計画を実行できたのかどうかはわからないが、期待どおりに長旅を続けていたとすれば、サンドラはイエズス会の修道士が百人束になっても敵わないほど繊細になっていることだろう。ドドにはもう一つ別の計画があった。日本へ行って死ぬ、という計画だ。実現するのは、しばらく先にしてもらいたい。

土曜日と日曜日、馬に乗って湿地を渡るときには、ドドはいつもいちばん遅い馬を選んだ。怠惰で性格の悪い年寄りの牝馬だ。ドドは藁の束を馬背に乗せて鞍がわりにし、柳の枝でくすぐって馬を歩かせた。慎重を期してのことだろうが、秋のすばらしい風景の中を心穏やかに過ぎて行きたかったのだ。そして考えごとをさらに深めたり、たいていの歌詞は覚えている『美しきエレーヌ』や『ラクメ』を口ずさむのだ。いつも後ろのほうでのんびりとし、藺草の茂みの中で眼鏡を光らせているのをよく見かけたものだ。身だしなみにかける手間を惜しみ、頭を丸坊主にして不格好な灰色のフェルト帽をかぶり、農夫に挨拶するときには、大げさな身ぶりで脱いでみせる。彼のつるつるの頭を目にするたびに、僕は笑わされた。馬に跨り、頭を輝かせ、かすかに笑みを浮かべ、大量のワインで買収された怠惰な役人のような顔をしているのだ。

ふつうならば四十歳にもなると、世界をめぐる放浪への夢は輝きを失い、情熱も冷めていく。夢を捨てさる時が来る。人は道を行き、存在し、黒ずみ、年月が重なるとともに、探求はその目的を忘れ、逃避へと向かい、中身を失った冒険は活気を失い、ついにはその場しのぎの繰り返しとなる。若さが旅によって形をまとうのだとしても、その旅とともに若さが過ぎさってしまう、そう気がつく。そして、いらだちを覚えるようになってしまうのだ。

だがドドは違った。質素な放浪生活にも完璧に適応していた。さまざまな苦難を経た魂、元気で自由な精神。ときには白ワインやクルミ、カマンベールが少しばかり恋しくなることもあるが、戻る気もなければ、身を落ちつける気もない……。「めんどうだから、あまりそんな気にはなれないんだ」例の馬をつないだポプラの木の下で、身体を伸ばしながらドドは言った。「というよりも好奇心からかな……そうだ、好奇心が強いからだ」それだけ口にすると、煙草の煙を輪にして空へ送り出す。煙はしだいに輝きを失っていった。

散策はかなり遅い時間まで続いた。戻ったときには夜も更け、馬も疲れきっている。発掘現場の周辺では、農民たちが畑の番をしていた。古式銃を膝にのせているのは、畑を荒らす猪を追いはらうためだ。パイプもティーポットもあるが、時間をもてあましているようだった。ときおり、ひとり言のような声や、やたらと長い溜め息がキュウリ畑から聞こえてくる。涼しい空気がとても心地よかった。

カイバル街道

発掘現場から帰着。インドへ出発。十二月三日。一人。

この季節になると、アフガニスタンのこの地域の人々は毎朝、雨音とともに目を覚ますようになる。ぼんやりとした雨がチャーイカネの庇を打ちつけ、サモワールを響かせる。そして傾いた赤い太陽が朝靄を追いはらい、街道や藺草の茂み、丘地を輝かせ、ヌーリスターンの白い山脈を背後から照らし出す。火鉢に煙が上がると、まだ眠そうにしている人々が身繕い——手、口、髭をせわしなく洗う——をし、朝のお祈りをすませ、足を縛ったラクダに鞍を載せる。寒さのせいで、ラクダの毛並みから湯気が上がっている。緑茶の碗のまわりでは、しわがれた声の会話が繰り広げられる。

昨夜はよく眠れた。体調もよく、昨日の夕方に前輪のばねを修理しているときにできた擦り傷もふさがっている。服を着替え、サモワールの近くにいる人々に車を押してくれるよう頼む。バッテリーがあがっているからだ。細い手を叩いて暖めている老人が十人ばかりと、よく日に焼けた無口のパシュトゥーン人が二人いた。彼らは愛想よく笑いながら、僕に場所を譲ってくれた。僕は紅茶をふるまった。それから、もちろん車を押してもらった。白い服、顎髭、スリッパ、泥だらけの足がめまぐるしく動きまわる中、ジャラーラーバードへ向かって車は飛び立った。

十二月五日。アフガニスタン国境。カイバル峠

カブールでカイバルのことを訊いても、誰ひとりまともに答えられなかった。「……それならよく覚えている、あそこの照明だったか……梯子だったか……いや、たしか、こだまだったかな……どう説明したものか……」ついには言葉に詰まり、あきらめる。そして、頭の中でしばらく峠のことを思いうかべているのだろう。山のさまざまな情景を思い出し、眩惑され、夢中になり、初めてのことのように我を忘れてしまうのだ。

十二月五日の正午、旅に出て一年半が過ぎ、ついにこの峠の入口にたどり着いた。日差しがスレイマン山脈の麓とアフガニスタンの税関の建物に届き、まわりの柳の木立が太陽の鱗にでもなったかのように輝いていた。細い遮断棒で封鎖された街道に制服姿はない。税関の事務所へ向かう。入口の前で群れている山羊をかき分け、中へ入る。詰所にはタイムやアルニカの匂いがただよい、蠅の羽音が響きわたる。壁にかかった拳銃の青い輝きが陽気な空気を生み出していた。テーブルに置かれた紫のインク壺の向こうに、軍人が姿勢よく座っている。僕はその正面に立った。彼の切れ長の目は閉じられている。彼が息をするたびに真新しい革のベルトが軋むのが聞こえた。居眠りをしているのだ。たぶんバクトリア地方のウズベク人だろう。僕がこの場所にいるのと同じくらい、彼もまたよそ者のような存在に違いない。テーブルにパスポートを置き、何か食べに行くことにする。急いでいるわけではないのだ。こういった国を去るときには急いだりしないものだ。山羊の群れに塩をやりながら、つい最近受け取ったティエリとフローからの手紙を読み返した。二人はセイロン南部にあるオランダの要塞跡にしばらく留まっているらしい。

十二月一日、セイロン島ゴールより

……もしかしたら君も興味をもつかもしれないが、それぞれの要塞に名前がついている。星、月、太陽、黒《ズヴァルト》、曙、ユトレヒト岬、トリトン、ネプチューン、アイオロス。そういった場所で、サフラン色の僧侶や紫色のサロンを巻いた老人、ピンクのサリーを身につけた娘たち、底まで透けて見える翡翠色の海、夕日を間近にすれば、誰でも画家になってしまう。書き物ができるようにテーブルも用意しておいた。夕方になれば螢のバレエでも見ながらシャワーを浴びるのも悪くない。じきに再会できるとは思うが……

別世界。ティエリは意味もなく出発したわけではなかった。

僕は水煙管を吸いながら山を見つめていた。山とくらべてみると、税関の詰所と黒と赤と緑の三色旗、長い銃を背中に担いだパシュトゥーン人の子どもたちを乗せたトラック、そういった人間に関わるものすべてが粗野で卑小なものに見えてしまう。スケールを無視した子どもの絵にあるような、あまりにも広大な場所によって切り離されてしまうのだ。山は無益な動作に身を費やすことがなかった。山は高くなり、休息し、圧倒的な土台と広大な山肌、宝石のように鋭くカットされた断崖とともにさらに高くなっていく。手前の稜線には、立ち並んだパシュトゥーン人の砦の櫓《やぐら》が油で磨いたように輝きを放っていた。頂上近くのシャモア色の斜面がさらに奥へと幾重にも連なり、斜面の途切れる擂鉢状の影に流れ飛んできた数羽の鷲が吸いこまれていく。そして羊毛のような雲がしがみつく黒い岩肌が続く。僕のいるベンチから二十キロ先の山の頂には、たいして広くはないがゆるやかな平坦部があり、太陽に泡を飛ばしている。空気は驚くほど澄んでいた。声がどこまでも届く。遊牧民のたどる古い道の高みから子どもたちの叫び声が聞こえてきた。どこか遠くの羊たちの蹄が瓦礫を踏みしめるかすかな音が、澄んだこだまとなって峠中に響きわたっていた。僕はそのまま一時間ちかく身動きもせず、アポロンのような景色に酔いしれていた。土と岩でできた驚異的な山塊を前にすると、些末《さまつ》な世界が消え失せてしまったように感じる。広がる山、十二月の澄みわたった空、昼のぬくもり、水煙管の音、そして、ポケットの奥で音をたてるコインまでが、それぞれを要素とする一つの部屋となった。その部屋に僕は来た。数多くの障害を越えて、時間どおりに自分の役目をはたしに来たのだ。「悠久……世界の明らかな真実……穏やかに属すること」やはり僕にもうまく言い表すことができそうもない……が、プロティノスはこう語っている。

接線とは、人には理解することも言い表すこともできない接触のことだ。

十年と旅をしたところで、手に入れられるものでもないのだろう。

その日、僕は何かをつかんだと思った。いつの間にか人生が変化していたのだと思った。だが、結局のところ、どちらもありえることではない。世界は水のように身体のうちをすり抜け、わずかな時間だけ、その色を貸してくれる。そして世界は去り、自分のうちに抱えた虚空が、魂の核となる渇きの空間が、姿を現わす。人はその空間と接し、戦うことを覚えなければならない。矛盾はするが、その空間こそが僕らにとっていちばん確実な原動力なのかもしれないのだ。

スタンプの押されたパスポートを受け取り、アフガニスタンを発つ。ずいぶんと高くついた。峠は上りも下りもいい道が続く。東風の季節になれば、頂上のかなり手前からインド大陸の成熟して焼け焦げた匂いを嗅ぐことができるようになる……。

……この利益は現実のものだ。それというのも、我々にはこの拡張を受ける権利があるからであり、ひとたび境界を越えれば、我々はもう、かつてのように学をひけらかす哀れな人間には二度と戻れなくなってしまうからだ。

——エマーソン

カイバル街道

訳者あとがき

できることなら、どこまでも遠くへ。とりあえずは車に乗って、行けるところまで行ってしまおう。そんな行き当たりばったりの旅に出た二十四歳のブーヴィエ。親友のティエリとともにときには雪に道を閉ざされ、ときには資金が底をつき、ときには車が故障し、蝿に襲われ窮地に陥りながらも東へと進んでいく。

一九六三年に刊行されたのち、八〇年代半ばにヨーロッパで急速に愛読者を獲得した本書『世界の使い方』は、まさに放浪の旅人の聖典となった。これは旅のノウハウを記したマニュアルではない。自分なりの世界の「使い方」を探すべきだと告げる本書は、いわば啓蒙書といっても過言ではあるまい。

ジュネーブから日本にいたるまでの長旅のうち、本書には主としてユーゴスラビアからアフガニスタンまでの行程が描かれている。

ユーゴスラビアまでの移動は再訪ということもあり完全に省略され、本書の記述は、先行していたティエリから送られてきた手紙とともに、ユーゴスラビア（現クロアチア）のザグレブから始まる。

ブーヴィエの訪れたユーゴスラビアは、チトー政権下の共産主義国としてまだ歴史の浅い国であるが、その共産主義の社会をブーヴィエは楽しんでいるようにも見える。それからギリシアを素通りしてイスラム圏へ入り、トルコのイスタンブールで資金難に陥ったのち、地主層の影響力が強い王制下のイランに入ると、タブリーズでしばらく腰を落ちつけアルメニア人社会にとけこみ、雪融けとともにテヘランに出る。そして、イギリスから独立して日の浅いパキスタンのクエッタで長逗留したのち、怪我で朦朧としながらも、入国すら難しいアフガニスタンに入ってカブールを訪れる。さらに、ティエリをセイロン（現スリランカ）へ送り出すと、アフガニスタンの山地を越えて古代遺跡の発掘調査に参加する。そして最後に、セイロンに到着したティエリの手紙とともに、カイバル峠を越える場面で本書の記述は終了する。

ブーヴィエ自身の語るところでは、カイバル峠で区切りをつけたのは、そこから先の旅が本書とはまったく別の「物語」になるからだという。事実、後述するように、セイロンでの体験は別の作品として発表された。

本書に描かれているのは今から半世紀も過去の世界だ。この五十年のあいだに社会情勢は大きく変化している。ソビエト連邦の崩壊とともに、ユーゴスラビアは共産制はおろか、国自体が存在しなくなった。イランはホメイニ師によるイスラム革命を経てイスラム国家となり、かつての王政の名残を留めてはいない。アフガニスタンは国情が不安定であるという点では変わりないが、ソ連軍による侵攻を受け、さらには米軍の半占領下にある。

このように国という枠組みで見れば、世界は激変している。現代とは大きく異なる世界の姿を垣間見せてくれるのも『世界の使い方』の魅力のひとつであろう。

ブーヴィエが旅に出た当初は、それなりに目的のようなものがあったようだが、しばらくすると彼は旅をするために旅を続けるようになっていく。山があるから山に登るという登山家ではないが、ブーヴィエの場合も、そこに世界があるからその世界を「使った」にすぎないのかもしれない。本書の魅力は何よりもブーヴィエの物事のとらえかた、世界の受け入れかたにあるのだろう。異世界を見下すことはなく、かといって、安直な文明批判に陥ることもない。善悪を超えて世界をあるがままに受けいれている姿はすがすがしさを覚える。

ブーヴィエが旅先で出会った人々もなかなか魅力的に描かれている。

タブリーズの大地主であるM老人は、旧態依然とした支配層という、いわば民衆の敵の典型例のような人物であるが、その懐の広さは計り知れない。マハーバード警察の大尉は寂しがりやなのか、ただのナルシストなのか、よくわからないところがおもしろい。サキ・バーの店主であるテレンスにいたっては、彼を主人公にして一冊の本が書けてしまいそうなほど怪しげな経歴の持ち主である。永遠の旅人ドドはブーヴィエとはまた別のタイプの旅人であるが、日本を目指しているという点からすると、ブーヴィエに影響を与えた人物かもしれない。本書に描かれる人々の生きかた、考えかたは、はたして現代とは異なるのか、それとも、それほど変わってはいないのか。その判断は読者のみなさまにおまかせしよう。

旅費にまつわるエピソードにも興味を引かれる。フランス語を教えて日銭を稼ぎ、宿代を節約しようと刑務所に宿泊し、バーのバンドマンのかたわら壁画を描き、考古学の発掘調査を手伝う……。稼ごうとすればそれだけ長期の滞在になるが、その土地の描写も生き生きとしてくるものだ。

旅を支える影の主役ともいえるフィアットについても少しふれておこう。ブーヴィエがこの旅の足とした車は、イタリアやフランスなどで一九三六年から五五年まで生産されたフィアット五〇〇（トポリーノ）と呼ばれる車で、排気量は六百CC、最大出力がわずか十数馬力と当時としても非力な車である。

本書の中では馬力不足で峠越えに四苦八苦する場面や、故障したエピソードばかり描かれているために、ただのポンコツ車に思えてくるが、ブーヴィエはこの車に学生時代から乗っており、旅に出るころには車の全部品にまで精通するようになっていたという。おそらくはかなり愛着のある車だったのではないだろうか。

馬力のない小型車ならではの苦労話がかなり具体的に記述されているため、車好きにとっても楽しめる内容であろう。

さて、本書の結びでカイバル峠を越えたブーヴィエは、パキスタンとインドを抜けてセイロンへ向かっている。その後、一九五五年から一年ほど、写真家として日本に滞在してから、故郷へ戻っている。

セイロンでは、マラリアの後遺症や窮乏生活など、心身ともに苛酷な状況におかれて長期滞在を余儀なくされたが、この体験をもとに *Le poisson-scorpion*（『カサゴ』未訳）という作品を一九八一年に発表している。また、本書の刊行直後に、ブーヴィエは夫人をともなって再度日本を訪れ、*Chronique japonaise*（邦訳『日本の原像を求めて』草思社、一九九四年）を書きあげている。

ニコラ・ブーヴィエの既訳書にはこの『日本の原像を求めて』のほか、『世界の使い方』『日本年代記』『かさご』『アランおよびその他の場所の日記』『内と外』を抄訳で紹介した『ブーヴィエの世界』（みすず書房、二〇〇七年）が刊行されている。

また、この「あとがき」でも参考にさせてもらったが、雑誌「コヨーテ 第二二号」（スイッチ・パブリッシング、二〇〇七年）に、ブーヴィエについて経歴を含めた詳細な紹介記事があるので、興味がある読者は一読されるとよいだろう。

本書は *L'usage du monde*, dessins de Thierry Vernet, Petite Bibliothèque Payot/Voyageurs, Éditions Payot & Rivages, 2001 を原本とした全訳である。街道や峠、地名については明らかな誤記を除き、原本に記された地名を採用した。半世紀の時間を経ているため、現在では名称が変更や消滅したものがあるかもしれない。

最後に、今回の出版にあたっては英治出版の山下智也氏に、編集作業では和田文夫氏、大西美穂氏に並々ならぬ協力を受けたことをここに明記しておく。

二〇一一年八月 吉日　山田浩之

著者　**ニコラ・ブーヴィエ** Nicolas Bouvier

1929年、スイス・ジュネーブ生まれ。旅行家、作家、写真家、図像調査士《アイコノグラファー》。図書館司書である父親の影響もあり、幼い頃からスティーブンソンやジュール・ヴェルヌ、ジャック・ロンドン、フェニモア・クーパーを愛読し、世界へ焦がれるようになる。1953年6月、24歳のときに画家ティエリ・ヴェルネとともに旅に出る。旧ユーゴスラビアからトルコ、イラン、パキスタン……約1年半におよぶこの旅の記録は、処女作『世界の使い方（*L'usage du monde*）』として1963年に自費出版され、後年ヨーロッパ圏ではカリスマ的人気を博し、いまもなお多くの旅人に影響を与えている。本書『世界の使い方』はカイバル峠で幕を閉じるが、その後ブーヴィエは独りでセイロン（現スリランカ）、日本へと旅を続け、1956年に故郷に帰着。著書『かさご』、『日本の原像を求めて』（草思社）、『アランおよびその他の場所の日記』、詩集『内と外』などの抄訳は『ブーヴィエの世界』（高橋啓 訳、みすず書房）に収められている。1998年2月17日没。

絵　**ティエリ・ヴェルネ** Thierry Vernet

1927年、スイス・ジュネーブ生まれ。画家、イラストレーター、舞台デザイナー。インテリアデザイナーと画家のもとで修行をつづけ、1953年、ブーヴィエよりひと足先にベオグラードへ旅立つ。旅のあいだに描かれた数々の絵は、旅や現地の様子を知る貴重な資料となっている。本作ではカブールでブーヴィエと別れ、恋人に会うためにセイロン島へ渡り、1955年3月16日にフロー（Floristella）と結婚。帰国後、しばらくジュネーブで活動したのち、パリへ拠点を移し、コメディジュネーブをはじめ多くの舞台デザインを手がけながら、創作活動を続ける。1993年10月1日没。

訳者　山田 浩之　Hiroyuki Yamada

1966年、兵庫県生まれ。学習院大学文学部フランス文学科卒。主な訳書に『森の中のアシガン』(青山出版社)、『太陽の王ラムセス』シリーズ(角川書店)、『時間を超えて』(PHP研究所)など。

カバー装画　下田 昌克　Masakatsu Shimoda

1967年、兵庫県生まれ。桑沢デザイン研究所卒。アジアをはじめ世界各国を放浪したのち、絵描きとして活動を始める。『PRIVATE WORLD』(山と渓谷社)、『ヒマラヤの下インドの上』(河出書房新社)、『辺境遊記』(英治出版)などの旅行記のほか、絵本や挿絵なども手がける。

英治出版からのお知らせ

本書に関するご意見・ご感想を E-mail（editor@eijipress.co.jp）で受け付けています。
また、英治出版ではメールマガジン、Webメディア、SNSで新刊情報や書籍に関する記事、イベント情報などを配信しております。ぜひ一度、アクセスしてみてください。

メールマガジン：会員登録はホームページにて
Webメディア「英治出版オンライン」：eijionline.com
Twitter / Facebook / Instagram：eijipress

世界の使い方

発行日	2011年8月31日　第1版　第1刷
	2023年4月20日　第1版　第2刷
著者	ニコラ・ブーヴィエ
絵	ティエリ・ヴェルネ
訳者	山田浩之（やまだ・ひろゆき）
発行人	原田英治
発行	英治出版株式会社
	〒150-0022 東京都渋谷区恵比寿南1-9-12 ピトレスクビル4F
	電話 03-5773-0193　FAX 03-5773-0194
	http://www.eijipress.co.jp/
プロデューサー	山下智也
スタッフ	高野達成　藤竹賢一郎　鈴木美穂　下田理
	田中三枝　平野貴裕　上村悠也　桑江リリー
	石﨑優木　渡邉吏佐子　中西さおり　関紀子
	齋藤さくら　荒金真美　廣畑達也
印刷・製本	大日本印刷株式会社
装幀	大森裕二
カバー装画	下田昌克
編集協力	ガイア・オペレーションズ
校正	阿部由美子

Copyright © 2011 Hiroyuki Yamada

ISBN978-4-86276-067-8 C0098 Printed in Japan

本書の無断複写（コピー）は、著作権法上の例外を除き、著作権侵害となります。
乱丁・落丁本は着払いにてお送りください。お取り替えいたします。

ダーク・スター・サファリ

ポール・セロー 著
北田絵里子・下村純子 訳
四六判・上製　本体 2,800 円

『中国鉄道大旅行』や『ポール・セローの大地中海旅行』などの話題作を著した当代きっての冒険作家ポール・セローが、今度はカイロからケープタウンへ……アフリカ縦断の長い旅《サファリ》に挑む。ありのままのアフリカをウィットかつシニカルな語り口で著した長編ドキュメンタリー。トマスクック・トラベル・ブック賞受賞。

好評発売中

〈オン・ザ・ムーブ　シリーズ〉
英治出版

ソングライン

ブルース・チャトウィン 著
北田絵里子 訳
石川直樹 解説
A5 判・上製　本体 2,800 円

オーストラリア全土に迷路のように伸びる目には見えない道——ソングライン。アボリジニの人々はその道々で出会ったあらゆるものの名前を唄いながら、世界を創りあげていった。人はなぜ旅をするのか——絶えずさすらいつづけずにはいられない人間の性を追い求めたチャトウィンが、死の直前で書き上げた渾身の力作。

好評発売中

〈オン・ザ・ムーブ　シリーズ〉
英治出版

series
on the move

移動すること、
動きまわること、
旅すること
——オン・ザ・ムーブ
私たち人類は生まれたその日から、
とどまることなく動きつづけてきた。
少しずつ変化を受容し、継承し、
そしてまた歩きはじめる。
私たちは世界を知るための、
長い旅の途上にいるのかもしれない。